古典詩歌研究彙刊

第六輯

龔鵬程 主編

第 3 冊

南朝詩研究

王次澄 著

國家圖書館出版品預行編目資料

南朝詩研究／王次澄 著 — 初版 — 台北縣永和市：花木蘭文
化出版社，2009〔民 98〕

序 2+ 目 4+304 面；17×24 公分

（古典詩歌研究彙刊 第五輯：第 3 冊）

ISBN 978-986-6449-54-3（精裝）

1. 中國詩 2. 詩評 3. 南朝文學

820.91035   98013861

ISBN - 978-986-6449-54-3

古典詩歌研究彙刊
第六輯 第三冊   ISBN：978-986-6449-54-3

南朝詩研究

作　　者　王次澄
主　　編　龔鵬程
總 編 輯　杜潔祥
出　　版　花木蘭文化出版社
發 行 所　花木蘭文化出版社
發 行 人　高小娟
聯絡地址　台北縣永和市中正路五九五號七樓之三
　　　　　電話：02-2923-1455／傳真：02-2923-1452
網　　址　http://www.huamulan.tw 信箱 sut81518@ms59.hinet.net
印　　刷　普羅文化出版廣告事業
初　　版　2009 年 9 月
定　　價　第六輯 25 冊（精裝）新台幣 35,000 元

南朝詩研究

王次澄 著

作者簡介

王次澄，福建林森人，私立東吳大學中國文學研究所畢業，國家文學博士。曾執教於東吳大學、英國倫敦威斯敏斯特大學（Westminster University）、英國倫敦大學亞非學院中國及內亞洲系（China & Inner Asia Department, School of Oriental and African Studies, London University），現任國立中央大學中國文學系專任教授。研治六朝文學、宋元詩歌、唐宋古文及西方漢學。著有《兩晉五言詩研究》、《南朝詩研究》、《宋元逸民詩論叢》及五十餘篇中西文論文。

提　要

本論文共分爲五章十八節。第一章〈緒論〉，乃就政治、經濟、社會、風俗、宗教等方面闡述南朝之時代背景；並依據南朝重要之文論專著與近人相關研究，說明南朝之文學思潮。

第二章〈南朝詩人綜述〉，分三節論述詩人之政治生涯、品德操守及所參與之文學團體。以全面整理歸納、重點舉例說明之方式，雅俗兼述、善惡並陳，期能客觀且正確呈現南朝詩人之立身、處世及其文學生活，以補正一般文學史以偏概全之敍述。

第三章〈南朝詩內涵析論〉，乃剖析、闡釋南朝在玄談餘響、佛道昌盛、隱逸流行、地理環境丕變、宮体文風雲興等客觀因素影響下，所發展之「游仙」、「玄言」、「田園」、「山水」、「詠物」、「艷情」等六類詩歌題材，藉以闡明南朝詩歌取材「由簡入繁」、「避實就虛」之特色及其價值。

第四章〈南朝詩之特殊體製〉，分別就＂格律＂與＂命題＂兩方面論述。南朝因駢儷之風盛行，聲律學說興起，益以樂府小詩之影響，新式之古詩遂應運而生，由此開展唐人古詩體制。再者，南朝詩作命題常附以「和」、「同」、「詠」、「賦得」、「擬」、「代」、「連（聯）句」、「賦韻」、「離合」等，顯現文人團體聯誼創作之時代風尚，此風尚則成爲後代詩人以文會友之基本互動模式。

第五章〈南朝詩之修辭特色〉，「纖靡巧麗」、「聲色俱開」為南朝詩之形式特色，而詩人之修辭方法，可謂上躡風騷，下啓唐宋，實有可觀。本章分「疊字傳神」、「鍊字健句」、「敷彩設色」、「儷句逞巧」、「蟬聯取勢」五節敍述，藉以重估南朝詩之修辭價值，俾使其獲得較客觀而公正之褒貶。

目次

鄭　序

　　東晉、宋、齊、梁、陳，合稱南朝，歷時近三百年，是爲中國詩史承先啓後之時期，上承兩漢，下啓四唐。以內涵言：玄言、游仙、田園、山水、詠物、艷體，諸領域自此開發。以形式言：古體五言絕句、五言律詩（即所謂齊梁新體）、以及七言或雜言歌行，各種體裁自此興起。以作家言：謝靈運、鮑照、陰鏗、何遜，影響杜甫。鮑照、謝朓，影響李白。陶淵明影響王、孟、韋、柳。唐代之詩歌，高踞顛峯，迴出今古；而集納眾流，滙成瀛海，其淵源所自，實出於江左。此三百年間之作家及其作品，固絕對不容忽視也。以往研究南朝詩者，不乏其人。然無論專著或單篇論文，多數偏重於政治社會背景、思想風俗、作家傳記等外圍問題；其能更進一步，就各家作品本身之風格、技巧，排比分析、綜合歸納，以傳出南朝詩之本來面目者，三數家之外，似不多覩。

　　東吳大學中國文學系副教授王次澄女士，專攻古典文學，所撰《南朝詩研究》一書，共分南朝詩之背景、南朝詩人綜述、南朝詩之特殊體製、南朝詩之修辭特色等五章，每章另分子目。全書於南朝詩之外圍及本體，均有透澈之論評，詳盡之敍述。蓋皆爲廣涉南朝史實，遍讀各家詩作，明辨精思，條分縷析之成果；而非僅據少數所謂代表作品，淺嘗略敍，浮光掠影之談。對於初學固有啓迪指引之功，專家碩

儒觀之，亦自有其參考價值。在同類著作中，可稱佳構。

　　次澄在東吳大學從予受業，賞奇析疑，瞬經十載。兩年以前，獲得國家文學博士學位，留校任教。此書爲其博士論文；撰寫期間，予忝任導師，深知其用力之勤，與用心之細。今由學術著作獎助委員會印行，是爲次澄第一部問世著作，請序於予，誼不容辭，爰就所知，略爲評介。

　　次澄此書之研究對象爲南朝詩，而不包括北朝及南北樂府。北朝詩人及詩作雖不甚多，而絕非全無可觀。後期之庾信，由梁入周，集南北風貌之大成，開初盛篇章之先路，即此一人，已足供撰述之資。樂府爲南北朝文學之大宗，其有待於評析闡述，更不必言。二者皆爲繼續努力之目標；次澄方在盛年，深望其教學餘裕，益奮精勤，進而完成第二部以至第三部之著述。

　　　　中華民國七十三年十月，鄭騫序於臺北寓廬之永嘉室。

前　言

　　詩本於性而發乎情，鬱陶之志聿宣，炳烺之辭斯著。故古之善詩者，鏗鏘可以動金石，真醇足以感鬼神，揆厥所由，殆「情根義實」有以致之也。惟文固生於情，而情非文也；性情為詩之源，而非詩也。詩者藝也。「虎豹無文，則鞟同犬羊，犀兕有皮，而色資丹漆」，詩人之情感、思想實待文字而後彰顯。是以若能由情造文，神工默運，非但無害於意，且文質相輝，彬彬君子矣。然世多惑於此理，狠以詩乃言志陳事之辭，或深諱綺靡，快意直寫，質實而無華，則去詩之道彌遠矣。蓋情者文之經，而藝者辭之緯，詩道固不外是也。

　　質文嬗變，自古皆然，究其所自，大都依情理以立本，任通變以應時，或崇質樸，或尚文彩，本不應執一而論。漢魏文學，朴茂是尚；時至有晉，黜樸為雕，變奇成偶，已與前代不同；爰及南朝，由於儒學衰微、唯美思想勃興、文筆觀念之確立、與聲律學說之發明，詩歌創作逐爾去樸尚華、易單轉複、化剛成柔、由簡入繁。樹立中國美文之典型，開啓盛唐詩學之先聲。

　　南朝政衰俗亂，然文學鼎盛，詩人輩出，先後競爽。陶謝逸秀，顏鮑高才。謝朓詩文並茂，卓犖不羣，沈約窮研音韻，馳騁藝林。而蕭氏兄弟、徐庾父子，皆斐然成章，鬱為文棟。劉琨之清拔、郭璞之彪炳、袁宏之緊健、惠連之富捷、謝莊之清雅、王融之英淨、范雲之

宛轉、任昉之博贍，皆足稱一時作者。王儉、邱遲、江淹、劉孝綽、裴子野、王筠，鋒發韻流，均無愧爲五言之冠冕。吳均、何遜、張正見、陰鏗、江總，雖多侈艷之作，然藻思綺合者，亦有可觀。且南朝詩人，多出於世族，每見一門之內，父子昆季，各以術業擅名，並時騰聲，濟濟稱盛，國史家乘，信而有徵也。

或謂南朝之詩，雖音調流利，詞采富艷，然鮮繫社稷民生，無益於用。余意不然。夫言志記事、諷喻教化，固爲詩之大用，而會意尚巧，遣言貴妍，亦所以求賞心怡情，通神應感；譬猶五色相宣，八音迭代，似無補實用，然使觀者娛目，聽者悅耳，足以養性和氣、順意忘機，此即其用也。惟感應之會，通塞之變，端在學識修持之深淺，與好尚情趣之饒薄。倘人皆師曠，貴耳賤目，則五色無以宣其前；人皆墨子，無心絲竹，則八音難以充其用。若是，而曰五色虛陳，八音當廢，可乎？後之論者或昧於時勢，或囿於成見，對南朝詩推崇之辭鮮，貶抑之辭多，學者遂少措意。爰及近年，專作寖盛，然統究體製、論述作法、賞析修辭者，於時尚闕，因不揣庸愚，撰成斯篇，或當貢芹耳。

本文之作，蒙　鄭師因百諄諄指導，嘉惠良多；徐師公起、臺師靜農、王師夢鷗、林師文月殷殷啓迪，提示資料，獲益匪淺，復承　中國學術著作獎助委員會資助出版，謹此敬申謝悃。自揆才性椎魯，學識譾陋，舛誤自所難免，淹雅君子，幸有以教之。

中華民國 73 年歲次甲子八月林森王次澄識於東吳大學

第一章　緒論──南朝詩學背景

第一節　南朝之時代環境

　　〈詩序〉云:「治世之音安以樂,其政和。亂世之音怨以怒,其政乖。亡國之音哀以思,其民困。」《文心雕龍‧時序》亦云:「文變染乎世情,興廢繫乎時序。」蓋辭以情發,情以物遷,文學莫不深受時代環境之影響。是以欲研究南朝詩學,固當先明其時代背景創作肇因。今就政治、經濟、社會、風俗、宗教等方面略加闡述。

一、政局動盪異族侵陵

　　唐李延壽作《南史》與《北史》後,「南北朝」名稱始定。自此一般文學史所謂之「南朝」,多採李氏界說,即指宋、南齊、梁、陳四代而言,凡一百六十九年。然中原淪陷,漢胡對立之局面,實肇端於晉「永嘉之禍」,是以就政治形勢觀之,南朝宜起自東晉元帝太興元年(西元 318 年),迄於陳後主禎明二年(西元 589 年),計二百七十二年。

　　東晉歷十一主,凡百零三年,[註1] 與北方五胡十六國相終始。宋、

───────────────

〔註 1〕東晉十一主為元帝(睿)、明帝(紹)、成帝(衍)、康帝(岳)、穆

齊、梁、陳四朝，與北魏、北齊、北周相對峙。〔註2〕劉宋歷八主，凡五十九年。〔註3〕蕭齊歷七主，凡三十三年。〔註4〕蕭梁歷四主，〔註5〕凡五十五年。〔註6〕陳歷五主，凡三十二年。〔註7〕南朝各代因內憂外患相乘，政權更迭，往往國基未固，鼎祚已移，更遑論建樹耶！

　　東晉之世，內政紛亂，中央與地方，僑寓與土著士族間之爭鬥頻繁，先後引發王敦、蘇峻、周玘、桓溫、孫恩、桓玄之亂，致使四海分崩，人情洶懼，民生困乏，及恭帝元熙二年，劉裕篡位自立，東晉遂亡。劉宋初期，政治尚稱清明，惟疏於教育皇室子弟，又託付宗室出鎮州郡，終導致日後骨肉相殘之慘劇。文帝以降，昏主迭出，荒淫猜忌，倫常違節，嗜殺無道，百姓無辜受害者不計其數。逮順帝昇明三年，權臣蕭道成篡位，改國號曰齊，劉宋遂於刀光血影中敗亡。齊高帝蕭道成為政頗務節儉，且崇儒家之言，暫息劉宋宗室猜忌相殘之風。高帝崩，太子頤繼位，是為武帝，在位十一年，政清俗美，號稱

帝（聃）、哀帝（丕）、廢帝（海西公奕）、簡文帝（昱）、孝武帝（昌明）、安帝（德宗）、恭帝（德文）。

〔註2〕宋開國之初，北方仍是胡族列國並立之局面，待十九年後，北魏始掃平群胡，統一中原，而與宋朝南北對峙。北魏、北齊、北周，歷時一百五十一年，其中北魏、北周為鮮卑人所建，齊、隋之皇室則是胡化之漢人。

〔註3〕劉宋八主為武帝（裕）、少帝（義符）、文帝（義隆）、孝武帝（駿）、明帝（彧）、前廢帝（子業）、後廢帝（昱）、順帝（準）。

〔註4〕蕭齊七主為高帝（道成）、武帝（頤）、廢帝（鬱林王昭業）、廢帝（海陵王昭文）、明帝（鸞）、廢帝（東昏侯寶卷）、和帝（寶融）。

〔註5〕蕭梁四主為武帝（衍）、簡文帝（綱）、元帝（繹）、敬帝（方智）。

〔註6〕侯景既滅，湘東王繹遂即帝位，改元承聖，是為元帝；因建康殘破，建都江陵。時武陵王紀（武帝子）為益州刺史，亦擁兵稱帝。承聖二年（西元553年），紀伐江陵，元帝向西魏求援，西魏擒紀殺之，遂據益州。次年，武帝孫蕭詧（原為雍州刺史，與蕭繹不和，投降西魏）引西魏兵伐江陵，殺元帝。西魏遷詧於江陵，立為傀儡皇帝，史稱其國為後梁。歷孝文帝（采巋）、敬帝（琮）二主，至西元587年敗亡。後梁非南朝正統，故其立國年數不計在內。

〔註7〕陳代五主為武帝（霸先）、文帝（蒨）、廢帝（臨海王伯宗）、宣帝（頊）、後主（叔寶）。

「永明之治」。武帝以降，皇室與方鎮間衝突再起，宋代骨肉相殘之
悲劇重演，中興二年，蕭衍廢和帝爲巴陵王而自即帝位，是爲梁武帝。
武帝在位四十八年，初期頗能勤政愛民，國內安定，蔚爲江表盛世。
及其晚年，崇信佛法，爲政寬緩，因之刑典廢弛，紀綱不立，皇室驕
縱不法，官吏類多貪殘，政治遂日漸腐敗。又失策於「以夷制夷」，
終致養寇自患，造成「侯景叛亂」，而使江南蒙受空前之浩劫；南朝
之文化與政治傳統，多遭摧毀，建康名城，幾成廢墟。侯景亂平，皇
室爭權奪利，仍內鬨不已，至敬帝太平二年，終爲陳霸先所篡，改國
號爲陳。陳代立國於大亂之餘，疆土殘破，文物隳壞，民生凋敝，以
是欲振乏力，爰及後主叔寶即位，君臣荒淫奢侈，聚斂無度，好文浪
漫，政事萎靡。隋文帝乃於開皇八年，下詔伐陳，叔寶身死國滅，三
百年南北分裂之局，復歸統一。

　　南朝之世，除內亂相繼外，異族之侵陵未曾稍息，致使國界一再
南移。東晉時代，祖逖、庾亮、庾翼、殷浩、桓溫與劉裕等，曾四度
興兵北伐，但均因內部矛盾衝突，師出無功。及孝武帝太元八年，秦
苻堅傾師南犯，舉國震恐，幸賴謝安、謝玄等重臣沉著應變，朝廷、
方鎮上下一心，始能保存半壁江山及漢民族之命脈。劉宋與北魏之爭
戰，以文帝永嘉七年至二十九年間最爲激烈，由於連戰失利，導致宋
室「兵荒財殫」，國力衰微，北強南弱之勢，即肇於此時矣。逮乎南齊，
皇室權力傾軋，無暇治外，坐失恢復中原之機運。及梁武帝初年，軍
容甚盛，天監五年，大敗魏師於鍾離，爲南朝少見之大捷。惜天監十
三年，壽陽一役，沿淮軍民十餘萬，均死於水禍，至此梁朝無力大舉，
用兵不出淮水兩岸。及普通初年，魏國爆發「六鎮之亂」，梁亦未能乘
機北伐，收復中原，實可痛惜。武帝晚年，冀「以夷制夷」，而納降將
侯景，終演成大禍。由是得知，侯景叛變雖屬內亂，然實由外患所導
致也。爰至陳霸先立國，西部疆域僅存長沙以南地區，與北齊北周間
仍頻起干戈，初陳師雖屢建戰績，然因朝廷君臣只圖畫淮自守，苟安
江表，以致坐失復土良機。而北周武帝宇文邕併吞北齊，統一中原後，

繼於太建九年，轉兵進攻淮南，大敗陳師，陳朝政權危在旦夕，所幸宇文邕病故，新主荒淫，無心政事，陳遂得以苟安十年，後終亡於隋。

南朝歷經長期戰亂，生靈塗炭，時人之思想、生活與行為，多流於消極、頹廢。或服食養生、或高蹈遺世、或放蕩享樂，其影響文學風尚，乃不辯自明者也。

二、山川秀麗風謠柔美

晉室南渡後，中國政治中心隨之南移至長江流域，由於地理環境特殊，此一時期漢民族之政教、文化、經濟、民風各方面，均產生前所未有之變革。江南地區，風光明媚，水土柔和，物產豐饒，經濟充裕，民性浪漫，大異於黃沙蔽天，土地貧瘠，生活純樸之北方風情。生活於如此優越之環境中，文學素材寓目即得，故極易孕育詩情畫意之文學情操，南朝文藝勃興，此為重要因素之一。

江南民性活潑浪漫，各地均有熱情柔美之風謠，東晉而後，流行於建業一帶之「吳歌」，及荊、郢、樊、鄧等地之「西曲」，尤具韻味。如：

> 宿昔不梳頭，絲髮披兩肩，婉伸郎膝下，何處不可憐？
> 恃愛如欲進，含羞未肯前，朱口發艷歌，玉指弄嬌絃。
> （以上吳歌〈子夜歌〉）〔註8〕
> 春林花多媚，春鳥意多哀，春風復多情，吹我羅裳開。
> 秋夜涼風起，天高星月明，蘭房競妝飾，綺帳待雙情。
> （以上吳歌〈子夜四時歌〉）
> 碧玉破瓜時，相為情顛倒，感郎不羞報，回身就郎抱。
> （吳歌〈碧玉歌〉）
> 聞歡下揚州，相送楚山頭，探手抱腰看，江水斷不流。
> （西曲〈莫愁樂〉）

〔註 8〕見逯欽立輯校，《先秦漢魏晉南北朝詩》，（台北：學海出版社，1984年）。本書所引南朝詩皆以逯氏輯校為據，後文不再逐一註明。

> 篙折當更覓，櫓折當更安，各自是官人，那得到頭還？
>
> （西曲〈那呵灘〉）
>
> 夜來冒霜雪，晨去履風波，雖得敘微情，奈儂身苦何？
>
> （西曲〈夜度娘〉）

歌謠中所描摹之旖旎風光，率眞奔放之愛戀與軟膩浪漫之情調，乃正統文人作品中從所未見者，以是極富新鮮感，廣受喜好。經由倡優藝伎、豪商富賈之口，迅速傳衍至社會各階層。南史循吏傳論序：

> 宋武起自匹庶，知人事艱難，……而黜己屛欲，以儉御身，……凡百戶之鄉，有市之邑，歌謠舞蹈，觸處成群，蓋宋世之極盛也。……永明繼運，垂心政術，杖威善斷，猶多漏網，長吏犯法，封刃行誅，郡縣居職，以三周爲小滿，水旱之災，輒加振卹，十許年中，百姓無犬吠之驚，都邑之盛，士女昌逸，歌聲舞節，袨服華妝，桃花淥水之間，秋月春風之下，無往非適。

由於吳歌、西曲委婉曼妙，某些精通音律之士，遂將之被諸管絃。《晉書・樂志》云：

> 吳歌雜曲，並出江南。東晉以來，稍有增廣。……始皆徒歌，旣而被之管絃。

藉音樂之助，其傳播益見廣遠，不但深入都市，且流入上層社會與宮廷皇室，甚者採入朝廷，備於女樂，以之替代散失之中原舊曲。《晉書・王恭傳》云：

> （會稽）道子嘗集朝士，置酒於東府，尚書令謝石醉爲委巷之歌。恭正色曰：「居端右之重，集藩王之第，而肆淫聲，欲令羣下何所取則？」

《古今樂錄》云：

> 誕（宋隨王誕）始爲襄陽郡，元嘉二十六年，仍爲雍州刺史，夜聞諸女歌謠，因而作之，所以歌和中有襄陽來夜樂之語也。

《南齊書・王儉傳》云：

> 上（齊高帝）曲宴羣臣數人，各使効伎藝，褚淵彈琵琶，

王僧虔彈琴，沈文季歌子夜，張敬兒舞。

《南史・徐勉傳》云：

> 普通末（梁武帝年號），武帝自算擇後宮吳聲、西曲女妓各一部，並華少，賚勉，因此頗好聲酒。

觀此可知，齊梁時代，宮廷貴族宴集已採用「吳歌」「西曲」為樂，而君主，如：齊武帝、梁武帝、簡文帝、元帝、陳後主等；一般文士，如：湯惠休、鮑照、鮑令暉、王融、謝朓、沈約、蕭子顯、劉孝綽、庾肩吾、徐摛等，均相競模擬製作，[註9] 並另創新調新詞。在此環境潮流下，吳歌、西曲影響正統詩歌之風格、內涵與形式，乃必然之結果。

三、商業繁榮風俗奢靡

江南地區之開發啟於三國鼎立時代，孫權建國於此，曾刻意經營，規模粗具。及東晉南渡，由於其地理環境優越，水運便捷，交通輻輳，利於轉運財貨，因之都市日趨繁榮，商業亦漸發達。時建康、吳都、荊州、襄陽等地，不僅為政教農業中心，亦為商賈雲集之所，當地民眾頗多棄農從商，以期致富。《宋書・孔琳之傳》論云：

> 事有偏變，隆敝代起。昏作役苦，故稱人去而從商。商子事逸，末業流而浸廣，泉貨所通，非復始造之意。於是競收罕至之珍，遠蓄未名之貨。明珠翠羽，無足而馳；絲罽文犀，飛不待翼。天下蕩蕩，咸以棄本為事。……而年世推移，民與事習，或庫盈朽貫，而高廩未充，或家有藏鎰，而良疇罕闢。

〔註 9〕《樂府詩集》所存錄之吳歌西曲中，不乏齊梁間詩人之擬作參雜在內。如吳歌部分——〈子夜四時歌〉：梁武帝七首、王金珠八首。〈丁督護歌〉：王金珠一首。〈碧玉歌〉：梁武帝一首。西曲部分——〈烏夜啼〉：梁簡文帝一首、劉孝綽一首、庾信一首。〈烏棲曲〉：梁簡文帝四首、梁元帝六首、蕭子顯一首、徐陵二首、陳後主三首。〈估客集〉：齊武帝一首，釋寶月二首，陳後主一首。〈三州曲〉：陳後主一首。襄陽蹋銅蹄：梁武帝三首、沈約三首。〈楊判兒〉：梁武帝一首。足徵當時文人模擬樂府風氣之盛。

《南齊書・高帝本紀》云：

> 自廬井毀制，農桑易業，鹽鐵妨民，貨鬻傷治，歷代成俗，
> 流蠹歲滋。

得見宋齊之後，商業勃興，已漸有取代農業之勢，而因經商致富者，亦屢見不鮮。以故，若干王公貴戚、豪門官僚，見獵心喜，不惜降尊紆貴，勾結商人。官則囤積居奇，商則行賄買官，以致官商不分，商賈地位由是得以提升。社會商業氣息既重，生活則漸趨浮華。《宋書・周朗傳》云：

> 凡厥庶民，制度日侈。商販之室，飾等王侯。傭賣之身，
> 製均妃后。凡一袖之大，足斷爲兩，一裾之長，可分爲二。
> 見車馬不辨貴賤，視冠服不知尊卑。

商人日用奢華之情況，實非純樸農民村婦所能想像。飽食暖衣之餘，則進而追求聲色之享樂，倡優、藝伎、遊邪子弟因之應運而生，風俗彌見隳頹。

　　至於毫門大族生活之揮霍，較商賈有過之而無不及。南朝各代以內憂外患之故，國民生計雖日趨窮困，然一般權貴於門閥制度保護之下，政治、經濟地位始終優越，以是，遂產生幸存苟安，及時行樂之頹廢心態，生活極爲奢侈荒淫。《宋書・孔靈符傳》云：

> 靈符家本豐，產業甚廣，又於永興立墅，周回三十三里，
> 水陸地二百六十五頃，含帶二山，又有果園九處。

《南史・齊東昏侯本紀》云：

> 於是大起諸殿，芳樂、芳德、仙華、大興、含德、清曜、
> 安壽等殿。又別爲潘妃起神仙、永壽、玉壽三殿，皆市飾
> 以金璧。其玉壽作飛仙帳，四面繡綺，窗間盡畫神仙。又
> 作七賢，皆以美女侍側，鑿金銀爲書字，靈獸神禽，風雲
> 華炬，爲之玩飾。橑桷之端，悉垂鈴佩。江左舊物，有古
> 玉律數枚，悉裁以鈿笛。莊嚴寺有玉九子鈴，外國寺佛面
> 有光相，禪靈寺塔諸寶珥，皆剝取以施潘妃殿飾。……又
> 鑿金爲蓮華以帖地，令潘妃行其上，曰：「此步步生蓮華

也。」塗壁皆以麝香，錦幔珠簾，窮極綺麗，繫役工匠，
自夜達曉，猶不副速，乃剔取諸寺佛剎殿藻井、仙人、騎
獸以充足之。

《南齊書・高逸顧歡傳》云：

貴勢之流，貨室之族，車服伎樂，爭相奢麗，亭池第宅，
競趣高華，至於山澤之人，不敢採飲其水草。

《南史・梁南平王偉傳》云：

齊世青溪宮改爲芳林苑，天監初，賜偉爲第，又加穿築，
果木珍奇，窮極彫靡，有侔造化，立遊客省，寒暑得宜，
冬有籠爐，夏設飲扇，每與賓客遊其中，……梁藩邸之盛
無過焉。

《梁書・賀琛傳》云：

今天下宰守，所以皆尚貪殘，罕有廉白者，良由風俗侈靡
使之然也。淫奢之弊，其事多端，粗舉二條，言其尤者。……
今之燕喜，相競誇豪，積果如山岳，列肴同綺繡，露台之
產，不周一燕之資，而賓主之間裁取滿腹，未及下堂，已
同臭腐。……務在貪污，爭飾羅綺，故爲吏牧民者，競爲
剝削，雖致貲巨億，罷歸之日，不支數年，便已消散。

《陳書・皇后傳》云：

（後主）至德二年，乃於光照殿前起臨春、結綺、望仙三
閣，高數十丈，並數十間。其窗牖、壁帶、懸楣、欄檻之
類，並以沈檀香木爲之，又飾以金玉，間以珠翠，外施珠
簾，內有寶床寶帳，其服玩之屬，瑰奇珍麗，近古所未有。
每微風暫至，香聞數里，朝日初照，光暎後庭。其下積石
爲山，引水爲池，植以奇樹，雜以花藥。後主自居臨春閣，
張貴妃居結綺閣，龔孔二貴妃居望仙閣，並複道交相往來。

一般豪貴，不僅於飲食、衣服、車馬、宮室方面縱意奢侈，聲色娛樂
方面，更極盡淫奢之能事。如宋南郡王義宣「後房千餘，尼媼數百，
男女三十人。」顏師伯「多納貨賄，家產豐積，伎妾聲樂，盡天下之
選。」徐湛之「伎樂之妓，冠絕一時。」沈慶之「妓妾數十人，並美

工藝。」南齊到撝「妓妾聲樂，皆窮上品。」梁臨川王「後宮數百人，皆極天下之選。」羊侃「姬妾侍列，窮極奢靡。」曹景宗「妓妾數百，窮極錦繡。」夏侯夔「後房伎妾，曳羅縠飾金翠者，亦有數百。」以上所列，僅就史傳中較爲著名者略舉一二耳。由於蓄養「姬妾」「藝伎」之風鼎盛，道德隨之淪喪，傷風敗俗、苟且淫亂之事，層出不窮。

《宋書‧前廢帝本紀》云：

> 山陰公主，淫恣過度。謂帝曰：「妾與陛下，雖男女有殊，俱託體先帝，陛下六宮萬數，而妾唯駙馬一人，事不均平，一何至此？」帝乃爲主置面首左右三十人。

《宋書‧明恭王皇后傳》云：

> 上（明帝）嘗宮內大集，而臝婦人觀之，以爲歡笑。后以扇障面，獨無所言。帝怒曰：「外舍家寒乞，今共爲笑樂，何獨不視？」后曰：「爲樂之事，其方自多，豈有姑姊妹集聚，而臝婦人形體，以此爲樂。外舍之爲歡適，實與此不同」（臝、同裸。）

他如齊文安王皇后、鬱林王妃何氏、東昏侯、梁臨川王弘、臨賀王正德等之淫亂事蹟，史冊斑斑，誠不勝枚舉也。

　　居上位領導者之生活行爲奢靡如此，庶民則起而效尤，社會風氣自趨敗壞，《梁書‧武帝本紀》云：

> 自永元失德…國命朝權，盡移近習，販官鬻爵，賄貨公行。並甲第康衢，漸臺廣室，長袖低昂，等和戎之賜，珍羞百品，同伐冰之家。愚民因之，浸以成俗。驕艷競爽，夸麗相高。至乃市井之家，貂狐在御，工商之子，緹繡是襲，日入之次，夜分未反，昧爽之朝，期之清旦。

此乃奢靡風氣蔓延社會各階層之實際概況。

　　《詩品‧上品‧序》云：「氣之動物，物之感人，故搖蕩性情，形諸舞詠。」文學作品爲現實生活之具體反映。南朝詩人日久浸淫於驕奢逸樂之環境中，其作品之精神、內涵與風格深受影響，乃顯而易見者也。

四、玄學昌盛宗教通流

士人之崇尚老莊玄學，肇始於東漢末年，其興起之因有二。一爲儒學衰微：經術發展於東漢，或雜糅陰陽五行讖緯符命等怪論，或泥滯於章句訓詁，以致支離破碎，自難爲有識之士所信服，而儒者講究之名節禮法，亦流矯揉造作，不合世情。益以曹操重法術、用人唯才而不計品德之作風，影響人心。爰及有晉，儒學已至窮極必變之境地矣。二爲政治紊亂：東漢末季，社會苦於兵革，民生凋敝已極，厭世之念，幾人人有之。一般穎達之士，痛政治日乖，念人生多苦，憤怨溢懷，深感正之不能，言之招禍，衷曲隱忍，苦不可耐，遂相率爲避世全身之謀。於是貴虛無、尚自然、不干時政，談論亦不構怨之老莊思想，遂應運而起矣。由於潮流所趨，曹魏時代之王弼、何晏、阮籍、嵇康、山濤、向秀、劉伶、王戎之輩，皆尚虛無恬淡之說，蔑視禮法，玩世不恭。惟彼尚有研理之意存焉，逮乎晉世，政化日損，忌諱滋多，學者如謝鯤、胡母輔之、畢卓、王尼、羊曼、光逸等，專務玄虛，以老莊思想自娛，飲酒縱樂，任性放達，藉以迴避世事。及南朝，內憂外患相乘，幾無寧歲，人心浮動，老莊思想流風未沫，時帝王、貴戚、大臣、武夫、儒生、文人、藝士、婦女等，無不溺之。《梁書·簡文帝本紀》云：

> （簡文）博綜儒書，善言玄理。

《南史·梁元帝本紀》云：

> （承聖三年）秋九月辛卯，帝於龍光殿述老子義。先是，魏使宇文仁恕來聘，齊使又至江陵，帝接仁恕有闕，魏相安定公憾焉。乙巳，使柱國萬紐于謹來攻。冬十月丙寅，魏軍至襄陽，梁王蕭詧率眾會之。丁卯，停講，內外戒嚴，輿駕出行城柵，大風拔木。丙子，續講，百僚戎服以聽。

以上乃帝王好玄言之例。

《齊書·柳世隆傳》：

> 世隆少立功名，晚專以談義自業。……常自云：「馬矟第一，清談第二，彈琴第三。」在朝不干世務，垂簾鼓琴，風韻

清遠，其獲世譽。

此武夫附庸風雅之例。

《梁書・儒林伏曼容傳》云：

> 善老易，倜儻好大言，嘗云：「何晏疑易中九事，以吾觀之，
> 晏了不學也。故知平叔有所短。」

《梁書・儒林嚴植之傳》云：

> 少善莊老，能玄言。

《陳書・儒林全緩傳》云：

> 治周易、老、莊。時人言玄者咸推之。

《陳書・儒林張譏傳》云：

> 篤好玄言，……侯景寇逆，於圍城之中，猶侍哀太子於武
> 德後殿講老、莊。……後主在東宮，……仍令於溫文殿講
> 莊、老。……所居宅營山池，植花果，講周易、老、莊而
> 教授焉。

以上乃儒生兼通老、莊之例。

《南齊書・張融傳》云：

> 融玄義無師法，而神解過人，白黑談論，鮮能抗拒。

《南齊書・袁彖傳》云：

> 彖少有風氣，好屬文及玄言。

《陳書・周弘正傳》云：

> 弘正博物知玄象，善占候。

《陳書・徐陵附徐孝克傳》云：

> 少為周易生，有口辯，能談玄理。

《陳書・徐陵傳》云：

> （年）十二，通莊老義。

以上乃文人好玄言之例。

初期玄學，以周易、老、莊為主，東晉以降，佛學亦滲入清談領
域，與老莊相互發明，入隋此風乃息。由正始至禎明，歷時凡三百五
十年，通東漢之世計之，亦可云天道五百年而一變矣。

　　宗教本爲亂世之產物，南北朝時代，佛教與道教均極盛行。佛教流通，雖始於東漢，然其興盛，則在晉南北朝之時，梁啓超於《中國學術思想變遷之大勢》中，列舉佛教宗派，凡十三家，除俱舍、攝論二宗起於隋文帝之世，華嚴、法相、眞言三宗起於唐世外，餘成實、三論、涅槃、律、地論、淨土、禪、天台八宗，皆起於晉南北朝之世也。

　　佛教初期之傳播，多借助於迷信與法術，其所謂神不滅論、因果報應、六道輪廻等理論，頗能慰藉掙扎於離亂怨憤、哀生懼死之人心，故廣受歡迎。此外，君主信奉者眾，亦爲流通獨盛之因，蓋有風行草偃之效也。東晉諸帝、后信佛者多，孝武及恭帝尤甚。宋、齊、梁、陳更迭遞嬗，佛教則逐代隆興；宋明帝以故宅起湘宮寺奉佛，王奐嘗請幸其府，以不欲殺牲卻之，及大漸時，正坐呼道人，合掌便絕，頗類信淨土宗者所爲（見《南史・宋明帝本紀》、《齊書・王奐傳》、《南史・循史虞愿傳》）。齊武帝立禪靈寺，大漸時，命靈上愼勿以牲爲祭，末山陵前，朔望祇設茶食，亦可見其皈依之篤（見《齊書・五行志》及〈武帝本紀〉）。梁武帝屢幸同泰寺捨身，效廟牲牷，皆代之以麵，其敬信，尤爲古所未聞（見《梁書・本紀》）。陳代諸主皆信佛，陳武英略，亦不例外，捨身興寺，樂之不疲（見《陳書・本紀》），一時風氣所趨，誠不易超然自拔也。

　　佛學與儒、道思想結合，爲其盛行之另一因素。東晉而後，中國佛徒先後往西方求法，攜回大量佛經，且力謀融通儒玄，俾使佛教中國化。而外國沙門來傳教者亦眾，不僅翻譯經典，宣揚佛法，且精通中國哲學，故極爲時流所重，以致僧人加入清談，士子研究佛理，遂形成佛老合流之勢。東晉高僧：支遁、道安、惠遠；名士：孫綽、許詢、謝尚、阮裕、韓伯、孫盛、張憑、王胡之等，並精佛理，於是老莊哲學復益以釋家之說，所言愈玄，辨析愈密矣。有宋而後，士大夫之有識者，皆通佛家教義，以爲其理與儒、道無二，並廣用於人倫日用之中，當時文人如：謝靈運、謝莊、江淹、何遜、江革、沈約、庾肩吾、王筠、劉孝綽、江總等；儒士如：嚴植之、賀革、太史叔明、

皇侃、張譏、龔孟舒、陸慶等，其生活行逕、詩文著作，或多或少皆染佛家色彩。

南朝寺院林立，東晉有一千七百六十八所，梁時增至二千八百四十六所，僅京師一地，即有五百餘所，僧尼十餘萬人。一般寺院皆擁有廣大之田宅果園，並因鑄像之故，金銀銅多流入寺廟中，成為財富萃聚之淵藪，沙門生活優裕，此為時人投身佛門之現實原因。由於僧尼浮濫，素質不齊，傷風敗俗之事頻傳，諸如舉放高利貸、剝奪民資、逃避賦稅、肆意荒淫、參與謀反等，影響社會秩序至鉅。宋文帝、孝武帝及齊武帝時，屢申禁令，嚴止私建寺塔，並淘汰沙門，雖收一時之效，然未幾又故態復萌，蓋大勢所趨，誠難以扭轉也。入隋後，因帝王加意提倡，佛教依然維持盛景，歷久不衰。

道教注重現世幸福，以追求長生不老為目的，亦極契合亂世之人心。其淵源較佛教古老，但真正邁向組織性之宗教體制，卻晚於佛教。東漢末張道陵創「五十米道」，張角創「太平道」，均屬道教之雛形。自魏晉以來，道教受佛教之刺激與影響，加速吸收佛、儒、玄學理論，而漸趨成熟。

有晉時，道教稱天師道。士大夫信奉者甚多，例如東晉高門王氏即世奉天師道。當時道教可分丹鼎、符籙、清淨三派。丹鼎派以燒鍊服食為事，流行於朝廷公卿間；符籙派以經咒醮禱為事，多為民間所崇奉；清靜派近於道家，崇尚無為自然，富學術氣息，為知識分子所喜好。東晉初年，道教大師葛洪，以鍊丹服食之理論，附會古代神仙說與易、老哲學，從此奠定教義之基礎。其所著《抱朴子》一書，分內外兩篇，外篇論時局與道德，內篇講述神仙術之學理與方法；提倡養生制慾、鍊丹長生，排斥原始之巫祝與醮禱，極契士大夫之脾胃。東晉三吳內地、東南及沿海地區，道教尤為盛行，孫恩、盧循即以道教惑眾而倡亂者。然道教於南朝之勢力，終不如佛教，君主奉道者甚鮮。梁武帝少年曾受道法，即位之初崇道士陶宏景，宏景著有《太清書》及《真靈位業圖》，為道教重要文獻，後世道教之服式禮儀及諸

神班次，均依其說而定型。陳武帝因世居吳興，受當地風俗影響，初奉道教，後則改信佛教。此外如宋謝靈運、齊顧歡、竟陵王子良等，與道教亦有淵源關係。

　　道教向被評為迷信低級之宗教，實不盡然。道教經典之內容概分有經戒、餌服、房中術與符籙等類，其中頗多養生益壽之理論，涉及近代植物、礦物、生理、醫藥、物理、化學等科學範疇，顯示道教反抗自然，力謀延長人類生命之崇高理想。且道教長生之方，除鍊丹導引外，更重視行善積德與靜心養性，對社會道德之提昇，誠具有廣弘之宣導作用，因此道教予南朝人民生活、社會秩序、學術思想與文學內涵之影響，亦不容忽視也。

五、權貴好文才士趨附

　　南朝權貴，為政治民，乏善可陳，然賦詩撰文，則成就非凡。如《宋書‧臨川王義慶傳》云：

　　　　愛好文義，才辭雖不多，然足為宗室之表。

《南齊書‧隨郡主蕭子隆傳》云：

　　　　上（武帝）以子隆能屬文，謂儉曰：「我家東阿也。」儉曰：「東阿重出，實為皇家蕃屏。」

《梁書‧武帝本紀》云：

　　　　（武帝）天情睿敏，下筆成章。千賦百詩，直疏便就，皆文質彬彬，超邁今古。

《梁書‧簡文帝本紀》云：

　　　　太宗幼而敏睿，識悟過人，六歲便屬文，高祖驚其早就，弗之信也，乃於御前面試，辭采甚美。高祖歎曰：「此子吾家之東阿。」……篇章辭賦，操筆立成。

《梁書‧昭明太子傳》云：

　　　　（太子）讀書數行並下，過目皆憶。每遊宴祖道，賦詩至十數韻。或命作劇韻賦之，皆屬思便成，無所點易。

南朝君主、王侯除本身具有文學天分及特殊愛好外，獎掖才士，推動

文風，更是不遺餘力。如《南史・宋文帝本紀》云：

> 上好儒雅，又命丹陽尹何尚之立玄素學，著作佐郎何承天
> 立史學，司徒參軍謝元立文學。各聚門徒，多就業者，江
> 左風俗，於斯為美，後言政化，稱元嘉焉。

又《南史・文學傳序》亦云：

> 自中原沸騰，五馬南渡，綴文之士，無乏於時。降及梁朝，
> 其流彌盛。蓋由時主儒雅，篤好文章，故才秀之士，煥乎
> 俱集。於時武帝每新臨幸，輒命羣臣賦詩。其文之善者，
> 賜以金帛。是以縉紳之士，咸知自勵。

他如《宋書》所載：南平王休鑠、建平平弘、廬陵王義眞、江夏王義
恭；《南齊書》所載：竟陵王子良、鄱陽王鏘、江夏王鋒、豫章王嶷、
衡陽王鈞；《梁書》所載：元帝、宣帝、安成王秀、南平王偉等政治
領導人物，莫不是「篤好文章」、「獎勵文學」之儒雅之士。

　　南朝文士，或出身貴冑世族之家，或屈居寒門庶族，為維持、拓
展其家聲與地位，皆不得不攀附皇室、阿諛權貴，藉其術業專長，遊
於諸王門下，因而逐漸形成許多以權貴為中心之文學集團（詳見第二
章第三節）。由於各個集團之成員，經常聚會遊宴，從事娛樂性之集
體創作，因此作品之內容、形式、體裁、風格等方面，均相互感染，
而呈現某種共同之特色。且此特色，必以領導者之好尚為依歸。蓋其
人在政壇及文壇上均具有舉足輕重之影響力，文人才士欲達到榮陞、
顯貴之目的，焉有不投其所好之理？如《梁書・任昉傳》云：

> 昉立於士大夫間，多所汲引，有善己者，則厚其聲名。

《梁書・文學袁峻傳》云：

> 高祖雅好辭賦，時獻文於南闕者相望焉，其藻麗可觀，或
> 見賞擢。

《梁書・張率傳》云：

> （率）直文德待詔省，……侍宴賦詩，高祖乃別賜率詩曰：
> 「東南有才子，故能服官政，余雖慚古昔，得人今為盛。」
> 率奉詔，往返數首，其年遷祕書丞。

《梁書・劉孝綽傳》云：

> 孝綽免職後，高祖數使僕射徐勉宣旨慰撫之，每朝宴，常引與焉。及高祖為籍田詩，又使勉先示孝綽，時奉詔作者數十人，高祖以孝綽尤工，即日有敕，起為西中郎湘東王諮議。

《陳書・江總傳》云：

> （總）好學能屬文，其五言七言尤善；然傷於浮艷，故為後主所愛幸。

以上所舉者，皆因賦詩投權貴所好，而賞擢、陞官、復職、愛幸之例。

　　利祿所趨，文人莫不爭先恐後歸附權貴，熱衷創作，且相互唱和酬贈，一較長短，文風因之逐代隆興。而中國文學之集團化，亦於此期臻於極盛。

第二節　南朝之文學思潮

　　南北朝時代，中國文學思想因受時代環境之影響，呈現劃時代之自覺與創新。文學概念之轉變、文學理論之建立與浪漫、唯美文學之興盛，使中國詩文步入「緣情綺靡」之新境界。

　　本節乃依據南朝學者之文論專作如：葛洪《抱朴子》之〈逸民〉、〈諸子〉、〈尚博〉、〈鈞世〉、〈辭義〉諸篇、摯虞〈文章流別論〉、李充〈翰林論〉、范曄〈獄中與諸甥書〉、沈約《宋書・謝靈運傳論》、蕭子顯《南齊書・文學傳論》、梁昭明太子、簡文帝、元帝諸書序、劉勰《文心雕龍》與鍾嶸《詩品》等原始資料，並參考近人所著《中國文學批評史大綱》、《中國文學批評史》、《魏晉南朝文學批評史》、《六朝文論研究》、《魏晉思想論》、《魏晉清談論述》、《魏晉思想及談風》、《魏晉南北朝文學思想史》等論著，擇其對南朝詩學有重大影響者，扼要說明如下：

一、文學概念之轉變

（一）文學含義之淨化

　　由周秦至南北朝，文學之含義約有三變。周秦時代孔子、荀子、墨子、韓非子等所謂之「文學」，乃汎指一切學術而言。惟孔子似特重《詩經》之功能與價值，於《論語》〈陽貨〉、〈季氏〉、〈子路〉等篇中皆曾述及，此對後世之文學概念或有影響也。爰至兩漢，仍以「文學」括示一般「學術」，而以「文章」、「文辭」專稱辭、賦等作品，此一分野，直至曹魏猶為多數學者所認同。〔註10〕及南北朝時代，「文學」、「文章」始轉而稱指詩、辭、歌、賦等文學作品。如：范曄《後漢書》特立〈文苑傳〉，止列詩人文士，其中或稱「文章」，或稱「文學」；蕭子顯作《南齊書》，亦立〈文學傳〉，文士之作品則統以「文章」稱之。《後漢書‧文苑傳》贊云：

> 情志既動，篇辭為貴。抽心呈貌，非彫非蔚。殊狀共體，同聲異氣。言觀麗則，永監淫貴。

《南齊書‧文學傳》云：

> 史臣曰：文章者，蓋情性之風標，神明之律呂也。蘊思含毫，遊心內運，放言落紙，氣韻天成。莫不稟以生靈，遷乎愛嗜，機見殊門，賞悟紛雜。

范蕭二家所謂之「文學」或「文章」，與今日狹義之文學觀，相去無多矣。此外，如宋文帝立四學，「文學」與「儒學」、「玄學」、「史學」並立。劉義慶《世說新語》有〈文學篇〉，所述止限於詩人文士。又《梁書‧簡文帝本紀》稱「引納文學之士，賞接無倦，恆討論篇籍，繼以文章。」〈文學傳〉中之〈劉苞傳〉云：「自高祖即位，引後進文學之士，苞及從兄孝綽、從弟孺、同郡到溉、溉弟洽、從弟沆，吳郡陸倕、

〔註10〕曹魏時已有學者認為不應以「文學」指學術，而以「儒學」代之者。如劉劭人物志流業篇云：「能屬文著述，是謂文章，司馬遷、班固是也。能傳聖人之業，而不能幹事施政，是謂儒學。」可見「文學」一辭有脫離「學術」，而與「文章」冥合之趨勢。

張率，並以文藻見知，多預讌坐。」其中所謂「文學之士」均專指擅於賦詩撰文者。再如梁昭明太子〈文選序〉，論及選文之標準爲「事出於沈思，義歸乎翰藻」，則全從藝術觀點以定文學之範疇，大異於周秦、兩漢所謂之「文學」也。

綜觀上述，得知自周秦迄南北朝，「文學」之含義由混淆而明晰，由籠統而分立，「文學」從其他學術中脫穎而出，成爲一門獨立之學問，而獲得蓬勃發展之機運。

（二）文學價值之提升

兩漢文學，因受儒家經義章句及禮教思想之束縛，以崇實尚質、教化諷諫爲目的，故文學之價值不在其本身，而在於記事載言。逮乎魏晉，儒學衰微，老莊思想通流，文學脫離其他學術而獨立，始漸爲士者所重。魏文帝曹丕於《典論・論文》中云：

> 蓋文章，經國之大業，不朽之盛事。年壽有時而盡，榮樂止乎其身，二者必至之常期，未若文章之無窮。是以古之作者，寄身於翰墨，見意於篇籍，不假良史之辭，不託飛馳之勢，而聲名自傳於後。

曹丕將文章與事功並列，無怪乎曹魏之世文風大盛。及東晉葛洪於《抱朴子・尙博篇》中，更將文學提昇於道德之上，其言曰：

> 德行爲有事，優劣易見；文章微妙，其體難識。夫易見者粗也，難識者精也。夫唯粗也，故銓衡有定焉；夫唯精也，唯品藻難一焉。吾故捨易見之粗，而論難識之精，不亦可乎？

此「德性粗，文章精」之論點，發展至梁代，遂產生文學統御萬有之理論。簡文帝〈答張纘謝示集書〉云：

> 竊嘗論之：日月參辰，火龍黼黻，尚且著於玄象，章乎人事；而況文辭可止，詠歌可輟乎？「不爲壯夫」，揚雄實小言破道；「非謂君子」，曹植亦小辯破言，論之科刑，罪在不赦。

又於昭明太子〈集序〉云：

> 竊以文之爲義，大哉遠矣。……故易曰：「觀乎天文，以察

時變；觀乎人文，以化成天下。」是以含精吐景，六衢九
光之度；方珠喻龍，南樞北陵之采，此之謂天文。文籍生，
書契作；詠歌起，賦頌興。成孝敬於人倫，移風俗於王政；
道綿乎八極，理浹乎九垓：贊動神明，雍熙鍾石；此之謂
人文。若夫體天經而總文緯，揭日月而諧律呂者，其在茲
乎？

文學至高之觀念，乃六朝文盛之重要因素也。

（三）文學功能之重估

文學功能之認定，足以影響文學之形式與內涵。根據前人之歸納，文學之功能不外有三：一為經世教化，二為感人娛人，三為兼顧教化與娛人二者。此三種論點雖可能並存於同一時期，然因各時代之環境背景不同，而各有偏重。如周秦兩漢之文學多著眼於經世教化之功能，因此孔子論《詩經》，特稱頌其於修身、達世、從政、應對之效用。〈毛詩序〉亦云：

是故正得失、動天地、感鬼神，莫近於詩。先王以是經夫
婦、成孝敬、厚人倫、美教化……。

由於《詩經》被認定具有「厚人倫、美教化」之作用，致使後人多誤解其內容，以期符合教育之意義。及東漢王充，更調強文學必須「有益於化，化有補於正」，如此始能「匡濟薄俗，驅民使之歸實誠。」（詳見《論衡·對作篇》）

魏晉南北朝之世，雖部分學者仍承兩漢思想，主張文關教化，然多數則傾向於「感人娛人」之功能。如曹丕《典論·論文》謂作者「寄身於翰墨，見意於篇籍。」劉伶著酒德頌，亦屬「意氣所寄」（見《世說新語·文學篇》），王羲之〈蘭亭集序〉曰：「原詩人之致興，諒歌詠之有由。」均得見時人強調文學抒發情志之功用。又陶淵明〈飲酒詩序〉云：

余閑居寡歡，兼比夜已長，偶有名酒，無夕不飲，顧影獨
盡，忽焉復醉。既醉之後，輒題數句自娛，紙墨遂多，辭
無詮次，聊命故人書之，以為歡笑爾。

文中明確指出吟詠賦詩，具有「排憂解懷」、「自娛娛人」之效能。鍾嶸《詩品‧上品‧序》云：

> 若乃春風春鳥，秋月秋蟬，夏雲暑雨，冬月祁寒，斯四候之感諸詩者也。嘉會寄詩以親，離群託詩以怨。至於楚臣去境，漢妾辭宮：或骨橫遡野，或魂逐飛蓬：或負戈外戍，殺氣雄邊，塞客衣單，孀閨淚盡：又士有解珮出朝，一去忘返；女有揚蛾入寵，再盼傾國。凡斯種種，感蕩心靈，非陳詩何以展其義？非長歌何以騁其情？故曰：詩，可以群：可以怨。使窮賤易安，幽居靡悶，莫尚於詩矣。

鍾嶸以為，時序景物與人事際遇，皆能引發詩人之感興。而宣洩多變複雜之情感，「莫尚於詩矣」。「緣情」、「感人」、「娛人」之文學觀，使詩歌內涵得以擴充。玄言、遊仙允為談資；山水、田野可為素材；甚者艷情、婦容亦得入詩國矣。又為配合活潑、綺麗之內容，詩歌形式遂由樸質趨向華靡，且遊戲性質之篇什亦於是盛焉。

二、文學理論之建立

南朝諸家文論，對詩文創作之原理原則，所述頗多，茲擇其要者，略述如後：

（一）文質論

文學作品須內容、形式兩臻其美，始能流傳不朽。《論語‧雍也》謂「質勝文則野，文勝質則史；文質彬彬，然後君子。」此雖就人之修養立說，然內外兼顧之理論，實亦為文學創作之準則。

先秦兩漢時代，多重質輕文，如《韓非子‧解老》云：「文為質飾者也，夫君子取情去貌，好質而惡飾。」《孟子‧萬章》云：「不以文害辭，不以辭害意。」揚雄《太玄經》曰：「大文彌樸，質有餘也。」王充《論衡‧書解》曰：「空書為文，實行為德。」凡此皆重質之論也。

魏晉以後，部分學者承孔子「文質彬彬，然後君子」之觀念，持「文質兩全」說。如范曄〈與諸甥姪書〉云：

常謂情志所託，故當以意爲主，以文傳意。以意爲主，則
其旨必見；以文傳意，則其辭不流。然後抽其芬芳，振其
金石耳。

昭明太子〈答湘東王求文集及詩苑英華書〉云：

夫文，典則累野，麗亦傷浮；能麗而不浮，典而不野，文
質彬彬，有君子之致。吾嘗欲爲之，但恨未逮耳。

徐陵〈答李顒之書〉亦云：

文豔質寡，何似上林：華而不實，將同桂樹。

劉勰《文心雕龍・情采》云：

聖賢書辭，總稱文章，非采而何？夫水性虛而淪漪結，木
體質而花萼振，文附質也。虎豹無文，則鞹同犬羊；犀兕
有皮，而色資丹漆，質待文也。

南北朝之世雖不乏「文質相待」之論調，然「文勝質」之觀念與文風，
實乃大昌其道。如昭明〈文選序〉論選文標準爲「綜輯辭采，錯比文
華，事出沈思，義歸翰藻。」簡文帝於〈與湘東王書〉中，鄙薄裴子
野之文章，謂其「質不宜慕」、「無篇什之美」。梁元帝《金樓子・立言
篇》直稱文須「綺縠紛披，宮徵靡曼。」另有專就修辭與聲律立論者，
如：「含玉吐金，爛然成章」、「文同積玉，韻比風飛」、「鳳綵鸞章，霞
鮮錦縟」、「五色相宣，八音繁會；鳳鳴不足喻，龍章莫之比。」等，
足徵時人注重文飾之觀念。由於風氣所趨，即使高論「文質兩全」之
文人，當其創作時，仍不免「清辭斐暐，五聲調應」，以是此期作品實
多「文勝質」也。

（二）修辭論

先秦時代尚質不尚文。孔子曾云：「辭，達而已矣。」（見《論
語・憲問》）《荀子・正名》亦云：「彼正其名，當其辭，以務白其志
義者也。」至漢揚雄仍本此觀念，其《法言・吾子》云：「或問，君
子尚辭乎？曰：君子事之爲尚。事勝辭則伉，辭勝事則賦，事辭稱
則經。」

　　及魏晉以後，文學地位提昇，並獲得獨立發展之機運，學者始注重詩文之修辭，如陸機於〈文賦〉中認爲，修辭不當將造成唱而靡應、應而不知、和而不悲、悲而不雅、雅而不艷之弊。摯虞〈文章流別論〉，則本儒者思想，評賦家修辭有「假象過大、逸辭過壯、辯言過理、麗靡過美」之弊，以貶斥浮說與淫辭。此外，葛洪《抱朴子・辭義》、范曄〈獄中與諸甥姪書〉、蕭繹〈內典碑銘集序〉等文，亦以修辭觀點，述說「文病」。至於積極提供修辭方法者，當以劉勰之《文心雕龍》最具價值，綜觀鎔裁、附會、章句、夸飾、比興、隱秀、事類、麗辭、練字、聲律諸篇所論，劉勰概以「典麗」爲修辭之總則。〈附會篇〉云：

> 夫才量學文，宜正體製：必以情志爲神明、事義爲骨髓、辭采爲肌膚、宮商爲聲氣，然後品藻玄黃，摛振金玉，獻可替否，以裁厥中，斯綴思之恆數也。

欲使詩文達到「品藻玄黃，摛振金玉」之典麗風貌，在修辭方面必須以「事義爲骨髓、辭采爲肌膚、宮商爲聲氣。」蓋「典」基於「事義」，「麗」基於「辭采」與「宮商」也。「宮商」指聲律而言，已蔚爲大國，俟下文敍述，茲止論事義與辭采如後。

　　論事義，〈事類篇〉云：

> 事類者，蓋文章之外，據事以類義，援古以證今者也。

引用事義之原則爲：

> 綜學在博，取事貴約，校練務精，捃摭須覈，眾美輻輳，表裏發揮。

論辭采，則〈麗辭篇〉云：

> 造化賦形，支體必雙：神理爲用，事不孤立。夫心生文辭，運裁百慮，高下相須，自然成對。

麗辭屬對之方法爲：

> 麗辭之體，凡有四對：言對爲易，事對爲難，反對爲優，正對爲劣。言對者，雙比空辭者也；事對者，並舉人驗者也；反對者，理殊趣合者也；正者，事異義同者也。

至於遣詞用字之技巧，〈練字篇〉云：

> 一避詭異，二省聯邊，三權重出，四調單複。

如此，則能使作品「美味騰躍而生，辭氣叢雜而至」矣。

　　劉勰雖提倡駢辭儷語、引事用典，但仍堅持兩項原則：一爲崇尚自然。其論「麗辭」云：「高下相須，自然成對。」「契機者入巧，浮假者無功。」言「用典」，則強調以「學以外成」之事類，配合「才自內發」之天姿，自然流露，應用於無形。二爲主張「文雖新而有質，色雖糅而有本。」以是劉勰特將〈原道〉、〈徵聖〉、〈宗經〉三篇置於書首，若能「原道以敷章」、「徵聖以立言」、「稟經以製式」，則「辭自富」「理自盛」，此乃修辭之至境也。然由於南朝重文輕質，詩人一味追求形式之華美，終使篇什「文新而無質，色糅而無本」，且失自然之韻矣。

（三）聲律論

　　基於中國文字具有形、音、義相互關涉之特點，以是聲律之運用，亦成爲修辭之一環，蓋其有助於表達情感、鮮明意象與優美節奏。魏晉以前之文士，雖能感悟文中具有聲調與節奏，且關係作品之巧拙與優劣，但皆「不知其所以然」，故未作任何研究與分析，後人稱此一時期之聲律觀念爲「自然聲律」。

　　及魏晉時代，由於受佛經梵唄轉讀之影響，〔註11〕學者對聲調節奏始有所領悟，繼而從事專門之研究，如魏李登作《聲類》，晉呂靜著《韻集》。降及齊梁，張諒有《四聲韻略》、陽休之有《韻略》、沈約有《四聲譜》、夏侯詠有《四聲韻略》十三卷、李概有《音韻》。從此四聲及協韻觀念，漸趨明晰。

　　羅根澤於《魏晉六朝文學批評史》一書中論及，古人所謂之文氣，即指自然音律而言，乃沈約、周顒等人工聲律說之前驅。其言固甚

〔註11〕陳寅恪先生於〈四聲三問〉一文中以爲，四聲之說乃受佛經梵唄轉讀之影響。由於永明時期造梵唄新聲，再因梵唄而推及中文。（詳見《清華學報》第九卷第二期）

是，惟吾以爲，古人所謂之「文氣」，或指「氣勢」、或謂「才氣」、或稱「體氣」，非專論「聲律」也。至所謂「自然聲律」，乃指得自於文字本身之清、濁、塞、擦、開、合、洪、纖之發音，與句式不同所造成之快慢節拍，以及因詩歌意義、興趣，引發讀者之種種情緒時，所產生高低、強弱、緩急之節奏感，而非經人爲刻意安排者。

齊梁之際，反切運用既廣，雙聲疊韻之辨遂興，平上去入四聲分析愈明，於是詩文聲韻之講求，由自然直覺之表現，轉而爲人工匠意之製定，所謂「永明體」遂應運而生焉。《南史·陸厥傳》云：

> （永明）時盛爲文章，吳興沈約、陳郡謝朓、瑯琊王融，
> 以氣類相推轂。汝南周顒善識聲韻，約等文皆用宮商，以
> 平上去入爲四聲，以此制韻，有平頭、上尾、蜂腰、鶴膝。
> 五字之中，音韻悉異：兩句之內，角徵不同：不可增減，
> 世乎爲「永明體」。

由此得知，齊梁音律說乃周、沈諸人共同之發明。「四聲八病」之論，雖各家所論詳略不一，然大旨乃在於禁忌聲韻之雷同，以求變化之美也。又《宋書·謝靈運傳》論云：

> 夫五色相宣，八音協暢，由乎玄黃律呂，各適物宜。欲使宮
> 羽相變，低昂互節：若前有浮聲，則後須切響：一簡之內，
> 音韻盡殊：兩句之中，輕重悉異。妙達此旨，始可言文。

此段文字中之聲律理論有三：（1）「若前有浮聲，則後須切響。」此謂一句之中須平仄配用也。（2）「一簡之內，音韻盡殊。」此謂一句中除重言連語外，不得複用同韻、同音之字也。（3）「兩句之中，輕重悉異。」輕重即清濁也。於是可知，沈約所論之聲律嚴矣，不止分平仄，且辨清濁也。經由沈約、王融、謝朓、周顒諸人之倡導，從此音律之道大行，「明聲律」遂成爲創作之必備條件矣。

正值聲韻學說盛行之際，亦有學者起而反對者，如鍾嶸、劉勰均極推崇古詩文之自然音律。鍾嶸〈詩品序〉曰：

> 昔曹劉殆文章之聖，陸謝爲體貳之才，銳精研思，千百年中，
> 而不聞宮商之辨，四聲之論。或謂前達偶然不見，豈其然乎？

> 嘗試言之，古曰詩頌，皆被之金竹，故非調五音，無以諧會。
> 若「置酒高堂上」，「明月照高樓」，為韻之首；故三祖之詞，
> 文或不工，而韻入歌唱，此重音韻之義也，與世之言宮商異
> 矣。今既不被管絃，亦何取於聲律耶？……余謂文製本須諷
> 讀，不可蹇礙，但令清濁通流，口吻調利，斯為足矣。至平
> 上去入，則余病未能；蜂腰鶴膝，閭里已具。

彼以為詩文之音律，自存文字之中，但感「清濁通流，口吻調利，斯
為足矣。」若刻意安排，則反失真美矣。又劉勰《文心雕龍·聲律》
云：

> 夫音律所始，本於人聲也。聲含宮商，肇自血氣，先王因
> 之以制樂歌。故知器寫人聲，聲非學器也。故言語者，文
> 章神明樞機，吐納律呂，唇吻而已。

此謂音律節奏發自人類體性，吟詠之間，自然吐納珠玉之聲，不待造
作也。鍾嶸、劉勰雖力斥人為之音律，然江河日下之勢，誠未能扭轉
也。聲韻學說之興起，不僅導致唐代律體之發展，亦使中國文學從此
步入一新境界。

（四）鑑賞論

　　魏晉以前，學者鮮有論及文學之鑑賞，惟其所述接物觀人之態度
與方法，對後代之文學鑑賞或具有啟示之作用。如莊子〈齊物論〉中
主張「喪我」待物，孔子勉人勿「師心自用」，孟子〈公孫丑篇〉謂：
「詖辭知其所蔽，淫辭知其所陷，邪辭知其所離，遁辭知其所窮。」
易〈繫辭下〉云：「將判者其辭慙，中心疑者其辭枝，吉人之辭寡，躁
人之辭多，誣害之人其辭遊，失其守者其辭屈。」凡此皆可轉用於文
學鑑賞之參考。

　　迨魏初曹丕《典論·論文》及〈與吳質書〉中，分別指出文學鑑
賞者「闇於自見其短」、「善於自見其長」及「貴遠賤今」之通病。曹
植〈與楊德祖書〉中，進而述及鑑賞之意義與鑑賞之資格，均極具見
識，開南朝鑑賞論之先河。

　　葛洪與劉勰爲南朝文論大家，二者於文學鑑賞，亦各有精當之見解，綜而論之，計有下列諸端：

　　1. 糾正「珍古卑今，貴遠賤近」之錯誤觀念。《抱朴子·尙博》云：

> 世俗率神貴古昔，而黷賤同時。雖有追風之駿，猶謂之不及造父之所御也；雖有連城之珍，猶謂之不及楚人之所泣也；雖有疑斷之劍，猶謂之不及歐治之所鑄也；雖有起死之藥，猶謂之不及和鵲之所合也；雖有超羣之人，猶謂之不及竹帛之所載也；雖有益世之書，猶謂之不及前代之遺文也。是以仲尼不見重於當時，太玄見蚩薄於比肩也。俗士多云：今山不及古山之高，今海不及古海之廣，今日不及古日之熱，今月不及古月之朗。何肯許今之才士不減古之枯骨？重所聞，輕所見，非一世之所患矣！昔之破琴剬弦者，諒有以而然乎！

又《文心雕龍·知音》云：

> 夫古來知音，多賤同而思古，所謂日進前而不御，遙聞聲而相思也。昔儲說始出，子虛初成，秦皇漢武，恨不同時；既同時矣，則韓囚而馬輕，豈不鑒同時之賤哉？

　　2. 破除「崇己抑人，主觀愛憎」之私心。《文心雕龍·知音》云：

> 至於班固傅毅，文在伯仲，而固嗤毅云：「下筆不能自休」。及陳思論才，亦深排孔璋；敬禮請潤色，歎以爲美談；季緒好詆訶，方之於田巴，意亦見矣。故魏文稱文人相輕，非虛談也。

此責崇己抑人也。《抱朴子·辭義》云：

> 五味舛而竝甘，眾色乖而皆麗。近人之情，愛同憎異，貴乎合己，賤於殊途。夫文章之體，尤難詳賞。苟以入耳爲佳，適心爲快，慼知忘味之九成，雅頌之風流也。所謂考鹽梅之鹹酸，不知大羹之不致；明飄颻之細巧，蔽於沈深之弘邃也。其英異宏逸者，則網羅乎玄黃之表；其拘束齷齪者，則霸縶於籠罩之內。振翅有利鈍，則翔集有高卑；

> 聘迹有遲迅，則進趨有遠近，駑銳不可（孫星衍云：此下
> 有脫文）膠柱調也。文貴豐贍，何必稱善如一口乎？

此斥主觀愛憎之非也。

3. 強調批評者須具備「博觀」之學力。《抱朴子・尚博》云：

> 是以偏嗜酸鹹者，莫能知其味，用思有限者，不能得其神
> 也。夫應龍徐舉，顧眄凌雲；汗血緩步，呼吸千里，而螻
> 蟻怪其無階而高致，駑蹇患其過己之不漸也。若夫馳騖於
> 詩論之中，周旋於傳記之間，而以常情覽巨異，以褊量測
> 無涯，以致粗求至精，以甚淺揣甚深，雖始自謷齗，訖於
> 振素，猶不得也。

《文心雕龍・知音》云：

> 凡操千曲而後曉聲，視千劍而後識器，故圓照之象，務先
> 博觀；閱喬岳以形培塿，酌滄波以喻畎澮，無私於輕重，
> 不偏於憎愛，然後能平理若衡，照辭如鏡矣。

4. 確立客觀之評騭標準。《文心雕龍・知音》云：

> 是以將閱文情，先標六觀：一觀位體，二觀置辭，三觀通
> 變，四觀奇正，五觀事義，六觀宮商，斯術既形，則優劣
> 見矣。

南朝時代，由於鑑賞論漸趨完備，間接激發詩人創作興趣，因而促進
詩風之盛行。且當時鑑賞者多尚華美，致使詩人創作愈趨綺麗，又因
「崇古」觀念日漸淡薄，作者多憑個人意願，於詩歌內涵與形式上求
新求變，創作與前人異調之作品，而啟唐詩之先聲。

三、浪漫與唯美文學之盛行

（一）浪漫文學之興起

　　南朝文人因受時代環境之影響，思想言行產生極劇之改變。代表
此一時代思潮者，當推浪漫主義，其反映於生活與作品中則呈現三種
特徵：（一）重主觀、尚理想，以豪放縱恣之個人情緒為貴。（二）好
奇尚美，求變追新。（三）反抗傳統道德及社會法度。

綜觀南朝篇什之思想內涵，均具有濃厚之浪漫色彩。茲舉顯著者分述如下：

1. 虛玄之老莊思想

老莊哲學爲南朝文學思想之主流，文人學士莫不精通。《文心雕龍‧明詩》云：「自中朝貴玄，江左稱盛，詩必柱下之旨歸，賦乃漆園之義疏。」無怪乎鍾嶸以「淡乎寡味」「平典似道德論」菲薄之。南朝之玄言詩多以老莊思想爲根柢，而部分山水、田園詩亦頗涉及，可見其影響之深遠。如東晉孫統〈蘭亭詩〉云：

> 茫茫大造，萬化齊軌。罔悟玄同，竸異摽旨。平勃運謀，黃綺隱几。凡我仰希，期山期水。

梁任昉〈答何徵君〉云：

> 散誕羈鞿外，拘束名教裏。得性千乘同，山林無朝市。勿以耕蠶貴，空笑易農士。宿昔仰高山，超然絕塵軌。傾壺已等藥，命管亦齊喜。無爲漢獨遊，若終方同止。

2. 遁世之遊仙思想

遊仙思想得自道教方術與古老之神仙傳說，詩人藉以臆造綺麗之幻境，寄託苦悶之心靈，而達到逍遙自適之目的。如齊王融〈遊仙詩〉五首之三云：

> 命駕瑤池隈，過息嬴女臺。長袖何靡靡，簫管清且哀。璧門涼月舉，珠殿秋風迴。青鳥驚高羽，王母停玉杯。舉手暫爲別，千年將復來。

梁沈約和竟陵王〈遊仙詩〉二首之一云：

> 天矯乘絳仙，螭衣方陸離。玉鑾隱雲霧，溶溶紛上馳。瑤臺風不息，亦水正漣漪。崢嶸玄圃上，聊攀瓊樹枝。

3. 放縱之享樂思想

遊仙與老莊思想過於空虛縹眇，仍不足以撫慰亂世之人心，於是及時尋歡之享樂思想應運興焉。表現此一思想之詩歌內涵至廣，如「尋山陟嶺」、「險徑遊歷」以滿足視覺享受之山水詩；賞美婦、詠藝

伎、述艷事，恣肆於感官與性慾享樂之艷情詩等，均屬之。如梁劉遵〈應令詠舞詩〉云：

> 倡女多艷色，入選盡華年。舉腕嫌衫重，迴腰覺態妍。情
> 繞陽春吹，影逐相思弦。履度開裙襀，鬟轉匝花鈿。所愁
> 餘曲罷，爲欲在君前。

梁邵陵王蕭綸〈車中見美人詩〉云：

> 關情出眉眼，軟媚著腰枝。語笑能嬌媄，行步絕逶迤。空
> 中自迷惑，渠傍會不知。懸念猶如此，得時應若爲。

文學思想既殊，文情隨之而變，浪漫主義使南朝篇什之精神內涵，呈現前所未有之繁富，此固爲可喜之現象，然此類作品，自不能視爲詩歌之經典，因其過於崇尚個人主義，缺乏積極之社會意識與人生意義故也。

（二）唯美文學之形成

形式唯美主義，亦爲南朝重要文學思潮之一，究其形成之因，略有四端：

1. 王國維《人間詞話》云：「文體通行既久，染指遂多，自成習套。豪傑之士，亦難於其中自出新意，故遁而作他體，以自解脫。」文體隨時代而變革，則文風亦然矣。好奇尚新，乃人之常情，兩漢樸質文風相襲既久，逮及南朝，乃有不得不改弦更張之勢。

2. 晉室南渡後，風俗尚侈，王公貴族輿服、宮室，莫不窮極奢靡綺麗（詳見本章第一節），且特重容止修飾。《顏氏家訓・勉學》描寫南朝士人行儀云：

> 熏衣剃面，傅粉施朱，駕長簷車，跟高齒屐，坐棊子方褥，
> 憑斑絲隱囊，列器玩於左右，從容出入，望若神仙。

實不止梁代如是，南朝各期名士者流，不論舉手投足，或談玄論道，莫不風姿美劭，情致風流，爲時人企羨崇慕。人情既尚華美，則文學自易同其步趨矣。

3. 周秦兩漢文學，重質輕文，以經世教化爲鵠的，內容正大嚴

肅，故措詞亦典重樸質。爰及南朝，文學觀念純化，士人不以世用縈懷，詩文由載道轉而爲個人情性之抒發。或談玄遊仙、或招隱抒隱、或寫景詠物、或言情驚艷，主題不復嚴肅，遣詞自趨輕綺，加以浪漫思潮推波助瀾，爭奇競麗之風愈盛矣。

4. 南朝文論多尙「華美」，強調文飾之重要，並提倡駢詞儷語及引事用典，致使文士創作流於形式主義。益以聲律學之興起，詩人除文字修飾外，並辨四聲清濁；設置重言、雙聲、疊韻之詞，以求聲調之美。於是，形式綺麗之唯美文學，終衍爲一代文學主流矣。

第二章　南朝詩人綜述

　　探討詩人之生平背景，有助於瞭解其作品之精神與內涵。如陶淵明詩歌多呈現簡易淡遠之風貌，但若不明其時代環境、隱居生活及個性情操，則無法深切體認其於「簡易淡遠」中所蘊含之豐富思想情感與人生之歷鍊。孟子云：「誦其詩、讀其書，不知其人可乎？」即此意也。

　　知人不易，況據有限之資料，以求千百年前詩人之精神生活，更屬困難。惟古人之修持行事，已為陳迹，將不受時代環境之激盪而變易，若能就史籍所載，仔細剖析，亦足以知其大概。

　　一般文學史及品評南朝人物之著作，多因限於篇幅，末遑遍舉時人之事跡，僅擇取權要名士或特立獨行者為例，如桓溫之跋扈、郭璞之詭異、陶潛之高邁、靈運之任性、謝朓之寡情、孔範之諂佞等，因而導致後學以偏概全之誤解。茲為避免偏失，乃就正史所記，以全面整理歸納、重點舉例說明之方式，雅俗兼述、善惡並陳，期求對南朝詩人之政治生活、品德操守、及文學修養，能有較客觀而正確之說明。

第一節　南朝詩人之政治生涯

　　自古文人多參與政治，而社會或個人之政治環境，足以左右文人創作之動機，影響作品之內容與風格。是以探討詩人之政治生活，當

有助於作品之研究也。

一、詩人與士族政治 [註1]

　　南朝之世，崇尚門閥階級，社會成員約分四等：上者爲士人，次爲編戶齊民，再者爲依附人，最下者爲奴婢。而「士人」階層中，又有世族高門與寒門庶族貴賤之別，等級劃分極嚴，不容混淆。「士人」爲構成世家大族之主要成分，倍受禮遇。南朝二百七十二年間，士族階層始終巍然存在，具有政治上絕對優越之地位，並擁有崇高之聲望及雄厚之財力，得以控制政權之運轉、壟斷民生經濟，且因其標榜「經學傳業」、「禮法傳家」，被視爲文化之發揚者，儼然成爲國家社會之中堅分子矣。

　　世族之形成，實原於東漢。東漢時，出現三種類型之世族：一爲開國功勳及宮廷姻親，二爲地方強豪，三爲以「經學傳業」之「士人」。前二者每因政權更迭轉換與子孫不肖，而未能世代相繼，綿延不絕。而名師巨儒以家學累世相傳，歷經百年而不墜，且當時政府取士，朝廷徵辟及邵國推舉，多以學業贍富者爲上選，因此形成士族累世公卿之勢。

　　曹魏時代立九品、置中正，其用意在慎舉人才，以矯漢末清議

〔註1〕史書中對兩晉南北朝累世官宦家族之稱謂，名目極不一致，計有：「高門」、「門戶」、「門地」、「門第」、「門望」、「膏腴」、「膏粱」、「甲族」、「華僑」、「貴遊」、「勢族」、「勢家」、「貴勢」、「世家」、「世冑」、「門冑」、「金張世族」、「世族」、「著姓」、「右姓」、「門閥」、「閥閱」、「名族」、「高族」、「高門大族」、「士流」、「士族」等，二十七種異稱（根據毛漢光先生《兩晉南北朝士族政治之研究》第一章第一節「士族名詞之商榷」中之統計），諸詞所指之意義大同小異，實因觀點不一，致有不同之稱謂。本節採用「士族」一詞，原因有三：其一，「士族」含有文化之意義：即指累世讀書之家也。其二，「士族」含有社會之意義：蓋自漢末始，士人已成爲社會之中堅分子。其三，「士族」含有政治之意義：魏晉南北朝時，士族子弟爲官吏之主要成員，且往往歷代爲官。是以「士族」含有「勢家」、「世族」、「著姓」、「高門」、「士流」等詞之意義，甚涵蓋面最廣。

濫選之弊。但權貴子弟依恃家族地位、經濟勢力與社會關係，極易獲取聲名，膺列上品，益以州大中正、郡中正、功曹，皆取著姓士族任之，其審定門冑、品藻人物，固不免黨同伐異，終造成士庶雲泥，權歸右姓之現象。「九品中正」制度，歷南朝各代沿用不衰（梁行十八班制，班大爲大，乃九品制度之變化耳），賢者每因地寒不得陞遷，愚者卻因門高而得拔擢。晉人劉毅於〈九品八損疏〉中，曾嚴厲批評中正制度造成「上品無寒門，下品無世族」之壟斷局面，劉實〈崇讓論〉、王沈〈釋時論〉，亦指責中正品第專重家世之弊端，惟積習已深，一時難返。

魏晉以來，冠冕大族計有：穎川荀氏、穎川陳氏、平原華氏、東海王氏、山陽郜氏、河東裴氏、河東衞氏、扶風蘇氏、京兆杜氏、北地傅氏。過江後，王、謝、袁、蕭爲大，稱爲「僑姓」，東南土著世族則以吳、朱、張、顧、陸爲大家。（上列著姓，乃根據南朝諸史及《新唐書》一九九〈柳沖傳〉中之記載。）

考南朝詩人中不乏士族子弟，自然多涉足官場，甚有在政治舞台上扮演舉足輕重之要角者。如晉朝王胡之、王羲之、王彪之、王凝之、王徽之、王獻之，宋代王韶之、王微、王僧達，南齊王儉、王思遠、王秀之、王融，梁代王暕、王訓、王錫、王筠、王規、王籍等，屬瑯琊臨沂王氏。晉謝尚、謝混、謝萬、謝朗，宋謝晦、謝方明、謝瞻、謝靈運、謝莊、南齊謝朓，梁謝舉、謝徵等，屬陳郡陽夏謝氏。宋沈慶之，梁沈約、陳沈炯等，屬吳興武康沈氏。南齊張融，梁張率等，屬吳郡吳縣張氏。梁陸倕、陸雲公，陳陸瓊等，屬吳郡吳縣陸氏。晉袁宏，宋袁淑，南齊袁彖等，屬陳郡陽夏袁氏。晉庾蘊、庾友、庾闡，梁庾仲容等，屬穎川鄢陵庾氏。陳周弘正、周弘宜、周弘讓等，屬汝南安城周氏。梁裴子野屬河東聞喜裴氏。南齊孔稚珪屬會稽山陰孔氏。梁何敬容、何胤等，屬廬江灊縣何氏。陳褚玠屬河南陽翟褚氏。梁江淹、江革，陳江總等，屬濟陽考城江氏。陳顧野王屬吳郡吳縣顧氏。晉殷仲堪，梁殷鈞、殷芸等，屬陳

郡長平殷氏。梁柳惲屬河東解縣柳氏。宋荀昶屬潁川潁陰荀氏。上舉諸人，其個人最高官位皆在五品以上。〔註2〕而其中高門大族子弟（所謂高門大族，指累官三代以上之士族），二十歲即可登仕途，且起家即拜祕書郎、著作郎、司徒屬、員外郎、王府參軍、甚有至員外散騎郎起家者，只要不夭壽，或犯謀逆大罪，皆可「平流進取，坐至公卿」（《南齊書》卷三十三〈褚淵王儉傳論〉），得見其出仕之優厚待遇。

　　另有「小姓」（指稍有門資，父、祖之一曾任官，而又未達高門大族標準者）階級之詩人，其任官及升遷亦受祖先餘蔭，享有若干特權，若自身才智出眾，功在國家，亦有位至公卿之機會。如：

晉

江　逌：以家貧求為太末令，遷吳令。殷浩謀北伐，請為諮議參
　　　　軍，累遷太常，位至三品。（見《晉書》卷八十三本傳）

曹　毗：郡察孝廉，除郎中，蔡謨舉為佐著作郎，累遷至光祿勳，
　　　　位及三品。（見《晉書》卷九十二〈文苑傳〉）

李　充：辟丞相王導掾，除剡縣令，後為大著作郎，累遷中書侍
　　　　郎，位及五品。（見《晉書》卷九十二〈文苑傳〉）

南齊

劉　繪：初為齊高帝行參軍，歷位中書郎，梁武起兵，朝廷以繪
　　　　持節督四川軍事，東昏殞，城內遣繪及範雲送首詣梁王，
　　　　轉大司馬。在齊官及四品。（見《南齊書》卷四十八本傳）

梁

宋　夫：南齊明帝時曾為郢州刺史，仕梁官至五兵尚書，位及三

〔註2〕依據《通典》職官表中所列，晉、宋、南齊、梁、陳各朝官職之品
　　　　位，雖不盡相同，但大體下列幾種、中書省自中書侍郎以上、門下
　　　　省自給事黃門侍郎以上、太子府屬官自太子中庶子以上、散官自散
　　　　騎侍郎以上、地上官自太守以上。

品。（見《梁書》卷十九本傳）

任　昉：仕齊爲竟陵王記事參軍、司徒長史。武帝踐祚，拜黃門
　　　　侍郎，掌著作，出爲義興太守，轉御史中丞，出爲新安太
　　　　守，官及三品。（見《梁書》卷十四本傳）

張　纘：任祕書郎，遷太子舍人，歷寧蠻校尉，位至三品。（見
　　　　《梁書》卷三十四附〈張緬傳〉後）

劉　顯：官尚書左丞，仕至尋陽太守，位及五品。（見《梁書》卷
　　　　四十本傳）

周興嗣：歷任員外散騎郎、給事中、直西省左衞率，位及五品。
　　　　（見《梁書》卷四十九〈文學傳〉）

伏　挺：天監中除中軍參軍，遷御史，官及五品。（見《梁書》卷
　　　　五十〈文學傳〉）

陳

陰　鏗：仕梁，爲湘東王法曹行參軍。陳天嘉中，爲始興王中錄
　　　　事參軍，累遷晉陵太守，員外散騎常侍，位及四品。（見
　　　　《陳書》卷三十四附〈阮卓傳〉後）

　　至於出身寒素（《晉書・李重傳》中荀組嘗曰：「寒素者，當謂門
寒身素，無世祚之資。」）之詩人，多以文才起家，如：晉吳隱之、
庾闡、顧愷之、郭澄之，梁范雲、江淹、柳惲、朱异、劉之遴、庾於
陵、庾肩吾、習鑿齒（兼屬地方豪族）等，其個人最高品位五至三品
不等，至傳綿世數，除吳隱之、庾闡及范雲傳綿一世外，餘者皆未能
福蔭子孫，與高門士族子弟，世代公卿之待遇，實有天壤之別。

　　南朝末季，士族著姓逐漸沒落，而社會階級制度亦趨瓦解，究其
原因有三：一則，南朝君主多出身寒微，不時提攜寒門，裁抑大族。
再則，高門士族養尊處優，生活奢靡，崇尚清談，不接實務，又好文
學藝術、賤視軍事，以致軍政實權旁落。三則，侯景叛亂，擄掠殺戮，
摧殘士族，並解放奴婢，優予官貴，由是南朝政治傳統、社會結構，

遂遭嚴重之破壞。其後江陵又經西魏攻掠，舊有士族至此已面目全非矣。爰及陳霸先以土著胥吏身分崛起，僑姓士族益加不振，待隋興兵亡陳，士族政治即隨南北之統一而告落幕。

二、詩人從政之政績

　　南朝政權屢經更迭，內患外難頻仍，君道衰敝，綱紀廢弛，於時若干權臣，或驕奢荒侈、或納賄枉法、或刻薄聚斂、或姦佞諂惑，甚者賣主求榮，助逆弒君。因之歷來史筆於南朝顯官，貶抑辭多，嘉譽辭鮮，良有以也。惟據正史記載，南朝詩人從政，卻頗能知恥尚義、清正廉明。若：

晉

江　逌：曾為太末令，縣界深山中，有亡命數百家，恃險為阻，前後守宰莫能平。逌到官，召其魁帥，厚加撫接，諭以禍福，旬月之間，襁負而至，朝廷嘉之。（見《晉書》卷八十三本傳）

王彪之：曾為鎮軍參軍，會稽內史，加散騎常侍。在郡八年，豪右斂迹，亡戶歸者三萬餘口，傳為美談。（見《晉書》卷七十六本傳）

宋

范　泰：初為太學博士，武帝受命，議建國學，以泰傾國子祭酒，泰上表陳獎進之道。時以錢貨減少，國用不足，欲更造五銖錢，泰又諫，以謂其敝。及少帝在位，多諸愆失，泰上封事極諫，帝雖不納，亦不加譴。（見《宋書》卷六十本傳）

王韶之：少帝景平元年，出為吳郡太守，在任積年，稱為良守，太祖嘉之，加秩中二千石。（見《宋書》卷六十本傳）

南齊

王　儉：宋武帝時襲爵寧縣侯。明帝選尚陽羨公主，拜駙馬都尉，

官至侍中。後輔齊高帝受禪，改封南昌郡公，累遷侍中尚書令。儉寡嗜慾，唯以經國爲務，軍服塵素，家無遺財，手筆典裁，爲時推許。（見《南齊書》卷二十三本傳）

梁

范　雲：有識具，曾出爲零陵內史，在任潔己，省煩苛，去游費，百姓安之。（見《梁書》卷十三本傳）

王僧孺：嘗出南海太守，郡常有高涼生口及海舶，每歲數至，外國賈人以通貨易，舊時州郡以半價就市，又買而即賣，其利數倍，歷政以爲常。僧孺乃歎曰：「昔人爲蜀部長史，終身無蜀物，吾欲遺子孫者，不在越裝。」並無所取。視事朞月，有詔徵還，郡民道俗六百人詣闕請留，傳爲美談。（見《梁書》卷三十三本傳）

柳　惲：任吳興太守六年，爲政清靜，民吏懷之。於郡感疾，自陳解任，父老千餘人拜表陳請，事未施行。（見《梁書》卷二十一本傳）

蕭　洽：出爲南徐州治中，既近畿重鎮，史數千人，前後居之者皆致巨富，洽爲之，清身率職，饋遺一無所受，妻子不免饑寒。及出任招遠將軍、臨海太守，爲政清明，不尚威猛，民俗便之。（見《梁書》卷四十一附〈蕭介傳〉後）

劉　孺：出任太末令，在縣有清績。後出爲明威將軍、晉陵太守，在郡和理，爲吏民所稱。（見《梁書》卷四十一本傳）

任　昉：天監二年出爲義興太守，在任清廉，兒妾食麥而已。天監六年春，出任新安太守，在郡不事邊幅，率然曳杖，徒行邑郭，民通辭訟者，就路決焉。爲政清省，吏民便之。（見《梁書》卷十四本傳）

徐　勉：曾掌軍書，劬勞夙夜，動經數旬，乃一還宅。每還，羣犬驚吠，勉歎曰：「吾憂國忘家，乃至於此，若吾亡後，亦

是傳中一事。」其忠勤如此。及居選官，彝倫有序。既閑尺牘，兼善辭令，雖文案塡積，坐客充滿，應對如流，手不停筆。常與門人夜集，客有虞暠求詹事五官，勉正色答曰：「今夕止可談風月，不宜及公事。」時人皆服其無私。勉雖居顯位，不營產業，家無蓄積，俸祿分贍親族之窮乏者。門人故舊或從容致言，勉乃答曰：「人遺子孫以財，我遺之以清白。子孫才也，則自致輜軿；如其不才，終爲他有。」陳吏部尙書姚察歎讚曰：「徐勉少而厲志忘食，發憤脩身，愼言行，擇交遊；加運屬興王，依光日月，故能明經術以緌靑紫，出閭閻而取卿相。及居重任，竭誠事主，動師古始，依則先王，提衡端軌，物無異議，爲梁宗臣，盛矣。」（見《梁書》卷二十五本傳及史臣言）

劉　苞：居官有能名，性和而直，與人交，面折其非，退稱其美，情無所隱。（見《梁書》卷四十九〈文學傳〉）

劉　潛：曾出爲伏波將軍、臨海太守。是時政綱疏濶，百姓多不遵禁，孝儀下載，宣示條例，勵精綏撫，境內翕然，風俗大革。（見《梁書》卷四十一本傳）

徐　摛：中大通三年，出爲新安太守。至郡，爲治淸靜，教民禮儀，勸課農桑，期月之中，風俗便改。（見《梁書》卷三十本傳）

張　纘：出任吳興太守，治郡，省煩苛，務淸靜，民吏便之。大同九年，都湘、桂、東寧三州諸軍事，在政四年，流人自歸，戶口增益十餘萬，州境大安。（見《梁書》卷三十四附張緬傳後）

江　革：爲官淸嚴，賞罰分明。嘗監吳郡，於時境內荒儉，劫盜公行，革至郡，惟有公給仗身二十人，百姓皆懼不能靜寇，革乃廣施恩撫，明行制令，盜賊靜息，民吏安之。革歷官八府長史，四王行事，三爲二千石，傍無姬侍，家徒壁立，

世以此高之。（見《梁書》卷三十六本傳）

謝　舉：普通六年，出爲仁威將軍、晉陵太守。在郡清靜，百姓化
　　　　其德，境內肅然。罷郡還，吏民詣闕請立碑，詔許之。（見
　　　　《梁書》卷三十七本傳）

陳

孔　奐：高祖永定二年，除晉陵太守。晉陵自宋、齊以來，舊爲大
　　　　郡，雖經寇擾，猶爲全實。前後二千石多行侵暴，奐清白
　　　　自守，妻子竝不之官，唯以單舸臨郡，所得秩俸，隨即分
　　　　贍孤寡，郡中大悅，號曰「神君」。奐性剛直，善持理，
　　　　多所糾劾，朝廷甚敬憚之，且深達治體，每所敷奏，上未
　　　　嘗不稱善，百司滯事，皆付奐決之，堪稱能臣。（見《陳
　　　　書》卷二十一本傳）

褚　玠：任山陰令歲餘，守祿奉而已，去官之日，不堪自致，因留
　　　　縣境，種蔬以自給。及爲御史中丞，甚有直繩之稱。（見
　　　　《陳書》卷三十四〈文學傳〉）

阮　卓：曾奉使招慰交阯，交阯通日南、象郡，多金翠珠貝珍怪之
　　　　產，前後使皆致之，唯卓挺身而還，衣裝無他，時論咸服
　　　　其廉。（見《陳書》卷三十四〈文學傳〉）

上述諸子，生逢世變，而能清廉自守，勤政愛民，或未足增輝日月，
垂光虹霓，但亦可著史冊、銘鼎鐘，垂範後世，誠未可以偏概全，使
茂績隱沒無聞也。

三、詩人從政之下場

　　政治風雲，詭譎多變，尤以亂世爲甚。東漢以後，局勢動盪，內
憂外患相乘，從政者莫不戒愼恐懼，以求生圖存。然若干文人名士，
於權力傾軋，政潮起伏中，仍不免進退失據，而遭遇災禍。《晉書》
卷四十九〈阮籍傳〉云：「籍本有濟世志，屬魏晉之際，天下多故，

名士少有全者，籍由是不與世事，遂酣飲爲常。」魏晉外禪，多剗伐
之事，誅除頻仍，殺戮慘重。迨西晉，更八王、五胡之亂，身家俱喪
者，往往有之。時至南朝，政權數易，雖皇室骨肉相殘益烈，而文士
尚知應變順和，全身而退，尤以梁、陳二代，見害者已鮮。以正史考
之，南朝詩人從政未得善終者凡三十一人，茲擇其要者述之：

晉

劉　琨：永嘉初爲并州刺史，建興二年，加大將軍都督并州。三年，
　　　　進司空，四年，其長史以并州叛降石勒，琨遂奔蘇，段匹
　　　　磾因與結婚，約以共戴晉室，元帝渡江，復加太尉，封廣
　　　　武侯。後其子羣與匹磾有隙，遂被害。（見《晉書》卷六
　　　　十二本傳）

盧　諶：爲劉琨主簿，轉從事中郎。琨遇害，投段末波，後爲石季
　　　　龍所得，官至中書監屬。冉閔誅石氏，諶隨閔軍，於襄國
　　　　遇害。（見《晉書》卷四十四附〈盧欽傳〉後）

郭　璞：初王導引爲參軍，補著作佐郎，遷尚書郎，以母憂去。王
　　　　敦起爲記室參軍，敦既謀逆，使筮，璞曰，無成，壽且不
　　　　久，敦大怒，即收斬之。（見《晉書》卷七十二本傳）

謝　混：尚孝武帝晉陵公主，官至中領軍尚書左僕射。以與劉裕
　　　　善，坐誅。（見《晉書》卷七十九附〈謝安傳〉後）

殷仲文：從兄仲堪，薦用於王道子。後從桓玄反，玄誅，仲文爲劉
　　　　裕所殺。（見《晉書》卷九十九附〈桓玄傳〉中）

宋

傅　亮：初爲建威參軍，桓謙中軍行參軍。晉義熙中，累遷中書黃
　　　　門侍郎。宋武帝受禪，加尚書僕射，與徐羨之、謝晦並受
　　　　顧命，同廢少帝，奉迎文帝即位，元嘉三年伏誅。（見《宋
　　　　書》卷四十三本傳）

謝　晦：初爲宋武帝太尉參軍。武帝受命，封武昌縣公，少帝即

位，加中書令，與徐、傅輔政。及少帝廢，徐羨之以晦爲
荆州刺史，令居外爲援。文帝即位，誅羨之等，欲并討晦，
晦舉兵反，軍敗伏誅。（見《宋書》卷四十四本傳）

劉義恭：封江夏王，元嘉中爲司徒。建武三年，爲太宰，後爲廢帝
　　　　所殺。（見《宋書》卷六十一〈武三王傳〉）

謝靈運：晉孝武帝時襲封康樂公。及宋受禪，降爵爲侯，文帝時，
　　　　因涉叛亂，詔就廣州棄市。（見《宋書》卷六十七本傳）

范　曄：仕文帝時爲太子詹事，大見信任，乃與孔熙先、謝綜共謀
　　　　弒逆，事覺伏誅。（見《宋書》卷六十九本傳）

袁　淑：元嘉中，彭城王起爲祭酒，累遷尚書吏部郎，轉御史中
　　　　丞，再遷太子左衞率。元兇將行弒逆，呼淑與蕭斌同力，
　　　　淑力諫不從，遂遇害。（見《宋書》卷七十本傳）

王僧達：自負才地，屢忤孝武，下獄賜死。（見《宋書》卷七十五
　　　　本傳）

顏　竣：初隨孝武爲撫軍主簿，元兇弒逆，孝武舉兵入討，轉諮
　　　　議參軍、領軍錄事。孝武踐祚，累遷吏部尚書，諫諍懇切，
　　　　上意不悅，下獄賜死。（見《宋書》卷七十五本傳）

齊

王　融：仕齊武帝，遷祕書郎，竟陵王子良拔爲寧朔將軍。武帝大
　　　　漸，謀立子良，及鬱林即位，下獄賜死。（見《南齊書》
　　　　卷四十七本傳）

謝　朓：宋永元初，江祐謀立始安王遙光，引以爲黨，不從，收下
　　　　獄死。（見《南齊書》卷四十七本傳）

丘巨源：明帝爲吳興，嘗作秋胡詩，有譏刺語，以事見誅。（見《南
　　　　齊書》卷五十二本傳）

梁

蕭　紀：武帝第八子，天監中封武陵郡王、揚州刺史、復益州刺

史，侯景亂，紀不赴援，僭號於蜀，改元大正，明年眾潰，
為元帝將樊猛所殺。（見《梁書》卷五十五本傳）

徐　悱：仕為武陵王紀參軍，侯景亂，悱勸紀入援，不從，紀稱
帝，又固諫，被殺。（見《梁書》卷五十五附武陵王紀後）

劉之遴：初擢太學博士，累遷南郡太守、湘東王長史，歷祕書監，
避侯景亂還鄉，湘東王嫉其才，送藥殺之。（見《南史卷》
五十附〈亂虬傳〉後。《梁書》卷四十本傳）

此外：晉王凝之，為孫恩所害（見《晉書》卷八十附〈王羲之傳〉
後）。宋劉義隆（文帝），為元凶劭所弒（見《宋書》卷五〈文帝本紀〉）；
劉鑠，為宋孝武帝所毒殺（見《宋書》卷七十二本傳）。南齊劉俁，謀
誅齊高帝，事敗被害（見《南史卷》十三附〈劉彥節傳〉後）；蕭子隆，
為明帝所殺（見《南齊書》卷四十〈武十七王傳〉）。梁蕭推（見《梁
書》卷二十三附〈安成王秀傳〉後）、蕭綸、鮑泉、蕭正德并為侯景所
害（分見《梁書》卷二十九〈高祖三王傳〉，卷三十、五十五本傳）；
張纘，為岳陽王詧所害（見《梁書》卷三十四附〈張緬傳〉後）。

向來研究南朝人物者，多側重其思想及生活浮誇、放蕩部分，今
獨取政治生涯討論之，蓋以見當時文人於逸樂而外，尚有其現實之一
面。在此現實生活中，掙扎浮沈，求生圖存之種種實況，有非後人所
能想像者也。

第二節　南朝詩人之品德操守

南朝風俗輕靡，一般貴族文人私德敗壞，公義蕩然，葛洪《抱朴
子‧外篇》，言之深切矣！今考之正史，南朝詩人固有無行失德者，
然敦品守正者實多，茲分述如後：

一、敦品守正者

南朝部分文士品德雖極敗壞，然亦有可稱道者，固不得以偏概

全，誣蔑當時守正之士也。南朝爲士族社會，士族爲保持家聲，除累世公卿外，尚須有優良之家風，以培養佳子弟。所謂優良家風，首在「知禮」。沈垚曾論述禮與門第之關係：「六朝人禮學極精，唐以前士大夫重門閥，雖異於古之宗法，然與古不相遠，史傳中所載多禮家精粹之言，至明士大夫皆出於草野，與古絕不相似矣。古人於親親中寓貴貴之意，宗法與封建相維，諸侯世國，則有封建，大夫世家，則有宗法。」（沈垚《落颿樓文集》八〈與張淵甫書〉。節錄於陳寅恪《隋唐制度淵源略論稿二禮義》。）士族既以門第爲先務，爲維護門第秩序與和諧，禮不可缺，「若禮法破敗，則門第亦終難保。」（錢穆語載於《新亞學報》第五卷第二期〈略論魏晉南北朝學術文化與當時門第之關係〉頁 41）南朝詩人多屬門閥子弟，是以亦不乏守正之士，惜一般研究南朝人物者多略而不提也。

（一）孝悌事蹟

門第禮法中首重「孝友」，蓋此爲傳家立業之本也。詩人中之「孝悌」事蹟，昭昭於史冊，今擇錄於後：

江　逌：少孤，與從弟灌共居，甚相友悌，由是獲當時之譽。（《晉書》卷八十三本傳）

庾　闡：少隨舅孫氏過江。母隨兄肇爲樂安長史，在項城。永嘉末，爲石勒所陷，闡母亦沒。闡不櫛沐，不婚宦，絕酒肉，垂二十年，鄉親稱之。（《晉書》卷九十二文苑傳）

張　融：有孝義，忌三旬不聽樂，事嫂甚謹。（《南齊書》卷四十一本傳）

袁　彖：幼而卒母，養於伯母王氏，事之如親。閨門中甚有孝義。及伯父顗在雍州起事見誅，宋明帝投顗尸江中，不聽歛葬。彖與舊奴一人，微服潛行求尸，四十餘日乃得，密瘞石頭後崗，身自負土。懷其（文）集，未嘗離身。（《南齊書》卷四十八本傳）

劉　繪：事兄悛恭謹，與人語，呼爲「使君」。隆昌中，悛坐罪將
　　　　見誅，繪伏闕請代兄死，高宗輔政，救解之。後遭母喪去
　　　　官。有至性，持喪墓下三年，食麄糲。(《南齊書》卷四十
　　　　八本傳)

蕭　統：性仁孝，自出宮（永福省）恒思戀不樂。高祖知之，每五
　　　　日一朝，多便留永福省，或五日三日乃還宮。天監七年，
　　　　貴嬪有疾，太子還永福省，朝夕侍疾，衣不解帶。及薨，
　　　　步從喪還宮。至殯，水漿不入口，每哭則慟絕。體素壯，
　　　　腰帶十圍，至是減削過半，每入朝，士庶見者莫不下泣。
　　　　(《梁書》卷八本傳)

任　昉：性至孝，居喪盡禮，父憂服闋，續遭母憂，常廬於墓側，
　　　　哭泣之地，草爲不生。(《梁書》卷十四本傳)

王　訓：年十三，父暕亡憂毀過禮，家人莫之識。(《梁書》卷二十
　　　　一附王暕傳後)

殷　鈞：年九歲，即以孝聞。母憂，居喪過禮，昭明太子憂之，手
　　　　書誡喻。(《梁書》卷二十七本傳)

裴子野：生而偏孤，爲祖母所養，年九歲，祖母亡，泣而哀慟，家
　　　　人異之。後遭父憂去職，居喪盡禮，每之墓所，哭泣處草
　　　　爲之枯，有白兔馴擾其側。(《梁書》卷三十本傳)

王　筠：有孝性，母憂辭官，毀瘠過禮，服闋後，疾廢久之。(《梁
　　　　書》卷三十三本傳)

蕭子範：有孝性，居母喪以毀聞。(《梁書》卷三十五附〈蕭子恪傳〉
　　　　後)

王　規：八歲，以丁所生母憂，居喪有至性，太尉徐孝嗣每見必爲
　　　　之流涕，稱曰孝童。(《梁書》卷四十一本傳)

劉　孺：年十四，居父喪，毀瘠骨立，宗黨咸異之。(梁書卷四十
　　　　一本傳)

到　溉：家門雍睦，兄弟特友愛。(梁書卷四十本傳)

劉　苞：四歲而父終，及年六七歲，見諸父常泣。時伯、叔父悛、
　　　　繪等並顯貴，苞母謂其畏憚，怒之。苞對曰：「早孤不及
　　　　有識，聞諸父多相似，故心中欲悲，無有佗意。」因而歔
　　　　欷，母亦慟甚。（《梁書》卷四十九〈文學傳〉）

孔　奐：遭母憂，哀毀過禮。時天下喪亂，皆不能終三年之喪，唯
　　　　奐及吳國張種，在寇亂中守持法度，竝以孝聞。（《陳書》
　　　　卷二十一本傳）

徐孝克：性至孝，遭父憂，殆不勝喪。事所生母陳氏，盡就養之道。
　　　　每侍宴，無所食噉，至席散，當其前膳羞損減，高宗密記
　　　　以問中書舍人管斌，斌不能對。自是斌以意伺之，見孝克
　　　　取珍果內紳帶中，斌當時莫識其意，後更尋訪，方知還以
　　　　遺母。母亡之後，孝克遂常噉麥，有遺粳米者，孝克對而
　　　　悲泣，終身不復食之焉。（《陳書》卷二十六附〈徐陵傳〉
　　　　後）

顧野王：體素清羸，裁長六尺，又居喪過毀，殆不勝衣。（《陳書》
　　　　卷三十本傳）

徐伯陽：善色養，進止有節。太建十三年，聞姊喪，發疾而卒。
　　　　（《陳書》卷三十四〈文學傳〉）

阮　卓：性至孝，其父隨岳陽王出鎮江州，遇疾而卒，卓時年十
　　　　五，自都奔赴，水漿不入口者累日。值侯景之亂，道路
　　　　阻絕，卓冒履險艱，載喪柩還都。在路遇賊，卓形容毀
　　　　瘁，號哭自陳，賊哀而不殺之，仍護送出境。及渡彭蠡
　　　　湖，中流忽遇疾風，船幾沒者數四，卓仰天悲號，俄而
　　　　風息，人皆以為孝感之至焉。（《陳書》卷三十四〈文學
　　　　傳〉）

（二）清廉事蹟

　　南朝詩人除孝蹟彰著外，亦有以清廉自守而聞名者，如：

盧　諶：為名家子，才高行潔，為一時所推。(《晉書》卷四十四附
　　　　〈盧欽傳〉後)

劉義慶：性簡素，寡嗜欲，迎送物並不受。(《宋書》卷五十一附
　　　　〈長沙景王道憐傳〉後)

王　儉：雖居高顯，寡嗜欲，車服塵素，家無遺財，為時所重。
　　　　(《南齊書》卷二十三本傳)

范　雲：為政好稱廉潔，及居重貴，頗通饋餉，然家無蓄積，隨散
　　　　之親友。(《梁書》卷十三本傳)

沈　約：性不飲酒，少嗜欲，雖時遇隆重，而居處儉素。(《梁書》
　　　　卷十三本傳)

柳　惲：立行貞素，以貴公子早有令名。(《梁書》卷二十一本傳)

徐　勉：雖居顯位，不營產業，家無蓄積，俸祿分贍親族之窮乏
　　　　者。門人故舊或從容致言，勉乃答曰：「人遺子孫以財，
　　　　我遺之以清白。子孫才也，則自致輜軿；如其不才，終為
　　　　他有。」(《梁書》卷二十五本傳)

裴子野：在禁省十餘年，靜默自守，未嘗有所請謁，外家及中表貧
　　　　乏，所得俸悉分給之。無宅，借官地二畝，起茅屋數間。
　　　　妻子恒苦饑寒，唯以教誨為本，子姪祇畏，若奉嚴君。(《梁
　　　　書》卷三十本傳)

王僧孺：(事蹟見《梁書》卷三十三本傳，前文已引述。)

到　溉：性率儉，不好聲色，虛室單牀，傍無姬侍，自外車服，不
　　　　事鮮華，冠履十年一易，朝服或至穿補，終身以清白自
　　　　脩。(《梁書》卷四十本傳)

蕭　洽：曾出為南徐州治中，前後居之者皆致巨富，洽清身率職，
　　　　饋遺一無所受，妻子不免饑寒。(《梁書》卷四十一附〈蕭
　　　　介傳〉後)

徐　陵：性清簡，無所營樹，祿俸與親族共之。(《陳書》卷二十六
　　　　本傳)

陸　　瓊：性謙儉，不自封植，雖位望日隆，而執志愈下。園池室
　　　　　宇，無所改作，車馬衣服，不尚華鮮，四時祿俸，皆散之
　　　　　宗族，家無餘財。暮年深懷止足，思避權要，恆謝病不視
　　　　　事。(《陳書》卷三十本傳)

徐孝克：性清簡而好施惠，故不免飢寒。(《陳書》卷二十六附〈徐
　　　　　陵傳〉後)

褚　　玠：任山陰令歲餘，守祿俸而已，去官之日，不堪自致，因留
　　　　　縣境，種蔬菜以自給。(《陳書》卷三十四〈文學傳〉)

上列諸子多為本章第一節「詩人政績」中所述之能臣賢吏，蓋性儉約
者，為政必不致淪為貪官污吏也。

(三) 剛正事蹟

　　身處世變，文人不免阿諛承上，屈侍權貴，以求自保。然亦有剛
正亮直，心壯氣昂者。如：

袁　　宏：性強正亮直，雖被溫禮遇，至於辯論，每不阿屈，故榮任
　　　　　不至。與伏滔同在溫府，府中呼為「袁伏」。宏心恥之，
　　　　　每歎曰：「公之厚恩未優國士，而與滔比肩，何辱之甚。」
　　　　　(《晉書》卷九十二本傳)

王秀之：為人正潔，吏部尚書褚淵，欲與結婚事，秀之不肯，以此
　　　　　頻轉為兩府外兵參軍。初，秀之祖裕，性貞正，徐羨之、
　　　　　傅亮當朝，裕不與來往。及致仕隱吳興，與子瓚之書曰：
　　　　　「吾欲使汝處不競之地。」瓚之歷官至五兵尚書，未嘗詣
　　　　　一朝貴，及柳元景、顏師伯令僕貴要，瓚之竟不候之。至
　　　　　秀之為尚書，又不與令王儉款接。三世不事權貴，時人稱
　　　　　之。(《南齊書》卷四十六本傳)

宗　　夬：有局幹，隆昌末，少帝見誅，寵舊多罹其禍，惟夬及傅昭
　　　　　以清正免。(《梁書》卷十九本傳)

張　　纘：居選官，後門寒素，有一介皆見引拔，不為貴要屈意，人

士翕然稱之。(《梁書》卷三十四附張緬傳後)

蕭子顯：性凝簡，頗負才氣。及掌選，見九流賓客，不與交言，但
　　　　舉扇一撝而已，衣冠竊恨之。(《梁書》卷三十五附〈蕭恰
　　　　傳〉後)

江　革：以正直自居，任左光祿大夫、南平王長史、御史中丞諸職，
　　　　彈奏豪權，一無所避。(《梁書》卷三十六本傳)

周弘正：抗宜守正，太通（二）（三）年，昭明太子薨，其嗣華容
　　　　公不得立，乃以晉安王爲皇太子，弘正乃進奏記力諫，時
　　　　人稱之。(《陳書》卷二十四本傳)

（四）高蹈事蹟

詩人中亦有淡薄名利，任眞高蹈，爲後世稱羨者，若：

孫　綽：具高尚之志。遊放山水，十有餘年，作遂初賦以致其意。
　　　　　　　(《晉書》卷五十六附〈孫楚傳〉後)

許　詢：風情簡素，與綽皆一時名流，不欲爲官，時人愛其高邁。
　　　　　　　(《晉書》卷五十六附〈孫綽傳〉中)

王羲之：性任率，雅好服食養性，不樂在京師，朝廷頻召爲侍中、
　　　　吏部尚書，皆不就。會稽有佳山水，名士多居之，與孫綽、
　　　　李充、許詢、支遁等盡山水之遊，弋釣爲娛。嘗與同志宴
　　　　集於會稽山陰之蘭亭，羲之自爲之序以申其志。諸子皆尊
　　　　父先旨，固讓不受。(《晉書》卷八十本傳)

陶淵明：少懷高尚，博學善屬文，穎脫不羈，任眞自得，爲鄉鄰
　　　　所貴。以親老家貧，起爲州祭酒，不堪吏職，少日自解
　　　　歸。州召主簿，不就，躬耕自資，遂抱羸疾。復爲鎮軍
　　　　建威參軍，素簡貴，不私事上官，郡遣督郵至縣，吏白
　　　　應束帶見之，潛歎曰：「吾不能爲五斗米折腰，拳拳事鄉
　　　　里小人邪？」義熙二年，解印去縣，乃賦歸去來，以見
　　　　其志。潛不營生業，家務悉委之兒僕。未嘗有喜慍之色，

惟遇酒則飲，時或無酒，則雅詠不輟。嘗以夏日虛閒，高臥北窗之下，清風颯至，自以爲羲皇上人。性不解音，而畜素琴一張，絃徽不具，每朋酒之會，則撫而和之，曰：「但識琴中趣，何勞絃上聲！」潛宅邊有五柳樹，因自號五柳先生。（《晉書》卷九十、《宋書》卷九十三、《南史》卷七十五〈隱逸傳〉）

王　微：素無宦情。〈報何偃書〉自序云：「性知畫繢，蓋亦鳴鵠識夜之機，盤紆糾紛，或記心目，故兼山水之愛，一往跡求，皆仿像也。不好詣人，能忘榮以避權右，宜自密應對舉止，因卷慚自保，不能勉其所短耳。」微常住門屋一間，尋書玩古，如此者十餘年。世祖即位，特詔曰：「微棲志貞潔，文行惇洽，生自華宗，身安隱素，足以賁茲丘園，惇是薄俗。不幸蚤卒，朕甚悼之。」（《宋書》卷六十二本傳）

孔稚珪：風韻清疏，好文詠，飲酒七八斗。不樂世務，居宅盛營山水，憑机獨酌，傍無雜事。門庭之內，草萊不翦，中有蛙鳴，或問之曰：「欲爲陳蕃乎？」稚珪笑曰：「我以此當兩部鼓吹，何必期效仲舉。」（《南齊書》卷四十八本傳）

王　錫：母義興公主。幼而警悟，精力不倦，致損右目，公主每節其業，爲飾居宇。年二十四，轉中書郎，遷給事黃門侍郎、尚書吏部郎中，乃稱疾不拜，便謝遣胥徒，拒絕賓客，掩扉覃思，室宇肅然。（《梁書》卷二十一附〈王份傳〉後）

蕭子暉：性恬靜，寡嗜好，嘗預重雲殿聽制講三慧經，退爲講賦奏之，甚見稱賞。（《梁書》卷三十五附〈蕭子恪傳〉後）

何　胤：早年顯貴，然常懷止足。建武初，築室郊外，號曰小山，恒與學徒遊處其內。後遂賣園宅，入東山。梁臺建，引爲軍謀祭酒，不至。及受禪，授特進右光祿大夫，給白衣尚書祿，又月給庫錢五萬，皆不受，惟講學授徒。初，胤二兄求、點並栖遁，求先卒，至是胤又隱，世號點爲大山，

胤爲小山，亦曰東山。（《梁書》卷五十一附〈何點傳〉後）

陶弘景：幼有異操，年十歲，得葛洪《神仙傳》，晝夜研尋，便有
養生之志。謂人曰：「仰青雲，覩白日，不覺爲遠矣。」
及長，神儀明秀，朗目疏眉，細形長耳。讀書萬餘卷。善
琴棊，工草隸。未弱冠，齊高帝作相，引爲諸王侍讀，除
奉朝請。雖在朱門，閉影不交外物，唯以披閱爲務。弘景
爲人，圓通謙謹，出處冥會，心如明鏡，遇物便了。特愛
松風，每聞其響，欣然爲樂。有時獨遊泉石，望見者以爲
仙人。性好著述，尚奇異，顧惜光景，老而彌篤。尤明陰
陽五行、風角星算、山川地理、方圖產物、醫術本草，堪
稱一代異人。（《梁書》卷五十一〈處士傳〉）

雜亂之世，必出忠臣義士，南朝詩人中亦不乏具有忠義事蹟者，
如本章第一節述及之劉琨、范泰、徐羨之、蕭繹、江革、徐悱、顧野
王等或顛危受命、或身先士卒、或犯顏諫諍、或殺身報主，堪爲臣道
典範。又如：謝瞻之止足遠禍、蕭子良之仁厚禮賢、王思遠與張融之
濟友富義、任昉之後樂先憂、張率之寬容涵蓄，皆爲美談。南朝風俗
凋敝，有江何日下之勢，雖未能以隄止之，然斯時清廉志節之士，行
爲有堪稱頌者，固不宜泯滅無聞也。

二、無行失德者

觀夫南朝詩人中，不乏居心忌刻、交友勢利、接物狂傲、立身無
禮者，如：

王徽之：雅性放誕，好聲色，嘗夜與獻之共讀高士傳讚，獻之賞井
丹高潔，徽曰：「未若長卿慢世也。」其傲達若此。時人
皆欽其才而穢其行。（《晉書》卷八十附〈王羲之傳〉後）

顧愷之：嘗悅一鄰女，挑之弗從，乃圖其形於壁，以棘針釘其心，
女遂患心痛。愷之因致其情，女從之，遂密去針而愈。（《晉
書》卷九十二〈文苑傳〉）

殷仲文：性貪吝，多納貨賄，家累千金，常若不足。義熙三年，因
　　　　涉及謀反伏誅。(《晉書》卷九十九本傳)

范　曄：性精微，有思致，衣裳器服，莫不增損制度，世人皆法。
　　　　元嘉九年冬，彭城太妃薨，將葬，祖夕，僚故並集東府。
　　　　曄與司徒左西蜀王深宿廣淵許，夜中酣飲，開北牖聽挽歌
　　　　爲樂，義康怒，左遷曄宣城太守。元嘉十六年，母亡，報
　　　　之以疾，曄不時奔赴，及行，又攜妓妾自隨，爲御史中丞
　　　　劉損所奏，太祖愛其才，不罪也。及與謝綜、孔熙先共謀
　　　　殺逆，事覺伏誅，收其家，樂器服玩，並皆珍麗，妓妾亦
　　　　盛飾，母住止單陋，唯有一厨盛樵薪。弟子多無被，叔父
　　　　單衣。初曄於獄中〈與諸甥姪書〉自序曰：「吾狂釁覆滅，
　　　　豈復可言，汝等皆當以罪人棄之。」(《宋書》卷六十九本
　　　　傳)

王僧達：自負才地，謂當時莫及。初僧達爲太子洗馬，在東宮，愛
　　　　念軍人朱靈寶，及出爲宣城，靈寶已長，僧達詐列死亡，
　　　　寄宣城左永之籍，注以爲己子，改名元序，啓太祖以爲武
　　　　陵國典衛令，又以補竟陵國典書令，建平國中軍將軍。孝
　　　　建元年春，事發，加禁錮。又僧達族子確年少，美姿容，
　　　　僧達與之私款。確叔父休爲永嘉太守，當將確之郡，僧達
　　　　欲逼留之，確知其意，避不復往。僧達大怒，潛於所住屋
　　　　後作大坑，欲誘確來別，因殺而埋之，從弟僧虔知其謀，
　　　　禁呵乃止。(《宋書》卷七十五本傳)

謝　朓：建武四年，啓岳父王敬則謀反，上甚賞之，其後，朓妻常
　　　　懷刀欲報朓，朓不敢相見，及爲吏部郎，沈昭略謂朓曰：
　　　　「卿人地之美，無忝此職，但恨今日刑于寡妻。」朓臨敗
　　　　歎曰：「我不殺王，王公由我而死。」此乃罔顧倫理親情，
　　　　貪功利己者也。(見《南齊書》卷四十七本傳)

劉孝綽：少有盛名，而仗氣負才，多所陵忽，有不合意，極言詆

訾，多忤於物。又孝綽爲廷尉卿，攜妾入官府，其母猶停私宅，爲人詬病。(《梁書》卷三十三本傳)

朱　异：善窺人主意曲，能阿諛以承上旨，故特被寵任，居權要三十餘年。與諸子自潮講列宅自青溪，其中有臺池翫好，每暇日與賓客遊焉。四方所饋，財貨充積，未嘗有散施，厨下珍羞腐爛，每月常棄數十車，雖諸子別房亦不分贍，其吝嗇如此。(《梁書》卷三十八本傳)

伏　挺：除南臺治書，因事納賄，當被推劾，挺懼罪，遂變服爲道人，久之藏匿，後遇赦，乃出天心寺。(《梁書》卷五十文學傳)

孔　範：阿諛奉上，後主每有過失，必曲爲文飾。隋文帝以其姦佞諂惑，暴其過惡，列爲四罪人之一。(《南史》卷七十七本傳)

第三節　南朝詩人與文學集團

中國文人創作之集體化，始於以曹氏父子爲中心之建安文壇。《三國志‧王粲傳》云：「始文帝爲五官將，及平原侯植皆好文學，粲與北海徐幹字偉長、廣陵陳琳字孔璋、陳留阮瑀字元瑜、汝南應瑒字德璉、東平劉楨字公幹，並見友善。幹爲司空軍謀祭酒掾屬五官將文學。」魏文帝〈與吳質書〉云：「昔年疾疫，親故多離其災，徐、陳、應、劉一時俱逝，痛可言邪？昔日游處，行則連輿，止則接席，何曾須臾相失？每至觴酌流行，絲竹並奏，酒酣耳熱，仰而賦詩，當此之時，忽然不自知樂也。謂百年己分，可長共相保，何圖數年間，零落略盡，言之傷心，頃撰其遺文都爲一集，觀其姓名己爲鬼錄，追思昔游，猶在心目，而此諸子化爲糞壤，可復道哉！」(《文選》卷四十二) 由上述顯見王粲、徐幹、陳琳、阮瑀、應瑒、劉楨諸子，爲依附曹丕之文人集團，其於集會宴樂中，時有集體之創作 (見《初學記》卷十。諸

宮部、皇太子載），而於同一動機、地點、題材下，製作出情調類似之篇什。

　　爰及西晉，則有以賈謐爲領袖之「二十四友」，及以石崇爲中心之「金谷」文會。《晉書・賈謐傳》云：「開閣延賓，海內輻湊，貴遊豪戚及浮競之徒，莫不盡禮事之。或著文章稱美謐，以方賈誼，渤海石崇、歐陽建，滎陽潘岳，吳國陸機、陸雲，蘭陵繆徵，京兆杜斌、摯虞，瑯邪諸葛詮，弘農王粹，襄城杜育，南陽鄒捷，齊國左思，清河崔基，沛國劉瓌，汝南和郁、周恢，安平牽秀，潁川陳眕，太原郭彰，高陽許猛，彭城劉訥，中山劉輿、劉琨，皆傅會於謐，號曰二十四友，其餘不得預焉。」二十四友作品多佚，難以知其風貌，然由「並當時文才，隆節事謐，相互推舉」（《太平御覽》卷四〇七引晉書興書語）數語推測，必多屬宴會酬唱，歌功頌德之作。此由潘岳〈於賈謐坐講漢書〉、陸機〈講漢書〉詩，得見一斑。石崇屬二十四友之一，以豪奢見著，常聚名士於「金谷」別館遊宴、賦詩。石崇〈金谷詩序〉中云：「余以元康六年，從太僕卿出爲使，持節監青、徐諸軍事、征虜將軍。有別廬在河南縣界金谷澗中，或高或下，有清泉茂林、眾果竹柏、藥草之屬，莫不畢備；又有水碓、魚池、土窟，其爲娛目歡心之物備矣。時征西大將軍祭酒王詡當還長安，余與眾賢共送往澗中，晝夜遊宴、屢遷其坐，或登高臨下，或列坐水濱，時琴瑟笙筑，合載車中，道路並作。及住，令與鼓吹遞奏，遂各賦詩，以敍中懷。或不能者，罰酒三斗。感性命之不永，懼凋落之無期，故具列時人官號、姓名、年紀，又寫詩箸後。後之好事者，其覽之哉！凡三十人，吳王師、議郎、關中侯、始平武公蘇紹字世嗣，年五十，爲首。」（見《世說・品藻》57 註）金谷園中「娛目歡心之物」爲引情之素材，「以敍中懷」爲創作目的，「感性命之不永，懼凋落之無期」，爲眾人共興之無常感。潘岳現存之〈金谷集作詩〉可爲代表。

　　時至南朝，文學集團益夥。一則，由於南朝屬士族社會，家族主義興盛，爲維持家聲，每以優良家學代代相繼，因之，各家族與其依

附者遂形成集團。再則，南朝君主王侯雅好文學，不時招納文士，羅致才人以充實朝廷、藩府；一般文士亦樂於攀龍附鳳，藉以為進身之階。凡此依附朝廷或藩府之文人，各以其所侍奉之君主或王侯為中心，形成若干文學集團。南朝之文學集團，舉其大者，若東晉時代有以桓溫、王羲之為首之文人集團，宋有以臨川王劉義慶為中心之文人集團，齊則有以王儉、文惠太子蕭長懋、竟陵王蕭子良、隋郡王蕭子隆領導之文人集團，梁代文學集團之領袖人物，首推武帝蕭衍、繼有昭明太子蕭統、晉安王蕭綱、湘東王蕭繹、安成王蕭秀、南平王蕭偉，陳代則以侯安都、徐伯陽、後主陳叔寶、江總、徐陵諸子為文壇盟主。今就南朝主要詩人所屬之文學集團、個人術業、及其與集團領袖之淵源關係，略述如下。其有一人而隸屬於數個團體者，均依其事跡之先後輕重，及其與各團體領袖人物關係之遠近親疏，分別敍述，不避重出，讀者可以參閱。

一、東晉詩人與文學集團

袁宏、郗超、習鑿齒、顧愷之等——以桓溫為中心之文學集團

桓　溫：為東晉中期政壇風雲人物，挺雄豪之逸氣，韞文武之奇才，見賞通人，夙標令譽，當時名士多與之遊。（見《晉書》卷九十本傳）

袁　宏：曾任桓溫府記室，備受禮遇，與伏滔在府中呼為「袁、伏」，且從溫北征，作北征賦，為其文之高者。（見《晉書》卷九十二〈文苑傳〉）

郗　超：為溫之心腹，初辟為征西大將軍掾。溫遷大司馬，又轉為參軍。及溫懷不軌，欲立霸王之基，超為之謀，溫深納其言，遂定廢立。桓府中人語曰：「髯參軍、短主簿，能令公喜，能令公怒。」時王珣為溫主簿，亦見重，超髯，珣短故也。（見《晉書》卷六十七本傳）

習鑿齒：博學洽聞，以文筆著稱。桓溫辟爲從事，累遷別駕。溫出
　　　　征伐，鑿齒或從或守，所在任職，每處機要，蒞事有績，
　　　　善尺牘論議，溫甚器遇之。（見《晉書》卷八十二本傳）

顧愷之：博學有才氣，溫引爲大司馬參軍，甚見親昵。愷之好諧
　　　　謔，人多愛狎之；溫常云：「愷之體中癡黠各半，合而論
　　　　之，正得平耳。」故俗傳愷之有三絕：才絕、畫絕、癡絕。
　　　　（見《晉書》卷九十二〈文苑傳〉）

　　上述諸人於溫府中聚集談論、品評文章與作文賦詩之情況，正史
雖未詳載，然由《世說新語・排調》三十五、〈言語篇〉八十五、《晉
書》〈孟嘉傳〉與〈袁宏傳〉所記，得知此集團中文人之創作，仍屬
酬唱、遊戲性質。桓溫招攬才學之士爲幕府，意在共謀奪權，言志吟
詠僅爲點綴，此與曹操橫槊賦詩，實出一轍也。

孫綽、許詢、支遁等──以王羲之爲中心之文學集團

王羲之：才學瞻富，尤善隸書，爲古今之冠，論者稱其筆勢，以爲
　　　　飄若浮雲，矯若驚龍。雅好服食養性，不樂在京師，初渡
　　　　浙江，便有終焉之志。會稽有佳山水，羲之時優遊其間，
　　　　與謝安、孫綽、許詢、支遁等並爲同好，諸子嘗宴集於會
　　　　稽山陰之蘭亭，羲之自爲之序以申其志。（見《晉書》卷
　　　　八十本傳）

孫　綽：博學善屬文，少與高陽許詢俱有高尙之志。遊放山水，十
　　　　有餘年，曾作「遂初賦」以致其意焉。（見《晉書》卷五
　　　　十六附於〈孫楚傳〉後）

許　詢：總角秀惠，眾稱神童，長而風情簡素，與孫綽皆一時名
　　　　流，時人或愛詢高邁，則鄙於綽，或愛綽才藻，而無取於
　　　　詢，惜早卒。（見《晉書》卷五十六附於〈孫綽傳〉中）

支　遁：幼有神理，聰明秀徹，曾隱居會稽餘杭山修道，年二十五
　　　　出家。後入剡，於沃州小嶺立寺行道，並與王謝名士交遊。

四十九歲出都，止東安寺講道行，留三載，上書辭，詔許
之，乃收跡剡山。(《大正新脩大藏經》卷五十〈高僧傳〉
卷十四)

以羲之為中心之文會，除上述諸人外，尚包括王氏家族子弟、幕
僚與其他處士，皆屬棲隱之士，澹泊名利、企慕自然，因志同道合而
相交，與桓溫含有政治目的所組成之文人集團，固不相同。該團體最
著名之集體作品為《蘭亭集》。據張淏《雲谷雜記》載，當時與會者
凡四十有二，各顯才具，頗有可觀。唯篇篇情調相若，不免有「千人
一面」之憾。

二、宋代詩人與文學集團

鮑照、何長瑜、袁淑等──以臨川王劉義慶為中心之文學集團

劉義慶：為長沙王道憐第二子，臨川王道規無子，以其為嗣，永初
　　　　元年襲封臨川王。義慶秉性簡素，寡嗜欲，愛好文義，招
　　　　聚文學之士，近遠必至。(見《宋書》卷五十一附於〈臨
　　　　川烈武王道規傳〉後)

鮑　照：家世貧賤，文辭贍逸，元嘉中為〈河清頌〉，其序甚工，
　　　　義慶賞其才藻，引為佐國史。(見〈齊虞炎鮑照集序〉、《宋
　　　　書》卷五十一附於〈臨川烈武王道規傳〉後)

何長瑜：曾教謝惠連讀書，靈運愛賞，喻為當世仲宣。臨川王義慶
　　　　招集文士，長瑜自國侍郎至平西記室參軍。嘗於江陵寄書
　　　　與宗人何勗，以韻語序義慶州府僚佐云：「陸展染鬢髮，
　　　　欲以媚側室。青青不解久，星星行復出。」輕薄少年遂演
　　　　而廣之，凡厥人士，並為題目，皆加劇言苦句，其文流行，
　　　　臨川王怒，以白太祖，除為廣州增城令。(《宋書》卷六十
　　　　七附於〈謝靈運傳〉中)

袁　淑：不為章句之學，而博涉多通，好屬文，辭采遒艷，縱橫有

才辯，義慶在江州，請爲護衞諮議參軍。（見《宋書》卷
七十本傳）

　　上述諸人除鮑照外，作品多殘佚，史籍亦鮮載其吟詠之事，唯何
長瑜〈嘲府僚詩〉與〈離合詩〉可略窺一、二。又考同一時期詩人，
多詠物之作，義慶文人集團當不出此範疇。

三、南齊詩人與文學集團

沈約、虞炎等——以文惠太子蕭長懋爲中心之文學集團

　　蕭長懋：齊武帝長子也。從容有風儀，音韻和辯，引接朝士，人人
　　　　　　自以爲得意。文武士多所招集，應對左右。（見《南史》
　　　　　　卷四十四齊武帝諸子文惠太子本傳）

　　沈　　約：初奉文惠太子，時東宮多士，約特被親遇，每直入見，影
　　　　　　斜方出。當時王侯到宮，或不得進，約每以爲言，太子曰：
　　　　　　「吾生平嬾起，是卿所悉，得卿談論，然後忘寢，卿欲我
　　　　　　夙興，可恒早入。」可見優遇之厚。（《梁書》卷十三本傳）

　　虞　　炎：永明中，以文學與沈約俱爲文惠太子所遇，意盼殊常。
　　　　　　（《南史》卷五十二附於〈陸慧曉傳〉中）

王融、謝朓、沈約、任昉、范雲、蕭琛、陸倕、劉繪——以竟陵王蕭子良爲中心之文學集團

　　蕭子良：齊武帝第二子也。幼聰敏。武帝即位，封竟陵王南徐州刺
　　　　　　史，又兼司徒，進號車騎將軍。禮才好士，傾意賓客，天
　　　　　　下才學，皆遊集焉。善立盛事，夏月客室，爲設瓜飲及甘
　　　　　　果，著之文教，士子文章及朝貴辭翰，皆發教撰錄。又《梁
　　　　　　書・沈約傳》云：「時竟陵王亦招士，約與蕭琛、王融、謝
　　　　　　朓、范雲、任昉等皆遊焉，當世號爲得人。」由此記載得
　　　　　　知，竟陵王子良之文會，以「竟陵八友」爲主要人物。（見
　　　　　　《南史》卷四十四齊武帝諸子竟陵王本傳、《梁書》卷十三

沈約本傳）

王　融：博涉有文才，初仕齊武帝，遷祕書丞，歷中書郎。竟陵王
　　　　子良拔爲寧朔將軍。武帝疾篤，謀立子良，及鬱林即位，
　　　　下獄賜死。（見《南齊書》卷四十七本傳）

謝　朓：好學有美名，文章清麗，長五言詩，沈約常云：「二百年
　　　　來無此詩也。」敬皇后遷祔山陵，朓撰哀策文，齊世莫有
　　　　及者。（見《南齊書》卷四十七本傳）

沈　約：篤志好學，博通羣籍，能屬文作詩，爲一代文宗，初奉文
　　　　惠太子，後子良亦遇之極厚。（見《梁書》卷十三本傳）

任　昉：才思無窮，尤長載筆，起草即成，不加點竄，時人云：「任
　　　　筆沈詩」，昉聞之甚以爲病。晚節轉好著詩，欲以傾沈，
　　　　惜用事過多，屬辭不得流便。曾任子良記事參軍，司徒長
　　　　史等職。（見《梁書》卷十四本傳）

范　雲：少機警，有識具，善屬文，便尺牘，下筆輒成，未嘗定藁，
　　　　時人每疑其宿構。曾爲竟陵王府主簿，子良遇之甚厚。（見
　　　　《梁書》卷十三本傳）

蕭　琛：少而朗悟，有縱橫才辯，子良亦重之。（見《梁書》卷二
　　　　十六本傳）

陸　倕：十七舉秀才，竟陵王開西邸延英俊，倕預焉。（見《梁書》
　　　　卷二十七本傳）

劉　繪：聰警有文義，善隸書。永明末，京邑人士盛爲文章談義，
　　　　皆湊竟陵王西邸，繪爲後進領袖，機悟多能。（見《南齊
　　　　書》卷四十八本傳）

《南北朝詩話》云：「竟陵王子良，嘗夜集學士，刻燭爲詩，蕭
文琰曰：『燒寸燭而成四韻詩，何難之有？』乃與丘令楷、江洪等，
共擊銅鉢立韻。響滅則詩成，皆可觀覽。」由此記載，不難想像，眾
子遊戲賦詩之情況。

謝朓、王秀之等——以隨郡王蕭子隆為中心之文學集團

蕭子隆：齊武帝第八子也。性和美，有文才。武帝曾謂王儉曰：
　　　　「我家東阿也。」明帝輔政，謀害之。(見《南齊書》卷
　　　　四十武十七王〈隨郡王子隆傳〉)

謝　朓：文章清麗。子隆在荊州，好辭賦，數集僚友，朓以文才，
　　　　尤被愛賞，流連晤對，不捨日夕。(《南齊書》卷四十七本
　　　　傳)

王秀之：起家著作佐郎，太子舍人，累遷都官尚書，出為隨王鎮西
　　　　長史，吳興太守。(《南齊書》卷四十六本傳)

四、梁代詩人與文學集團

沈約、江淹、任昉、劉孺、劉苞、劉孝綽、到溉、陸倕、張率、丘遲、王僧孺、周興嗣等——以武帝蕭衍為中心之文學集團

蕭　衍：才兼文武，早年曾入齊竟陵王子良西邸，為「竟陵八友」
　　　　之一。《梁書・本紀》謂其：「天情睿敏，下筆成章。千賦
　　　　百詩，直疏便就，皆文質彬彬，超邁今古。」及受齊禪，
　　　　登寶座，在位凡四十有八年。政局穩定，天下太平。蕭衍
　　　　以其文學才華，挾西邸餘風，一面下令蒐集墳籍，整理文
　　　　獻，發揚經術，尊崇儒教；一面延攬才學之士，借用文人
　　　　紙上珠璣，點綴昇平。影響所及，文人學士莫不紛紛呼朋
　　　　引類，交相薦達，共進於君主皇子前，終使梁代之集團文
　　　　學，達到空前之盛況。當時趨附於蕭衍文會之詩人極多。
　　　　《梁書・文學傳序》云：「高祖聰明文思，光宅區宇，旁
　　　　求儒雅，詔採異人，文章之盛，煥乎俱集。每所御幸，輒
　　　　命羣臣賦詩，其文善者，賜以金帛，詣闕庭而獻賦頌者，
　　　　或引見焉。其在位者，則沈約、江淹、任昉，並以文采妙
　　　　絕當時。至若彭城到沆、吳興丘遲、東海王僧孺、吳郡張

率等，或入直文德，通讌壽光，皆後來之選也。」又《梁書・劉苞傳》云：「自高祖即位，引後進文學之士，苞及從兄孝綽、從弟孺、同郡到洽、洽弟洽、吳郡陸倕、張率並以文藻見知，多預讌坐，雖仕進有前後，其賞賜不殊。」由上述確知，梁初蕭衍爲中心之文人集團，以前代耆宿沈約、江淹、任昉及高祖延攬之後進文人劉苞、到洽昆仲、丘遲、張率、陸倕等爲主要成員。（見《梁書》卷一〈武帝本紀〉）

沈　約：於蕭衍有勸進畫謀之功，天監元年任尙書左僕射，時年六十二。其綿繡詩篇，獨步當時，聲調之學，天下同流。惟「自負高才，昧於榮利，乘時藉勢，頗累清談。」且因年高氣弱，在梁用事十餘年，於後進鮮少薦達，政之得失，唯唯而已，呈現桑榆光景。（見《梁書》卷十三本傳）

江　淹：好學沉靜，少以文章顯。惟據《南史》本傳及鍾嶸《詩品》所記，晚節已有才盡之憾，文壇地位驟落，入梁四年即卒，於梁初文壇貢獻甚微。（見《梁書》卷十四、《南史》卷五十九本傳、《詩品》卷中）

任　昉：早年以文辭見賞於王儉，又爲竟陵王子良延攬，爲齊文壇重鎮。入梁，四十有三，正值盛年，且好結交，獎掖後進，是以聲望特隆，士子趨附。《南史》卷二十五〈到彥之本傳附到洽傳〉云：「昉還爲御史中丞，後進皆宗之。時有彭城劉孝綽、劉苞、劉孺，吳郡陸倕、張率，陳郡殷芸，沛國劉顯，及洽、洽車軌日至，號曰蘭臺聚。」又《南史》卷四十八〈陸慧曉本傳附子倕傳〉亦云：「及昉爲中丞，簪裾輻湊，預其讌者：殷芸、到洽、劉苞、劉孺、劉顯、劉孝綽及倕而已，號曰：『龍門之游』，雖貴公子孫，不得預也。」蘭臺爲宮中藏書之所（漢代即有此名），由御史丞掌領，適任昉身任此職，又以祕書監之身份，故

特以「蘭臺聚」爲文會名目，並屏絕外人參加，自相標榜，號「龍門之遊」以炫耀當世。此乃蕭統文人團體中之小集團，而昉「競須新事」之詩風亦得以推廣，終成一代風尙。（見《梁書》卷十四本傳）

劉孺、劉苞、劉孝綽：三人爲從兄弟，天監元年，孺二十、苞二十一、孝綽二十二，爲後進文人年最少者。孺，沈約引爲主簿，恆隨遊宴賦詩，爲梁武所親愛，位至吏部尙書。苞，好學能屬文，起家參軍，累遷太子洗馬掌書記，武帝即位，引進文學之士，以文藻見知。孝綽，七歲能屬文，聲聞河朔，起家爲著作佐郎。甚爲武帝及昭明所禮，惟負才陵忽，前後五免，然辭藻爲後進所宗。（依次分見《梁書》卷四十一本傳、卷四十九〈文學傳〉、卷三十三本傳）

到　溉：少孤貧，聰敏有才學，早爲任昉所知，獎掖提攜，聲名漸廣。（見《梁書》卷四十本傳）

陸　倕：初入竟陵王西邸，天監初，爲安成王主簿，遷臨川王東曹掾。武帝雅愛其才，官至揚州大中正，遷太常卿。太子蕭綱〈與湘東王繹書〉中，與任昉並譽爲「文章之冠冕，述作之楷模。」（見《梁書》卷二十七本傳）

張　率：年十二能屬文，爲梁初後進才秀。武帝霸府建，引爲相國主簿，嘗爲待詔賦，武帝手敕曰：「相如工而不敏，枚皋速而不工，卿可謂兼二子於金馬矣。」得見賞譽之隆。（見《梁書》卷三十三本傳）

丘　遲：八歲便屬文，及長，舉秀才，除太學博士。高祖平京邑，引爲主簿，甚被禮遇，及踐祚，遷中書郎，出爲永嘉太守，還拜中書侍郎，後遷司空從事中郎。遲辭采麗逸，鍾嶸《詩品》以「點綴映媚，似落花依草」評之。（見《梁書》卷四十九〈文學傳〉）

王僧孺：工屬文，善楷隸，好墳籍，多識古事，其文麗逸，多用新

事，世重其富。曾入齊竟陵王西邸，後與任昉等以文學友
會，極爲士友推重。（見《梁書》卷三十三本傳）

周興嗣：世居姑熟，年十三遊學京師，積十餘載，遂博通記傳，善
屬文，高祖重之，時銅表銘、柵塘碣、北伐檄，次韻王羲
之千字，並使興嗣爲文，每奏，高祖輒稱善，加賜金帛。
（見《梁書》卷四十九〈文學傳〉）

梁初文壇以武帝蕭衍爲盟主，後因帝靜居禮佛，修身養性，削減
文人宴遊之次數與規模，及昭明太子長成後，若干知名文士轉附東宮，
而形成新集團。至昭明薨，晉安王蕭綱爲中心之文人團體繼起。文壇
重心再度轉移。是以天監十四年後（時昭明十五歲行冠禮），蕭衍之文
會勢微，後起成員亦不同於前，其中以到溉、劉孺、王筠、劉孝綽、
裴子野、劉之遴、劉顯、蕭子雲、陸雲公、謝徵等人爲主要人物。

**王錫、張纘、陸倕、張率、謝舉、王規、王筠、劉孝綽、到洽、
殷鈞、殷芸、劉孺、蕭子範、蕭子雲、徐悱、何思澄等——以昭
明太子蕭統為中心之文學集團**

蕭　統：武帝長子也。生於齊中興元年，卒於中大通三年，享有三
十有一。統幼年教育，受蕭衍及左右文人影響極深，蓋
東宮師傅與官屬，往往因利乘便，由皇帝文會中之傑出辭
人或近臣兼領。考蕭統十五歲以前，圍繞其身邊之文學人
才不乏知名之詩人，且多爲貴族膏腴子弟，不脫齊代貴遊
習氣，故梁初東宮文學，仍屬富於遊戲性之悠閒辭章。昭
明十五歲後，文思敏捷，顯露才華，因而繼蕭衍之後，建
立個人之東宮文人團體。《梁書》卷八本傳云：「引納才
學之士，賞愛無倦，恆自討論篇籍，或與學士商榷古今，
閒則繼以文章著述，率以爲常。于時東宮有書幾三萬卷，
名才並集，文學之盛，晉宋以來未之有也。」得見其文會
規模之大矣。蕭統文會最初之重要成員，爲武帝敕令入侍

東宮之十學士，即王錫、張纘、陸倕、張率、謝舉、王規、
王筠、劉孝綽、到洽、張緬諸子，同為著名詩人，稍後則
有殷鈞、殷芸、劉孺及蕭子範、子雲兄弟，普通元年後則
有何思澄、徐悱等人。（見《梁書》卷八〈昭明太子〉本
傳、《南史》卷一十〈三王或傳〉附〈王份傳〉）

王　錫：武帝妹義興公主之子，幼而警悟，勤學不倦，致損右目，
　　　　年十七任太子洗馬，入侍東宮，與昭明為師友。（見《梁
　　　　書》卷二十一附〈王份傳〉後）

張　纘：出繼武帝舅弘籍，性好學，仕祕書郎，武帝愛賞，敕令入
　　　　侍東宮，遷太子舍人，歷寧蠻校尉。（見《梁書》卷三十
　　　　四附〈張緬傳〉後）

張　率：年十二能屬文，稍進作賦頌，至年十六，向二千許首。起
　　　　家齊著作郎，遷尚書殿中郎太子洗馬，武帝霸府建引為相
　　　　國主簿，初為蕭衍文會之重要成員。（見《梁書》卷三十三
　　　　本傳）

謝　舉：幼好學，能清言，博涉多通，曾以侍中遊東宮。（見《梁
　　　　書》卷三十七本傳）

王　規：年十二，五經大義略通，既長，好學有口辯，仕武帝時，
　　　　累遷太子中庶子，入侍東宮，昭明甚為禮遇。（見《梁書》
　　　　卷四十一本傳）

陸　倕：初屬蕭衍集團，帝雅愛其才，遷太子中舍人，管東宮記
　　　　事。（見《梁書》卷二十七本傳）

王　筠：幼清淨好學，歷仕尚書殿中郎。累遷太子洗馬、中書舍
　　　　人。以方雅為昭明所禮，太子常與筠及劉孝綽、陸倕、到
　　　　洽、殷芸等遊宴玄圃，昭明執筠袖撫孝綽肩而言曰：「所
　　　　謂左把浮丘袖，右拍洪崖肩。」其見如重如此。（見《梁
　　　　書》卷三十三本傳）

劉孝綽：七歲能屬文。辭藻為後進所宗，每作一篇，朝成暮遍，甚

者流聞絕域。曾爲太子僕，掌東宮管記。（見《梁書》卷三十三本傳）

到　洽：少知名，有才學士行。謝朓亦深相賞好。曾任太子舍人、太子家令、中庶子之職，見重於武帝及昭明太子。（見《梁書》卷二十七本傳）

張　緬：少勤學，自課讀書，手不輟卷，尤通後漢及晉代眾家。性愛墳籍，聚書至萬餘卷，曾任太子舍人、太子中庶子等職。及卒，高祖舉哀，昭明太子亦往臨哭，其見重如此。（見《梁書》卷三十四本傳）

殷　鈞：善隸書，爲當時楷法，歷東宮學士遷中庶子。（見《梁書》卷二十七本傳）

殷　芸：厲精勤學，博洽羣書，初任昭明太子侍讀，累遷散騎常侍左長史，直東宮學士省。（見《梁書》卷四十一本傳）

劉　孺：少好文章，性又敏述，嘗於御坐爲李賦，受詔便成，文不加點，高祖稱賞之。初爲沈約主簿，累遷太子舍人、中軍臨川王主簿、太子洗馬、尚書殿中郎等。（見《梁書》卷四十一本傳）

蕭子範：爲齊豫章王嶷之子也。武帝恩遇，嘗曰：「此宗室奇才也。」曾任太子中舍人。（見《梁書》卷三十五附〈蕭子恪傳〉後）

蕭子雲：年十二便有文采，善草隸書，爲世楷法。性沈靜，不樂仕進，年三十，方起家爲祕書郎，後遷太子舍人，撰東宮新記奏之，敕賜束帛。（見《梁書》卷三十五附〈蕭子恪傳〉後）

徐　悱：徐勉第二子也。幼聰敏，能屬文，歷任太子舍人、洗馬、中舍人等職，都管書記，出入東宮多年，甚爲太子所親愛。（見《梁書》卷二十五附〈徐勉傳〉後）

何思澄：工文辭，與族人何遜、何子郎齊名，號爲「東海三何」，

天監十五年，受徐勉推薦，入華林園撰遍略，歷時八年。
普通初，出秣陵令，入兼東宮通事舍人，後爲湘東王錄事
參軍，兼舍人如故。（見《梁書》卷五十本傳）

蕭統之文人集團，以天監末年至普通七年爲全盛時期，其間除遊
宴賦詩外，並討論經籍、編集典籍，《詩苑英華》與《文選》，即爲具
體之成就。自普通七年後，東宮人才日漸凋零，而昭明太子亦卒於中
大通三年，此一文學集團即隨之解散。

**庾肩吾、徐摛、徐陵、劉遵、劉潛、劉孝威、劉孺、劉苞、張纘、
蕭子顯、到洽、謝舉、張緬、王規等——以簡文帝蕭綱為中心之
文學集團**

蕭　綱：衍第三子，昭明太子同母弟也。天監五年四歲封爲晉安
王，及中大通三年，昭明太子薨，五月，詔立爲皇太子。
綱、幼聰穎，六歲能屬文，蕭衍稱云：「此子吾家之東阿。」
七歲有詩癖，長而不倦，《梁書・本紀》載曰：「讀書十行
俱下，九流百氏，經目必記。篇章辭賦，操筆立成。博綜
羣書，善言玄理。」得見才異常人。早年出入晉安王府之
詩人計有徐摛、庾肩吾、張率、庾於陵、劉之遴、陸倕、
江革、劉孺、周弘正等，其中以前三子對蕭綱之創作風格
影響特多，蓋三子長期追隨故也，而其餘諸人，多由中央
轉任外藩，任期短暫，於王府文學活動影響未著。普通四
年，綱任雍州刺史，納引文學之士，賞接無倦，晉安王府
文人集團聲勢漸壯，除徐、庾舊僚外，詩人劉遵、劉孝儀、
孝威昆仲、徐陵、庾信等皆歸之，平日宴集「討論篇籍，
繼以文章」，與昭明東宮相互輝映。及綱立爲皇太子，遂
領舊日文人僚佐，進駐京師，自此東宮文學，另展新局，
而舊日入侍昭明太子之到洽、劉孺、劉苞、謝舉、張緬、
張纘、王規、蕭子顯等詩人，均見風轉舵，相繼歸附，是

以蕭綱之文人集團，益顯龐大矣。(見《梁書》卷四〈簡文帝本紀〉)

庾肩吾：八歲能賦詩。初為晉安王常侍，王每徙鎮，肩吾常隨府。在雍州被命與劉孝威、徐昉、徐摛等十人抄撰眾籍，豐其果饌，號高齋學士。及王為太子，兼通事舍人，除安西、湘東二王錄事參軍，累遷中庶子。簡文即位，肩吾為度支尚書，侯景矯詔肩吾使江州，喻當陽公大心，大心尋舉州降賊，肩吾因逃赴江陵，未幾歷江州刺史，領義陽太守。(見《梁書》卷四十九附〈庾於陵傳〉後。肩吾之子庾信本屬於此一團體，後入北朝，不屬本論文範圍。)

徐　摛：幼而好學，及長，遍覽經史。屬文好為新變，不拘舊體，春坊盡學之，「宮體」之號，自斯而起。初為晉安王府侍讀，及王為皇太子，轉家令，出為新安太守，遷太子左衛率。簡文嗣位，進授左衛將軍，固辭不拜。待簡文被幽閉，摛不獲朝謁，感氣而卒。(見《梁書》卷三十本傳)

徐　陵：摛子也。八歲能屬文，十二，通莊老義。既長，博涉史籍，縱橫有口辯。仕梁，初為晉安王參軍，累遷至散騎常侍。(見《陳書》卷二十六本傳)

劉　遵：孺之弟也。清雅有學行，工屬文，為晉安王宣德、雲麾二府記室，甚見賓禮，王入為皇太子，除中庶子。(見《梁書》卷四十一附〈劉孺傳〉授)

劉　潛：孝綽之弟，寬厚有內行，工屬文，舉秀才，累遷尚書殿中郎，補太子洗馬、陽羨令，甚有稱績，累官御史中丞，出為臨海太守，遷都官尚書，復為豫州內史。侯景逼建業，孝儀遣子勵率兵入援，及宮城不守，失郡卒。(見《梁書》卷四十一本傳)

劉孝威：孝儀弟也。初為晉安王法曹，轉主簿，以母憂去職，服闋，

除太子洗馬，累遷中舍人、庶子、率更令，並掌管記。太
清中，還中庶子，兼通事舍人。及侯景寇亂，孝威於圍城
得出，隨司州刺史柳仲禮西上，至安陸，遇疾卒。（見《梁
書》卷四十一附〈劉潛傳〉後）

　　劉孺、劉苞、張纘、蕭子顯諸子，初屬蕭衍文會，後入侍昭明太
子東宮，及綱立爲太子，又與之宴遊，至於到洽、謝舉、張緬、王規
等，亦已見於昭明太子文人集團，蓋文人團體成員之動向，恆隨政權
之轉移而改變也。

**到洽、裴子野、劉顯、張纘、蕭子雲、周弘直、鮑泉、劉之遴、
劉孝綽、陸雲公、庾肩吾、劉潛、劉孝勝、孔奐、徐陵、陰鏗等
——以湘東王蕭繹爲中心之文學集團**

蕭　繹：蕭衍第七子也。天監十三年封湘東郡王。及侯景之亂，
　　　　坐擁荊等州重兵，誅滅異己，繼收京師，以此奪天下。
　　　　承聖元年即位，是爲元帝。迨江陵爲西魏所陷，被俘遇
　　　　害。湘東王之藩府文學，大致可分爲前後兩期，一在會
　　　　稽丹陽，一在荊州，前者爲醞釀期，後者則爲成熟期。
　　　　詩人到洽、裴子野、劉顯、蕭子雲、張纘、鮑泉、劉之
　　　　遴、劉孝綽、陸雲公、庾肩吾、劉孝儀、劉孝勝、孔奐、
　　　　徐陵、陰鏗等與蕭繹均有密切關係。（見《梁書》卷五〈元
　　　　帝本紀〉）

到　洽：少孤貧，與弟洽早爲任昉所知，且爲蕭衍愛賞。及湘東王
　　　　任會稽太守，命之隨行，任輕車長史、行府郡事。衍並敕
　　　　湘東王云：「到洽非直爲汝行事，足爲汝師，閒有進止，
　　　　每須詢訪。」其見重如是。（見《梁書》卷四十本傳）

裴子野：少好學，善屬文，時人服其博識，武帝以爲著作郎，累遷
　　　　中書侍郎鴻臚卿，領步兵校尉，在禁省十餘年，嘿靜自守。
　　　　蕭繹任丹陽尹數年間，子野與劉顯、蕭子雲、張纘等同爲

其布衣交。(見《梁書》卷三十本傳)

劉　顯：好學而聰敏，任昉嘗得一篇缺簡書，文字零落，歷示諸
　　　　人，莫能識者，顯云是古文尚書所刪逸篇，昉檢周書，果
　　　　如其說，昉因大相賞異。又魏人獻古器，有隱起字，無能
　　　　識者，顯案文讀之，無有滯礙，考校年月，一字不差，其
　　　　博聞強記如是。(見《梁書》卷四十本傳)

張　纘：已見蕭統東宮文會，與裴子野友善，是忘年交，湘東王任
　　　　丹陽尹時，朝夕與之同遊。(見《梁書》卷三十四附〈張
　　　　緬傳〉後)

蕭子雲：曾任昭明太子舍人，晉安王文學司徒主簿，後爲丹陽尹
　　　　丞，侍奉湘東王左右，繹深相賞好。(見《梁書》卷二十
　　　　五附〈蕭子恪傳〉後)

周弘直：方敦雅厚，解褐梁大學博士，爲湘東王記室，元帝即位，
　　　　授衡陽長沙內史，行湘州府事，歷邵陵、零陵太守。(見
　　　　《陳書》卷二十四附〈周弘正傳〉後)

鮑　泉：性警悟，博涉史傳，兼有文章，少事元帝，早見擢任，元
　　　　帝曾謂：「我文之外，無出卿者。」愛賞如是。後爲侯景
　　　　所殺。(見《梁書》卷三十本傳)

劉之遴：八歲能屬文，十五與茂才對策，沈約、任昉見而異之。之
　　　　遴篤學明審，博覽羣籍，且好古愛奇，在荆州聚古器數十
　　　　百種。與裴子野、劉顯常共討論書籍，因而交好。初擢太
　　　　學博士，累遷南郡太守，湘東王長史，歷祕書監。據《南
　　　　史》載：湘東王素嫉之遴才學，趁其避侯景難，還鄉至夏
　　　　口時，乃密送藥殺之。繹性猜忌，而之遴在荆州名動一時，
　　　　《南史》所記宜屬實也。(見《梁書》卷四十本傳、《南史》
　　　　卷五十附〈劉虬傳〉後)

劉孝綽：已見於武帝及昭明太子文會。普通末，孝綽坐事免官，頗
　　　　懷怨憤，蕭繹致書勉勵其發憤著作，以效前賢，孝綽報書

言謝，未久，出爲平西湘東王諮議參軍，加入早期荊州藩府文會，後遷太子僕，以母憂去職，大同初，再度入湘東王荊州幕，推展宮體文風，使西府文學，再創新局，與蕭綱東宮文學遙相呼應。（見《梁書》卷三十三本傳）

陸雲公：少時從祖倕，沛國劉顯質問十事，雲公對無所失，顯歎異之。既長，好學有才思。曾爲平西湘東王行參軍，大同二年，始離藩府。（見《梁書》卷五十〈文學傳〉）

庾肩吾：初爲晉安王常侍兼通事舍人，乃高齋學士之一。後又任安西湘東二王錄事參軍，與孝綽、孝儀同爲推動宮體文風之健將。（見《梁書》卷四十九附〈庾於陵傳〉後）

劉　潛：已見於蕭綱集團。大同初，與孝綽等均入湘東王幕下。（見《梁書》卷四十一本傳）

劉孝勝：孝儀弟，亦見於蕭綱文會。曾任湘東王記室之職，繹待之甚厚。（見《梁書》卷四十一附〈劉潛傳〉後）

孔　奐：好學，善屬文、博物彊識，經史百家，莫不通涉，劉顯每與討論，深相嘆服。大同三年，蕭繹進號鎮西將軍，奐時任其外兵參軍，亦爲此期文會要員。（見《陳書》卷二十一本傳）

徐　陵：初爲晉安王參軍，太清元年，任鎮西湘東王記室。（見《陳書》卷二十六本傳）

陰　鏗：五歲能誦詩賦，日千言。尤善五言詩，爲時所重，仕梁，任湘東王法曹行參軍。（見《陳書》卷三十四附〈阮卓傳〉後）

　　上述詩人，對湘東王府文會皆深具影響力，如裴子野、劉顯、張纘、劉之遴以「古體派」文風，樹立蕭繹文會之基礎，而庾肩吾及劉孝綽兄弟爲推動「宮體派」之有力人物。在此兩種風格交互影響輝映下，因而產生若干與蕭綱文會異調之作風。

五、陳代詩人與文學集團

褚玠、張正見、陰鏗、徐伯陽、祖孫登等——以侯安都為中心之
文學集團

侯安都：曾為梁始興內史蕭子範之主簿。及侯景亂，隨高祖破敵殺
　　　　賊，竝力戰有功。高祖擒僧辯、克北齊，安都亦屢建奇功，
　　　　是以權重祿厚，當時朝臣無出其右者。安都雖以雄豪善戰
　　　　聞名，然亦具文才，《陳書》本傳謂其：「工隸書、能鼓琴、
　　　　涉獵書傳，為五言詩，亦頗清靡。」又載其宴集文武之士
　　　　射馭賦詩之事：「自王琳平後，安都勳庸轉大，又自以功
　　　　安社稷，漸用驕矜，數招聚文武之士，或射馭馳騁，或命
　　　　以詩賦，第其高下，以差次賞賜之。文士褚玠（介）、馬
　　　　樞、陰鏗、張正見、徐伯陽、劉刪、祖孫登；武士則蕭摩
　　　　訶、裴子烈等，並為之賓客，齋內動至千人。」其中褚玠、
　　　　張正見、徐伯陽、陰鏗並為陳代著名詩家。（見《陳書》
　　　　卷八本傳）

褚　玠：早有令譽，先達多以才器許之。及長，美風儀，善占對，
　　　　博學能屬文，詞義典實，不好艷靡。起家王府法曹，其為
　　　　安都坐上客，當即此時。（見《陳書》卷三十四〈文學傳〉）

張正見：幼好學，有清才，仕梁。及陳武受禪，除鄱陽王參軍、衡
　　　　陽王長史、累遷散騎侍郎。（見《陳書》卷三十四本傳）

陰　鏗：已見於梁湘東王文會。陳天嘉中，為始興王錄事參軍，累
　　　　遷晉陵太守，員外散騎常侍。（見《陳書》卷三十四附〈阮
　　　　卓傳〉後）

徐伯陽：敏而好學，年十五以文筆稱。天嘉二年，詔侍晉安王讀。
　　　　尋除司空侯安都府記事參軍，安都素聞其名，見之，降席
　　　　為禮。（見《陳書》卷三十四〈文學傳〉）

祖孫登、劉刪：正史無傳，然由《陳書·徐伯陽本傳》中得知，祖

孫登曾任記室之職，劉刪曾爲長史，二者均爲侯安都坐上之賓。

安都文會，爲時短暫。天嘉三年，安都以「密懷異圖」之罪，爲世祖賜死，文會隨之解體。

張正見、祖孫登、劉刪、李爽、賀徹、蕭詮、賀循、孔範等——以徐伯陽爲中心之文學集團

《陳書》卷三十四〈徐伯陽本傳〉云：「太建初，中記室李爽、記室張正見、左民郎賀徹、學士阮卓、黃門郎蕭詮、三公郎王由禮、處士馬樞、記室祖孫登、比部賀循、長史劉刪等爲文會之友，後有蔡凝、劉助、陳暄、孔範亦預焉，皆一時之士也。遊宴賦詩，勒成卷軸，伯陽爲其集序，盛傳於世。」其中張正見、祖孫登、劉刪已見於前述之安都文會。李爽、賀徹、蕭詮、賀循、孔範等之作品多已散佚，且除孔範《南史》存其生平事蹟外，餘四人正史均無從考查，良可憾也。

江總、徐陵、顧野王、褚玠、陸瓊、孔範、何胥等——以後主陳叔寶爲中心之文學集團

陳叔寶：高宗（宣帝）嫡長子也，太建元年，十七歲時立爲皇太子，十四年即帝位。「後主生深宮之中，長婦人之手，既邦國殄瘁，不知稼穡之難」，扇淫侈之風，荒於酒色，不恤政事，隋文帝命將南征，兵敗入隋，見宥，給賜甚厚，仁壽四年，終於洛陽。（見《陳書》卷六〈後主本紀〉）據《陳書》江總、徐陵、姚察、顧野王、褚玠、孔範本傳及《詩紀》卷一〇八，逯欽立所輯《先秦漢魏晉南北朝詩》後主作品附注，得知此數人及陸瓊均爲長夜宴飲之狎客也。

江　總：篤學有辭采，爲陳代文壇之代表人物，後主嗣位，任尚書令，不持政務，但日隨後主遊宴後庭，多爲艷詩，君臣昏亂，國勢日頹。陳亡入隋。（見《陳書》卷二十七本傳）

徐　陵：已見於梁簡文帝文學團體。自有陳創業，文檄軍書及禪授

詔策，皆陵所製，爲一代文宗。其文頗變舊體，緝裁巧密，多有新意，每一文出手，好事者即傳寫成誦。陵少而崇信釋教，經論多所精解，後主在東宮，令陵講大品經，義學名僧，自遠雲集，每講筵商較，四座莫能與抗。（見《陳書》卷二十六本傳）

顧野王：遍觀經史，精記嘿識，天文地理，蓍龜占侯，蟲篆奇字，無所不通。入陳，歷撰史學士，後主東宮管記、光祿卿。（見《陳書》卷三十本傳）

褚　玠：已見於侯安都文學集團。據《陳書》卷三十四〈文學傳〉，謂其詞義典實，不好靡艷，其隨侍後主，賦雅篇艷什，或爲盛名所累，不得不如是也。

陸　瓊：幼聰慧有思理，六歲爲五言詩，頗有詞采。仕陳，累官吏部尚書，以母憂去職，哀慕過毀卒。（見《陳書》卷三十本傳）

孔　範：博涉書史，文章贍麗，又善五言詩，後主以爲都官尚書，與江總等並爲狎客，因與孔貴人結爲兄妹，寵遇優渥。（《南史》卷七十七本傳）

何　胥：任太常令，後主與宮中女學士及朝臣相和爲詩，采其尤艷者，命胥被之管弦，以爲新曲。（正史無傳，錄自丁福保與逯欽立所輯〈全陳詩〉作者小傳）

　　由上所述，不難發現，所謂文學集團亦即變相之政治團體。而置身其中之文人，爲求取功名利祿，創作時，每每迎合主上喜好，壓抑個人心性與情感，致使作品千篇一律，呈現共同之集團風格。如以齊竟陵王子良爲中心之團體，多製詠物篇什；以梁武帝爲中心之團體，特講求雕琢華麗之形式美；以梁簡文帝、元帝及陳後主爲中心之團體，則專尚描摹婦容艷情。以是南朝詩篇多呈現時代或團體之特色，而缺乏作家獨立風貌，文學集團化，實爲重要之因素。

第三章 南朝詩內涵析論

　　南朝詩之內涵富矣！或歌功述德、或感時歎逝、或懷遠思鄉、或
悼亡傷別、或遊仙談玄、或企隱慕賢、或模山範水、或詠物擬古、或
閨怨麗情，既承古調，復創新聲。其中實以遊仙、玄言、田園、山水、
詠物、艷體六者爲詩材主流。

　　南朝歷載二百七十有二，〔註1〕詩人雲興，各出機杼，詩風自不
能無變。追遡漢魏之際，政局動盪，民生困乏，文士欲解脫現實之苦
難，全忘世事，乃以原始之神仙傳說結合道教方術、享樂主義及老莊
哲學，製作遊仙篇什，思託玄遠，設身化境，俾使精神達到逍遙自適
之境界。爰及南朝，此風未泯，郭璞、庾闡、王融、梁武帝蕭衍、沈
約、張正見、陰鏗等，並有作品。

　　太康年間，詩風稍入輕綺（《文心雕龍·明詩》語），造句修辭，
漸趨浮華，然仍憲章曹魏，體寬骨秀，多吟詠性情之作。永嘉以後，
玄風披靡。《詩品》云：「永嘉時貴黃老，稍尙虛談。於時篇什，理過
其辭，淡乎寡味。爰及江表，微波尙傳，孫綽、許詢、桓、庾諸公，

〔註1〕南朝包括東晉、宋、齊、梁、陳五代。東晉（西元317〜419）、宋（西
　　　元420〜478）、齊（西元479〜501）、梁（西元502〜556）、陳（西
　　　元557〜588），凡二百七十二年。

詩皆平典似道德論,建安風力盡矣。先是郭景純用雋上之才,變創其體,劉越石仗清剛之氣,贊成厥美,然彼眾我寡,未能動俗。」《文心雕龍‧明詩》云:「江左篇製,溺乎玄風,嗤笑徇務之志,崇盛亡機之談,……」《宋書‧謝靈運傳》亦云:「有晉中興,玄風獨振,為學窮於柱下,博物止乎七篇,馳騁文辭,義殫乎此。自建武暨於義熙,歷載將百,雖綴響聯辭,波屬雲委,莫不寄言上德,託意玄珠,遒麗之辭,無聞焉爾。」觀以上諸評,知東晉詩風,偏尚老莊玄理,性情之作,寂然無聞,雖景純、越石獨標高致,不為流俗所染,然時人之馳騁玄理自若也。所謂「詩必柱下之旨歸,賦乃漆園之義疏」(《文心雕龍‧時序》語),捨玄學則無詩矣。

又東晉之世,不惟老莊思想盛行,天竺浮屠之教,亦相乘迭起,形成玄釋合流之勢。一時文人,若殷浩、孫綽、許詢、謝尚諸子,除崇尚虛無外,並精通佛理,故所為深,理致益深,才藻愈奇,風氣所趨,仿效者日繁,遂演成一代詩學特色。

爰及義熙,殷、謝等創作斐然,稍涉山水風景之描寫,風氣丕變。《宋書‧謝靈運傳》云:「仲文始革孫許之風,叔原大變太元之氣。」《續晉陽秋》亦云玄言之風「至義熙中謝混始改」。探究山水詩興起之因有三:其一為玄學之影響:夫遊放於山水之間者,意在化除鬱結,全忘世事,此與歸依老莊,企求避世養生,實殊途而同歸,故欣賞自然、吟詠山水,乃沈浸道家思想者必然之趨向。又詩人言玄,其目的在於涵養永恒無限之「道體」,俾使心與自然相接,人與天地合德,然言有盡而道無窮,以此有限喻彼無極,勢難如意,而山水本身即是自然界中「道」之表象,且最能顯示造化神功,故追懷玄遠之詩人,遂借山水以寄玄思,玄言與山水詩,二者風貌雖異,然其精神則相去無幾矣。其二則為隱逸風氣之推動:由於政治動盪、經濟崩潰,老莊思想抬頭及人性覺醒,有識之士,或獨善其身、或避難遠害、或高尚其志節,絕俗超世之隱逸思想,遂蔚為風尚。而隱士多以山林為歸趨,於歌詠幽居生活之際,必涉及自然山水之描摹。三則為環

境因素所促成：西晉文人多集洛下，北方平原廣漠，缺乏足以入詩之勝景，逮永嘉亂後，名士南渡，目覩秀美之山川景色，引發無限之深思與讚歎，山水詩因之應運而生。至陶淵明之田園詩，亦產生於義熙永初間，以寫意筆法描摹鄉野、農村景致，境高韻遠，遂立山水文學之特出流派而獨爲一體。

　　《梁書·簡文帝本紀》云：「（簡文帝）雅好題詩，其序云：余七歲有詩癖，長而不倦，然傷於輕艷，當時號曰宮體。」《梁書·徐摛傳》：「摛文體既別，春坊盡學之，宮體之號，自斯而起。」《陳書·徐陵傳》云：「其文頗變舊體，緝裁巧密，多有新意，每一文出手，好事者已傳寫成誦。」由上諸說得知，自蕭梁以後，詩風益趨輕靡矣。而此時「詠物」與「艷情」，同爲表現「宮體」風格之重要內涵（「艷情」與一般所謂之「宮體」，其異同區別，詳見本章第六節），此二類詩材，除各受「詠物賦」及江南民謠「吳歌」「西曲」之影響外，更具有相同之發展背景。南朝貴族名士，道德淪喪，生活淫靡，一味沉溺享樂，流連聲色。〔註2〕賞心者多爲奇珍古玩、華屋美飾；悅目者不離麗姬艷婦、輕歌妙舞，益增「詠物」與「艷情」之素材，此其一。南朝君主雅好文學，〔註3〕以之爲中心之文學團體宴集時，

〔註2〕詳見《宋書》卷四十一〈明恭王后傳〉、《南史》卷二〈宋前廢帝本紀〉、《南史》卷五〈齊廢帝東昏侯本紀〉、《陳書》卷七〈後主沈皇后傳〉、《南史》卷十〈陳後主本紀〉等。

〔註3〕《南史·文學傳》云：「自中原沸騰，五馬南渡，綴文之士，無乏於時。降及梁朝，其流彌盛。蓋由時主儒雅，篤好文章，故才秀之士，煥乎俱集。於時武帝每所臨幸，輒命群臣賦詩。其文之善者，賜以金帛。是以縉紳之士，咸知自勵。」《南史·宋文帝本紀》云：「上好儒雅，又命丹陽尹何尚之立素玄學，何承天立史學，司徒參軍謝元立文學。各聚門徒，多就業者，江戶風俗，於斯爲美，後言政化，稱元嘉焉。」此外，如《宋書》所記：南平王休鑠、建平王弘、廬陵王義眞、江夏王義恭；《齊書》所記：竟陵王子良、鄱陽王鏘、江夏王鋒、豫章王嶷、衡陽王鈞、隨郡王子隆；《梁書》所記：昭明太子、簡文帝、元帝、安成王秀、南平王偉及陳後主等政治領導階段，無一不是「篤好文章」、「獎勵文學」之士。

常以詠物、艷詞相互競作酬和，尤以梁、陳二代爲盛（詳見本論文第二章第三節）。上所好者，下必效焉，終形成一時潮流，此其二。因唯美主義之風行與聲律說之興起（詳見本論文第一章第二節），促使詩歌形式趨於華美，以之配合靡麗之內涵，則相得益彰矣，此其三。於此特殊環境下，「詠物」、「艷情」披靡詩壇，直至陳亡，猶未稍替。

由上述南朝詩主要內涵之流變與發展中，不難發覺，各類詩材間多有或遠或近之淵源關係，於成長背景及精神本質上，亦有相似之處。若遊仙、玄言、山水、田園四類題材，皆以超塵遠俗、反璞歸眞之老莊思想爲根柢。而遊仙、玄言詩中又頗涉山水景物，蓋名山勝水、深谷巨壑，既是仙人、道士遨遊修鍊之地，亦爲隱士、僧侶幽棲養性之所，故作者於求仙、服藥、談玄、問道之餘，益以景物之描摹與自然之禮讚，藉以呈現逍遙高遠之境界，及人心與道體之契合。惟玄言、遊仙詩中之景物，多染虛玄色彩，且居於點綴地位，而與以具體環境爲背景之寫實山水詩有別。

遊仙詩與玄言詩之界線，實不易截然劃分，蓋因「遊仙」本屬虛玄之思，而「玄言詩」中藉以襯托玄理之處境，與仙界相去無多故也。惟「遊仙詩」爲古代神話、老莊哲學與道教方術之雜糅，而「玄言詩」則以《易經》、老、莊、佛學等哲學思想爲依據。再者，「遊仙」多屬感性之幻覺，乃超現實之行爲，而「玄言」則偏重於理性之悟道，且可應用於實際人生。明乎此，則「遊仙」與「玄言」之義界，判若鴻溝矣。

「山水詩」與「田園詩」，因皆以自然風景爲主題，素材往往相互爲用，致使不易確立其藩籬。然細究之，二者頗不相類。就內容而言，「山水詩」偏向高山大川之刻畫，篇中時見詩人探奇尋幽之景況，而「田園詩」則側重於田野鄉村間遠山近水之描繪，乃眼前之景物，信手拈來。就創作技巧而言，「山水詩」用詞華美，採動態之寫實手法，而「田園詩」造語樸質，取靜態之寫意方式。就風格論

之，「山水詩」「抑揚跌宕」，呈現陽剛之氣勢，「田園詩」則「自然流暢」，展露陰柔之情趣。〔註4〕此二種風貌相異之詩篇，實未能允其涇渭不分矣。

　　本章依題材流行之先後，酌分「遊仙」、「玄言」、「田園」、「山水」、「詠物」、「艷情」六節敍述，採「面」與「點」並重之研究方式，除將二千五百餘首作品就其主題一一分類外，並例舉若干代表篇什分析解說，俾能對南朝詩之題材，獲得正確及建設性之研究成果。

第一節　遊仙詩

一、遊仙詩之定義與範疇

　　遊仙詩與玄言、山水、以及隱逸等詩，皆有或遠或近之淵源關係，與玄言詩之界限尤不易截然畫分，然細觀其內涵，仍有區別。此意在本章前言中已述及矣。

　　遊仙詩之命題，始自曹植。「遊」作「樂」解，即遊豫也，含有「玩物適情」之意（採用洪順隆先生《六朝詩論》〈試論六朝的遊仙詩〉一文中之意見）。凡以追慕神人，幻遊仙境，鍊丹求壽諸事爲主題，籍此排憂適性之篇什，皆爲本節研討之範疇，固不僅限於以「遊仙」二字爲題之作品也。

二、遊仙詩之起源

　　人類解除生命無常之恐懼感，與超脫各種生活之苦難，每借助於縹緲之神仙思想，以達到心靈逍遙自適之境界。故遊仙之起源當與中

〔註4〕　《易‧繫辭下傳》云：「乾坤其易之門邪。乾、陽物也，坤、陰物也，陰陽合德而剛柔有體，以體天地之撰，以通神明之道。」宇宙萬物可劃分爲兩重領域：一爲陽剛，一爲陰柔。以物性爲喻，山水呈陽剛之氣，而田園表陰柔之美。

國神話傳說一般古老。〔註5〕《山海經》〔註6〕、《穆天子傳》〔註7〕、
《莊子》〔註8〕、《列子》〔註9〕中有關神人之形貌、生活、行爲均有

〔註5〕 初民對大自然種種令人驚心動魄之現象，產生凜然不可侵犯之畏懼
感，因而想像創作出超現實之「神」，及編織原始而浪漫之故事，
藉以解釋自然，並表達敬畏之情，此爲神話之起源。神話隨社會發
展與需要而漸有所改變：將原不可一世之「神」「擬人化」，使之爲
「超人」，此爲解決初民生活苦難，幻想中之古英雄，上古歷史傳
說即由此而來。中國古老之神話與傳說人物，如：盤古、女媧、后
羿、嫦娥等，均兼具神性與人性。故云中國神仙思想常與神話傳說
一般古老。

〔註6〕 《山海經》本有十八卷，是記海內外山川神祇異物及祭祀所宜，原
爲古代巫書。秦漢以後又有人增益改寫，其中神話傳說最多，如〈海
外北經〉載夸父逐日事；〈海外南經〉紀長臂國、讙頭國事；〈海內
經〉載帝俊賜羿彤弓素矰，以恤地之百艱；〈海外北經〉述禹殺相柳、
黃帝敗蚩尤等事；而〈西山經〉、〈海內西經〉、〈北經〉、〈大荒西經〉
中繁載崑崙山及西王母事。如〈大荒西經〉云：「西海之南，流沙之
濱，赤水之後，黑水之前，有大山，名曰崑崙之丘。有神人面虎身
有文有尾皆白處之，其下有弱水之淵環之，其外有炎火之山，投物
輒然。有人戴勝虎齒，有豹尾，穴處，名曰西王母。此山萬物盡有。」

〔註7〕 《穆天子傳》一書，爲晉咸寧五年（西元 279），汲縣居民不準盜發
魏襄王冢，得竹書《穆天子傳》五篇，又雜書十九篇。《穆天子傳》
今存，凡六卷：前五卷記周穆王駕八駿《西征》之事，後一卷記盛
姬卒於途次以至反葬。其中記西王母部份，已由獸形變成人相：「吉
日甲子，天子賓於西王母，乃執白圭玄璧以見西王母，好獻錦組百
純，口組三百純，西王母再拜受之。乙丑，天子觴西王母於瑤池之
上。西王母爲天子謠，曰：『白雲在天，山陵自出，道理悠遠，山川
間之，將子無死，尚能復來。』天子答之曰：『予歸東土，和治諸夏，
萬民平均，吾顧見汝，比及三年，將復而野。』天子遂驅升於弇山，
乃紀可迹於弇山之石，而樹之槐，眉曰西王母之山。」（卷三）

〔註8〕 《莊子·逍遙遊》中載：「藐姑射之山，有神人居焉：肌膚若冰雪，
綽約若處子；不食五穀，吸風飲露，乘雲氣，御飛龍，或遊乎四海
之外。」大凡《莊子》書中所出現之「神人」、「天人」、「眞人」、「至
人」或「聖人」等，蓋皆爲神仙之異名。

〔註9〕 《列子》之〈黃帝篇〉、〈力命篇〉、〈周穆王篇〉，皆有神人生活、能
力、個性之記載，如「獨來獨往，獨出獨入。」「入水火，貫金石。
反山川，移城邑。乘虛不墜，觸實不硋。千變萬化，不可窮極，既
已變物之形，又且易人之慮。」「心如淵泉……不偎不愛……不畏不
怒……」等。

繁、簡不同之記載，屈原之〈離騷〉〔註 10〕、《楚辭》中之〈遠遊〉
〔註 11〕、司馬相如之〈大人賦〉〔註 12〕、乃至漢代民間樂府，更藉虛
幻之神仙境地，以舒緩苦悶。由戰國至後漢，原始之神仙思想與道教
方術合流，益以世俗之享樂主義，使之通俗化、人性化，〔註 13〕遊仙
思想遂得以加速擴張。魏晉之際，崇尚浪漫之老莊思想，而「滓穢塵
網，錙銖纓紱，餐霞倒景，餌玉玄都」（引自《文選》李善注郭璞〈遊
仙詩〉）之仙鄉，與老莊所歌頌之虛無境界，相輔相成，於是仙老雜
糅，形成遊仙文學豐富之思想內涵。

　　求仙採藥、鍊丹服食、養生修道既爲南朝文人名士生活之一部
份，凡此，自亦爲詩人吟詠之主要題材。南朝以前之遊仙詩，據逯氏
《先秦漢魏晉南北朝詩》所錄，漢代有淮南王安之〈八公操〉、樂府
吟歎曲〈王子喬〉、平調曲〈長歌行〉、瑟調曲〈善哉行〉及〈步出夏
門行〉等。其中最具代表性者爲平調曲〈長歌行〉：

　　　仙人騎白鹿，髮短耳何長？導我上太華，攬芝獲赤幢。來
　　　到主人門，奉藥一玉箱。主人服此藥，身體日康彊。髮白
　　　復更黑，延年壽命長。

〔註 10〕屈原〈離騷〉中之神話世界，多取於原始之神仙思想及楚地巫教，
　　　　並無長生不死之企求，與魏晉時參入道教方術之遊仙詩，自然有別，
　　　　然〈離騷〉中尋求解脫苦悶之心理，與上下求索理想人物與境界之
　　　　歷程，仍可視爲「遊仙詩」之濫觴。
〔註 11〕〈遠遊〉乃是作者「悲時俗之迫阨」與「哀人生之長勤」，因而希冀
　　　　藉周遊瀏覽神仙世界，以解脫苦悶，其中所謂「漠虛靜以恬愉兮，
　　　　澹無爲而自得。聞赤松之清塵兮，願承風乎遺則，貴眞人之休德兮，
　　　　美往世之登仙。……奇傅說之託辰星兮，羨韓眾之得一。……軒轅
　　　　不可攀援兮，吾將從王喬而娛戲。餐六氣而飲沆瀣兮，漱正陽而含
　　　　朝霞。」誠仙味滿紙矣。
〔註 12〕司馬相如之〈大人賦〉，乃倣〈遠遊〉之作，亦不出「遊仙」範疇。
〔註 13〕戰國時期（前 403～前 221）由於方士竭力宣傳之結果，如齊威王、
　　　　齊宣王、燕昭王等，皆先後使人入海求「仙」及「不死藥」。（見《史
　　　　記・封禪書》）後又經秦始皇、漢武帝熱心尋覓（分見《史記・秦始
　　　　皇本紀》、及《史記・封禪書》），求仙、服藥之觀念漸深植人心。迨
　　　　後漢張道陵創立道教，自稱受老君祕錄，講長生之術，行符水禁咒
　　　　之法，神仙思想遂與宗教結合，益加通俗化。

此篇所述及者，包括神人形貌、遨遊仙境、服藥求壽等。迨及曹魏，遊仙篇什益多，計有曹操〈氣出倡三首〉、〈秋胡行二首〉、〈陌上桑〉，曹丕〈折楊柳行〉，曹植〈升天行〉、〈仙人篇〉、〈遊偓〉、〈五遊詠〉、〈善哉行〉、〈平陵東行〉、〈遠遊篇〉、〈苦思行〉、〈述仙〉、〈飛龍篇〉，嵇康〈秋胡行〉七首之六、之七、〈贈秀才入軍〉十九首之十六、之十九、〈遊仙詩〉，阮籍〈詠懷詩〉八十二首之十九、二十三、三十五、五十、五十八、六十二、七十三、七十八、八十一。西晉時則有張華〈上巳篇〉、〈遊仙詩〉三首，傅玄〈雲中白子高行〉，棗據〈遊覽〉，何劭〈遊仙詩〉，張協〈遊仙〉等。就內容觀之，不外仙人、仙境與仙丹之描寫；惟時代愈後，則取材愈繁富，用筆愈趨華美。如西晉張華〈遊仙詩〉其一：

> 雲霓垂藻旒，羽袖揚輕裾。飄登青雲間，論道神皇廬。蕭
> 史登鳳音，王后吹鳴竽。守精味玄妙，逍遙無爲墟。

另如張協〈遊仙詩〉：

> 崢嶸玄圃深，嵯峨天嶺峭。亭館籠雲構，修梁流三曜。蘭
> 葩蓋嶺披，清風緣隟嘯。

文辭絢爛，結構工整，爲此二詩共同之特色。其中美麗之詞藻有「雲霓」、「藻旒」、「羽袖」、「清雲」、「鳳音」（張華）及「三曜」、「蘭葩」、「清風」（張協）。張華一首之對句有「雲霓垂藻旒，羽袖揚輕裾」、「蕭史登鳳音，王后吹鳴竽」。而張協一篇六句全爲對仗。《文心雕龍‧明詩》謂：「晉世群才，稍入輕綺」，遊仙諸作亦不例外矣。再就表現之思想究之，則不離兩種類型：即神人之世俗化，與生活苦悶及生命無常感之紓解。如曹操〈氣出倡〉其二：

> 華陰山自以爲大，高百丈，浮雲爲之蓋。仙人欲來，出隨風，
> 列之雨，吹我洞簫，鼓瑟琴，何闇闇，酒與歌戲，今日相樂
> 誠爲樂。玉女起，起舞移數時，鼓吹一何嘈嘈，從西北來時，
> 仙道多駕煙，乘雲駕龍，鬱何蓩蓩，遨遊八極，乃到崑崙之
> 山，西王母側，神仙金止玉亭，來者爲何？赤松王喬，乃德
> 旋之門，樂共飲食到黃昏。多駕合坐萬歲長，宜子孫。

此篇將人間貴人豪華生活，幻化爲仙境之娛樂，益以「乘雲駕龍」「遨遊八極」之描寫，實令人有飄然自適，忘卻時日之感，此乃現時生活享樂思想之轉移。至曹植〈遠遊篇〉，其意識型態則與此不同：

> 人生不滿百，戚戚少歡娛。意欲奮六翮，排霧陵紫虛。蟬蛻同松喬，翻跡登鼎湖。朝翔九天上，騁轡遠行遊。東觀扶桑曜，西臨弱水流。北極登玄渚，南翔陟丹邱。

此乃作者欲藉成仙遨遊之幻想，逃避「人生不滿百，戚戚少歡娛」之苦痛。再如嵇康之〈遊仙詩〉：

> 遙望山上松，隆谷鬱青葱。自遇一何高，獨立迥無雙。願想遊其下，蹊路絕不通。王喬棄我去，乘雲駕六龍。飄飄戲玄圃，黃老路相逢。採我自然道，曠若發童蒙。採藥鍾山隅，服食改姿容。蟬蛻棄穢累，結友家板桐。臨觴奏九韶，雅歌何邕邕。長與俗人別，誰能觀其蹤。

此詩除遨遊仙境，服食改容，解脫生命之苦惱外，益以「臨觴奏九韶，雅歌何邕邕」之享樂，當爲兩種思想類型之結合。

遊仙篇什歷經長期之發展，魏晉時代，成就已極可觀。南朝政治動盪，民生凋敝，人生之苦難有增無減，「遊仙」既能暫時超越現實，全忘世事，故當時詩壇雖以山水、詠物、艷情爲主流，然「遊仙詩」之製作，仍餘音裊裊，不絕如縷。

三、南朝遊仙詩內涵分析

南朝遊仙詩凡三十九首，〔註14〕以數量與「山水」、「詠物」、「艷情」（「艷情」與一般所謂「宮體」之區別異同，詳見本章第六節）等詩相較，實無法相提並論，然就其特殊之意義而言，則堪與之分庭抗禮矣。茲將最具代表性之作品，例舉分析如后：

〔註14〕《詩品》評郭璞〈遊仙詩〉所引「奈何虎豹姿」「戢翼棲榛梗」二句，未見於現存十四首中；沈約〈和竟陵王遊仙詩〉注云：「王融、范雲同賦」，而今竟陵王、王融、范雲作品皆不存；王融「遊仙詩」亦有「應教」之語。則南朝遊仙篇什亡佚必多矣。

京華游俠窟，山木隱遯棲。朱門何足榮，未若託蓬萊。臨
源挹清波，陵岡掇丹荑。靈谿可潛盤，安事登雲梯。漆園
有傲吏，萊氏有逸妻。進則保龍見，退爲觸藩羝。高蹈風
塵外，長揖謝夷齊。(郭璞〈遊仙詩〉之一)

青谿千餘仞，中有一道士。雲生梁棟間，風出窗戶裏。借
問此何誰？云是鬼谷子。翹迹企潁陽，臨河思洗耳。閶闔
西南來，潛波渙鱗起。靈妃顧我笑，粲然啓玉齒。蹇修時
不存，要之將誰使。(同前之二)

翡翠戲蘭苕，容色更相鮮。綠蘿結高林，蒙籠蓋一山。中
有冥寂士，靜嘯撫清絃。放情凌霄外，嚼蕊挹飛泉。赤松
臨上遊，駕鴻乘紫煙。左挹浮丘袖，右拍洪崖肩。借問蜉
蝣輩，寧知龜鶴年？逸翮思拂霄，迅足羨遠游。清源無增
瀾，安得運吞舟。珪璋雖特達，明月難闇投。潛穎怨清陽，
陵苕哀素秋，悲來惻丹心，零淚緣纓流。(同前之五)

晦朔如循環，月盈已復魄。蓐收清西陸，朱羲將由白。寒
露拂陵苕，女蘿辭松柏。蔉榮不終朝，蜉蝣豈見夕。圓丘
有奇草，鍾山出靈液。王孫列八珍，安期鍊五石。長揖當
途人，去來山林客。(同前之七)

璇臺冠崑嶺，西海濱招搖。瓊林籠藻映，碧澍疏英翹。丹
泉漂朱沬，黑水鼓玄濤。尋仙萬餘日，今乃見子喬。振髮
晞翠霞，解褐被絳霄。總轡臨少廣，盤虬舞雲軺。永偕帝
鄉侶，千齡共逍遙。(同前之十)

郭璞爲製作〈遊仙詩〉之大家，鍾嶸列之於中品，評云：「遊仙之作，
辭多慷慨，乖遠玄宗。……乃是坎壈詠懷，非列仙之趣也。」《文選》
李善注郭璞仙詩亦曰：「凡遊仙之篇，皆所以滓穢塵網，錙銖纓紱，
餐霞倒景，餌玉玄都。而璞之制，文多自紋，雖志狹中區，而辭無
俗累。見非前識，良有以哉！」沈德潛《古詩源》卷三、何焯《義
門讀書記》、陳沆《詩比興箋》卷二、方東樹《昭昧詹言》卷三，均
從此說。綜觀郭璞仙〈遊仙詩〉所描寫之仙境，由虛無縹緲之幻想

世界，逐漸移向現實之大自然，且多寄託之詞，憤世之音，發唱驚挺，意存規諷。如第四首，乃感傷國運陵夷，囘天無力也。第五首，則自歎淺瀾不能吞舟，才高非卑位可展，明珠闇投，所託非人。又如：「京華游俠窟，山林隱遯棲。朱門何足榮，未若托蓬萊。」（〈遊仙詩〉之一）「四瀆流如淚，五嶽羅若垤。尋我青雲友，永與時人絕。」（〈遊仙詩〉之十二）「靜歎亦何念，悲此妙齡逝。在世無千月，命如秋葉蔕。」（〈遊仙詩〉之十三）等語，或感時俗迫阨，或歎生命無常。「借問蜉蝣輩，寧知龜鶴年。」（〈遊仙詩〉之三）「燕昭無靈氣，漢武非仙才。」（〈遊仙詩〉之六）「蕣榮不終朝，蜉蝣豈見夕。」（〈遊仙詩〉之七）諸句，乃諷刺世人，不知進退，貪慕名利，死亡在即，猶不覺悟。凡此寓言人事人情者，當與《楚辭‧遠遊》、曹植〈五遊詠〉、阮籍〈詠懷〉同列也。惟第八、九二首，感慨詞寡，樂仙詞多；而第十首，陳遺世長往之懷，帝鄉同侶，逍遙千齡之願，此為道地之遊仙作品，與坎壈詠懷者異趣。

　　郭氏遊仙眾作既多屬坎壈詠懷，故情調極為哀切沈痛而乏仙氣，與一般遊仙之作，逍遙忘我、飄然自適者迥異。且詩中時或呈現仙界與俗世之隔絕感，益增寂寞孤獨之氣氛，如：「……吾生獨不化，雖欲騰丹谿，雲螭非我駕」（之四）、「珪璋雖特達，明月難闇投」（之五），無怪乎作者「臨川哀年邁，撫心獨悲吒」（之四）、「悲來惻丹心，零淚緣纓流」（之五）矣。

　　郭氏遊仙諸篇，大抵遠本於屈子，用《楚辭》之意極多。此外則以《淮南子》、《列仙傳》為主，而《莊子》次之。例如「靈妃顧我笑，粲然啓玉齒」二句，李善注引《莊子》曰：「女商謂徐無鬼曰：吾所以悅君者，吾未嘗啓齒。」「山林隱遯棲」一句，善注引《莊子》曰：「徐無鬼見魏武侯，武侯曰：先生居林久矣。」又如「愧無魯陽德，迴日向三舍」二句，蓋用《淮南子》：「魯陽公與韓遘難，戰酣，日暮，援戈而撝之，日為之反三舍。」而「姮娥揚妙音」，亦用《淮南子》：「羿請不死之藥於西王母，嫦娥而奔月。」然其所用道家言，亦不過

寓意於神仙，而志不在仙也。

　　郭氏遊仙諸篇，兼具華美與樸質風貌。就前者而論，試舉「璇臺冠崑嶺」一首觀之，詩中以「瓊林」、「碧樹」、「丹泉」、「黑水」、「翠霞」、「絳綃」等濃麗詞彙妝點仙境，而全篇十四句中有「丹泉漂朱沫，黑水鼓玄濤」等八句對仗。其他各篇中尚見「朱門」、「丹荑」、「翡翠」、「蘭苕」、「綠蘿」、「飛泉」、「紫煙」、「丹谿」、「雲螭」、「丹溜」、「玉杯」、「朱羲」、「朱霞」、「曲櫺」、「玉掌」、「金梯」、「玉闕」、「朱髮」等麗詞，郭氏似特愛以紅色渲染景物。至如「臨源挹清波，陵岡掇丹荑」、「漆園有傲吏，萊氏有逸妻」、「雲出梁棟間，風出窗戶裏」、「逸翮思拂霄，迅足羨遠遊」、「潛穎怨清陽，陵苕哀素秋」、「寒露拂陵苕，女蘿辭松柏」、「迴風流曲櫺，幽室發逸響」、「四瀆流如淚，五嶽羅若垤」、「翹手攀金梯，飛步登玉闕」等對句，雖聲調未必盡諧，然亦可見作者用筆駢儷華美之偏向。鍾嶸謂其「文體相輝，彪炳可玩，始變永嘉平淡之體」（詩評中品評郭璞詩之語），劉彥和亦稱之云：「景純艷逸，足冠中興」（引自《文心雕龍·才略》），良有以也。唯「晦朔如循環」一首，全篇除「朱羲」外，皆以素淨之詞，孤傲之氣，表現時光飛逝，人事無常之哀傷。《文心雕龍·明詩》稱云：「所以景純仙篇，挺拔而為俊矣。」「挺俊樸茂」為郭氏仙篇之另一風格，此或取效漢代遊仙諸作樸素之表現手法。他如「六龍安可頓」、「逸翮思拂霄」、「靜歎亦何念」數首，亦屬此調。

　　　　三山羅如粟，巨壑不容刀。白龍騰子明，朱鱗運琴高。輕舉觀滄海，眇逸去瀛州。玉泉出靈鼉，瓊草被神丘。（晉·庾闡〈遊仙詩〉之四）

　　　　命駕瑤池隈，過息嬴女臺。長袖何靡靡，簫管清且哀。璧門涼月舉，珠殿秋風迴。青鳥驚高羽，王母停玉杯。舉手暫為別，千年將復來。（齊·王融〈遊仙詩〉五首之三）

上舉二詩中，作者無任何主觀感慨，完全沉醉於逍遙自適之氣氛中，與前述郭璞借遊仙以詠懷之篇什，自不相同。二詩用詞華美，如：「白

龍」、「朱麟」、「玉泉」、「瓊草」、「璧門」、「珠殿」、「青鳥」、「玉杯」
等，且對句均佔全篇之半數，此固齊梁時尚所趨也。

> 松子排煙去，英靈眇難測。惟有清澗流，潺湲終不息。神
> 丹在茲化，雲軿於此陘。願受金液方，片言生羽翼，渴就
> 華池飲，饑向朝霞食。何時當來還，延佇青巖側。（梁‧沈
> 約〈赤松澗〉）

> 羅浮銀是錣，瀛洲玉作堂，朝遊雲暫起，夕餌菊恆香。聊
> 持履成燕，戲以石爲羊。洪厓與松子，乘羽就周王。（陳‧
> 陰鏗〈詠得神仙〉）

二首均表現對仙人生活之渴慕，惟〈赤松澗〉僅止於企盼，並未忘我，
於仙界仍存有「眇難測」之意識。陰鏗一首，則充滿「神仙」之歡愉，
並逸樂於自己設造之幻境中。

　　南朝遊仙詩除上列諸首外，他如盧諶〈失題〉、曹毗〈詠史〉、王
融〈遊仙詩〉五首之三（命駕瑤池隈）、袁彖〈遊仙詩〉、梁武帝蕭衍
〈遊仙〉、沈約〈和竟陵王遊仙詩〉二首之一（天矯乘絳仙）、王筠〈東
南射山〉等，全首以仙人爲主題，附寫仙景。庾闡〈遊仙詩〉十首之
五（熒熒丹桂紫芝）、「之六」（赤松遊霞乘煙）、王融〈遊仙詩〉五首
之五（命駕隨所即）等，則以企求延年長生之仙思爲主旨。郭璞〈遊
仙詩〉十四首之六（雜縣寓魯門）、「之八」（暘谷吐靈曜）、庾闡〈遊
仙詩〉十首之三（邛疏鍊石髓）、范雲〈答句曲陶先生〉、吳均〈采藥
大布山〉、張正見〈神仙篇〉數首，乃以仙人、仙景、仙思交錯並出
者。郭璞〈遊仙詩〉十四首之九（採藥遊名山）、「之十一」（登嶽採
五芝）、庾闡〈遊仙詩〉十首之七（乘彼六氣渺芒）、湛方生〈廬山神
仙詩〉、支遁〈詠懷詩〉、梁武帝蕭衍〈昇仙篇〉、梁簡文帝蕭綱「仙
客」等篇，以刻劃仙景、仙思爲主，仙人及作者則多隱於幕後。郭璞
〈遊仙詩〉十四首之十二（四瀆流水淚）、「之十四」（縱酒濛汜濱）、
葛洪〈洗藥池〉、庾闡〈採藥詩〉、〈遊仙詩十首之二〉（南海納朱濤）、
「之九」（玉樹標雲翠蔚）、「之八」（朝餐雲英玉蕊）、「之十」（玉房

石楠磊砢）、王融〈遊仙詩〉五首之二（獻歲和風起）、「之四」（湘沅有蘭沚）、袁豢〈遊仙詩〉、陸曉慧〈遊仙詩〉等首，並以寫景爲主，此類篇什爲數最多，且極易與「山水」詩混爲一談。郭璞〈遊仙詩〉十四首之五（逸翮思拂霄）、「之十三」（靜歎亦何念）等，則以感慨人事爲主題，此乃遊仙詩之別調也。

遊仙詩由漢末至南朝，已流行一世紀有餘，一則，遊仙服食未能眞正解決人生之苦痛。二則，設身化境，思託玄遠，究屬虛妄。以是漸爲知識大眾所摒棄，而終趨衰歇。〔註15〕詩歌內涵，恆隨時代之需求而不斷更新矣。

第二節　玄言詩

一、玄言詩之定義與範疇

《說文》云：「玄，幽遠也。象幽，而人覆之也。黑白而有赤色者爲玄。」至張揖《廣雅》釋玄，引《太玄經》十〈太玄圖〉云：「夫玄也者，天道也，地道也，人道也。」再簡言之爲：「玄，道也。」又沈約〈故安陸召王碑文〉曰：「學徧書部，特善玄言。」李周翰注云：「玄言，談道也。」據此得知南朝時，「玄」解之爲「道」。而「道」者何耶？《釋名·釋言語》第十二云：「道，導也，所以通導萬物也。」《韓非子·解老》云：「道者，萬物之所然也；萬理之所稽也。理者，

〔註15〕魏晉、南朝文人，雖於詩文中歌頌仙人，然理智上則多存懷疑，甚者確定其爲虛妄。如曹植之詩，言遊仙者多矣，然於〈辨道論〉中卻云：「夫神仙之書，道家之言……其爲虛妄，甚矣哉！」（《全三國文》卷十八），阮籍〈詠懷詩〉中，不乏詠仙之作，然於〈達莊論〉中則有齊生死壽夭之悟：「以生言之，則物無不壽；推之以死，則物莫不夭。自小視之，則萬物莫不小；以大觀之，則萬物莫不大。殤子爲壽，彭祖爲夭；秋毫爲大，泰山爲小。故以死生爲一貫，是非爲一條也。」（《全三國文》卷四五）而郭璞爲「遊仙詩」大家，又通陰陽卜筮之術，於〈客傲〉一文中亦云：「不壽殤子，不夭彭祖，不壯秋毫，不小泰山。蚊淚於天地齊流，蜉蝣與大椿齒年」（《全晉文》卷一二一）

成物之文也。道者，萬物之所以成也。故曰：道，理之者也。」由是，
所謂玄言詩者，亦即談道說理之篇什耳。其所講求者爲「天之道、地
之道、人之道」，而非天、地、人之實質與功能，但論其所蘊涵之「理」，
固不必明言其「事」。此乃極高明博厚之哲學，惟博學深思者始能明
其全體之大用也。

　　玄及玄言詩之意義已如上述，至於南朝現實環境中「談道說理」
之題材來源爲何？據《世說新語‧文學》注引〈文章敍錄〉曰：「晏能
清言，而當時權勢天下，談士多宗尙之。」同書引《魏氏春秋》曰：「晏
少有異才，善談易、老。」〔註16〕《顏氏家訓‧勉學》云：「莊、老、
周易，總謂之三玄。」又《宋書‧謝靈運傳》論云：「有晉中興，玄風
獨振，爲學窮於柱下，博物只乎七篇。馳騁文辭，義殫乎此。自建武
暨乎義熙，歷載將百，雖綴響聯辭，波屬雲委，莫不寄言上德，託意
玄珠，遒麗之辭，無聞焉爾。」《世說新語‧文學》簡文帝稱許掾云：
「玄度五言詩，可謂妙絕時人。」注引《續晉陽秋》云：「詢有才藻，
善屬文。自司馬相如、王褒、揚雄諸賢，世尙賦頌，皆體則詩騷，傍
綜百家之言。及至建安，而詩章大盛。逮乎西朝之末，潘陸之徒，雖
時有質文，而宗歸不異也。正始中，王弼、何晏好莊、老玄勝之談，
而世遂貴焉。至過江佛理尤盛，故郭璞五言，始會合道家之言而韻之。
詢及太原孫綽轉相祖尙，又加以三世之辭，而詩、騷之體盡矣。詢、
綽並爲一時文宗，自此作者悉體之。至義熙中，謝混始改。」由此得
知當時「談道」之內容，初以周易、老、莊爲主，後益以「佛理三世
之辭」。據湯錫予氏云：東漢之世，佛教乃附方術以推行，屬道術之支
流附庸而已，即就桓靈以後，經譯大盛，然多存胡音，不事文飾，固
不爲經師學者所齒。三國而後，形勢始變，佛理與三玄並行矣。

　　依上所述，則南朝時期以《周易》、《老子》、《莊子》、佛經之語入
詩，或詮釋演論其中道理，或企慕玄境之篇什，均爲本節研究之對象。

─────────────

〔註16〕《世說新語‧文學》第六云：「何晏爲吏部尚書，有位望；時談客盈
　　　　坐……。」

二、玄言詩之起源

《文心雕龍・時序》云：「自中朝貴玄，江左稱盛，因談餘氣，流成文體，是以世極迍邅，而辭意夷泰。詩必柱下之旨歸，賦乃漆園之義疏。故知文變染乎世情，興廢繫於時序，原始以要終，雖百世可知也。」「因談餘氣，流成文體」，則玄言詩之形成與「玄談」風氣有直接關係矣，故欲究玄言詩之淵源，宜先明瞭魏晉玄談之發展。

以「玄言」入「議論」，西漢時已有之。《管子・輕重》云：「論議玄語，終日不歸。」據唐尹知章注，「玄語」為「道理微妙之語」。雖當時所謂「玄語」之內涵為何，無從得知，但「論議玄語」與後世「玄談」宜相去無多。魏晉玄談風氣之形成，當遡於東漢之「清議」。「清議」乃士大夫各持立場以議論政治隆污為主之聚會。至桓、靈二帝，興黨錮之禍大肆屠殺，清議遂遭摧殘與壓抑，於是，士人談議之內容由批評朝政轉向臧否鄉黨人物。此一題材，不致觸犯國法，且亦可藉以一吐牢騷憤慨，談論風氣因而興盛。正始前後，天下紛擾，民不聊生，人心苦悶，玄學伺機擴張，時王弼、何晏之倫精通老莊，兼治《易經》，二人同為談論領袖，由是「三玄」入主清談，學者莫不宗老、莊而黜六經，「以虛蕩為辨而賤名檢」，〔註17〕時阮籍、傅玄、嵇康均為清談名士。及晉室南渡，玄風益熾，老莊之學，復益以禪家妙理，所言愈玄，辨析愈密，如樂廣「每以約言析理，以厭人心。」（見《晉書》卷四十三〈樂廣傳〉）衛玠「好言玄理」（見《晉書》卷三十六〈衛瓘傳〉附〈衛玠傳〉），殷浩、庾冰、王導、桓溫、王濛、王述、謝尚等亦喜「共談析理」（詳見《世說新語・文學》）。可見《易經》、《老子》、《莊子》、「佛經」中之玄語，泛濫於士大夫唇舌之一斑。是時清談不僅為逃避現實，抒發鬱悶之方式，更為標榜高尚，躍登龍門之工具，

〔註17〕《晉書・王衍傳》：「魏正始中，何晏、王弼祖述老、莊立論，以為天地萬物皆以無為本。……」《晉書・愍帝紀》論云：「學者以老莊為宗而黜六經，談者以虛蕩為辨而賤名檢，行身者以放濁為通而狹節信，仕進者以苟得為貴而鄙居正，當官者以望空為高而笑勤恪。」

風氣之盛，可謂空前絕後，直至義熙中，玄風漸歇，爲時近一百八十年矣。（由正始西元 240 至義熙西元 418 年，凡一百七十八年。）

　　魏晉清談不僅右右士大夫階層之生活，亦影響當時語言及文學內涵，時文人既多爲清談名士，於是玄言乃由口談轉爲文字而入主詩國。南朝歷史家檀道鸞以郭璞爲玄言之祖（祥見本節上文所引檀道鸞《續晉陽秋》之語），後人多從之，然此說實有待商榷。蓋以「道家之言」入詩，非始自郭璞；再者郭璞遊仙爲坎壈詠懷之作（《續晉陽秋》所謂「郭璞五言」，當指其遊仙詩而言。），談道說理僅爲點綴，何能視之爲玄言之祖耶？今據前論玄詩之定義審之，則漢代已有表現老莊思想之玄言作品，仲長統〈述志詩〉二首之二云：

> 大道雖夷，見幾者寡。任意無非，適物無可。古來繚繞，
> 委曲如瑣。百慮何爲，至要在我。寄愁天上，埋憂地下。
> 叛散五經，滅棄風雅。百家雜碎，請用從火。抗志山西，
> 遊心海左。元氣爲舟，微風爲柁。翱翔太清，縱意容冶。

「任意無非，適物無可」、「百慮何爲，至要在我」、「叛散五經，滅棄風雅」，顯爲老子和光、同塵、無爭、無尤、棄聖、絕學之道理，而「抗志山西」以下，則爲悟道後所產生之隱逸思想。時至三國，玄言製作漸繁，若應璩〈雜詩〉三首之一云：

> 細微可不愼，隄潰自蟻穴。滕理釐從事，安復勞鍼石。哲
> 人覩未形，愚夫闇明白。曲突不見賓，燋爛爲上客。思願
> 獻良規，江海倘不逆。狂言雖寡善，猶有如雞跖：雞跖食
> 不已，齊王爲肥澤。

此詩類於道德格言，「細微不可愼」以下七句，包含愼初防微，洞見無形，柔弱克強之莊老哲理。與應璩同時之嵇康，則可謂當代玄言詩之大家，其〈秋胡行〉七首之一、之二、之五，〈贈秀才入軍〉十九首之十七、之十八，〈酒會詩〉七首之四、之五，〈雜詩〉，〈答二郭〉三首之二、之三，〈與阮德如〉，〈述志詩〉二首，〈六言〉十首之三、之五、之六、之七、之八、之九，均屬箴言式之處世論，如〈秋胡行〉七首之一：

富貴尊榮，憂患諒獨多，富貴尊榮，憂患諒獨多。古人所
懼，豐屋蔀家。人害其上，獸惡網羅。惟有貧賤，可以無
他。歌以言之，富貴憂患多。

此乃闡揚老子「知榮守辱」，避禍遠害之理。(《老子》第二十八章云：
「知其榮，守其辱，爲天下谷。」)

其〈秋胡行〉七首之五云：

絕智棄學，遊心於玄默。絕智棄學，遊心於玄默。遇過而
悔，當不自得。垂釣一壑，所樂一國。被髮行歌，和氣四
塞。歌以言之，遊心於玄默。

《老子》十九章云：「絕聖棄智，民利百倍」，二十章云：「絕學，無
憂。」遊心玄默，則能「見素，抱樸、少私、寡欲」矣。除嵇康諸
作外，尚有郭遐周〈贈嵇康〉五首之四、之五、阮德如〈答嵇康〉
二首、阮籍〈采薪者歌〉、〈大人先生歌〉等，均屬玄言之作。至阮
籍〈詠懷〉八十二首中，雖傾力歌頌隱逸人物與適性生活，然亦多
「布衣可終身，寵祿豈足賴」(阮籍〈詠懷詩〉八十二首之六) 之老
莊思想。

西晉玄言篇什甚夥，張華〈贈摯仲治詩〉、傅咸〈周易詩〉、陸機
〈失題〉二首、孫楚〈征西官屬送於陟陽候作詩〉、董京〈詩二首〉
之一、〈答孫楚詩〉、曹攄〈贈王弘遠〉等，可爲代表。傅咸〈周易詩〉
云：

卑以自牧，謙而益光。進德修業，既有典常。暉光日新，
照於四方。小人勿用，君子道長。

此詩雖題爲〈周易詩〉，實亦爲「老子」哲理之闡發，且使之應用於
實際生活之立身處世，而無異於一般道德箴言，因之詩味盡失矣。陸
機〈詩〉之一、之二云：

太素卜令宅，希微啓奧基。玄沖纂懿文，處無承先師。
澄神玄漠流，棲心太素域。弭節欣高視，俟我大夢覺。

前首論道之幽微無形而生萬物之奧妙。次首則沈溺於玄默之中，已至
反璞歸真之境界矣。董京〈詩二首〉之一云：

> 乾道剛簡，坤體敦密。茫茫太素，是則是述。末世流奔，
> 以文代質。悠悠世目，孰知其實？逝將去此，至虛歸此，
> 自然之室。

「道」法自然，雖爲無形，而「剛簡」「敦密」之法，則自存於天地萬物中。末世喜作僞粉飾自然，以致「法」失、「理」亂。作者有見於此，故欲離世遠俗，歸返「至虛」之「自然之室」也。

　　由兩漢而至魏晉，玄言篇什製作日繁，且內涵漸趨充實，表現「深」、「微」境界之技巧益見高明，惟千篇一律，類於偈語，而乏詩韻，鍾嶸「淡乎寡味」（《詩品》總論語）之斷，確爲的評。

三、南朝玄言詩內涵分析

　　南朝玄言詩可分爲兩大類型：一爲《易經》、老莊三玄之闡揚，二爲佛家哲學之傳述。前者爲東晉玄言之主要內容，檀道鸞雖言「過江佛理尤盛，孫許且加以三世之辭」，但東晉玄言詩中，仍以詠述老莊爲主，蓋當時名士對佛理尙未深刻瞭解，常將之比附老莊哲理故也。自宋以後，佛教盛行，君主、貴族莫不禮佛，且廣爲宣揚，於是玄言篇什多不離佛理。今就此兩大內涵分述之。

（一）闡揚易經、老莊哲理者

> 大樸無像，鑽之者鮮。玄風雖存，微言靡演。邈矣哲人，
> 測深鈎緬。誰謂道遼，得之無遠。（其一）
> 既綜幽紀，亦理俗羅。神濯無浪，形渾俗波。潁非我朗，
> 貴在光和。振翰梧摽，翻飛丹霞。（其二）
> 爰在沖亂，質凝韻令。長崇簡易，業大德盛。體與榮辭，
> 迹與化競。經緯天維，翼亮皇政。（其三）
> （晉・孫綽〈贈溫嶠〉一首五章）

是篇既屬應酬之作，自不乏稱美之辭，然亦頗涉玄理，所謂「誰謂道遼，得之無遠。」「神濯無浪，形渾俗波。潁非我朗，貴在光和。」「體與榮辭，迹與化競。」均爲老莊哲理之闡述。《詩品》言「世稱

孫許彌善恬淡之詞」；《世說・品藻》載撫軍問孫興公：「卿自謂何如？
曰：下官才能所經，悉不如諸賢。至於斟酌時宜，籠罩當世，亦多所
不及。然以不才，時復託懷玄勝，遠詠老莊，蕭條高奇，不與時務經
懷，自謂此心無所與讓也。」又云：「支道林問孫興公，君何如許掾？
孫曰：高情遠致，弟子蚤已服膺；一吟一詠，許將北面。」觀此，知
興公玄言為當時所推服，彼亦以此自許。《隋書經籍志》有《晉衞尉
卿孫綽集》十五卷，但今已亡佚，逯輯〈全晉詩〉存錄孫氏篇什得四
言六首、五言四首，其中僅〈贈溫嶠〉一首、〈答許詢〉一首、〈贈謝
安〉一首三篇，頗具玄味，至所謂「以佛理合道家之言」、「淡乎寡味」
之純玄言作品，已不得見矣。許詢時與孫綽並稱，亦為當世文宗，以
才情見賞，簡文許為五言第一（《世說新語・文學》：「簡文稱許掾云：
玄度五言詩可謂絕妙時人。」）。《隋書經籍志》錄《晉徵士許詢集》
三卷，惟今所存者，但有〈竹扇詩〉四句，以及《初學記》二十八所
引：「青松凝素髓，秋菊落芳英」二句，既不見妙絕之迹，復無所謂
玄理。懷才如許者，而竟音塵寂滅，良可歎焉。

> 莊浪濠津，巢步潁湄。冥心真寄，千載同歸。（晉・王凝之〈蘭
> 亭〉）
>
> 先師有冥藏，安用羈世羅。未若保沖真，齊契箕山阿。（晉・
> 王徽之〈蘭亭〉）
>
> 茫茫大造，萬化齊軌。罔悟玄同，競異摽旨。平勃運謀，
> 黃綺隱几。凡我仰希，期山期水。（晉・孫總〈蘭亭〉）

東晉蘭亭諸作，除描寫山水景色外，亦託懷於老莊思想，思歸詠歎，
沖心遠寄，前舉三首即為此類代表作品。均為欣依「真風」、尚味
「古人」、企慕「無所鄉」之篇什。（分見於孫嗣、虞說、曹華之〈蘭
亭詩〉4）

> 解纓復褐，辭朝歸藪。門不容軒，宅不盈畝。茂草籠庭，
> 滋蘭拂牖。撫我子姪，攜我親友。茹彼園疏，飲此春酒。
> 開櫺攸瞻，坐對川阜，心焉孰託：託心非有。素構易抱，

> 玄根難朽。即之匪遠，可以長久。（晉・湛方生〈後齋詩〉）
>
> 吾生幸凝湛，智浪紛競結。流宕失眞宗，遂之弱喪轍。雖欲反故鄉，埋翳歸途絕。滌除非玄風，垢心焉能歇。大矣五千鳴，特爲道喪設。鑒之誠水鏡，應穢皆郎徹。（晉・湛方生〈諸人共講老子〉）

〈後齋詩〉類於歌詠隱逸生活之篇章，惟「素構易抱」以下四句，則爲老莊養生、長保之理，由此得知，作者欣然歸隱，實乃老莊反璞全眞思想之實踐。〈共講老子〉一篇，著重於說理，闡揚老子虛靜養性之思想。以格言方式宣揚老莊玄論之篇什，於南朝已不多見，蓋當時士大夫於老莊哲理業已認識透徹，融會貫通，往往於抒情、敍事中應用於無形。哲學理念不再專借格言、偈語之方式表達，而漸能以詩歌文學之形式自然流露。

> 坤基葩簡秀，乾光流易穎。神理速不疾，道會無陵騁。超超介石人，握玄攬機領。余生一何散，分不諝天挺。沈無冥到韻，變不揚蔚炳。冉冉年往逡，悠悠化期永。翹首希玄津，想登故未正。生途雖十三，日已造死境。願得無身道，高栖沖默靖。（晉・支遁〈詠懷詩〉五首之五）

東晉玄言詩人中，以支遁存留之作品最夥，而其中闡述佛理者居多。此詩中作者解理、悟道、握玄、攬機、希企玄津，其極終之目標爲得「無身道」，進而沖默高樓。乃鎔道、佛於一爐之篇什也。

> 有欲苦不足，無欲亦無憂。未若清虛者，帶索披玄裘。浮遊一世間，汎若不繫舟。方當畢塵累，栖志老丘山。（晉・史宗〈詠懷詩〉）

篇中演述老莊「清虛」「無欲」之理論，並以「棲志老丘山」，視爲避患遠俗之最佳途徑。

　　南朝歌詠老莊玄理之篇什，除上述諸首外，尙有盧諶〈時興詩〉、孫綽〈答許詢〉一首、〈贈謝安〉一首、王渙之〈蘭亭〉、謝安〈與王胡之〉一首、〈蘭亭〉之二、孫嗣〈蘭亭〉、庾蘊〈蘭亭〉、苻朗〈臨終詩〉、王胡之〈贈庾翼〉一首、任昉〈答何徵君〉、〈答劉居士〉、江

淹〈效阮公詩〉十五首其三、吳邁遠〈遊廬山觀道士石室〉等，均爲此類代表作品。

（二）傳述佛理者

此類篇什之數量較歌詠老莊者爲多，尤以宋以後，玄言多涉佛理。

> 森森群像，妙歸玄同。原始無滯，孰云質通。悟之斯朗，執焉則封。器乖吹萬，理貫一空。（其一）（晉・郗超〈答傅朗〉一首）

詩言群像玄同，皆歸「空」理。

> 妙用在幽，涉有覽無。神由昧徹，識以昭籠。積微自引。因功本虛，泯彼三觀，忘此毫餘。
>
> 寂漠何始，理玄通微。融然忘適，乃廓靈暉。心悠緬域，得不踐機。用之以沖，會之以希。（晉・王齊之〈念佛三昧詩〉四首之一、之二）

至理係由幽微、寂靜中得悟，悟後方能自出機杼，一空依傍，運用無窮。此詩雖命題爲〈念佛三昧詩〉，實乃釋「三昧」耳。

> 大塊揮冥樞，昭昭兩儀映。萬品誕遊蕐，澄清凝玄聖。釋迦乘虛會，圓神秀機正。交養衞恬和，靈知溜性命。動爲務下尸，寂爲無中鏡。（晉・支遁〈詠八日詩〉三首之一）

此篇主在傳述佛家習靜功夫，以「靜」觀照宇宙，體察萬物，始得群生動態。「寂爲無中鏡」與道家虛靜納物之理，實無二致。

> 一喻以喻空，空必待此喻。借言以會意，意盡無會處。既得出長羅，住此無所住。若能映斯照，萬象無來去。（晉・鳩摩羅午〈十喻詩〉）

「佛理」乃超乎感性知識，而臻於自性知識之領域，往往僅可自知而不能言說，若強詞解釋，則必失眞且無可會意矣。然於不能不說時，當以象徵寓託之法，求其不觸不背，不脫不黏，由人自悟，乃得徹悟眞知。

> 甘寢隨四坐，蓋睡依五眾。違從競分諍，美惡相戲弄。出家爲上首，入仕作梁棟。色已非眞實，聞見皆靈洞。長眼

　　出長夜，大覺和大夢。（梁・武帝〈十喻〉五首之五〈夢〉）

　　疊嶂迥參差，連峯鬱相拒。遠聞如句詠，遙應成言語。竟
　　無五聲實，誰謂八音所。空成顛倒群，徒迷塵縛侶，愍哉
　　火宅中，茲心良可去。（梁・簡文帝〈十空〉六首之三〈如響〉）

南朝君主，多虔誠禮佛，尤以梁武帝爲最，曾捨身佛寺爲奴（詳見《梁
書》卷一〈武帝本紀〉）。此二篇爲帝王玄言之代表作品，皆闡述佛家
「空觀」。《圓覺經》云：「此無明者非實有體，如夢中人夢時非無，及
至於醒，了無所得。」梁武帝以現象喻本體，以實說空，寓言宇宙萬變，
若以色象求之，必迷惑眼目，當求之自性，始悟得萬象皆「空」也。

　　釋迦稱散體，多寶號金軀。白玉誠非比，萬金良莫踰。變
　　見絕言象，端異乃冥符。靈知雖隱顯，妙色豈榮枯。唯當
　　千劫後，方成無價珠。（梁・宣帝〈迎舍利〉）

此言佛家修行功夫。歷千劫，始成佛。肉軀終化，而存舍利，此無價
之珠，白玉黃金焉能比擬！其中所涵蘊之眞理與智慧，無法由其色象
得知。

　　可否同一貫，生死亦一條。況期滅盡者，豈是俗中要。人
　　道離群愴，冥期出世遙。留連入澗曲，宿昔陟巖椒。石溜
　　冰便斷，松霜日自銷。向崖雲靉靆，出谷霧飄颻。勿言無
　　大隱，歸來即市朝。（陳江總〈營涅槃懺還塗作〉）

　　僧曇琳序記云：「眾生無我，並緣業所轉。苦樂齊受，皆從緣生。
若得勝報榮譽等事，是我過去宿因所感，今方得之。緣盡還無，何喜
之有。得失從緣，心無增減。喜風不動，冥順於道。是故說言隨緣行
也。」佛學要旨，標明世間一切人、事，都是「因緣」聚散無常之變
化現象。「緣起性空，性空緣起」，此中本來無我、無人、亦無一不變
之物。因之對苦樂、順逆、榮辱等境遇，宜皆視爲等同，如夢如幻之
變現，而了無實義可得。篇首所言「可否同一貫，生死亦一條。況期
滅盡者，豈是俗中要。」即此理也。由「人道離群愴」以下，多爲寫
景句，乃營涅槃懺還途所見，主在暗喻大乘佛法：心超塵累，離羣出
世之精義。凡人處世皆有所求，有所求，即有欲，有求有欲，則必有

得失、榮辱之患，有得失、榮辱之患，便產生「求不得苦」之煩惱悲憂矣。此理與《易·繫辭傳》所謂：「居易以俟命」，老子「少私寡欲」、「法天之道」，以及孔子「飯蔬食，飲水，曲肱而枕之，樂亦在其中矣」（見《論語·述而》）等教誡，其義一也。「勿言無大隱，歸來即市朝」二句，乃自王康琚〈反招隱〉詩句「大隱隱市朝」，脫化而來。

　　　棘端雖非譬，至妙安可量。要知同罔象，然始見毫芒。（梁·
　　何遜〈又答江革〉）

《金剛經》偈頌云：「實相本無相，水潭澈底清，若心不住法，如目忽然明。」何遜所言即「菩提心生」之理。

　　除上舉諸例外，支遁〈四月八日讚佛詩〉、〈五月長齋詩〉、〈八關齋詩〉三首、〈述懷詩〉二首、〈詠大德詩〉、〈詠禪思道人〉、〈詠利城山居〉，鳩摩羅什〈贈沙門法合〉，惠遠〈廬山東林雜詩〉，廬山諸道人〈遊石門詩〉、〈觀化決疑〉，竺僧度〈答苕華詩〉，苕華〈贈竺度〉，謝靈運〈石壁立招提精舍〉，謝莊〈八月侍華林曜靈殿八關齋〉，顧歡〈臨終詩〉，昭明太子蕭統〈東齋聽講〉、〈講席將畢賦三十韻詩依次用〉、〈大言〉、〈細言〉，梁簡文帝〈蒙預懺直疏詩〉、〈蒙華林園戒詩〉、〈旦出興業寺講詩〉、〈侍講詩〉，沈約〈八關詩〉、〈酬華陽陶先生〉、〈和王衞軍解講〉，江淹〈吳中禮石佛〉，庾肩吾〈八關齋夜賦四城門更作四首〉、〈和太子重雲殿受戒〉、〈詠同泰寺浮圖〉，王筠〈奉和皇太子懺悔應詔〉、〈和皇太子懺悔〉，劉孝綽〈賦詠百論捨罪福詩〉，釋寶誌〈讖詩〉，釋惠令〈和受戒詩〉，江總〈至德二年十一月十二日升德施山齋三宿決定罪福懺悔詩〉，何處士〈春日從將軍遊山寺〉、〈通士人篇〉等，均為此類代表作品。

　　南朝玄言詩文詞多樸質，未染當時華美風氣，因此類篇什作者多藉以闡揚道理，非為抒發性情，故以意勝，而不以藻翰爭美也。又南朝闡述佛理之玄言眾作，或以格言形式出之，「涉理路」、「落言詮」要非詩歌本色，然其來有自，蓋佛教經典，皆散文偈頌並用。偈原為印度文學形式之一，其作用在於總攝經義，隨佛經譯傳而行之中土。

就其形式言：不拘聲韻，有四言、五言、六言、七言等體；就作法言：不用比興，純爲直說；就其精神而言：非訴之情感，而係於理性，故全無詩味。由此得知，南朝佛理詩之格言形式乃沿襲佛偈而來，當無可置疑。同時當時士大夫雖嚮往佛境，鑽研佛理，然多未透徹，以致道理淺薄，更無法融會貫通，配合詩之特質，用於無形。希臘哲學家亞里斯多德於《詩學》一書中云：「詩與哲學不同，哲學乃將抽象之原理直接表述，而詩則將抽象之哲理，寄寓於具體事物中。」德國文學家歌德亦謂：「詩中不能不有哲理，但必須隱藏於內」，此與中國人「作詩貴比興」同理。南朝詩人多未能將佛學與詩學融合，以同時表現理境與詩趣，惟陶淵明、謝靈運田園、山水諸作，包融儒、道、佛三家思想，而不「涉理路」、「落言詮」，藉具體表現抽象，以有限顯示無窮，由現象發露本體，此固爲詩之道也。

第三節　田園詩

一、田園詩之定義與範疇

　　田園詩，顧名思義，乃是以田園爲主題之篇什。其內容包括田野農村景色之描寫、農民生活之敘述、與鄉野居民情感之抒發。惟南朝田園詩具有特殊之意義，與古代農事詩未可相提並論。

　　中國以農立國，當於口承時代，即有農事勞動歌謠之產生，《詩經》中已不乏農業生活之敘述，如大雅〈雲漢〉爲祈雨之詩，國風鄘風〈桑中〉有「爰采唐矣」、「期我乎桑中」、「爰采麥矣」、「爰采葑矣」等有關田野風光之描繪，魏風〈園有桃〉，則以「園有桃，其實之殽。」「園有桃，其實之食。」諸語起興，而〈碩鼠〉之中「碩鼠碩鼠，無食我黍」句，乃藉田園事象比喻人事，唐風〈蟋蟀〉中「蟋蟀在堂」句，則以田野昆蟲活動，顯示季節。田園事物景象，除以賓客身份出入詩園外，至如小雅〈大田〉、〈甫田〉、豳風〈七月〉等，則全篇皆

寫農事。（詳見王國瓔〈詩經中的山水景物〉一文，刊於《中外文學》八卷一期）。然此類篇什純屬農業社會客觀現實生活之陳述，缺乏個人意識與生活理想。純樸之詩歌風貌，正表現出時人生於田園，長於田園，老於田園，別無選擇之必然性。而南朝田園詩創作者之身份、意識型態及詩歌呈現之內涵境界，與古代農事詩固截然不同也。

　　春秋以降，士、農階級分別漸明，士者志在成就經世濟民之大業，不事勞力生產，以故「田園」遂成為農夫野人聚居之所。逮乎東漢末年至南朝之世，因內憂外患頻仍，人心苦悶，益以老莊哲學與佛學思想流行，於是士人抗志塵表，希求隱逸，復歸趨「田園」，自此「田園」一詞轉為超逸高潔之象徵。而田園詩之作者，或屬韜光晦迹懷抱理想之高蹈者，或為身在朝廷心企山林之高尚人士。其創作動機，多為闡述理想、抒寫懷抱、傾吐幽情，充滿主觀之個人意識，以是「田園」詩之內涵亦隨之豐富，除描寫農事外，或歌詠古之賢人隱士、或適情於農村鄉野、或鄙薄世俗宦途、或欣賞節候景物、或悠然自得於飲酒賦詩。又隱者多精通老莊釋家學說，其作品往往呈現儒、道、佛三家雜糅之思想，境界高遠，既有理趣，復存情味。由上述得知，南朝田園篇什，實有別於一般農事詩也。

二、田園詩之起源

　　以農民生活與農事為題材之詩篇，可遠遡至《詩經》小雅〈大田〉、〈甫田〉，豳風〈七月〉等詩，前已述及。楊惲之〈拊缶歌〉：「田彼南山，蕪穢不治。種一頃豆，落而為萁」，無名氏之〈古歌〉：「高田種小麥，終久不成穗」，樂府平調曲〈長歌行〉：「青青園中葵，朝露待日稀」，魏明帝〈種瓜篇〉：「種瓜東井上，冉冉自踰垣」等，皆以農事比興。漢朱虛侯章〈耕田歌〉：「深耕穊種，立苗欲疏。非其種者，鋤而去之。」則全篇均寫耕種。凡此，南朝田園詩與之並無直接之承繼關係。

　　爰及西晉，始見類於南朝田園詩之作品，如張華〈答何劭〉三首

之一云：

> 吏道何其迫，窘然坐自拘。纓緌爲徽纆，文憲焉可踰。恬
> 曠苦不足，煩促每有餘。良朋貽新詩，示我以游娛。穆如
> 灑清風，煥若春華敷。自昔同寮案，於今比園廬。衰疾近
> 辱殆，庶幾並懸輿。散髮重陰下，抱杖臨清渠。屬耳聽鸎
> 鳴，流目翫鯈魚。從容養餘日，取樂於桑榆。

作者傷世務之勞促，而就隱者之清幽；託足園林，寄情自然，當可視
爲南朝田園詩之雛形。他如何劭〈贈張華〉：

> 四時更代謝，懸象迭卷舒。暮春忽復來，和風與節俱。府
> 臨清泉涌，仰觀嘉木敷。周旋我陋圃，西瞻廣武廬。既貴
> 不忘儉，處有能存無。鎭俗在簡約，樹塞焉足慕。在昔同
> 班司，今者並園墟。私願偕黃髮，逍遙綜琴書。舉爵茂陰
> 下，攜手共躊躇。奚用遺形骸，忘筌在得魚。

全篇寫隱居田園之適意生活、鄉野自然景致、並闡揚老莊得魚忘筌之
思想。陸雲〈失題八章〉之二、之三云：

> 日征月盈，天道變通。太初陶物，造化爲功。四月惟夏，南
> 征觀方。凱風有集，飄颻南窗。思樂萬物，觀異知同。（其二）
>
> 有渰萋萋，甘雨未播。黍稷方華，中田多稼。庭槐振藻，
> 園桃阿那。薄言觀物，在堂知化。（其二）

由純美、自然、欣欣向榮之田野風光，透露「生而不有，爲而不恃，
功成而弗居；夫唯弗居，是以不去」（引自《老子》第二章）之天道。
張翰〈雜詩〉云：

> 暮春和氣應，白日照園林。青條若總翠，黃華如散金。嘉
> 卉亮有觀，顧此難久耽。延頸無良塗，頓足託幽深。榮與
> 壯俱去，賤與老相尋。歡樂不照顏，慘愴發謳吟；謳吟何
> 嗟及，古人可慰心。

是篇除描摹田野景色外，主在表達隱者心懷壯志，不甘終老山林之矛
盾心態。朱晦庵曾云：「隱者多是帶性負氣之人」，確爲的評。再如張
協〈雜詩〉十首之九云：

> 結宇窮岡曲，耦耕幽藪陰。荒庭寂以閒，幽岫峭且深。淒

> 風起東谷，有涔興南岑。雖無箕畢期，膚寸自成霖。澤雉
> 登壘雛，寒猿擁條吟。溪壑無人跡，荒楚鬱蕭森。投耒循
> 岸垂，時聞樵採音。重基可擬志，迴淵可比心。養眞尚無
> 爲，道勝貴陸沈。遊思竹素園，寄辭翰墨林。

隱者躬耕田畝，物質生活必定匱乏，然養性全眞之精神生活，足以克
服外在之艱困，此詩頗能顯示隱者生活之眞實面。

　　上舉諸首，當可視爲東晉以前之田園作品，而歷來研究田園詩者
皆略而不論，余特藉此說明，田園之作非自陶淵明始也。

三、南朝田園詩內涵分析

　　南朝田園詩，除陶淵明所作外，餘則寥寥可數，且乏佳篇，故本
節特以淵明田園詩爲主要研究對象。淵明詩篇今傳者，計一百二十七
首，其內容雖有詠懷、贈答、飲酒、說理、詠史之別，但多以鄉野生
活爲背景，不離田園風味。今爲求嚴謹，乃精選以田園爲主題之篇什
五十有三，爲討論範疇。並就其內涵分爲：企慕隱居田園者、描寫田
園風光者、敍述田園生活與心境者，三類析論之。

（一）企慕隱居田園者

　　淵明「性本愛邱山」，然因生活所迫，於義熙二年賦〈歸去來辭〉
前，亦曾浮沈宦海，先後任州祭酒、鎮軍參長、長史、建威參軍、彭
澤令等職（詳見《晉書》卷九十四、《宋書》卷九十三、《南史》卷七
十五本傳、及蕭統撰傳），爲宦期間，每每身在官府，心懷山澤，此
類詩篇，即是淵明矛盾心聲之吐露。

> 弱齡寄事外，委懷在琴書。被褐欣自得，屢空常晏如。時
> 來苟冥會，踠轡憩通衢。投策命晨裝，暫與園田疏。眇眇
> 孤舟逝，綿綿歸思紆。我行豈不遙？登降千里餘。目倦川
> 塗異，心念山澤居。望雲慚高鳥，臨水愧游魚。眞想初在
> 襟，誰謂行跡拘？聊且憑化遷，終返班生廬。（〈始作鎮軍參
> 軍經曲阿〉）

〈經曲阿〉一首之製作年代無從考定，蓋因淵明任鎮軍參軍所從何人？在何年？眾說紛紜故也。或云元興三年爲之，乃從鎮軍將軍劉裕者（見《文選》李善注）；或曰隆安三年己亥爲之，乃從鎮北將軍或前將軍劉牢之者（陶澍主之，見《陶文毅公全集》，〈靖節先生爲鎮軍建威參軍辨〉及〈靖節先生譜考異〉。梁啟超、古直二氏因之，見梁古二譜）；或謂隆安四年庚子爲之，乃從武陵王遵者（見周濟《晉略‧彙傳》七）；或僅斷定淵明於義熙元年乙巳爲鎮軍參軍絕非從劉裕者（洪亮吉主之，見《曉讀書齋二錄》卷下）。諸說均因史料不足，未能論定。全篇首言恬淡之本性，次陳出仕之原由，再述違性之苦痛，終以企慕隱居田園，安貧全眞爲期許。其中「望雲慚高鳥」四句，想見淵明胸襟。黃山谷曰：「佩玉而心若槁木，立朝而意在東山」，即此意也。

> 行行循歸路，計日望舊居。一欣待溫顏，再喜見友于。鼓棹路崎嶇，指景限西隅，江山豈不險，歸子念前途。凱風負我心，戢枻守窮湖。高莽眇無界，夏木獨森疏。誰言客舟遠，近瞻百餘里。延目識南嶺，空歎將焉如。

> 自古歎行役，我今始知之。山川一何曠，巽坎難與期。崩浪聒天響，長風無息時。久遊戀所生，如何淹在茲。靜念園林好，人間良可辭。當年詎有幾，縱心復何疑。（〈庚子歲五月中從都還阻風於規林〉二首）

丁仲祜於詩題下注云：「時先生爲參軍，以公事至都。及返，因假還家，值風阻也。」詩中作者將思慕親慈，懷念手足，留戀園林之情感表露無遺，可謂寫盡客子情態。由「計日望舊居」、「延目識南嶺」所透露之焦灼感，得見淵明厭倦宦途之情緒。而「人間良可辭」、「縱心復何疑」，乃其決心解懸歸眞之告白。朱子嘗書此詩與一士子云：「能參得此一詩透，則今日所謂舉業，與夫他日所謂功名富貴者，皆不必經心可也。」（見何孟春注引）

> 閑居三十載，遂與塵事冥。詩書敦宿好，林園無俗情。如何捨此去，遙遙至南荊。叩枻新秋月，臨流別友生。涼風

起將夕，夜景湛虛明，昭昭天宇闊，晶晶川上平。懷役不遑寐，中宵尚孤征。商歌非吾事，依依在耦耕。投冠旋舊墟，不爲好爵縈。養眞衡茅下，庶以善自名。（〈辛丑七月赴假還江陵夜行塗中〉一首）

此詩之所由作，頗難索解，陶澍考曰：「玩詩中如何捨此去，遙遙至南荊。懷役不遑寐，中宵尚孤征等語，其辭意與國風小雅行役告勞相似。似因奉使宵征，不見有特爲省親乞假之意，考《晉書》，是年六月，孫恩入寇，桓玄以荊州刺史鎮江陵，上表請入衞。會恩退，朝廷以詔書止之。恩退在六月，先生江陵之行在七月，或即奉詔止玄之役耶？」陶之揣度近情，但無解於詩題「赴假還」三字。丁仲祐云：「先生紫桑人，而言還江陵者，江陵本陶桓公舊鎮，後雖移鎮武昌，而田宅墳墓，不能俱徙，兄弟宗族，必多留居，所以言還，示不忘本。……蓋先生不樂此行，不便言明。江陵本開源所自，而母妹亦在此。故遂託之赴假還江陵耳。不然，軍國多虞，何能常假（庚子五月，才自都還省母，今又假，故曰常）。非有大故，何爲急假（《禮記》鄭注：赴，疾也。釋文：急疾也）。惟奉詔止玄，遲恐無及，然後非窮日盡夜，星言兼邁不可。題特著夜行二字，詩則曰懷役不遑寐，中宵尚孤征，王事孔亟之情形曠如矣。」丁氏所論頗合情理。

詩首「閒居三十載，遂與塵事冥」二句，可爲淵明二十九歲始涉宦途之旁證。「林園無俗情」、「依依在耦耕」、「投冠旋舊墟，不爲好爵縈」、「養眞衡茅下，庶以善自名」等語，均見淵明渴慕歸隱田園之心志。

我不踐斯境，歲月好已積。晨夕看山川，事事悉如昔。微雨洗高林，清飈矯雲翮。春彼品物存，義風都未隔。伊余何爲者，勉勵從茲役。一形似有制，素襟不可易。園田日夢想，安得久離析。終懷在壑舟，諒哉宜霜柏。（〈乙巳歲三月爲建威參軍使都經錢溪〉一首）

此詩寫於義熙元年，據古直云，乃爲劉敬宣奉表辭官途中所作。初摹景致，繼興感慨。淵明浮沈多變之仕途，益感「勉勵從茲役」、「一形

似有制」之痛苦，面對自然景色，田園生活之懷想油然而生，繼而領悟「素襟不可易」、「終懷在歸舟」之本性。此外尚有〈歸鳥〉、〈癸卯歲始春懷古田舍〉二首之一、〈雜詩〉十二首之八等，均屬懷歸之作。

（二）描寫田園風景者

此類篇什，往往與謝靈運等之山水詩混淆不清，蓋均以大自然景物爲主題故也。然二者實不相同。山水詩偏向高山大川之刻劃，篇中常見詩人探奇尋幽之情景，而淵明則著重於田野鄉村等明山秀水之描繪，乃眼前之景，信手拈來。再就風格而言，淵明田園景物詩深具平易曠遠之韻味，細品之，若慢步於廣闊平原，悠然自在，情趣盎然。大謝等山水詩則頗具山川深峻浩渺之容態，觀其詩如攀山涉水，須勞神費力矣。「自然流暢」與「抑揚跌宕」二者截然不同風貌之詩篇，實未可涇渭不分也（田園與山水詩之別，詳見本章前言）。淵明描寫田園風光之佳句，散見於各種不同內涵之篇什中，純以景色爲主題之田園詩，爲數不少，茲將最具代表性之作品，例舉分析如后：

> 邁邁時運，穆穆良朝。襲我春服，薄言東郊。山滌餘靄，
> 宇曖微霄。有風自南，翼彼新苗。
>
> 洋洋平津，乃漱乃濯。邈邈遐景，載欣載矚。稱心而言，
> 人亦易足。揮茲一觴，陶然自樂。
>
> 延目中流，悠想清沂。童冠齊業，閒詠以歸。我愛其靜，
> 寤寐交揮。但恨殊世，邈不可追。
>
> 斯晨斯夕，言息其廬。花藥分列，林竹翳如。清琴橫床，
> 濁酒半壺。黃唐莫逮，慨獨在余。（〈時運〉四章）

詩序云：「時運，遊暮春也。春服既成，景物斯和。偶景獨遊，欣慨交心。」此篇前人指爲悲憤之作，但觀全首神閒氣靜，頗自怡悅，絕無悲憤之意，即曰憾曰慨，亦不過思友春遊，即事興懷耳，如指爲求同心，商匡扶，殊嫌附會。詩首以描摹原野春色爲主，後則多寄感慨，景物僅爲點綴。其中「山滌餘靄，宇曖微霄。有風自南，翼彼新苗。洋洋平津，乃漱乃濯。邈邈遐景，載欣載矚」諸句，頗能呈現陶公寫

景「閒美」「和諧」之特色。淵明「質性自然」，其創作亦「循乎自然」，故能展現閑靜之美與祥和之氣。他如「平疇交遠風，良苗亦懷新。雖未量歲功，即事多所欣。」(〈癸卯歲懷古田舍〉之二)「雲無心以出岫，鳥倦飛而知還。」(〈歸去來辭〉)「向夕長風起，寒雲沒西山，洌洌氣遂嚴，紛紛飛鳥還。」(〈歲暮和張常侍〉)「日入羣動息，歸鳥趨林鳴。」(〈飲酒〉之七)「孟夏草木長，繞屋樹扶疏，眾鳥欣有託，吾亦愛吾廬。」(〈讀山海經〉十三首之一)，均為淵明對宇宙諧美之描述，而其日常生活則時時涵泳其中。

> 靡靡秋已夕，淒淒風露交。蔓草不復榮，園林空自凋。清氣澄餘滓，杳然天界高。哀蟬無留響，叢鴈鳴雲霄。萬化相尋繹，人生豈不勞？從古皆有沒，念之中心焦。何以稱我情，濁酒且自陶。千載非所知，聊以永今朝。(〈己酉歲九月九日〉一首)

此詩描寫暮秋景色，顯現淵明田園詩「清曠」與「悲涼」另兩種特殊境界。「淒淒風露交。蔓草不復榮，園林空自凋。」蕭瑟之暮秋景色如在目前。他如：「晨興理荒穢，帶月荷鋤歸，道狹草木長，夕露霑我衣。」(〈歸園田居〉五首之三)「荒塗無歸人，時時見廢墟。」(〈和劉柴桑〉)「寒竹被荒蹊，地為罕人遠。」等皆為悲涼景色之描寫，淵明曾經歷人生種種悲涼之境遇，故最易感受自然界荒蕪之景，其中實涵蘊「終當歸空無」之人生哲理。至於「清氣澄餘滓，杳然天界高。哀蟬無留響，叢鴈鳴雲霄。」諸語則具清曠之意境，他作中之「露淒暄風息，氣澈天象明。往燕無遺影，來鴈有餘聲。」(〈九日閑居〉)「露凝無游氣，天高肅景澈。陵岑聳逸峰，遙瞻皆奇絕。」(〈和郭主簿〉之二)等亦屬同一韻味。

> 仲春遘時雨，始雷發東隅。眾蟄各潛駭，草木從橫舒。翩翩新來燕，雙雙入我廬。先巢故尚在，相將還舊居。自從分別來，門庭日荒蕪。我心固匪石，君情定何如？(〈擬古〉九首之三)

春日田園欣欣向榮，時雨潤物，初雷驚蟄，草木扶疏，新燕雙入。寫

景諸句警妙生動，風情飄洒，充滿春之喜悅與生機。終以「我心固匪石，君情定何如？」情語作結。丁仲祜解云：「新來之燕，不以外庭荒蕪而棄舊，可以人而不如鳥乎？夫我心之匪石不轉，可自信矣，而君情定何如乎？」蓋借燕入舊廬興歎，悲人情之澆薄，痛故舊之相輕也。

> 冬日淒且厲，百卉具已腓。爰以履霜節，登高餞將歸。寒氣冒山澤，游雲倏無依。洲渚思緬邈，風水互乖違。瞻夕欣良讌，離言聿云悲。晨鳥暮來還，懸車斂餘暉。逝止判殊路，旋駕悵遲遲。目送回舟遠，情隨萬化遺。（〈於王撫軍坐送客〉）

此篇描寫冬暮景色，以襯托離情別緒。其中「寒氣冒山澤，游雲倏無依，洲渚四緬邈，風水互乖違。」造語清勁，堪稱佳句，呈現「曠遠」意境。另如：「曖曖遠人村，依依墟里煙」（〈歸園田居〉五之一）；「涼風起將夕，夜景湛虛明，昭昭天宇闊，晶晶川上平」（〈辛丑七月赴假還江陵夜行塗中〉）等景致，皆有曠遠之感。淵明寫景往往以情入景，以景助情，達到情景交融之境，此為其田園詩特佳處。

> 蕤賓五月中，清朝起南颸。不駛亦不遲，飄飄吹我衣。重雲蔽白日，閑雨紛微微。流目視西園，曄曄榮紫葵。於今甚可愛，奈何當復衰。感物願及時，每恨靡所揮。悠悠待秋稼，寥落將賒遲。逸想不可淹，猖狂獨長悲。（〈和胡西曹示顧賊曹〉）

南颸飄衣，閑雨紛微，西園榮葵之五月景物，委實可愛。起六句寫天象，繼述地面園景。淵明遣詞摹景，一向淡雅，而「曄曄榮紫葵」，如是色澤鮮麗之造境，並不多見。作者因視夏物之榮盛，而念其當衰，由景入情，轉折極為順暢自然。感物以下，言其志也。雖願及時有為，而身無事權，靡所發揮，僅躬耕以待秋稼耳。寥落如此，又值暮齒，不猶園卉之就衰乎？所以逸想不可淹制，而猖狂獨悲也。

（三）敍述田園生活與心境者

　　此乃作者具體描寫田園生活與抒發山林生活感受之作品。淵明田

園詩以此類型最夥。

1. 寫適意悅樂之生活與情感者

> 虛舟縱逸棹，回復遂無窮。發歲始俛仰，星紀奄將中。南
> 窗罕悴物。北林榮且豐。神萍寫時雨，晨色奏景風。既來
> 孰不去，人理固有終。居常待其盡，曲肱豈傷沖。遷化或
> 夷險，肆志無窊隆。即事如已高，何必升華嵩。(〈五月旦作
> 和戴主簿〉)

篇首即以「虛舟縱逸棹」，比喻虛懷素心，擺脫世俗之羈絆，悠遊田
園，與天地冥合之自由與閒適，而不覺物換星移，韶華之速去也。繼
寫五月風物，筆調清秀，諧美宜人。然夏必有盡，秋續代之，《莊子》
云：「生之來，不能卻，其去不能止。」《列子》亦曰：「生者理之必
終者也。」人當居常以待終，任化推移，樂在其中矣。既高尚己志，
處事高明，豈必隱遁山林，始能保其沖真耶？

> 昔欲居南村，非為卜其宅。聞多素心人，樂與數晨夕。懷
> 此頗有年，今日從茲役。弊廬何必廣，取足蔽牀席。鄰曲
> 時時來，抗言談在昔。奇文共欣賞，疑義相與析。
> 春秋多佳日，登高賦新詩。過門更相呼，有酒斟酌之。農務
> 各自歸，閒暇輒相思；相思則披衣，言笑無厭時。此理將不
> 勝，無為忽去茲。衣食當須紀，力耕不吾欺。(〈移居〉二首)

其一寫與「素心人」共數晨夕，談昔說古，同賞奇文，互析疑義，「陶
然共忘機」之適意生活。其二亦寫與鄰人往來真醇，避俗悠閒之樂趣。
「此理將不勝，無為忽去茲」，充分表達淵明對田園生活之愛戀。「衣食
當須紀，力耕不吾欺」，何孟春注引劉履曰：「靖節素願易足，惟衣食當
經紀者，亦必力耕以自給焉。與世俗懷居之士，擇取便安，務求完善者
異矣。」淵明於〈庚戌歲九月中於西田穫早稻詩〉中亦云「人生歸有道，
依食固其端。」自勉勉人，每在耕稼，其異於魏晉人者在此。

> 藹藹堂前林，中夏貯清陰。凱風因時來，回飆開我襟。息
> 交遊閒業，臥起弄書琴。園蔬有餘滋，舊穀猶儲今。營己
> 良有極，過足非所欽。春秫作美酒，酒熟吾自斟。弱子戲

> 我側，學語未成音。此事眞復樂，聊用忘華簪。遙遙望白
> 雲，懷古一河深。(〈和郭主簿〉二首之一)

藹藹四句寫中夏景物，蓋欣己身之有託也。息交六句，言精神、物質
皆有所資。春秫而下，俱自足語、家常話，天眞爛漫，得見淵明灑落
個性，終以望雲懷古作結，益感詩人心胸之曠遠高古矣。

> 結廬在人境，而無車馬喧。問君何能爾？心遠地自偏。採
> 菊東籬下，悠然見南山。山氣日夕佳，飛鳥相與還。此中
> 有眞意，欲辯已忘言。(〈飲酒〉二十首之五)

結廬四句，言己雖未隱山林、絕人事，而不覺市朝喧囂，蓋宅心沈靜
虛閑故也。王荊公讚曰：「淵明詩，有奇絕不可及之語，如結廬在人
境四句，由詩人以來無此句」。採菊二句，乃古今佳言，東坡謂：「采
菊之次，偶然見山，初不用意而景與意會，故可喜也。」作者本自採
菊，無意望山，適舉首而見之，其間閒遠自得之意，若超然藐出宇宙
之外。「見」字一作「望」，前賢辯解甚夥，當以「見」爲是也(《文
選》「見」作「望」。「見」與「望」優劣之辯，衆說紛紜，余以爲胡
仔《苕溪漁隱叢話》所言最善。)。「山氣」二句，語凡韻遠。「此中
有眞意，欲辯已忘言。」即《莊子》所謂：「言者所以在意也，得意
而忘言」之意。(引自《莊子・外物》。此論詳見湯用彤「言意之辨」，
收入《魏晉玄學論稿》。)

> 孟夏草木長，繞屋樹扶疏，衆鳥欣有託，吾亦愛吾廬。既
> 耕亦已種，時還讀我書。窮巷隔深轍，頗迴故人車。歡然
> 酌春酒，摘我園中蔬。微雨從東來，好風與之俱。汎覽周
> 王傳，流觀山海圖。俯仰終宇宙，不樂復何如？(〈讀山海經〉
> 十三首之一)

此詩十三首，皆記二書所載之異物。而發端一篇，特寫幽居自得之趣。
觀其衆鳥有託，吾愛吾廬等語，隱然有萬物各得其所之妙。全首初寫
良辰，次述好友，以陪起異書，終結出一「樂」字，爲一篇眼目。詩
本觸物寓興，吟詠性情，但抒寫胸中所欲言，則無所不佳。淵明此篇
所書者爲入目之景，平生眞意，故不待經營，而雋詠有味矣。

　　他如：〈酬劉柴桑〉一首、〈飲酒〉二十首之七、之八、之十四、〈蠟日〉等，皆屬此類。

2. 表露孤獨與無常感者

　　恬靜、安詳並非淵明田園生活之全部，詩人於賞心悅性之餘，亦時流露孤獨寂寞之哀傷與人生如客之惶恐。

> 久去山澤游，浪莽林野娛。試攜子姪輩，披榛步荒墟。徘徊丘壟間，依依昔人居。井竈有遺處，桑竹殘朽株。借問採薪者，此人皆焉如？薪者向我言，死沒無復餘。一世異朝市，此語眞不虛。人生似幻化，終當歸空無。(〈歸園田居〉五首之四)(李公煥本於〈歸園田居〉下注有「六首」二字，實則〈種苗在東皋〉一首，為江文過之擬作也。)

作者攜子姪遊山澤、林野，觸目所見盡是荒涼殘破景象，因而興起人事無常之感慨。「人生似幻化，終當歸空無」二語，乃本於佛學之空觀與出世界想。淵明生於佛教極盛之時代，個人又曾與廬山僧侶交遊，益以老莊哲理之冥悟妙得及實際生活之體驗，因此對宇宙人生產生空幻之感，他如〈飲酒〉之八云：「吾生夢幻間，何事絏塵羈。」〈和劉柴桑〉云：「去去百年外，身名同翳如。」〈還舊居〉曰：「流幻百年中，寒暑日相推，常恐大化盡。氣力不及衰。撥置且莫念，一觴聊可揮。」於「一觴聊可揮」中，塵世煩惱憂愁得以解脫，使其精神超升於涅槃境界。淵明肯定宇宙人生之空幻，精神由入世而出世，當受佛學影響無疑。

> 運生會歸盡，終古爲之然，世間有松喬，於今定何間。故老贈余酒，乃言飲得仙。試酌百情遠，重觴忽忘天；天豈去此哉，任眞無所先。雲鶴有奇翼，八表須臾還。自我抱茲獨，僶俛四十年。形骸久已化，心在復何言。(〈連雨獨飲〉)

大凡宇宙萬物，有生必有終，即如松喬之長壽亦與常人同歸於盡也。淵明始終否定「長生」與「仙人」之說，其〈影答形詩〉亦云：「存生不可言，衞生每苦拙。誠願遊崑華，邈然茲道絕。」帝鄉既不可期，

詩人一則借酒遠百情，忘天機；一則歸依於老莊清虛無爲之人生哲
學，任自然而忘是非，隨大化而齊生死。酒爲淵明田園生活之振奮
劑，除因「閒居寡歡」，以之祛愁外，亦藉飲酒顯眞性、啓思維、寫
佳篇也。北宋邵康節〈酒吟詩〉云：「聖人難處口能宣，何止千年與
萬年？心靜始能知白日，眼明方會看青天。鬼神情狀將詩寫，造化工
夫用酒傳；傳寫不干詩酒事，若無詩酒又難言。」頗能道出酒中深味。

> 世短意恒多，斯人樂久生。日月依辰至，舉俗愛其名。露
> 淒暄風息，氣澈天象明。往燕無遺影，來鴈有餘聲，酒能
> 祛百慮，菊爲制頹齡。如何蓬廬士，空視時運傾。塵爵恥
> 虛罍，寒華徒自榮。斂襟獨閑謠，緬焉起深情。棲遲固多
> 娛，淹留豈無成？(〈九日閑居〉)

詩序云：「余閑居愛重九之名，秋菊盈園，而持醪靡由，空服九華，
寄懷於言。」九華者，九日之黃華，即菊也（九華，亦爲丹名。今
採陶澍之注，解爲菊也。）。由「酒能祛百慮，菊能制頹齡」之句，
得知淵明栽菊、採菊，除賞心忘憂外，亦爲服食之用。其目的蓋在
「制頹齡」「愛久生」矣。詩人既認定「帝鄉不可期」，則益覺生命
可貴，遂產生濃厚愛生貴身觀念。《老子》曾明示「天地以其不自生，
故能長生」（《老子》第七章）之保生之道，《莊子‧山木》，更闡發
「完身養性」之理。身處亂世，韜光避世始能保身，故淵明歸隱，
實乃愛生貴身觀念下之自然結果，亦爲老莊哲理對人生啓示之必然
歸宿。

> 貧居乏人工，灌木荒余宅。班班有翔鳥，寂寂無行迹。宇
> 宙一何悠，人生少至百。歲月相催逼，鬢邊早已白。若不
> 委窮達，素抱深可惜。(〈飲酒〉二十首之十五)

前四句寫田宅荒蕪，翔鳥班班，人迹寂寂，以景襯情，孤獨情懷流
露筆端。天地恒久，而人少至百年。二者相較，人生委實渺小而無
常，倏忽之間，鬢髮已白，唯當固窮達理，樂天知命，以期無負素
懷耳。

> 少年罕人事，遊好在六經。行行向不惑，淹留自無成。竟

抱固窮節，飢寒飽所更。弊廬交悲風，荒草沒前庭。披褐
守長夜，晨雞不肯鳴。孟公不在茲，終以翳吾情。(〈飲酒〉
二十首之十六)

首四句言遊好六經，思有作為，然歲月嗟跎，忽屆不惑，愧感一事
無成也。淵明生逢亂世，始終懷抱濟世大志。〈擬古〉之八云：「少
時壯且厲，撫劍獨行遊，誰言行遊近，張掖至幽州。」〈雜詩〉之五
云：「憶我少壯時，無樂自欣豫，猛志逸四海，騫翮思遠翥。」其「撫
劍獨行遊」「猛志逸四海」之氣概何其豪邁！後雖因現實環境之險
惡，及其「質性自然」，終致歸隱田園，然此豪情並未稍減，往往於
極閑適之詩境中，流露其凌霄狀志。如〈讀山海經〉十三首之十云：
「精衛銜微木，將以填滄海，刑天舞干戚，猛志固常在。」之九云：
「夸父誕宏志，乃與日競走……餘跡寄鄧林，功竟在身後。」他如
〈詠荊軻〉、〈詠三良〉、〈詠二疏〉、〈感士不遇賦〉諸作中，更流露
對英雄人物追慕之情與讚歎之音。「竟抱固窮節」以下六句，則述田
家苦況，及讀「孟公不在茲，終以翳吾情」二語，而後知詩人之孤
獨寂寞，乃源於知音不遇，珠玉淹沉之哀傷。考陶淵明詩中頗見
「孤」、「獨」二字，如：「靜寄東軒，春醪獨無。」(〈停雲〉)「偶景
獨遊，欣慨交心。」(〈時運序〉)「黃唐莫逮，慨獨在余。」(〈時運〉)
「恨恨獨策遠，崎嶇歷榛曲。」(〈歸園田居〉之五)「自我抱茲獨，
僶俛四十年。」(〈連雨獨飲〉)「懷役不遑寐，崎中宵尚孤征」(〈辛
丑歲七月赴假還江陵夜行塗中〉)「逸想不可淹，猖狂獨長悲。」(〈和
胡西曹顧賊曹〉一首)「階除曠遊迹，園林獨餘情。」(〈悲從弟仲德〉
一首)「顧影獨盡，忽焉復醉。」(〈飲酒〉二十首序)「栖栖失羣鳥，
日暮猶獨飛。」(〈飲酒〉之四)「去去何所依，因值孤生松。」(同
上)「勁風無榮木，此蔭獨不衰」(同上)「一觴雖獨盡，杯盡壺自傾。」
(〈飲酒〉之七)「連林人不覺，獨樹眾乃奇。」(〈飲酒〉之八)「一
士長獨醉，一夫終年醒。」(〈飲酒〉之十三)「少時壯且厲，撫劍獨
行遊。」(〈擬古〉之八)「欲言無予和，揮杯勸孤影。」(〈雜詩〉之

二）「萬族各有託，孤雲獨無依。」（〈詠貧士〉之一）「此士故獨然，實由罕所同。」（〈詠貧士〉之六）「竅窳強能變，祖江遂獨死。」（〈讀山海經〉之十一）「青丘有奇鳥，自言獨見爾。」（〈讀山海經〉之十二）淵明詩中，使用「孤」或「獨」字竟有如許之多，當可想見其生活與情緒矣。（詳見林文月〈陶謝詩中孤獨感的探析〉一文，收入《山水與古典》。）

3. 描述艱困之田家生活者

> 種豆南山下，草盛豆苗稀。晨興理荒穢，帶月荷鋤歸。道狹草木長，夕露沾我衣；衣沾不足惜，但使願無違。（〈歸園田居〉五首之三）

作者披星帶月，開荒南野，而往往草盛苗稀，失望之情溢於言表。結語意謂：不辭辛勞，但祈勿與願違，得以溫飽耳。

> 人生歸有道，衣食固其端。孰是都不營，而以求自安。開春理常業，歲功聊可觀。晨出肆微勤，日入負耒還。山中饒霜露，風氣亦先寒。田家豈不苦？弗獲辭此難。四體誠乃疲，庶無異患干。盥濯息簷下，斗酒散襟顏。遙遙沮溺心，千載乃相關。但願長如此，躬耕非所歎。（〈庚戌歲九月中於西田穫早稻〉）

首四句言人之生存，稱有其道，而以衣食為其始，豈可不營衣食，以求自安乎？以下則述田家勠力耕作，自求溫飽之辛勞與困苦，「四體誠乃疲」後又一轉折，言農事之餘，「盥濯息簷下，斗酒散襟顏」，樂在其中矣。況居處田園，無異患相犯，遙與古之賢人長沮桀溺心契神合，豈不快哉！明哲保身，有託而逃，庶無異患干耳，此淵明一生學問也。譚元春曰：「每讀陶公真實本分語，覺不事生產人，反是俗根未脫，故作清高。」確為知言。

> 天道幽且遠，鬼神茫昧然。結髮念善事，僶俛六九年。弱冠逢世阻，始室喪其偏。炎火屢焚如，螟蜮恣中田。風雨縱橫至，收斂不盈廛。夏日長抱飢，寒夜無被眠。造夕思雞鳴，及晨願烏遷。在己何怨天，離憂悽目前。吁嗟身後

> 名，於我若浮煙。慷慨獨悲歌，鍾期信為賢。（〈怨詩楚調示
> 龐主簿鄧治中〉）

趙泉山曰：「集中惟此詩歷敘平素多艱如此，而一言一字，率直致而
務紀事也。」全篇以寫實筆法自訴一生坎坷際遇，字字血淚。淵明生
逢亂世，懷才不遇，壯年喪偶，舊居屢焚，歸隱田園，拙於農事，且
天災頻仍，以致平居「躬親未曾替，寒餒常糟糠」（〈雜詩〉之八），
無被求天明，無食乞日短。嗚呼！淵明豈怨天道之幽遠，鬼神之茫昧
哉！特飢寒切身若此，而身後名又如浮煙，則安得不慷慨悲歌而思鍾
期之知己耶？淒淒怨情，動人心脾。

> 弱年逢家乏，老至更長飢。菽麥實所羨，孰敢慕甘肥。惄
> 如亞九飯，當暑厭寒衣。歲月將欲暮，如何辛苦悲。常善
> 粥者心，深恨蒙袂非。嗟來何足吝，徒沒空自遺。斯濫豈
> 攸志，固窮夙所歸。餒也已矣夫，在昔余多師。（〈有會而作〉）

此詩序云：「舊穀既沒，新穀未登，頗為老農，而值年災。日月尚悠，
為患未已，登歲之功，既不可希，朝夕所資，煙火裁通。旬日已來，
始念飢乏，歲云夕矣，慨然永懷。今我不述，後生何聞哉！」淵明曾
祖陶侃曾封長沙郡公，歿後追贈大司馬，其祖父、父親皆任太守之職，
惟至淵明家道中衰，史傳載其家居僅有「一生二兒」，極為蕭條，於
〈五柳先生傳〉中自述云：「環堵蕭然，不蔽風日；短褐穿結，簞瓢
屢空。」即詩所謂「惄如亞九飯，當暑厭寒衣」也。千古詩人，落拓
如此，不由令人欷歔歎息，低徊感慨矣。「常善粥者心」以下，則明
固窮之節。「固窮」乃儒家憂道不憂貧之人生哲學，淵明於物質艱困
之田園生活中，成為一安貧樂道「固窮」理論之實踐者。其〈詠貧士〉
之五云：「芻藁有常溫，採莒足朝飧。豈不實辛苦，所懼非飢寒，貧
富常交戰，道勝無戚顏。」〈飲酒〉之二亦云：「積善云有報，夷叔在
西山。善惡苟不應，何事立空言。九十行帶索，飢寒況當年。不賴固
窮節，百世當誰傳？」〈癸卯歲懷古田舍〉曰：「先師有遺訓，憂道不
憂貧。瞻望邈難逮，轉欲患長勤。」得知淵明一生以行道為念，超越

物質生活之藩籬，自不以貧乏爲苦。而其生活之基本精神，實兼具老莊之「超脫」、「解放」，與儒家之「嚴正」、「執著」。

> 代耕本非望，所業在田桑。躬親未曾替，寒餒常糟糠。豈期過滿腹，但願飽粳糧。御冬足大布，麤絺以應陽。正爾不能得，哀哉亦可傷。人皆盡獲宜，拙生失其方。理也可奈何，且爲陶一觴。（〈雜詩〉十二首之八）

首二句言平生志向，但求立身天地之間，無愧無怍耳，繼歷敍飢凍之狀，僅願免而不可，誠因拙於耕稼之道也。末句「且爲陶一觴」，頗見曠達氣象，淵明知其無可奈何，而安之若素，正見其不怨不尤之修養。

　　淵明田園詩之內涵已如上述，綜觀其作品之共同特色略有下列諸端：

　　（一）創新：淵明雖處於尙駢麗，喜雕琢，好模擬之文學時代，然其詩卻不爲所囿，且反見樸實、率眞與獨創性。淵明諸作，時人未加重視，鍾嶸僅列之於中品，若就南朝文風觀之，此非鍾氏一己私見，乃爲一代公論。逮乎李唐，其詩始大放異彩，至形成一流詩派。由此可見，文學作品之評價，往往因時代風尙而轉變，然眞正之佳作，當歷久而彌新矣。

　　（二）眞醇：淵明詩純爲緣情之作，其獨具之眞性情，由字裏行間表露無餘。蘇東坡稱云：「淵明欲仕則仕，不以求仕爲嫌；欲隱則隱，不以去之爲高，饑則扣門而求食；飽則雞黍以迎客。古今賢之，貴其眞也。」淵明詩如其人，情眞、景眞、事眞、意眞，皆出自性情。

　　（三）自然：淵明詩以描寫「自然」之景、「自然」之情爲主要內涵，其遣詞造句亦一本「自然」。《朱子》云：「淵明所以爲高，正在不待安排，胸中自然流出。」《楊龜山語錄》云：「淵明詩所不可及者，沖澹深粹，出於自然。若曾用力學，然後知淵明詩，非著力所能成也。」嚴羽《滄浪詩話》亦云：「淵明之詩，質而自然耳。」沈德潛《說詩晬語》云：「陶詩合下自然，不可及處，在眞在厚。」可知

「自然」乃淵明作詩之準則。

　　（四）格高：詩有格有韻，兩不相同，格高似梅花，韻勝似海棠。靈運「池塘生春草」句，是以韻勝，如淵明詩，乃以格勝也。至於格高之因，《許彥周詩話》云：「陶彭澤詩，顏謝潘陸皆不及者，以其平昔所行之事，賦之於詩，無一點媿辭，所以能爾。」東坡亦云：「淵明不爲詩，寫其胸中之妙耳。」淵明人格高潔，心胸坦蕩，且具「曠」與「眞」之心靈，故爲詩能達此超然境界。

　　（五）趣奇：東坡曾云：「觀陶彭澤詩，初若散緩不收，反覆不已，乃識其趣。每體中不佳，輒取讀，不過一篇，惟恐讀盡後，無以自遣耳。」余讀淵明「採菊東籬下，悠然見南山。」「曖曖遠人村，依依墟里煙。狗吠深巷中，鷄鳴桑樹巓。」「氣和天惟澄，班坐依遠流。」「虛舟縱逸棹，囘復遂無窮。」「春秋多佳日，登高賦新詩，過門更相呼，有酒斟酌之。」諸詩句，初見若散緩，熟誦則有奇趣，如倒吃甘蔗，細嚼橄欖，久之，則愈能體會其中深趣。蓋淵明才高意遠，寓意微妙，故能如是也。

　　南朝田園詩除淵明之作外，尙有張望〈貧士〉、范雲〈贈張徐州謖〉、任昉〈落日泛舟東溪〉、何遜〈南還道中送贈劉諮議別〉、周捨〈還田舍〉、朱异〈還東田宅贈朋離〉、陰鏗〈閒居對雨〉二首、沈炯〈六府詩〉等，惟作者皆非田園生活之實踐者，既缺乏親身體驗，故描寫不易眞切。如朱异「還東田宅贈朋離」一首中，雖以歌詠田園風景爲主，然朱异爲梁高祖時政壇風雲人物，居權要三十餘年，既無歸隱田園之思，更未曾涵泳其中（見《梁書》卷三十八，《南史》卷六十二本傳），以致景中無我，純以客觀筆法出之，遂缺乏情味。再如宋張望之〈貧士〉，類於淵明〈詠貧士〉，描寫困苦之隱逸生活，然亦以旁觀立場陳述，自不易動人。又如周捨於〈還田舍〉中，表現自足之隱逸思想，而周捨一生出入省閣（見《梁書》卷二十五，《南史》卷三十四本傳），陪侍帝王親貴，何暇悠遊田園，此篇乃其仕宦休假還宅，一時興會所得，自未足與淵明諸作爭價也。

第四節　山水詩

一、山水詩之定義與範疇

　　歷來論說南朝山水詩者，常以一般風景詩之概念規範之，以致凡歌詠天象、地輿、草木、鳥獸、蟲魚等自然景觀之篇什均囊括在內。如此不免失之籠統、龐雜，且亦未能顯現「山水」於南朝詩材中之特殊性。

　　山水詩義界混淆之由，蓋因語言文字代變，歷代詞彙有名同而義異者，亦有稱異而實同者，再則，若干字詞每含數意，且有廣狹之分，統言與細解之別，應用之妙，存乎一心，若不明中國文字之時代性與活用性，則誤解難免矣。以「山水」一詞究之，狹義而言，指自然界之山水，廣義解之，則可包括全部自然景象，而與風景、風物、物色、景物等詞意近似，惟仔細推敲，亦各有別。風景一詞初見於《晉書》卷六十五〈王導傳〉：「周顗中坐而歎曰：『風景不殊，舉目有江山之異』，皆相視流涕」。據日人泰鼎《世說新語箋本》注云：「風景は風光景色なり」，即舉目所見之自然景象也。殷仲文「南州桓公九井作」中有「風物」二字，詩云：「景氣多明遠，風物自凄緊」，「景氣」為抽象之自然概念，「風物」為所能見之較具體現象，則「風物」一詞乃偏重於「風景」中之具象物體而言。《文心雕龍》有〈物色〉一篇，全文敘述因季節景物之變異，而引發創作動機之過程，並論及寫作原理，又鮑照〈秋日示休上人〉詩云：「物色延暮思，霜露逼朝榮」，所謂「物色」，乃持指自然物態之姿色變化也。「景物」一詞於鮑照〈舞鶴賦〉見之：「既而氛昏夜歇，景物澄廓，星翻漢迴，曉月將落」，此「景物」二字猶如「風景」之謂也。

　　至「山水」一詞及「山水詩」名號之由來，當溯於《文心雕龍・明詩》篇所云：「宋初文詠，體有因革，莊老告退，而山水方滋，儷采百字之偶，爭價一句之奇，情必極貌以寫物，辭必窮力而追新，此近世之所競也。」就此段文字探究之，劉勰所謂「山水方滋」之時代，

正值宋齊之際，詩人寫作態度爲：「儷采百字之偶，爭價一句之奇，情必極貌以寫物，辭必窮力而追新」，至當時山水篇什之代表作者，據《宋書》、歷代學者論述及詩家存留作品審之，則非謝靈運、鮑照、謝朓等人莫屬，再就諸家山水篇什之內涵考察，多屬遊覽或行旅途次觀照所得模山範水之作，由是得知，「山水」一詞，實具特定之意義，而不同於所謂之風景、風物、物色、景物也。

依上述理論，一節研討之範疇爲：南朝之際，詩人「尋山陟嶺」（見《宋書》卷六十七〈謝靈運傳〉）、「險徑遊歷」（見鮑照〈登大雷岸與妹書〉）觀覽所得之模山範水作品，且合乎「情必極貌以寫物，辭必窮力而追新」之寫實創作方式者。既異於一般風景詩，更與遊仙、隱逸、田園諸體有別矣。

二、山水詩之起源

山水詩全盛於南朝，究其原因，除《文心雕龍》所謂「莊老告退而山水方滋」外，他如時代背景、社會風尚、思想潮流、詩家好尚等因素，亦不無直接或間接之影響。且就其內容形式觀之，產生在前之辭賦及招隱、行旅、遊仙、田園等詩，各與其有遠近之淵源關係。

山水詩起源之說，眾說紛紜，或云始於《詩經》，或謂源於遊仙詩，或曰起自西晉石崇等金谷園詩，或謂萌於東晉末年庾闡、殷仲文、謝混等山水篇什。綜觀諸說，余以爲就自然景物入詩而言，當可溯於《詩經》與《楚辭》。如《詩》〈秦風·蒹葭〉：「蒹葭蒼蒼，白露爲霜」，〈衞風·碩人〉：「河水洋洋，北流活活」，〈小雅·蓼莪〉：「南山烈烈，飄風發發」，〈節南山〉：「節彼南山，維石巖巖」，〈出車〉：「春日遲遲，卉木萋萋。倉庚喈喈，采蘩祁祁」（詳見王國瓔〈詩經中的山水景物〉一文）。《楚辭·九章·涉江》：「山峻高以蔽日兮，下幽晦以多雨。霰雪紛其無垠兮，雲霏霏而承宇。」〈九歌·湘君〉：「石瀨兮淺淺，飛龍兮翩翩。」〈少司命〉：「秋蘭兮青青，綠葉兮紫莖。」等，均爲寫景之句（詳見王國瓔〈楚辭中的山水景物〉一文）。稍後之古詩十九首中亦有「青青陵上陌，磊

磊澗中石」、「眾星何歷歷，白露霑野草」、「明月皎夜光，促織鳴東壁」等景物之描摹。然此類辭句，全屬陪襯性質，借以起興、比喻或怨諷之用，非以吟詠自然爲目的，固不能與南朝山水詩相提並論矣。

至漢武帝〈秋風辭〉：「秋風起兮白雲飛，草木黃落兮雁南歸，蘭有秀兮菊有芳，懷佳人兮不能忘。汎樓船兮濟汾河，橫中流兮揚素波，簫鼓鳴兮發櫂歌，歡樂極兮哀情多，少壯幾時兮奈老何！」漢昭帝〈淋池歌〉：「秋素景兮泛洪波，揮纖手兮折芰荷。涼風淒淒揚棹歌，雲光開曙月低河，萬歲爲樂豈云多。」前者爲武帝行幸河東，忻然中流，所見之秋景，後者爲昭帝秋日嬉水之詠，二首皆爲瀏覽所得，寫景已爲部分主旨，故由其內容而論，可視爲南朝山水詩之先驅，惟表現技巧粗略，實不足爲後世法。及曹操〈觀滄海〉：「東臨碣石，以觀滄海。水河澹澹，山島竦峙。樹木叢生，百草豐茂。秋風蕭瑟，洪波湧起。日月之行，若出其中。星漢燦爛，若出其裏。幸甚至哉，歌以詠志。」曹丕〈芙蓉池〉：「乘輦夜行遊，逍遙步西園。雙渠相灌溉，嘉木繞通川。卑枝拂羽蓋，脩條摩蒼天。驚風扶輪轂，飛鳥翔我前。丹霞夾明月，華星出雲間。上天垂光彩，五色一何鮮。壽命非松喬，誰能得神仙。遨遊快心意，保己終百年。」二首，雖未達「體物爲妙」、「巧言切狀」之境地，然由其命題、內涵、結構、寫作手法究之，與南朝山水詩，必有淵源關係矣。

直接影響南朝山水詩人之寫作技巧者，當推西晉張景陽寫景諸作，其〈雜詩〉十首之二云：

> 浮陽映翠林，迴飈扇綠竹。飛雨灑朝蘭，輕露棲叢菊。龍蟄暄氣凝，天高萬物肅。

用詞美麗，意象繁富，動字之應用尤爲傳神，無怪乎何義門稱之云：「詩家鍊字琢句，始於景陽。」不僅如此，景陽更善於色彩之烘染，使物色鮮明，如〈雜詩〉十首之三云：

> 金風扇素節，丹霞啓陰期。騰雲似涌煙，密雨如散絲。寒花發黃采，秋草含綠滋。

詩中由於「丹」、「黃」、「綠」等顏色字之襯托，使物象極爲突出。此

外其餘雜詩中之色彩尚有「綠」、「青」、「翠」、「金」、「素」、「丹」、「黃」、「白」等。再則景陽寫景極為細膩，其〈雜詩〉十首之四云：

> 朝霞迎白日，丹氣臨暘谷。翳翳結繁雲，森森散雨足。輕風摧勁草，凝霜竦高木。密葉日夜疏，叢林林如束。……

〈雜詩〉十首之六云：

> 流澗萬餘丈，圍木數千尋。咆虎響窮山，鳴鶴聒空林。淒風為我嘯，百籟坐自吟。……

〈雜詩〉十首之九云：

> ……淒風起東谷，有渰興南岑。雖無箕畢期，膚寸自成霖。澤雉登壟雊，寒猿擁條吟。溪壑無人跡，荒楚鬱蕭森。投耒循岸垂，時聞樵采音。……

不僅遣詞優美，且對仗工整，聲調鏗鏘，鍾嶸評景陽云「巧構形似之言」，實為知言。《詩品》謂謝靈運詩「雜景陽之體」、「故尚巧似」，顏延年詩「尚巧似」，鮑照「善製形狀寫物之詞」，其間影響關係昭然矣。

潘岳有〈金谷集作詩〉一篇，前為敍事，後以抒情作結，全首骨幹為「迴谿縈曲阻，峻阪路威夷。綠池泛淡淡，青柳何依依。濫泉龍鱗瀾，激波連珠揮。前庭樹沙棠，後園植烏椑。靈囿繁石榴，茂林列芳梨」等寫景句，其中「濫泉龍鱗瀾，激波連珠揮」二句，鍊字鑄句技巧又開新境。此為石崇《金谷園詩集》中之僅存者，當可視為山水詩成立初期之作品。晉室南渡後，江南之特殊環境，給予山水詩蓬勃發展之機運（山水詩興盛之由，詳見本章前言），東晉至宋初間，山水詩之代表作品如：庾闡之〈三月三日臨曲水〉、〈觀石鼓〉、〈登楚山〉，以王羲之為首之〈蘭亭會〉諸作，[註18]謝道蘊〈登山詩〉，殷仲文〈送東陽太守〉，謝混〈遊西池〉，宗炳〈登半石山〉、〈登白鳥山〉，

[註18] 蘭亭諸作，逯欽立〈全晉詩〉中所存錄者除羲之外計有：孫綽、王玄之、王凝之、王渙之、王肅之、王徽之、王彬之、王蘊之、謝安、孫嗣、謝萬、令華茂、曹茂之、桓偉、郗雲、孫總、庾友、庾蘊、徐豐之、謝繹、魏滂、虞說、袁嶠之、曹華等三十五首作品，其中部分以抒情為主，自非山水之列。

湛方生〈帆入南湖〉、〈還都帆〉、〈天晴詩〉等。及至宋齊，則步入南朝山水詩之全盛期矣。

三、南朝山水詩內涵分析

　　綜觀南朝山水篇什，除敍述登山涉水經過，刻劃途次風景外，作者主觀之抒情說理，亦為不可或缺之內容。蓋時人視山水為老莊自然道體之象徵，寂寞心聲之知音，遊覽之餘，自不免由景入情，緣情悟理。今就詩之主題，分純寫景者、山水兼抒情悟理者、描摹佛寺山房景色者、送別懷人兼寫山水者四類，析論如后：

（一）純寫景者

　　此為全篇記遊、寫景，未滲入主觀情感之作品，惟數量較少。

　　　　宵登毗陵路，旦過雲陽郭。平湖曠津濟，菰渚迭明蕪。和風翼歸采，夕氛晦山崿。驚瀾翻魚藻，頹霞照桑榆。（宋・孝武帝〈濟曲阿後湖〉）

　　　　歇駕止行警，迴輿暫遊識。清道巡丘壑，緩步肆登陟。鴈行上差池，羊腸轉相逼。歷覽窮天步，曠矚盡地域。南城連地險，北顧臨水側。深潭下無底，高岸長不測。舊嶼石若構，新洲花如織。（梁・武帝〈登北顧樓〉）

此二篇為帝王之作，〈濟曲阿後湖〉一首，寫景著重於山川光彩色澤之刻畫，玲瓏秀麗。梁武之作，乃藉登臨之艱難，顯示山岳險峻形勢，以側筆出之，尤見巧思。綜觀南朝帝王之山水篇什，極少言情說理，或因權高位尊，不便輕發喟嘆，或因生活優裕，無所感興。他如宋文帝〈登景陽樓〉，宋孝武帝〈遊覆舟山〉、〈登魯山〉、梁元帝〈赴荊州泊三江口〉、〈泛蕪湖〉、〈出江陵縣還〉二首，梁武帝〈首夏泛天池〉，梁簡文帝〈玩漢水〉、〈登烽火樓〉、〈入漵浦〉等皆屬此類。

　　　　積峽忽復啟，平塗俄已閉。巒壟有合沓，往來無蹤轍。晝夜蔽日月，冬夏共霜雪。（宋・謝靈運〈登廬山絕頂望諸嶠〉）

此為靈運山水詩中鮮有之短篇，而詩題已包涵全篇旨意。自十九首以

來，古詩本無題，其後雖有題目，僅求達意而已，而靈運則用心製題，如：〈石門新營所住四面高山迴溪石瀨茂林脩竹〉、〈田南樹園激流植楥〉、〈南樓中望所遲客〉、〈鄰里相送至方山〉、〈於南山往北山經湖中瞻眺〉、〈遊赤石進帆海〉、〈從斤竹澗越嶺溪行〉、〈入華子岡是麻源第三谷〉、〈發歸瀨三瀑布望兩溪〉等題，均爲匠心獨運，著意之作，方湖先生云：「擺落恆徑，絕似酈注。」誠爲的評。

> 總長潭兮括遠源，下沈溜兮起輕泉。迴溪浚兮曲沼阻，衝
> 波激兮瀨淺淺，貫九谷兮積靈芝。飛清濤兮潔澄漣。（宋·
> 徐爰〈華林北澗〉）

全詩描寫華林北澗之水，頗具流動之致。南朝詩中鮮見七言體製，〔註19〕是篇雖仿《楚辭》體，然以整齊之七言句法出之，亦見特殊。

> 滄潦聯霄岫，層嶺鬱巑岏。下盤鹽海底，上轉靈烏翼。滇
> 洄非可辨，鴻溶信難測。輕塵久弭飛，驚浪終不息。雲錦
> 曜石嶼，羅綾文水色。（梁·劉峻〈登郁洲山望海〉）

作者由不同之角度刻劃海之深、廣、動、靜、與海上景物，全詩對仗工整。惜「滇洄非可辨，鴻溶信難測」爲駢枝而非佳對也。此外尚有謝靈運〈夜發石關亭〉、王叔之〈遊羅浮山〉、鮑照〈三日遊南苑〉、孔稚珪〈遊太平山〉、伏挺〈行舟值早霧〉、任昉〈濟浙江〉、柳惲〈從武帝登景陽樓〉、丘遲〈夜發密巖口〉、虞騫〈登鍾山下峯望〉、張正見〈從永陽王遊虎丘山〉等，皆爲純寫景之篇什。

〔註19〕南北朝鮮見純七言詩體，沈約之金華八詠：一、〈登臺望秋月〉，二、〈會圃臨春風〉，三、〈歲暮愍衰草〉，四、〈霜來悲落桐〉，五、〈夕行聞夜鶴〉，六、〈晨征聽曉鴻〉，七、〈解佩去朝市〉，八、〈被褐守山東〉中頗多七言句子，實則此作爲詩賦句法混用之形式。南北朝駢賦中頗見七字句例，如晉張協〈七命〉中有四句，梁簡文帝〈對燭〉中有十句，陳沈炯〈幽庭賦〉「長謠」中有四句，徐陵〈鴛鴦賦〉中有八句，江總〈木槿賦〉中有八句，北周庾信〈枯樹賦尾歌〉中有二句、〈鴛鴦賦〉中有四句、〈鏡賦〉中有五句、〈蕩子賦〉中有八句、〈對燭賦〉中有十二句、〈奉賦〉中有十四句等。駢賦中之七言句法，對唐代七言詩體之發展，具有直接之影響。日人鈴木虎雄於《賦史大要》中已有此論。

（二）寫山水兼抒情悟理者

此類篇什數量可觀，不及偏述，茲舉謝靈運、鮑照、謝朓三大家之作品，以為代表。

> 步出西城門，遙望城西岑。連障疊巘崿，青翠杳深沈。曉霜楓葉丹，夕曛嵐氣陰。節往感不淺，感來念已深。羈雌戀舊侶，迷鳥懷故林。含情尚勞愛，如何離賞心。撫鏡華緇鬢，攬帶緩促衿。安排徒空言，幽獨賴鳴琴。(宋‧謝靈運〈晚出西射堂〉)

> 潛虬媚幽姿，飛鴻響遠音。薄霄愧雲浮，棲川怍淵沈。進德智所拙，退耕力不任。狗祿反窮海，臥痾對空林。衾枕昧節候，褰開暫窺臨。傾耳聆波瀾，舉目眺嶇嶔。初景革緒風，新陽改故陰。池塘生春草，園柳變鳴禽。祁祁傷豳歌，萋萋感楚吟。索居易永久，離羣難處心。持操豈獨古，無悶徵在今。(宋‧謝靈運〈登池上樓〉)

> 江南倦歷覽，江北曠周旋。懷新道轉迥，尋異景不延。亂流趨孤嶼，孤嶼媚中川。雲日相輝映，空水共澄鮮。表靈物莫賞，蘊真誰為傳。想像崑山姿，緬邈區中緣。始信安期術，得盡養生年。(宋‧謝靈運〈登江中孤嶼〉)

> 晨策尋絕壁，夕息在山樓。疏峯抗高館，對嶺臨迴溪。長林羅戶穴，積石擁階基。連巖覺路塞，密竹使徑迷。來人忘新術，去子惑故蹊。活活夕流駛，噭噭夜猿啼。沈冥豈別理，守道自不攜。心契九秋榦，目翫三春荑。居常以待終，處順故安排。惜無同懷客，共登青雲梯。(宋‧謝靈運〈登石門最高頂〉)

> 開春獻初歲，白日出悠悠。蕩志將愉樂，瞰海庶忘憂。策馬步蘭皋，緤控息椒丘。采蕙遵大薄，搴若履長洲。白花皜陽林，紫蘽曄春流。非徒不弭忘，覽物情彌遒。萱蘇始無慰，寂寞終可求。(宋‧謝靈運〈郡東山望溟海詩〉)

> 朝旦發陽崖，景落憩陰峯。舍舟眺迴渚，停策倚茂松。側逕既窈窕，環洲亦玲瓏。俛視喬木杪，仰聆大壑淙。石橫

水分流，林密蹊絕蹤。解作竟何感，升長皆丰容。初篁苞
綠籜，新蒲含紫茸。海鷗戲春岸，天鵝弄和風。撫化心無
厭，覽物眷彌重。不惜去人遠，但恨莫與同。孤遊非情歎，
賞廢理誰通？（宋・謝靈運〈於南山往北山經湖中瞻眺〉）

上舉六首均爲靈運名作，鍾嶸《詩品》列謝詩於上品，評云：「其源
於陳思，雜有景陽之體，故尚巧似，而逸蕩過之，頗以繁蕪爲累，嶸
謂若人興多，才高博，寓目則書，內無乏思，外無遺物，其繁富宜哉！
然名章迴句，處處間起，麗典新聲，絡繹奔會，譬猶青松之拔灌木，
白玉之映塵沙，未足貶其高潔也。」《文心雕龍・時序篇》云：「顏謝
重葉以鳳采」，鮑照云：「謝五言如初發之芙蓉，自然可愛。」而齊高
帝則云：「康樂放蕩，作體不辨有首尾。」清汪師韓亦曰：「謝詩不但
首尾不辨，其全集中不成句法，殆不勝指摘，而押韻之字，雜湊牽強，
尤不可爲訓。」各家評論雖褒貶不一，然靈運爲中國山水詩之祖，誠
無可置疑。就上舉六首作品探究，不難瞭解靈運山水詩之特徵：其山
水篇什多爲實際登覽之具體描寫，故遊歷憩息之過程，皆有脈絡可
得，若例詩中之「步出西城門，遙望城西岑」、「策馬步蘭皋，緤控息
椒丘」、「朝旦發陽崖，景落憩陰峯」即爲明證。此外如：「晨策尋絕
壁，夕息在山棲」（〈登石門最高頂〉）、「裹糧杖輕策，懷遲上幽室」
（〈登永嘉綠嶂山〉）、「宵濟漁浦潭，旦及富春郭」（〈富春渚〉）、「昨
夜宿南陵，今旦入蘆洲」（〈上潯陽還都道中作〉）、「明發振雲冠，升
嶠遠棲趾」（〈登廬山詩〉二首之二）、「鳴雞戒征路，暮息落日分」（〈還
都道中〉三首之一）、「懸裝亂水區，薄旅次山楹」（〈登廬山〉）等，
均爲詩人親臨其境之時間與過程之具體陳述。

靈運詩用詞新奇華美，對動詞與副詞之安排，尤爲工妙，如上舉
諸例中之：「連障疊巘崿，青翠杳深沈」、「潛虯媚幽姿，飛鴻響遠音」、
「初景革緒風，新陽改故陰。池塘生春草，園柳變鳴禽」、「白花皜陽
林，紫䕒曄春流」、「初篁苞綠籜，新蒲含紫茸。海鷗戲春岸，天雞弄
和風」諸句，可謂匠心獨運。他如：「秋岸澄夕陰，火旻團朝露」（〈永

初三年七月十六日之郡初發都〉）、「密林含餘清，遠峯隱半規」（〈遊南亭〉）、「千頃帶遠堤，萬里瀉長汀」（〈白石巖下徑行田〉），「林壑歛暝色，雲霞收夕霏」（〈石壁精舍還湖中作〉）、「積石竦兩溪，飛泉倒三山」（〈發歸瀨三瀑布望兩溪〉）、「洞庭空波瀾，桂枝徒攀翻」（〈石門新營所住四面高山迴溪石瀨茂林脩竹〉）、「白雲抱幽石，綠篠媚清漣」（過始寧墅）、「亂流趨孤嶼，孤嶼媚中川」（〈登江中孤嶼〉）等句之動字，顯然使句子含義更爲鮮明確切。且動字皆居句之中（第三字），亦即後人所稱之「句眼」，此種鍊字法，開端於曹植，至靈運乃廣爲應用耳。

靈運山水詩，不論表現壯美、優美或奇美，均有錦鏽山川之感，此乃因其善用明麗之色彩妝點之故。如上舉數首例詩中曾使用青、丹、白、紫、綠等顏色字。此外較著者尚有：「白雲抱幽石，綠篠媚清漣」（〈過始寧墅〉）、「遨遊碧沙渚，遊衍丹山峯」（〈行田登海口盤嶼山〉）、「白芷競新苕，綠蘋齊初葉」（〈登上戍石鼓山〉）、「陵隰繁綠杞，墟囿粲紅桃」（〈入東道路詩〉）、「山桃發紅萼，野蕨漸紫苞」（酬從弟惠連）「銅陵映碧澗，石磴瀉紅泉」（〈入華子岡是麻源第三谷〉）等，得見其用字之鮮麗，此爲靈運山水詩「富艷難蹤」之基本因素之一。

謝詩多用駢儷句，且極爲工巧，如〈晚出西射堂〉、〈郡東山望溟海詩〉、〈於南山往北山經湖中瞻眺〉三首，偶句佔全篇三分之二。而〈登池上樓〉一首，二十二句中，除「衾枕昧節候，褰開暫窺臨」外，餘皆爲對句，而「衾枕」二句，以虛對實，蓋亦屬對句也。此乃前所未有之新嘗試。

自古詩人皆寂寞，而靈運在山水詩中所顯現之寂寞感尤爲強烈，就前所舉諸詩觀之：「安排徒空言，幽獨賴鳴琴」、「索居易永久，離羣難處心。持操豈獨古，無悶徵在今」、「惜無同懷客，共登青雲梯」、「萱蘇始無慰，寂寞終可求」、「不惜去人遠，但恨莫與同。孤遊非情歎，賞費理誰通」諸語，均爲幽獨孤寂之道白。靈運出身貴族，舉止

潤綽，個性放縱，據《宋書》本傳云：「靈運內因父祖之資，生業甚厚。奴僮既眾，義故門生數百。……嘗自始寧南山伐木開逕，直至臨海，從者數百人，臨海太守王琇驚駭，謂爲山賊，徐知是靈運，乃安。……在會稽亦多徒眾，驚動縣邑。」由是可知靈運寂寞之由，非爲外在環境之因素，乃是因其恃才傲物，標新立異，狂放不羈之個性，致未能同流於世俗，而於現實生活中難覓知音。知此，則其流露於筆端之寂寞感，自可理解。其山水詩中表現寂寞情懷之詩句尚有：「結念屬宵漢，孤景莫與諼」（〈石門新營所住四面高山迴溪石瀨茂林修竹〉）、「且申獨往意，乘月弄潺湲」（〈入華子岡是麻源第三谷〉）、「孤客傷逝湍，徒旅苦奔峭」（〈七里瀨〉）、「妙物莫爲賞，芳醑誰與伐」（〈石門巖上宿〉）、「永絕賞心望，長懷莫與同」（〈酬從弟惠連〉）、「風雨非攸吝，擁志誰與宣」（〈發歸瀨三瀑布望兩溪〉）等。

靈運山水詩中論理之句所含蘊之思想極爲複雜，如〈江中孤嶼〉屬遊仙之思，〈於南山往北山經湖中瞻眺〉、〈初發石首城〉及〈入華子岡是麻源第三谷〉則呈現避世之道家思想，同時靈運與佛徒時有交往，精研佛理，曾著〈辨宗論〉，闡明道生之頓悟說（《宋書‧謝靈運傳》），而於詩中亦時流露對佛境嚮往之情，如〈登石室飯僧〉詩云：「望嶺眷靈鷲，延心念淨土。若乘四等觀，永拔三界苦。」此乃超脫起生之佛家觀念。靈運詩中雖含蘊道、佛思想，然其慕功名、好自由、放縱任情之個性，兼有入世之積極與出世之消極，實乃非道非佛之矛盾思想。

靈運山水名篇除上文述及者外，尚有〈遊南亭〉、〈石室山詩〉、〈登上戍石鼓山詩〉、〈初去郡〉、〈登石門最高頂〉、〈初發石首城〉、〈入東道路詩〉、〈入彭蠡湖口〉、〈富春渚〉、〈七里瀨〉、〈遊赤石進帆海〉、〈登永嘉綠嶂山詩〉、〈遊嶺門山詩〉、〈石壁精舍還湖中作〉、〈從斤竹澗越嶺溪行〉、〈過白岸亭詩〉、〈入華子岡是麻源第三谷〉、〈發歸瀨三瀑布望兩溪〉等。

　　旅人乏愉樂，薄暮增思深。日落嶺雲歸，延頸望江陰。亂
　　流趨大壑，長霧匝高林。林際無窮極，雲邊不可尋。惟見

獨飛鳥，千里一揚音。推其感物情，則知遊子心。君居帝京內，高會日揮金。豈念慕羣客，咨嗟戀景沈。（宋・鮑照〈日落望江贈荀丞〉）

昨夜宿南陵，今旦入蘆洲。客行惜日月，崩波不可留。侵星赴早路，畢景逐前儔。鱗鱗夕雲起，獵獵晚風道。騰沙鬱黃霧，翻浪揚白鷗。登艫眺惟旬，掩泣望荊流。絕目盡平原，時見遠煙浮。倏悲坐還合，俄思甚兼秋。未嘗違戶庭，安能千里遊。誰令乏古節，貽此越鄉憂。（宋・鮑照〈上潯陽還都道中〉）

高山絕雲霓，深谷斷無光。晝夜淪霧雨，冬夏結寒霜。淖坂既馬嶺，磧路又羊腸。畏途疑旅人，忌轍覆行箱。升岑望原陸，四眺極川梁。遊子思故居，離客遲新鄉。知新有客慰，追故遊子傷。（鮑照〈登翻車峴〉）

泉源安首流，川末澄遠波。晨光被水族，曉氣歇林阿。兩江皎平迴，三山鬱駢羅。南帆望越嶠，北榜指齊河。關扃繞天邑，襟帶抱尊華。長城非塹險，峻岨似荊芽。攢樓貫白日，擒堞隱丹霞。征夫喜觀國，遊子遲見家。流連入京引，躑躅望鄉歌。彌前歎景促，逾近勤路多。偕萃猶如茲，弘易將謂何。（宋・鮑照〈還都至三山望石頭城〉）

高柯危且竦，鋒石橫復仄。複澗隱松聲，重崖伏雲色。冰閉寒方壯，風動鳥傾翼。斯志逢凋嚴，孤遊值曛逼。兼塗無憩鞍，半菽不遑食。君子樹令名，細人效命力。不見長河水，清濁俱不息。（宋・鮑照〈行京口至竹里〉）

懸裝亂水區，薄旅次山楹。千巖盛阻積，萬壑勢迴縈。巃嵸高昔貌，紛亂襲前名。洞澗窺地脈，聳樹隱天經。松磴上迷密，雲竇下縱橫。陰冰實夏結，炎樹信冬榮。嘈囐晨鵾思，叫嘯夜猿清。深崖伏化迹，穹岫閟長靈。乘此樂山性，重以遠遊情。方躋羽人途，永與煙霧並。（宋・鮑照〈登廬山〉）

鮑照山水詩近三十首，除大小謝外，南朝詩家堪與抗衡者不多。惟歷來研究鮑詩者，多重其樂府代擬作品。鍾嶸謂其源出二張，杜甫

讚其俊逸（杜甫〈春日憶李白詩〉：「俊逸鮑參軍」），《文鏡祕府論》稱其麗而氣多，蓋指〈代東門行〉、〈代白頭吟〉、〈代苦熱行〉、〈擬行路難〉、〈代春日行〉諸作而言。實則鮑照山水篇什量多質美，堪稱大家。

鮑照山水詩風格近似靈運（沈德潛《古詩源》云：「（鮑照）五言古雕琢與謝公相似，自然處不及。」）以鍊字技巧而言，鮑詩詞藻盛麗，善用細緻繁富之詞彙，及鮮明艷麗之色彩，如前舉鮑詩六例中之「亂流」、「長霧」、「騰沙」、「翻浪」、「鋒石」、「複澗」、「重崖」、「松磴」、「雲竇」、「陰水」、「炎樹」、「淖坂」、「磧路」、「攢樓」、「摛堞」、「黃霧」、「白鷗」、「丹霞」等。此外他作中尚見「金澗」、「金景」、「銀質」、「玉繩」、「玉闥」、「玉岸」、「玉堂」、「瑤波」、「錦質」、「霞石」、「霞璧」、「芳雲」、「華甸」、「丹壑」、「丹磴」、「綺紋」、「朱華」等濃麗之詞藻。

靈運詩中已見於出、對句中安排雙聲疊韻之詞，使聲調和諧悅耳，而鮑照則廣為運用，如前舉〈還都至三山望石頭城〉詩中「流連入京引，躑躅望鄉歌」之「流連」、「躑躅」皆雙聲。〈登廬山〉中「嘈囋晨鵾思，叫嘯夜猿清」之「嘈囋」為雙聲，「叫嘯」為疊韻。此外如「參差出寒吹，颼戾江上謳」（〈蒜山被始興王命作〉）中之「參差」、「颼戾」為雙聲，「爛漫潭洞波，合沓崿嶂雲」（〈自礪山東望震澤〉）中之「爛漫」、「合沓」，「浸淫且潮廣，瀾漫宿雲滋」（〈送從弟道秀別〉）中之「浸淫」、「瀾漫」，「岫遠雲煙綿，谷屈泉靡迤」（〈春羈〉）中之「煙綿」、「靡迤」，「刈蘭爭芬芳，採菊競葳蕤」（〈夢歸鄉〉）中之「芬芳」、「葳蕤」等，均為疊韻。

鮑照之山水詩句，亦重動詞與副詞之鍛鍊，上舉諸例中之「亂流灇大壑，長霧匝高林」、「侵星赴早路，畢景逐前儔」、「騰沙鬱黃霧，翻浪揚白鷗」、「高山絕雲霓，深谷斷無光。晝夜淪霧雨，冬夏結寒霜。淖坂既馬領，磧路又羊腸」、「晨光被水族，曉氣歇林阿。兩江皎平迴，三山鬱駢羅」、「關扃繞天邑，襟帶抱尊華」、「攢樓貫白日，摛堞隱丹霞」、「複澗隱松聲，重崖伏雲色。冰閉寒方壯，風動鳥傾翼」、「洞澗窺地脈，竦樹隱天經。松磴上迷密，雲竇下縱橫」等可為明證。他如

「朱華抱白雪，陽條熙朔風」（〈望孤石〉）、「岡澗紛縈抱，林障沓重密」（〈從庾中郎遊園山石室〉）、「旋淵抱星漢，乳竇通海碧」（〈從登香爐峯〉）、「白日廻清景，芳艷洽歡柔」（〈蒜山被始興王命作〉）、「物色延暮思，霜露逼朝榮」（〈秋日示休上人〉）等，均見作者之匠心巧思。

就鍛句而言，鮑詩亦多用對仗筆法，以前舉諸詩審之：〈日落望江贈荀丞〉一首對句佔四方之一，〈上潯陽還都道中〉對句計有二分之一，〈行京口至竹里〉十四句中有八句對仗，〈登廬山〉二十句中僅四句對仗未工，〈登翻車峴〉十四句中有十句對仗，〈還都至三山望石頭城〉二十二句中僅二句對仗未穩，可見鮑詩造句之講求。再者，其詩章法與靈運之作亦極相似，即先敍事，繼寫景，後結以抒情說理。前舉數例皆如是安排。

鮑照家世貧賤，位不過參軍，其遊歷山川，多係隨行性質，然由其〈登大雷岸與妹書〉所云：「棧石星飯，結荷水宿」、「塗登千里，日踰十晨」、「向因涉頓，憑觀川陸，遨神清渚，流睇方曘」，及觀其〈登廬山〉、〈登廬山望石門〉、〈從登香爐峯〉、〈從庾中郎遊園山石室〉、〈登翻車峴〉、〈登黃鶴磯〉、〈登雲陽九里埭〉、〈自礪山東望震澤〉、〈還都至三山望石頭城〉、〈行京口至竹里〉、〈發後渚〉等詩題，亦可想見鮑照喜好山水，勤於登涉之一斑。故其山水之作亦多屬實際觀照所得，並以寫實筆法出之者。

鮑照山水詩之修辭技巧雖多規範靈運，然有特立之處。鍾嶸對之有「險俗」、「危側」、「頗傷清雅」之評。（並見《詩品》卷中評鮑照語）蕭子顯《南齊書‧文學傳論》亦謂其：「發唱驚挺，操調險急」。二家之論雖側重於樂府諸作，然山水篇什亦可略見其「語出新奇」、「凌屬縱橫」之特色。如前所提及〈發後渚〉詩中之「華志分馳年，韶顏慘驚節」，即造語新奇之例，而〈秋日示休上人〉詩中「波客心易驚」之「波客」，則為以新語代舊語之例。陳祚明《采菽堂古詩選》評其〈登廬山〉詩云：「堅蒼。其源亦出於康樂，幽雋不逮，而矯健過之。」鮑

照「才秀人微」(《宋書·臨川王道規傳附鮑照傳》語),「幼性猖狂,因慕頑勇,釋擔受書,廢耕學文」(引自鮑照〈侍郎滿辭閣疏〉),思有所為,然終不見用,悲憤填膺,致「對案不能食,拔劍擊柱長歎息。」(鮑照〈擬行路難〉十八首之六詩句)故當其沉浸自然所得之感悟,既非綿綿之幽思,亦非和諧之清靜,而是魄力與抗壯之呈現,因而境界開闊,氣勢恢宏,形成「壯而豪放」之風格。其山水詩之另一特徵為杜甫所稱道之「俊逸」。方東樹《昭昧詹言》評〈還都道中詩〉云:「直書即事,起峭處緊健……以下皆直書即目,直書胸臆,所謂俊逸也。」又補充云:「鮑照全在字句講求,而行之以逸氣,故無驕蹇、緩弱、平鈍、死句、懈筆。他人輕率滑易,則不留人;客氣假象,則無真味動人。」由此可知所謂俊逸即直書胸臆而能留人,有真味且動人也。

　　鮑照山水兼抒情悟理之篇什,除上舉諸例外尚有:〈登黃鶴磯〉、〈自礪山東望震澤〉、〈還都道中〉三首、〈翫月城西門〉等佳作。

　　　宛洛佳遨遊,春色滿皇州。結軫青郊路,迴瞰蒼江流。日華川上動,風光草際浮。桃李成蹊徑,桑榆蔭道周。東都已俶載,言歸望綠疇。(齊·謝朓〈和徐都曹出新亭渚〉)

　　　灞涘望長安,河陽視京縣。白日麗飛甍,參差皆可見。餘霞散成綺,澄江靜如練。喧鳥覆春洲,雜英滿芳甸。去矣方滯淫,懷哉罷歡宴。佳期悵何許,淚下如流霰。有情知望鄉,誰能鬒不變。(齊·謝朓〈晚登三山還望京邑〉)

第一首為詩人春日郊遊所得,作者處於固定之位置,環視周遭,濃縮畫面,將多變之景致盡收眼底,此乃謝朓山水詩之一貫作法,與靈運山水詩不斷轉移空間、時間之動態表現法大不相同。「日華川上動,風光草際浮」二句或云為駢枝,實非確評,蓋「日華」指太陽,而「風光」之「光」,為太陽照於地面後之反射光線,《文選》李善注《楚辭·招魂》引王逸注「光風轉蕙」云:「光風謂雨已日出而風,草木有光色轉搖也」,此乃謝朓形容直射與折射之陽光作用於物體,所構成不

同之視覺感受，可謂「體物入微」、「曲寫毫芥」。「東都已俶載，言歸望綠疇」，此則由景入情矣。

　　〈晚登三山還望京邑〉爲謝朓名作，描寫春暮景色並寄以思鄉之情。「餘霞散成綺」四句，景致如畫，委實令人陶醉。惟作者是時卻因觸景而興思鄉之沈鬱情感，此與建安詩人王粲〈登樓賦〉所云：「華實蔽野，黍稷盈疇，雖信美而非吾土兮，曾何足以少留？……情眷眷而懷歸兮，孰憂思之可任」之心境近似。謝朓其他作品中，亦不乏思鄉之句如：「江皋倦遊客，薄暮懷歸者」（〈和何議曹郊遊〉其二）、「對窗斜日過，洞幌鮮颹入。浮雲去欲窮，暮鳥飛相及……椅梧何必零，歸來共棲集。」（〈夏始和劉潺陵〉）、「落日飛鳥還，憂來不可極。竹樹澄遠陰，雲霞成異色。懷歸欲乘電，瞻言思解翼。」（〈和宋記室省中〉）、「已傷慕歸客，復思離居者」（〈落日悵望〉）、「已惕慕歸心，復傷千里目」（〈冬日晚郡事隙〉）、「上有流思人，懷舊望歸客」（〈送江水曹還遠館〉）、「安知慕歸客，詎憶山中情」（〈送江兵曹檀主簿朱孝廉還上國〉）、「薄遊第從告，思閑願罷歸」（〈休沐重還丹陽道中〉）等，均爲懷歸之自述，惟與現實行徑頗不一致耳。又此詩中「白日麗飛甍」之「日」字，指夕陽光而言。「白」爲謝朓最嗜愛之色彩字，而白光則爲其詩中經常出現之造境，如：「月陰洞野色，日華麗池光」（〈奉和隨王殿下〉十六首之三）、「累榭疏遠風，廣庭麗朝日」（同前之八）、「雲生樹陰遠，軒廣月容開」（同前之九）、「方池含積水、明月流皎鏡」（同前之十）、「澄澄明浦媚，衍衍清風爛」（〈和劉中書繪入琵琶峽望積布磯〉）、「風草不留霜，冰池共如月」（〈冬緒羈懷示蕭諮議虞田曹劉江二常侍〉）、「餘霞散成綺，澄江靜如練」（〈晚登三山還望京邑〉）、「餘雪映青山，寒霧開白日」（〈高齋視事〉）、「望山白雲裏，望水平原外」（〈後齋迴望〉）、「泱泱日照溪，團團雲山嶺」（〈新治北窗和何從事〉）、「清風動簾夜，孤月照窗時」（〈懷故人〉）、「北窗輕幔垂，西戶月光入」（〈秋夜〉）、「興以暮秋月，清霜落素枝」（〈將遊湘水尋句溪〉）、「春城麗白日，阿閣跨層樓」（〈和江丞北戍瑯邪城〉）、「新花對白日，故蕋逐行風」（〈詠薔

薇〉）、「春風搖蕙草，秋月滿華池」（〈琴〉）等。

> 昧旦多紛喧，日晏未遑舍。落日餘清陰，高枕東牖下。寒槐漸如束，秋菊行當把。借問此何時，涼風懷朔馬。已傷慕歸客，復思離居者，情嗜幸非多，案牘偏爲寡。既乏琅邪政，方憩洛陽社。（齊·謝朓〈落日悵望〉）

> 積水照頹霞，高臺望歸翼。平原周遠近，連汀見紆直。葳蕤向春秀，芸黃共秋色。薄暮傷哉人，嬋媛復何極。（齊·謝朓〈望三湖〉）

「落日悵望」全篇抒情多於寫景。由《南齋書》本傳得知，謝朓一生處於矛盾疑懼中，三十六歲壯年而卒，以夕陽殘照爲背景之作品，除上列二首外，尚有前文述及之〈晚登三山還望京邑〉與〈冬日晚郡事隙〉、〈和何議曹郊遊〉其二、〈夏始和劉潺陵〉、〈和宋記事省中〉等，亦爲名篇。

> 戚戚苦無悰，攜手共行樂。尋雲陟累榭，隨山望菌閣。遠樹曖阡阡，生烟紛漠漠，魚戲新荷動，鳥散餘花落。不對芳春酒，還望青山郭。（齊·謝朓《遊東田》）

此爲謝朓晚年作（據日學者網佑次之考證），全篇描寫東田初夏景物（東田爲建康城外東北鍾山山麓之地名。《文選》李善注云：「朓有莊在鍾山東，遊還作。」），「魚戲新荷動，鳥散餘花落」二句，刻劃細膩微妙，堪稱千古名句。「鳥散餘花落」之「餘」字爲謝朓喜用之形容詞，據日人鹽見邦彥氏「謝宣城詩一字索引」一書中之統計，除此句外尚有十六例：「落日高城上，餘光入緫帷」（〈銅雀悲〉）、「落日餘清陰，高枕東窗下」（〈落日悵望〉）、「猶沾餘露團，稍見朝霞上」（〈京路夜發〉）、「餘霞散成綺，澄江靜如練」（〈晚登三山還望京邑〉）、「舞館識餘基，歌梁想遺轉」；「幸籍芳音多，采風采餘絢」（〈和伏武昌登孫權故城〉）、「餘曲詎幾許，高駕且踟躕」（〈贈王主簿二首〉其二）、「發蕣初攢紫，餘采尙霏紅」（〈詠薔薇〉）、「孤桐北窗外，高枝百尺餘」（〈遊東堂詠桐〉）、「幸賴夕陽下，餘景及西枝」；「餘榮未能已，晚實猶見奇」（〈詠墻北梔子〉）、「憔悴不自識，嬌羞餘故姿」（〈詠邯

郾故才人嫁爲廝養卒婦〉）、「餘雪映青山，寒霧開白日」（〈高齋視
事〉）、「漣漪映餘雪，嚴城限深霧」（〈奉和隨王殿下〉十六首之十六）、
「川霞旦上薄，山光晚餘照」（〈和蕭中庶直石頭〉）、「春物廣餘照，
蘭萱佩未窮」（〈奉和隨王殿下〉十六首之十五）。日人向島成美於〈謝
朓の詩について〉中，更增一例：「首夏實清和，餘春滿郊甸」（〈別
王丞僧孺〉），上舉十七例中，除「高枝百尺餘」外，其他各句「餘」
皆作殘留之意，謝朓寫物抒情，善於掌握由盛轉衰稍縱即逝之光景，
益見其心思細膩，感物敏銳。

　　謝朓較著名之山水篇什尙有：〈休沐重還丹陽道中〉、〈宣城郡內
登望〉、〈和何議曹郊游二首〉、〈和劉中書繪入琵琶峽望積布磯〉、〈後
齋迴望〉、〈還塗臨渚〉、〈游山〉、〈之宣城郡出新林浦向板橋〉、〈和劉
西曹望海臺〉等。

　　此類山水詩除上述謝靈運、鮑照、謝朓爲三大家外，其他詩人
亦偶有創作，如：謝惠連〈汎南湖至石帆〉，梁簡文帝〈經琵琶峽〉，
沈約〈循役朱方道路〉、〈登玄暢樓〉、〈早發定山〉、〈泛水康江〉，江
淹〈渡西塞望江上諸山〉、〈謝僕射混遊覽〉、〈謝臨川靈運游山〉、〈謝
光祿莊郊遊〉、〈望荊山〉、〈赤亭渚〉、〈渡泉嶠出諸山之頂〉、〈遊黃
蘗山〉，范雲〈登三山〉，丘遲〈旦發漁浦潭〉，王僧孺〈中川長望〉、
庾肩吾〈遊甄山〉，吳均〈至湘洲望南嶽〉，何遜〈登石頭城〉、〈渡
連圻〉二首、〈下方山〉、〈春夕早泊和劉諮議落日望水〉、〈日夕出富
陽浦口和朗公〉、〈慈姥磯〉，蕭子雲〈落日郡西齋望海山〉，王籍〈入
若邪溪〉，王筠〈早出巡行矚望山海〉，劉孝綽〈登陽雲樓〉、〈夕逗
繁昌浦〉，劉孝儀〈帆渡吉陽洲〉，劉孝威〈登覆舟山望湖北〉，劉峻
〈自江州還入石頭〉，江洪〈江行〉，朱超道〈夜泊巴陵〉，陰鏗〈渡
青草湖〉、〈登武昌岸望〉、〈晚泊五洲〉，張正見〈與錢玄智汎舟〉、〈遊
匡山簡寂館〉、〈簡龍首城〉，江總〈秋日遊昆明池〉，劉刪〈泛宮亭
湖〉等皆是，其中以沈約、江淹、何遜三家作品較豐。

（三）描寫佛寺山房景色者

此類篇什，亦多屬詩人遊覽所得，惟遣詞立意頗涉虛玄，與一般山水作品有別，故別為一類。

> 塵中喧慮積，物外眾情捐。茲地信爽塏，墟壠曖阡綿。藹藹車徒邁，飄飄旌眊懸。細松斜遠逕，峻嶺半藏天。古樹無枝葉，荒郊多野煙。分花出黃鳥，挂石下新泉。蓊鬱均雙樹，清虛類八禪。栖神紫臺上，縱意白雲邊。徒然嗟小藥，何由齊大年。（梁・簡文帝〈往虎窟山寺〉）

> 十五詩書日，六十軒冕年。名山極歷覽，勝地殊留連。幽厓聳絕壁，洞穴瀉飛泉。金河知證果，石室乃安禪。夜梵聞三界，朝香徹九天。山階步皎月，澗戶聽涼蟬。市朝霑草露，淮海作桑田。何言望鍾嶺，更復切秦川，（陳・江總〈明慶寺〉）

> 聊追鄴城友，躡步出蘭宮。法侶殊人世，天花異俗中。鳥聲不測處，松吟未覺風。此時超愛網，還復洗塵蒙。（陳・徐伯陽〈遊鍾山開善寺〉）

三首作品結構相若，即包括敍事、寫景、悟理三部分。惟所寫景物使人不作人間之想，至言理則以闡揚佛教思想為主。蓋南朝佛教鼎盛，風景佳麗處寺廟林立，此類山水作品即應運而生。除上舉三首外，尚有：梁武帝〈天安寺疏圃堂〉、〈遊鍾山大愛敬寺〉，梁昭明太子〈開善寺法會〉、〈鍾山解講〉，庾肩吾〈尋周處士弘讓〉，吳均〈登鍾山燕集望西靜壇〉，何遜〈登禪岡寺望和虞記室〉，王筠〈北寺寅上人房望遠岫翫前池〉，劉孝先〈草堂寺尋無名法師〉、〈和亡名法師秋夜草堂寺禪房月下〉，陸罩〈奉和往虎窟山寺〉，王冏〈奉和往虎窟山寺〉，陳後主〈同江僕射遊攝山棲霞寺〉，陰鏗〈開善寺〉、〈遊巴陵空寺〉，江總〈遊攝山棲霞寺〉、〈入龍丘巖精舍〉、〈經始興廣果寺題愷法師山房〉、釋洪偃〈遊鍾山之開善定林息心宴坐引筆賦詩〉等，皆可稱代表作品。

（四）送別懷人兼寫山水者

送別詩，本應以抒情為主，惟南朝若干送別之作，受時代潮流

之影響，卻以刻畫送行沿途風景，或餞別地點之山光水色爲重心，僅於詩首或結尾言明送別之意，以內容審之，當可視爲山水詩之別調。如：

> 王孫重離別，置酒峯之幾。逶迤川上草，參差澗裏薇。輕雲紉遠岫，細雨沐山衣。簷端水禽息，窗上野螢飛。君隨綠波遠，我逐清風歸。(梁‧吳均〈同柳吳興何山集送劉餘杭〉)
>
> 團團日西靡，客念已蹉跎。長風倒危葉，輕練綱寒波。白雲光彩麗，青松意氣多。所言飽恩德，忘我北山蘿。(梁‧吳均〈迎柳吳興道中〉)
>
> 楓林曖似畫，沙岸淨如掃。空籠望懸石，回斜見危島。綠草閑遊蜂，青葭集輕鴇。徘徊洞初月，浸淫漬春潦。非願歲物革，徒用風光好。(梁‧王僧孺〈至牛渚憶魏少英〉)

上舉三首寫景部分皆佔全篇二分之一以上，尤以王僧孺一首，僅結尾二句由景入情。此外，范雲〈送沈記室夜別〉，吳均〈送柳吳興竹亭集〉、〈同柳吳興烏亭集送柳舍人〉、〈贈鮑春陵別〉，朱超道〈別劉孝先〉、〈別席中兵〉，陰鏗〈奉送始興王〉，張正見〈別韋諒賦得江湖汎別舟〉，顧野王〈餞友之綏安〉等，亦屬此類。

第五節　詠物詩

一、詠物詩之定義與範疇

「詠物」一詞，初見於梁鍾嶸《詩品‧下品》評「許瑤之」云：「許長於短句詠物」。逯欽立《先秦漢魏晉南北朝詩》中存錄許瑤之作品凡三首，其五言四句之〈詠柟榴枕詩〉，或即鍾氏所謂之「短句詠物」耶？南宋周弼《三體唐詩》中有詠物體，又魏慶之《詩人玉屑》引《呂氏童蒙訓》直稱爲「詠物詩」，元朝謝宗可曾輯《詠物詩》二冊（見《四庫全書珍本六集》），明朝瞿佑亦有《詠物詩集》（見《叢書集成三編》第五函），迨清張廷玉奉勅纂《佩文齋詠物詩選》，始將

古今詠物詩網羅成編。考歷代詠物詩集之選錄標準頗有出入，究其原由，實乃「物」之義界有廣狹之分，編者取界不同，則內容自有差異，此無所謂正誤也。

　　本文研究之範疇爲：（一）採「物」之狹義概念。即除人類及其個別器官外，凡人爲或自然界可見可感而非抽象之名物者。（二）詩之主題爲單一之「物」，不同於由眾物組合之「山水」或「景致」者。（三）寫作方式側重於點之刻畫，而非面之鋪敍者。（四）詩之內容須爲「體物」、「狀物」或「窮物之情」者。題名「詠物」，實爲抒情之篇什，不在選列。

二、詠物詩之起源

　　類似「詠物」之作，起源甚早，漢高祖〈鴻鵠歌〉：「鴻鵠高飛，一舉千里。羽翼已就，橫絕四海。橫絕四海，又可奈何？雖有矰繳，尚安所施。」此中雖含寓意，但就文字表達之方式而言，已略具「體物」規模。又如漢代〈郊祀歌〉：「白麟」、「赤雁」、「芝房」、「寶鼎」、「天馬」、「白麟」及昭帝之〈黃鵠歌〉等，主題雖是歌頌祥瑞，且爲楚辭體，但部分內容與作法已近「詠物」。再觀察蔡邕之〈翠鳥〉與無名氏之〈古兩頭纖纖詩〉：

> 庭陬有若榴，綠葉含丹榮。翠鳥時來集，振翼修形容。回顧生碧色，動搖揚縹青。幸脫虞人機，得親君子庭。馴心托君素，雌雄保百齡。（蔡邕〈翠鳥〉）

> 兩頭纖纖月初生，半白半黑眼中精。腷腷膊膊雞初鳴，磊磊落落向曙星。（無名氏〈古兩頭纖纖詩〉）

此二首當可視爲詠物詩之先驅。至三國時代，魏陳思王曹植〈桂之樹行〉，雖屬遊仙之類，然前半段：「桂之樹，桂之樹，桂生一何麗佳。揚朱華而翠葉，流芳布天涯，上有棲鸞，下有盤螭」數語，乃純詠物之句。及劉禎〈鬥雞〉、繁欽〈蕙詠〉、張純〈賦席〉、朱異〈賦弩〉、張儼〈賦犬〉五首，與南朝詠物諸作，相去無幾矣。

丹鷄被華采，雙距如鋒芒。顧一揚炎威，會戰此中唐。利
爪探玉除，瞋目含火光。長翹驚風起，勁翮正敷張。輕舉
奮勾喙，雷擊復還翔。（劉楨〈鬥鷄〉）

蕙草生山北，托身失所依。植根陰崖側，夙夜懼危頹。寒
泉浸我根，淒風常徘徊。三光照八極，獨不蒙餘暉。范葉
永彫瘁，凝露不暇晞。百卉皆含榮，己獨失時姿。比我英
芳發，鵾鴘鳴已哀。（繁欽〈蕙詠〉）

席爲冬設，簟爲夏施。揖讓而坐，君子攸宜。（張純〈賦席〉）
守則有威，出則有獲。韓盧宋鵲，書名竹帛。（張儼〈賦犬〉）
南嶽之榦，鍾山之銅。應機命中，獲隼高墉。（朱異〈賦弩〉）

第一首描寫鬥鷄之外觀、神態與勇猛，栩栩如生，堪稱詠物佳篇。次
首則吟詠托根於山北陰崖之蕙草，作者以主觀筆法，描摹其彫瘁之外
形及無依之心態，實乃托物自比也。後三首或寫物之用途，或述物之
構材，當是名符其實之詠物詩。

　　時至西晉，詠物篇什數量漸增，其中較具代表性之作品計有：傅
玄之〈美蕖〉、〈蓮歌〉、〈雲歌〉、〈啄木〉，張載之〈霖雨〉，陸機之〈園
葵詩〉等。

煌煌芙蕖，從風芬葩。照以皎日，灌以清波。陰結其實，
陽發其華。金房綠葉，素株翠柯。（傅玄〈芙蕖〉）

啄木高翔鳴喈喈，飄搖林薄著桑槐，狼緣樹間喙如錐，嚶
喔嚶喔聲正悲，專爲萬物作倡俳。當此之時，樂不可廻。（傅
玄〈啄木〉）

〈芙蕖〉一首，作者側重於外觀與成長之描寫。〈啄木〉一首除述其
居處與鳴聲外，餘則誇其貢獻。二詩之寫作技巧，可爲後學規範。由
上述得知，詠物詩起於六朝或齊梁之說實未確也。（明胡應麟《詩藪》
內篇云：「詠物起於六朝，唐人沿之。」）

　　詠物詩經長期之蘊育，終藉南朝特殊之文學環境而蓬勃發展，形
成詩壇之一股巨流，歷久不衰。

三、南朝詠物詩內涵分析

依據前述之義界，南朝詠物詩約有三百十一首，茲就其歌詠之對象，歸納爲六大類，即天文、鳥獸、草木、蟲魚、器用、建築。今以製作數量之多寡爲先後，分別敍述之。

（一）以草木爲題材者

約一百一十二首，所詠及者計有：菊、松、櫻、桐、女蘿、竹、薔薇、蒲、兔絲、萍、蓮、棗、柳、桃、橘、香茅、芙蓉、梔子花、檉、藤、石榴、梅、宜男草、細草、荻、梨、百合、蘭、麥李、青苔、荷、山榴、杜若、鹿葱、甘蕉、菰、桂樹、芝草、雜花、梨花、石蓮、剪綵花、荔枝、柿、柰、愼火、柰花、步搖花、柑、栗、李、青草、梔子、著等。此中又可分爲花草、竹木與果樹之不同類別。

1. 詠花草者

初櫻動時艷，擅藻灼輝芳。細葉未開蕊，紅葩已發光。（宋·王僧達〈朱櫻〉）

圓花一帶卷，交葉半心開。影前光照耀，香裏蝶徘徊。欣隨玉露點，不逐秋風催。（梁·簡文帝〈詠芙蓉〉）

折莖聊可佩，入室自成芳。開花不競節，含秀委微霜。（梁·宣帝〈蘭〉）

輕絲既難理，細縷竟無織。爛熳已萬條，連綿復一色。安根不可知，縈心終不測。所貴能卷舒，伊用蓬生直。（齊·謝朓〈詠兔絲〉）

可憐池內萍，葐蒀紫復青。巧隨浪開合，能逐水低平。微根無所綴，細葉詎須莖。漂泊終難測，留連如有情。（齊·劉繪〈詠萍〉）

上舉五例，除梁宣帝〈蘭〉一首歌詠高尙之花品外，餘皆側重於外觀習性之描摹，蓋花草本爲賞心悅目之用，捨形態更何取耶？

此外尙有袁山松〈菊〉謝朓〈詠薔薇〉、〈詠蒲〉，王融〈詠池上梨花〉，劉繪〈和池上梨花〉，梁昭明太子〈詠同心蓮〉，梁簡文帝〈詠

梔子花〉、〈賦得薔薇〉、〈詠薔薇〉，梁元帝〈宜男草〉、〈細草〉、〈賦得春荻〉，梁宣帝〈百合〉，沈約〈詠新荷應詔〉、〈詠芙蓉〉、〈詠杜若〉、〈詠鹿葱〉、〈詠菰〉，柳惲〈詠薔薇〉，庾肩吾〈芝草〉、〈賦得池萍〉、〈新苔〉，丘遲〈玉階春草〉，吳均〈梅花〉，何遜〈詠早梅〉，劉孝綽〈於座應令詠梨花〉，劉孝儀〈詠石蓮〉，劉孝威〈詠剪綵花〉，江洪〈詠荷〉，鮑泉〈詠梅花〉、〈詠薔薇〉、〈詠剪綵花〉，王筠〈和孔子丞雪裏梅花〉，朱超道〈詠同心芙蓉〉、〈詠剪綵花〉，謝瑱〈詠柰花〉，范靜妻沈氏〈詠步搖花〉，劉刪〈詠青草〉，謝燮〈早梅〉，陰鏗〈雪裏梅花〉，祖孫登〈詠城塹中荷〉等，均屬之。綜觀此一題材中以薔薇、梅花、芙蓉爲詩人爭相歌詠之對象，梨花與荷花居次。

2. 詠竹木者

> 孤桐北窗外，高枝百尺餘。葉生既婀娜，葉落更扶疏。無華復無實，何以贈離居？裁爲珪與瑞，足可命參墟。（齊．謝脁〈遊東堂詠桐〉）

> 淩寒競貞節，負雪固難虧。無慚雲母桂，詎減珊瑚枝。（梁．簡文帝〈檉〉）

> 脩條拂層漢，密葉障天潯。凌風知勁節，負雪見貞心。（梁．范雲〈寒松〉）

> 竹生荒野外，梢雲聳百尋。無人賞高節，徒自抱貞心。恥染湘妃淚，羞上入宮琴。誰能制長笛，當爲吐龍吟。（梁．劉孝先〈詠竹〉）

> 細柳生堂北，長風發雁門。秋霜常振葉，春露詎濡根。朝作離蟬宇。暮成宿鳥園。不爲君所愛，摧折當何言？（梁．吳均〈詠柳〉）

詠桐、松、竹三首寫作方式大同小異，首言形貌，次稱德操，再述功用。詠〈檉〉一篇則先稱其品，後讚其形。描寫較具變化者爲吳均之〈詠柳〉，前二句述其居處，中四句以季節與時間之轉移，描寫柳樹不同之形態及內涵，形成多樣之景象，令人耳目一新，最後則以感慨

作結。

謝道韞〈擬嵇中散詠松〉，鮑照〈山行見孤桐〉，謝朓〈詠竹〉，王融〈詠梧桐〉，梁簡文帝〈詠柳〉、〈和湘東王陽雲樓簷柳〉，梁元帝〈賦得竹〉、〈綠柳〉，沈約〈寒松〉、〈詠孤桐〉、〈簷前竹〉、〈翫庭柳〉，范雲〈詠桂樹〉，丘遲〈芳樹〉，庾肩吾〈詠桂〉，吳均〈詠慈姥磯石上松〉，江洪〈和新浦侯齋前竹〉，范筠〈詠愼火〉，王筠〈奉酬從兄臨川桐樹〉，虞羲〈見江邊竹〉，祖孫登〈詠柳〉，張正見〈賦得階前嫩竹〉、〈賦得山中翠竹〉，陰鏗〈侍宴賦得夾池竹〉等，皆屬代表作品。

此類題材中，以「柳」、「桐」、「竹」爲題者最多，「松」與「桂」次之。

3. 詠果樹者

果樹多具挺拔扶疏之枝葉，耀眼秀麗之花朵及豐碩甘美之果實，可謂多彩多姿，既可觀賞，又可食用，故此類詩之內容最爲繁富。

> 萋葳映庭樹，枝葉凌秋芳。故條雜新實，金醉共含霜。攀枝折縹幹，甘旨若瓊漿。無假存雕飾，玉盤余自嘗。（梁·簡文帝〈詠橘〉）

> 浮華齊水麗，垂彩鄭都奇。白英紛靡靡，紫實標離離。風搖羊角樹，日映雞心枝。穀城喻石蜜，蓬岳表仙儀。已聞安邑美，永茂玉門垂。（梁·簡文帝〈賦棗〉）

> 麗樹標江浦，結翠似芳蘭。焜煌玉衡散，照曜金衣丹。愧以無雕飾，徒然登玉盤。（梁·徐摛〈詠橘〉）

> 成都貴素質，酒泉稱白麗。紅紫奪夏藻，芬芳掩春蕙。映日照新芳，叢林抽晚蔕。誰謂重三珠，終焉競八桂。不讓圜丘中，粲潔華庭際。（梁·褚澐〈詠奈〉）

> 朱實挺江南，苞品擅珍淑。上林雜嘉樹，江潭間脩竹。萬室擬封侯，千株挺荆國。終葉萋以布，素榮芬且郁。得陳終宴歡，良垂雲雨育。（陳·徐陵〈詠柑〉）

> 貨見珍於有漢，木取貴於隆周，英肇萌於朱夏，實方落於

　　素秋。委玉盤，雜椒糈，將象席，糅珍羞。（陳‧陸玠〈賦得
　　雜言詠栗〉）

此類詠物詩之內容雖較複雜，但仔細分析則不外五方面：即敍述生長
地、總評外觀印象、稱美枝葉花果等局部姿態、言其功用價值、以及
作者因物興情之主觀感歎。上舉六例中，前五篇皆不出此範疇。陸玠
詠栗一首則較特殊，先追溯「栗」生存之時代，再述開花、結果之季
節，由「實方落於素秋」引出下文，稱其食用價值，承轉自然。

　　梁簡文帝〈初桃〉，梁元帝〈詠石榴〉，沈約〈詠桃〉、〈園橘〉、〈山
榴〉、〈麥李〉、〈甘蕉〉，庾仲容〈詠柿〉，范雲〈園橘〉，虞羲〈橘詩〉，
江總〈詠李〉等，亦為典型之作。此外梁宣帝〈梨〉，沈約〈詠梨應
詔〉、〈西地梨〉，劉霽〈詠荔枝〉等作品，則著重於果實之頌詠。

（二）以器用為題材者

　　此類詠物詩多出諸集體連作，如同詠座上所見，同詠座上器物，
同詠座上樂器等（參閱第四章第二節）。篇幅短潔，用辭造象柔美纖
巧，所詠之對象計有：柟榴枕、琵琶、幔、鏡臺、燈、燭、琴、烏皮
隱几、席、竹火籠、博山香爐、七寶扇、簾、筆、笛、書帙、筆格、
鏡、籠燈、白羽扇、塵尾、紙、牀、弓、履、篪、竹檳榔盤、領邊繡、
笙、箏、帳、扇、寶劍、鞞、輕利舟、燈檠、簫、簾塵、笙、紅箋、
敗船、殘燈、短簫、畫扇、五彩竹火籠等。此中又可分為日常用具與
樂器兩大類。

1. 詠日常用具者

　　杏梁賓未散，桂宮明欲沈。曖色輕幃裏，低光照寶琴。徘
　　徊雲鬢影，的爍綺疏金。恨君秋月夜，遺我洞房陰。（齊‧
　　謝朓〈雜詠〉三首之三〈詠燭〉）
　　青軒明月時，紫殿秋風日。朣朧引光輝，晻曖映容質。清
　　露依簷垂，蛸絲當戶密。褰開誰共臨，掩晦獨如失。（齊‧
　　虞炎〈詠簾〉）
　　英華表玉笈，佳麗稱蛛網。無如茲制奇，雕飾雜眾象。仰

出寫含花，橫抽學仙掌。幸因提拾用，遂廁璇臺賞。（梁·
簡文帝〈詠筆格〉）

雙見待聲宣，並飛時表異。處卑彌更妍，常安豈悲墜。（梁·
宣帝〈詠履〉）

梢風有勁質，柔用道非一。平織方以文，穹成圓且密。薦
羞雖百品，所貴浮天實。幸承歡醑餘，寧辭嘉宴畢。（梁·
沈約〈詠竹檳榔盤〉）

本自靈山出，名因瑞草傳。纖端奉積潤，弱質散芳煙。直
寫飛蓬牒，橫承落絮篇。一逢提握重，寧憶仲升捐。（梁·
徐摛〈詠筆〉）

南朝詠物詩文辭華麗，刻畫細膩，尤以詠婦女所用器物者：如鏡臺、
扇、燭、簾、幔、枕、席等，皆屬宮體風格，而近艷詩一類。觀前所
舉詠燭、詠簾二例，得見一斑。〈詠燭〉中，作者以燭光之幽晦閃爍，
襯托閨房寂寞與思婦怨情。〈詠簾〉一首，以「朦朧」、「晻曖」形容
透過垂簾觀物之特殊意趣，猶如水中之月，霧中之花，意象淒美。「引
光輝」、「映容質」則予人以想像上之感官享受，更用「清露」、「蛸絲」
點綴簾之外觀，玲瓏剔透，婉而多致。簡文帝〈詠筆格〉中之「仰出
寫含花，橫抽學仙掌」二句，乃以想像與比擬之複合手法，描寫筆格
多變之形貌，可謂擅喻。〈詠履〉中之「雙見待聲宣，並飛時表異」，
則以聲響、動作形容原屬靜態之履，付之生命與性情，極為生動。此
二首作品均得見作者之靈心巧思。沈約〈詠竹檳榔盤〉，首言竹之特
質，次述盤之外形，再稱其用途，平整有序。徐摛「詠筆」，用辭清
麗，刻畫筆端變化尤為傳神，自是擅體物者也。

其他尚有許詢〈竹扇〉，習鑿齒〈燈〉，許瑤之〈詠柟榴枕〉，王
融〈詠幔〉，劉繪〈詠博山香爐〉，謝朓〈烏皮隱几〉、〈席〉、〈竹火籠〉，
無名氏〈同詠竹火籠〉，丘巨源〈詠七寶扇〉，梁武帝〈詠燭〉、〈詠筆〉，
梁昭明太子〈賦書帙〉，梁簡文帝〈詠鏡〉、〈詠籠燈絕句〉、〈賦得白
羽扇〉、〈和湘東王古意詠燭〉，梁元帝〈古意詠燭〉，梁宣帝〈塵尾〉、

〈詠紙〉、〈牀詩〉、〈詠弓〉，梁臨賀王正德〈詠竹火龍〉，沈約〈和劉雍州繪博山香爐〉、〈領邊繡〉、〈腳下履〉、〈詠帳〉，柳惲〈詠席〉，庾肩吾〈詠胡牀應教〉，吳均〈詠燈〉，王筠〈詠輕利舟應臨汝侯教〉、〈詠燈檠〉、〈詠蠟燭〉，吳均〈寶劍〉，何遜〈與虞記室諸人詠扇〉，除摛〈賦得簾塵〉，江洪〈為傅建康詠紅箋〉，江祿〈津渚敗船〉，高爽〈詠鏡〉，朱超道〈詠鏡〉，鮑子卿〈詠畫扇〉，王孝禮〈詠鏡〉，范靜妻沈氏〈詠燈〉、〈詠五彩竹火籠〉，孔範〈和陳主詠鏡〉等。其中以鏡、燭、扇、竹火籠為題者較多。

2. 詠樂器者

> 洞庭風雨幹，龍門生死枝。雕刻紛布濩，沖響鬱清虙。春風搖蕙草，秋月滿華池。是時操別鶴，淫淫客淚垂。（齊·謝朓〈同詠樂器·琴〉）

> 江南簫管地，妙音發孫枝。殷勤寄玉指，含情舉復垂。雕梁再三繞，輕塵四五移。曲中有深意，丹誠君詎知。（梁·沈約〈詠篪〉）

> 危聲合鼓吹，絕弄混笙篪。管饒知氣促，釵動覺唇移。蕭史安為貴，能令秦女隨。（梁·劉孝儀〈詠簫〉）

第一首，前兩句言琴之構材，次及外觀與聲響。「春風搖蕙草，秋月滿華池」乃承上之「沖響」，起下之「是時」。琴音悠揚婉轉，如華池映秋月；蕙草含春風，委實令人陶醉，值此良辰，卻為乖離之曲而傷情矣！轉承之間不留痕迹。次首除敍述篪之構材、樂音外，亦著重彈者心境之描摹，「殷勤寄玉指，含情舉復垂」、「曲中有深意，丹誠君詎知」，用意遣詞猶如歌伎怨情一類，不脫宮體作風。第三首，初二句描寫笛聲之婉轉多致，兼具鼓吹、笙篪音響之美，「管饒知氣促，釵動覺唇移」，雖側重於吹簫者神態之描寫，然管饒氣促，釵動唇移，亦正顯現樂曲節奏之曼妙曲折也。

王融〈詠琵琶〉，梁武帝〈詠笛〉，沈約〈詠笙〉、〈詠箏〉，蕭琛〈詠韓〉，陵罩〈詠笙〉，張嵊〈短肅〉，王臺卿〈詠箏〉，江總〈賦詠

得琴〉，陸瓊〈玄圃宴各詠一物得箏〉等，皆屬此類。

（三）以天文為題材者

　　此類詩篇，凡六十二首。所歌詠之對象計有：雲、雪、月、煙、日、霧、雨、霜、風、冰、露、雹、雷等。此中又可分爲有形象與無形象二者。天文現象，往往爲山水景物詩中不可或缺之素材，故此類詠物詩之作法及風貌與山水篇什頗爲相近，惟山水詩爲多面之總覽，而詠物詩則爲點之刻畫，意趣自然有別。

1. 詠有形象者

　　白珪誠自白，不如雪光妍。工隨物動氣，能逐勢方圓，無妨玉顏媚，不奪素繪鮮。投心障苦節，隱跡避榮年。蘭焚石既斷，何用恃芳堅？（宋‧鮑照〈詠白雪〉）

　　浮空覆雜影，含露密花藤。乍如洛霞發，頗似巫雲登。映光飛百仞，從風散九層。欲持翡翠色，時吐鯨魚燈。（梁‧簡文帝〈詠煙〉）

　　曉霧晦階前，垂珠帶葉邊。五里浮長隰，三晨暗遠天。傍通似佳氣，卻望若飛煙。疎簾還復密，斷棟更疑連。還思逢樂廣，能令雲霧褰。（梁‧元帝〈詠霧〉）

　　白雲自帝鄉，氛氳屢迴沒。蔽虧崑山樹，含吐瑤臺月。秋風西北起，飄我過城闕；城闕已參差，白雲復離離。皎潔天在漢，倒影入華池。將過丹丘野，時至碧林垂。九重迎飛燕，萬里送翔螭。（梁‧沈約〈和王中書德充詠白雲〉）

　　清陰蕩暄濁，飛雨入階廊。瞻空亂無緒，望霤耿成行。交枝含曉潤，雜葉帶新光。浮芥離還聚，沿溫減復張。浴禽飄落毳，風荇散餘香。璚綃挂繡幕，象簟列華牀。侍童拂羽扇，廚人奉濫漿。寄言楚臺客，雄風詎獨涼。（梁‧劉孝威〈望雨〉）

　　影麗高臺端，光入長門殿。初生似玉鉤，裁滿如團扇。泛濫浮陰來，金波時不見。儻遇賞心者，照之西園宴。（梁‧虞羲〈詠秋月〉）

飛空猶蘊狀，集物始成葷。萎黃病秋菊，厭浥長春芽。非
唯溥蔓草，頗亦變蒹葭。仍增江海浪，聊點木蘭花。(梁‧
顧煊〈賦得露〉)

朝暉爛曲池，夕照滿西陂。復有當晝景，江上鑠光儀。時
從高浪歇，乍逐細波移。一在雕梁上，詎比扶桑汶。(陳‧
徐陵〈詠日華〉)

天象千變萬化，難以形容，歌詠方式不一而足，惟詩人常用開門見山
之點題法，將題目冠於篇首，藉以引發讀者心中已存之意象，如：「白
珪誠自白，不如雪光妍」、「曉霧晦階前」、「白雲自帝鄉」、「清陰蕩暄
濁，飛雨入階廊」、「朝暉爛曲池，夕照滿西陂」等。至於狀物象、述
物性，或用比喻手法，使現象鮮明，如：「乍如落霞發，頗似巫雲登」、
「欲持翡翠色，時吐鯨魚燈」、「傍通似佳氣，卻望若飛煙」、「疏簾還
復密，斷棟更疑連」、「初生似玉鉤，裁滿如團扇」，「一在雕梁上，詎
比扶桑枝」。或藉他物襯托，顯現繁富之景致，如：「無妨玉顏媚，不
奪素繪鮮」，以「玉顏」、「素繪」襯托雪之色白。「映光飛百仞，從風
散九層」，以「光」、「風」顯示輕煙流動散漫之迅速。「五里浮長隰，
三晨暗遠天」，以「浮長隰」、「暗遠天」呈現霧之迷茫、暗淡。「九重
迎飛燕，萬里送翔螭」，以「飛燕」、「翔螭」襯托白雲之高遠與流速。
「時從高浪歇，乍逐細波移」，以「高浪歇」、「細波移」顯示日華閃
爍浮動之狀。天象既善變，故詩人多採用動態之描寫，尤以沈約〈和
王中書德充詠白雲〉一首，以「蔽虧」、「含吐」、「飄」、「在」、「入」、
「過」、「至」、「迎」、「送」等動字貫串全篇，確能呈現速度感與多變
性，而構成複雜之意象。劉孝威〈望雨〉一首，悉心描摹雨中物景，
以側寫方法，間接勾畫雨態、雨性及雨之功能，用筆不俗。

　　鮑照〈白雲〉，謝莊〈瑞雪詠〉，王融〈奉和纖纖〉，梁昭明太子
〈貌雪〉（貌字作動詞用，即形容之意，丁仲祜輯全梁詩從宋本昭明
太子集作「兒雪」，非是。貌字省文作皃，與兒字形近致誤。），梁簡
文帝〈同劉諮議詠春雪〉、〈詠朝日〉、〈華月〉、〈詠雲〉、〈浮雲〉、〈詠

雪〉、〈賦得入階雨〉，梁元帝〈細雨〉、〈詠霧〉，梁邵陵王綸〈詠新月〉，
沈約〈詠雪應令〉、〈詠餘雪〉、〈庭雨應詔〉，任昉〈同謝朏花雪〉，張
率〈詠霜〉，庾肩吾〈詠花雪〉，吳均〈詠雪〉、〈雪〉、〈詠雲二首〉，
沈趨〈賦得霧〉，何遜〈詠春雪寄族人治書思澄〉、〈和司馬博士詠雪〉，
劉苞〈望夕雨〉，劉孝綽〈詠日應令〉，丘遲〈望雪〉，劉瑗〈新月〉，
裴子野〈詠雪〉，虞羲〈望雪〉，虞騫〈擬雨詩〉，沈君攸〈詠冰應教〉，
李鏡遠〈詠日〉，朱超道〈對雨〉，徐陵〈詠雪〉，陸瓊〈和張湖熟雹
詩〉，張正見〈賦得顯新雲〉、〈詠雪應衡陽王教〉等，均為以天象為
主題之篇什。

2. 詠無形象者

　　部分天象可感覺而不得見，更難以描摹，南朝詠物詩中此類篇什
數量不多，且歌詠對象僅有風。

> 徘徊發紅萼，葳蕤動綠蘺。垂楊低復舉，新萍合且離。步
> 檐行袖靡，當戶思襟披。高響飄歌吹，相思子未知。時拂
> 孤鸞鏡，星鬢視參差。(齊‧謝朓〈詠風〉)

> 排簾動輕幔，汎水拂垂楊。本持飄落蕊，翻送舞衣香。(梁‧
> 賀文標〈詠春風〉)

> 高風應爽節，搖落漸疏木。吹雲旅鴈斷，臨谷曉松吟。屢
> 惜涼秋扇，常飄清夜琴。泠泠隨列子，彌諧逸豫心。(陳‧
> 阮卓〈賦得風〉)

> 飆颭楚王宮，徘徊繞竹叢。帶葉俱吟樹，將花共偉空。飄
> 香雙袖裏，亂曲五弦中。試上高臺聽，悲響定無窮。(陳‧
> 祖孫登〈詠風〉)

風既無形可狀，故作者往往借其作用於具象物體產生之變化，以顯現
其物性與功能，上舉四例皆用此法。如第一首之「紅萼」、「綠蘺」、「垂
楊」、「新萍」、「行袖」、「衣襟」，第二首之「簾」、「輕幔」、「水」、「垂
揚」、「花蕊」、「舞衣」，第三首之「木」、「雲」、「旅鴈」、「谷」、「曉
松」，第四首之「楚王宮」、「竹叢」、「葉」、「花」、「雙袖」、「五弦」

等，均因風之作用而產生不同之姿態或聲響，形成繁富、綺麗、生動之畫面，讀者由此較具體之形象，經聯想而領悟風之性態與功力。

此外，梁簡文帝、元帝、庾肩吾、劉孝綽、何遜、王臺卿、費昶等，均有「詠風」之作。

（四）以鳥獸為題材者

此類詠物詩約有四十首，所詠之對象包括：啄木、燕、鸎鳥、鸂鶒、鶴、梟、烏、鵲、反舌、鷺、百舌、雀、鴈、雉子斑、鬪雞、鴻、馬、猿等。此中又可分為飛禽與走獸二者。

1. 詠飛禽者

昧旦濡和風，霑露踐朝暉。萬有皆同春，鴻鴈獨辭歸。相鳴去澗汜，長引發江畿。皦潔登雲侶，連綿千里飛，長懷河朔路，緬與湘漢達。（宋・顏延之〈歸鴻〉）

欲避新枝滑，還向故巢飛。今朝聽聲喜，家信必應歸。（梁・武陵王紀〈詠鵲〉）

白水滿春塘，旅鴈每迴翔。唼流牽弱藻，斂翮帶餘霜。羣浮動輕浪，單汎逐孤光。懸飛竟不下，亂起未成行。刷羽同搖漾，一舉還故鄉。（梁・沈約〈詠湖中鴈〉）

山人惜春暮，旭日坐花林。復植懷春鳥，枝間弄好音。遶喬聲迥出，赴谷響幽深。下聽長而短，時聞絕復尋。孤鳴若無對，百囀似羣吟。昔聞屢歎昔，今聽忽悲今。聽聞非殊異，遲暮獨傷心。（梁・劉孝綽〈詠百舌〉）

秋來懼寒勁，歲去畏冰堅。羣飛向葭下，奮羽欲南邊。暫戲龍池側，時往鳳樓前。所歎恩光歇，不得久聯翩。（梁・裴憲伯〈朱鷺〉）

春物始芳菲，春雉正相追。潤響連朝雊，花光帶錦衣。竄跡時移影，驚媒或亂飛。能使如皋路，相逢巧笑歸。（陳・毛處約〈雉子斑〉）

鳥禽或翱翔藍天，或嬉遊原野，或置身庭園，具有生動之姿態，綺麗

之羽毛，婉轉之鳴聲，固爲貴族賞心之物。詩人制作方式不外：藉自然景物襯托，以顯示鳥類棲遊處所，次則客觀描摹其動態特色，繼以因物引情，用己心測物心，而發感歎或期盼之辭。前舉六例多不出此模式。「昧旦濡和風，霑露踐朝暉。萬有皆同春，鴻鴈獨辭歸」、「欲避新枝滑，還向故巢飛」、「白水滿春塘，旅鴈每迴翔」、「山人惜春暮，旭旦坐花林」、「羣飛向葭下，奮羽欲南遷」、「春物始芳菲，春雉正相追」等句，乃是明指或暗示其棲處環境者。至述其動態之句如：「相鳴去澗汜，長江發江畿。皦潔登雲侶，連綿千里飛」、「喙流牽弱藻，斂翮帶餘霜。羣浮動輕浪，單汎逐孤光」、「遷喬聲迥出，赴谷響幽深」、「暫戲龍池側，時往鳳樓前」、「澗響連朝雊，花光帶錦衣。竄跡時移影，驚媒或亂飛。」作者因物寄情者有：「長懷河朔路，緬與湘漢違」、「今朝聽聲喜，家信必應歸」、「刷羽同搖漾，一舉還故鄉」、「昔聞屢歡昔，今聽忽悲今。聽聞非殊異，遲暮獨傷心」、「所歡恩光歇，不得久聯翩」、「能使如皋路，相逢巧笑歸」，凡此實爲借物托懷也。

此外尚有：左貴嬪〈啄木詩〉、鮑照〈詠雙燕〉二首，范泰〈鸞鳥〉，謝朓〈詠鸂鶒〉，梁簡文帝〈登板橋詠洲中獨鶴〉、〈賦得舞鶴〉、〈詠單鳧〉、〈詠寒鳧〉、〈新燕〉，梁元帝〈晚棲烏〉，沈約〈侍宴詠反舌〉，王僧孺〈朱鷺〉，庾肩吾〈和晉安王詠燕〉、〈詠簷燕〉，劉孝綽〈賦得始歸鴈〉，劉孝威〈望棲烏〉，江洪〈和新浦侯詠鶴〉，沈趨〈詠雀〉，朱超道〈詠獨栖鳥〉、〈城上烏〉，周弘正〈於長安詠鴈〉、〈詠老敗鬬鷄〉，吳均〈主人池前鶴〉，陰鏗〈詠鶴〉等作。其中以「燕」、「鶴」、「雁」爲主題之篇什較多。

2. 詠走獸者

> 昔日從戎陣，流汗幾東西。一日馳千里，三丈拔深泥。渡
> 水頻傷骨，翻霜屢損碲。勿言年齒暮，尋途尚不迷。(陳·
> 沈烱〈詠老馬〉)
> 登山馬。逕小馬縈通，汗赭疑沾勒，衣香不逐風。何殊隴
> 頭望，遙識祁連東。(梁·元帝〈賦得登山馬〉)

以獸畜爲題材之詩篇，數量極少，且歌詠之對象只限「馬」一種。蓋一般走獸，體大性殘，不似鳥禽之可供玩賞，且多深居山野，既難得一見，更不易豢養。惟有「馬」，性馴姿俊，且可作代步工具，與人類關係密切，故詩家取之爲題材也。沈炯〈詠老馬〉一首，初二句讚其功勳，中四句分言其特長及辛勞，終則以勸勉作結，實亦作者自慰之辭也。

此外尚有梁簡文帝〈繫馬〉、梁元帝〈賦得登山馬〉、劉刪〈賦得馬〉等。

（五）以蟲魚題材者

南朝詠物詩以蟲魚爲題材者僅得十五首，歌詠之對象計有：蜂、蛺蝶、螢、蟬、魚、螺蚌等。以下分爲昆蟲、魚介二類敍述之。

1. 詠昆蟲者

> 本將秋草并，今與夕風輕。騰空類星霣，拂樹若花生。屛疑神火照，簾似夜珠明。逢君拾光彩，不吝此身傾。（梁‧簡文帝〈詠螢〉）

> 隨蜂遶綠蕙，避雀隱青薇。映日忽爭起，因風乍共歸。出沒花中見，參差葉際飛。芳華幸勿謝，嘉樹欲相依。（梁‧劉孝綽〈詠素蝶〉）

> 聲流上林苑，影入守臣冠。得飲玄天露，何辭高柳寒。（陳‧劉刪〈詠蟬〉）

〈詠螢〉一首，側重於螢火之描寫，「類星霣」、「若花生」、「神火照」、「夜珠明」，全用比喻手法，將隨風穿月，閃爍不定之螢光，刻畫得極生動有致。第二首以「忽爭起」、「乍共歸」、「出沒花中」、「參差葉際」，形容素蝶之雅態芳情，亦極傳神。〈詠蟬〉一篇，則以稱其高潔之性爲主旨。

此外尚有梁簡文帝〈蜂〉、〈詠蛺蝶〉，沈約〈聽蟬鳴應詔〉，范雲〈詠早蟬〉，褚雲〈賦得蟬〉，紀少瑜〈月中飛螢〉，江總〈詠蟬〉等。其中不乏佳句，如「逐風從泛漾，煦日乍依微」（梁‧簡文帝〈蜂〉）、「翠蠶藏高柳，紅蓮拂水衣」（梁‧簡文帝〈詠蛺蝶〉）、「葉密形易揚，

風迴響難任」（梁‧沈約〈聽蟬鳴應詔〉）、「端綏挹霄液，飛音承露清」（梁‧范雲〈詠早蟬〉）、「向月光還盡，臨池影更雙」（梁‧紀少瑜〈月中飛螢〉），無論擬態或狀聲，均極妥貼細膩。

2. 詠魚介者

> 春色映澄陂，涵泳且相隨。未上龍門路，聊戲芙蓉池。觸浪蓮香動，乘流葉影披。相忘自有樂，莊惠豈能知？（陳‧阮卓〈賦得蓮下游魚〉）

> 戢鱗隱繁藻，頒首承綠漪。何用游溟澥，且躍天淵池。（梁‧張騫〈詠躍魚應詔〉）

南朝詠物詩甚少用典，阮卓〈賦得蓮下游魚〉一首中「未上龍門路」、「相忘自有樂，莊惠豈能知？」雖兩處用典，然意義明朗，承接亦極自然，實善用事者也。「觸浪蓮香動，乘流葉影披」二句，極富情趣，乃作者觀物入微所得之妙思佳構。

他如：謝惠運〈詠螺蚌〉一首，題材特殊，惜為殘篇。周弘正之〈詠石鯨應詔〉：「石鯨何壯麗，獨在天池陰。鶱鰭類橫海，半出似浮深。吞航本無日，吐浪亦難尋。聖帝遊靈沼，能懷躍藻心。」嚴格而論，自不能歸屬比類，然作者以生花之筆，賦予石鯨生命與性靈，神氣活現，幾能以假亂真。

（六）以建築為題材者

南朝此類詩篇僅得一十四首，且製作之時代極晚，依文獻所載，最早之作品為梁簡文帝之〈賦得橋〉。詩人吟詠之對象計有：橋（石橋、壞橋）、井、竹齋、玉階、山齋、池、雙闕等，其中以「橋」為題之篇什較多。

> 乃鑒長林曲，有浚廣庭前。即源已為浪，因方自成圓。兼冬積溫水，疊暑泌寒泉。不甘未應竭，既涸斷來翾。（梁‧范雲〈詠井〉）

> 百拱橫笻筇，千櫨跨篿竽，迴龍仍作柱，置笛且成樂。向嶺分花徑，隨階轉藥欄。蜂歸憐蜜熟，燕入重巢乾。欲仰

天庭淡，終知學步艱。（梁‧庾肩吾〈和竹齋〉）

畫橋長且曲，傍險復憑流。寫虹晴尚飲，圖星畫不收。跨
波連斷岸，接路上危樓。欄高荷不及，池清影自浮。何必
橫南渡，方復似牽牛。（陳‧陰鏗〈渡岸橋〉）

玉堦已夸麗，復得臨紫微。北戶接翠幄，南路抵金扉。重
疊通日影，參差藏月輝。輕苔染珠履，微澱拂羅衣。獨笑
崑山曲，空見青鳧飛。（梁‧鮑子卿〈詠玉堦〉）

以建築爲題材之詠物詩，作者敍述物體之地理環境、形狀、構材、用
途時，常借周遭或內在之景物烘托主體，如前四例中之第二首以花
徑、藥欄、蜂、燕等，點綴出竹齋之幽境與生氣。第四首則以紫微、
翠幄、金扉、日影、月輝、朱履、羅衣等色彩華靡之事物，烘染玉階
之夸麗。四首詩用辭妍麗，且偶句特多，不離宮體作風。

梁簡文帝〈賦得橋〉、〈石橋〉、〈壞橋〉，庾肩吾〈石橋〉，蕭若靜
〈石橋〉，徐摛〈壞橋〉，徐陵〈山齋〉，張正見〈初春賦得池應教〉，
江總〈詠雙闕〉等，皆屬此類作品。

第六節　艷情詩

一、艷情詩之定義與範疇

凡詠婦容、述艷事之篇什謂之艷情詩。歷來文學史專著及研究南
朝詩歌者均以「宮體」稱之，然就「題材」之意義而言，此名稱實有待
商榷。

「宮體」一詞，初見於《梁書》卷四〈簡文帝本紀〉：「太宗（簡
文帝）幼而敏睿，識悟過人，六歲便屬文。高祖（梁武帝）驚其早就，
弗之信也，乃於御前面試，辭采甚美。高祖嘆曰：『此子吾家東
阿。』……及居監撫，……引納文學之士。……雅好題詩，其序云：
『余七歲有詩癖，長而不倦。』然傷於輕艷，當時號曰宮體。」又見
於同書卷三十〈徐摛傳〉：「及長，遍覽經史，屬文好爲新變，不拘舊

體，……（晉安）王入爲皇太子，轉家令，兼掌管記，尋帶領直。摛文體既別，春坊盡學之，宮體之號自斯而起。」可知「宮體」之名，乃簡文入主東宮後，〔註20〕時人對其及徐摛等詩人「新變」、「輕艷」詩篇之謂，猶如齊之「永明體」，唐之「元和體」，宋之「西崑體」，明之「臺閣體」，均因某種特殊風格形成一時之流派，故「宮體」之號，實就詩風而言，非專指題材也。

綜觀簡文帝及同時詩人作品，除「玄言詩」外，均不離「新變」、「輕靡」之宮體作風，即山水、詠物篇什亦不在外。若將詠婦容、述艷事之篇什，以「宮體」目之，則不免混淆視聽，令人曲解「宮體」之本義，故今捨而不用，特改稱爲「艷情」。〔註21〕

二、艷情詩之起源

南朝艷情詩狀物細膩，寫情淫靡，頗具獨特風格。然專就題材而論，以婦容、艷事入詩，起源甚早。如《詩經・召南・摽有梅》寫女子懷春，〈邶風・燕燕〉之傷別，〈衞風・竹竿〉之思歸、〈碩人〉次章寫美人之妖治，〈豳風・七月〉次章寫春怨、〈東山〉三、四章寫閨閣之致、懷遠之情。至於漢魏樂府及古詩中此類題材極多，若〈上山采蘼蕪〉述棄婦之悲，〈冉冉孤生竹〉、〈孟冬寒氣至〉述深閨思婦，〈青青河畔草〉寫美婦怨情，〈迢迢牽牛星〉述相思之苦，李延年〈北方有佳人〉寫傾國佳麗、〈羽林郎〉述倡女生涯，〈秦嘉贈婦詩〉三首寫夫妻情愛，蔡邕〈情詩〉寫深閨寂寥，繁欽〈定情詩〉述男女相悅之情。他如魏文帝〈於清河見輓船士新婚與妻別〉、〈甄皇后〉，劉勳妻王氏〈雜詩〉二首，曹植〈雜詩〉五首、〈美女篇〉、〈種葛篇〉、〈浮

〔註20〕簡文帝於武帝中大通三年（西元531年）七月入主東宮。（見兩史本紀）

〔註21〕清趙均〈玉臺新詠後序〉云：「今案劉肅《大唐新語》云：『梁簡文爲太子時，好作艷詩，境內化之，浸以成俗。晚欲改之……乃令徐陵撰《玉臺新詠》，以大其體。』」據趙氏此說，「艷情」之稱，庶可名符其實矣。

萍篇〉、〈棄婦詩〉，傅玄〈苦相篇・豫章行〉、〈有女篇・艷歌行〉、〈朝時篇・怨歌行〉、〈明月篇〉、〈秋蘭篇〉、〈西長安行〉、〈和班氏詩〉，張華〈情詩〉五首，潘岳〈內顧詩〉二首，石崇〈王明君辭〉，陸機〈爲顧彥先贈婦〉二首、〈爲周夫人贈車騎〉，陸雲〈爲顧彥先贈婦往返詩〉四首，張協〈雜詩〉，楊方〈合歡詩〉五首，李充〈嘲友人〉，曹毘〈夜聽擣衣〉等均屬之。惟南朝前之詩人對此一題材偶爾取之，且發乎至情，眞率無邪。爰及南朝，則側艷之詞充斥篇什，數量之多與詠物、山水鼎足而立矣。

三、南朝艷情詩內涵分析

　　艷情詩蓬勃發展於梁、陳二代，〔註22〕與「詠物」並爲當時詩壇主流，今依詩之主題，分類討論於后：

（一）詠女性容貌儀態者

　　由於作家從各種階層與角度傾力描寫，故於眾多篇什中復可歸納出三種不同之女性類型：（一）宮妃寵姬、（二）歌妓舞女、（三）尋常倡女。

1. 宮妃寵姬

　　此類女生均爲帝王貴族所寵幸者，故詩中多呈現歡愉明媚之氣氛。帝王貴族艷情詩題中所謂「美人」、「麗人」多屬此類。

> 北窗聊就枕，南簷日未斜。攀鈎落綺障，插淚攀琵琶。夢笑開嬌靨，眠鬟壓落花。簟文生玉腕，香汗浸紅紗。夫壻恒相伴，莫誤是倡家。（梁・簡文帝〈詠內人畫眠〉）

〔註22〕艷情詩經簡文帝於東宮時代和周圍詞臣之努力製作、宣揚而蔓延。其間雖招致梁武帝對徐摛之責讓及簡文之悔悟（分見《南史・徐摛傳》及註2〈玉臺新詠後序〉引劉肅《大唐新語》之語），致使梁末宮中之輕艷之風稍歇，然既浸以成俗，上雖已罷，又奈天下詩人何！至陳代後主，則變本加厲，而朝野從風矣（見《南史・陳後主本紀》及《陳書・張貴妃傳》論）

北窗向朝鏡，錦帳復斜縈。嬌羞不肯出，猶言妝未成。散黛隨眉廣，燕脂逐臉生。試將持出眾，定得可憐名。(梁‧簡文帝〈美人晨妝〉)

關情出眉眼，軟媚著腰肢。語笑能嬌媟，行步絕逶迤。空中自迷惑，渠傍會不知。懸念猶如此，得時應若為。(梁‧邵陵王綸〈車中見美人〉)

絳樹及西施，俱是好容儀。非關能結束，本自細腰肢。鏡前難並照，相將映綠池。看妝畏水動，斂袖避風吹，轉手齊裾亂，橫簪歷鬢垂。曲中人未取，誰堪白日移。不分他相識，唯聽使君知。(梁‧庾肩吾〈詠美人看畫〉)

插花行理鬢，遷延去復歸。雖憐水上影，復恐濕羅衣。臨橋看黛色，映渚媚鉛暉。不顧春荷動，彌畏小禽飛。(梁‧何遜〈照水聯句〉)

不信巫山女，不信洛川神。何關別有物，還是傾城人。經共陳王戲，曾與宋家鄰。未嫁先名玉，來時本姓秦。粉光猶似面，朱色不勝唇。遙見疑花發，聞香知異春。釵長逐鬟髮，袜小稱腰身。夜夜言嬌盡，日日態還新。工傾荀奉倩，能迷石季倫。上客徒留目，不見正橫陳。(梁‧劉緩〈敬酬劉長史詠名士悅傾城〉)

晨暉照杏梁，飛燕起朝妝。留心散廣黛，輕手約花黃。正釵時念影，拂絮且憐香。方嫌翠色故，乍道玉無光。城中皆半額，非妾畫眉長。(梁‧費昶〈詠鏡〉)

此外，梁簡文帝〈率爾為詠〉、〈三月三日率爾成詩〉、〈晚景出行〉、〈贈麗人〉，邵陵王綸〈見姬人〉，沈約〈六憶詩〉四首之三、之四，江淹〈詠美人春遊〉，庾肩吾〈詠美人看畫應令〉，劉孝綽〈愛姬贈主人〉、〈詠姬人未肯出〉、〈詠佳麗〉，劉緩〈看美人摘薔薇〉，江洪〈詠美人治妝〉，何思澄〈南苑逢美人〉，江總〈秋日新寵美人應令〉、〈新入姬人應令〉等詩所詠之對象，均屬此一類型之婦人。詩中或讚其容貌妝扮，如：「輕花鬢邊墮，微汗粉中光。」(梁‧簡文帝〈晚

景出行〉)「金鞍汗血馬,寶髻珊瑚翹。蘭馨起縠袖,蓮錦束瓊腰。」
(梁・簡文帝〈三月三日率爾成詩〉)「散誕垂紅帔,斜柯插玉簪。」
(梁・簡文帝〈遙望〉)「薄黛銷將盡,凝朱半有殘。垂釵繞落鬢,
微汗染輕紈。」(梁・劉孝綽〈愛贈主人〉)或稱其舉止形態,如:
「臨盤動容色,欲坐復羞坐,欲食復羞食,含哺如不饑,擎甌似無
力。」(梁・沈約〈六憶詩〉四首之三)「帷開見釵影,簾動聞釧聲。
徘徊定不出,常羞華燭明」(梁・劉孝綽〈詠姬人未肯出〉)「上車
畏不妍,顧盼更斜轉,大恨畫眉長,猶言顏色淺。」(梁・江洪〈詠
美人治妝〉)「玉臉含啼還似笑,角枕千嬌薦芬香。」(陳・江總〈秋
日新寵美人應令〉)等,可謂極盡刻畫雕琢之能事,詞語濃膩,意
態淫靡,無怪乎後人以「色情文學」視之。

2. 歌妓舞女

　　南朝帝王貴族生活淫逸,歌妓舞女為不可或缺之聲色娛樂,此類
篇什,除描寫容貌形態外,重在刻畫其技能,即歌聲、舞姿與樂藝,由
於歌、舞具有變化多端之動態,故詩中用詞弘麗妍贍,造境熱鬧繁華。

　　炎光向夕斂,徒宴臨前池。泉將影相得,花與面相宜。箎
　　聲如鳥弄,舞袖寫風枝。懽樂不知醉,千秋長若斯。(梁・
　　昭明太子〈林下作妓詩〉)(或曰簡文帝作)

　　戚里多妖麗,重聘蒄燕餘。逐節工新舞,嬌態似凌虛。納
　　花承靧襬,垂翠逐璫舒。扇開衫影亂,巾度履行疏。徒勞
　　交甫憶,自有專城居。(梁・簡文帝〈詠舞〉二首之一)

　　瓊柱動金絲,秦聲發趙曲。流徵含陽春,美手過如玉。(梁・
　　元帝〈和彈箏人〉二首之二)

　　汗輕紅粉濕,坐久翠眉愁。傳聲入鐘磬,餘轉雜笙篌。(梁・
　　元帝〈詠歌〉)

　　管清羅薦合,絃驚雪袖遲。逐唱回纖手,聽曲動蛾眉。凝
　　晴眇墮珥,微睇託含辭。日暮留嘉客,相看愛此時。(梁・
　　何遜〈詠舞伎〉)

新妝本絕世，妙舞亦如仙。傾腰逐韻管，斂色聽張絃。迴履裾香散，飄衫鈿響傳。低釵依促管，曼睇入繁絃。(梁‧劉孝儀〈和詠舞〉)

倡女多艷色，入選盡華年。舉腕嫌衫重，迴腰覺態妍。情繞陽春吹，影逐相思絃。履度開裙褶，鬟轉匝花鈿。所愁餘曲罷，爲欲在君前。(梁‧劉遵〈應令詠舞〉)

寶鑷間珠花，分明靚妝點。薄鬢約微黃，輕紅澹鉛臉。發言芳已馳，復加蘭蕙染。浮聲易傷歎，沈唱安而險。孤轉忽徘徊，雙蛾乍舒斂。不持全示人，半用輕紗掩。(梁‧江洪〈詠歌妓〉)

佳人遍綺席，妙曲動鵾絃。樓似陽臺上，池如洛水邊，鶯啼歌扇後，花落舞衫前。翠柳將斜日，俱照晚粧鮮。(陳‧陰鏗〈侯司空宅詠妓〉)

他如梁簡文帝〈詠舞〉之二、〈夜聽妓〉，元帝〈詠歌〉，武陵王紀〈同蕭長史看妓〉，何遜〈詠舞妓〉，王暕〈詠舞〉，劉孝綽〈同武陵王看妓〉、〈和詠歌人偏得日照詩〉，劉孝儀〈和詠舞〉，江洪〈詠舞女〉，楊皦〈詠舞〉，陳後主〈聽箏〉，徐陵〈奉和詠舞〉，江總〈和衡陽殿下高樓看妓〉，吳尚野〈詠鄰女樓上彈琴〉等，均爲此類代表作品。狀容貌則有：「汗輕紅粉濕，坐久翠眉愁。」(梁‧元帝〈詠歌〉)「獨明花裏翠，偏光粉上津。」(梁‧劉孝綽〈和詠歌人偏得日照詩〉)「腰纖蔑楚媛，體輕非趙姬。映襟闚寶粟，緣肘掛珠絲。」(梁‧江洪〈詠舞女〉)之句。敍歌聲樂曲之悠揚宛轉則云：「雲間嬌響徹，風末艷聲來。」(齊‧丘巨源〈聽鄰妓〉)「傳聲入鍾磬，餘轉雜箜篌。」(梁‧元帝〈詠歌〉)「一彈哀塞鴈，再撫哭春鵾。」(陳‧吳尚野〈詠鄰女樓上彈琴〉)至舞姿之美妙則有：「從風迴綺袖，映日轉花細。」(梁‧王暕〈詠舞〉)「迴履裾香散，飄衫鈿響傳。低釵依促管，曼睇入繁絃。」(梁‧劉孝儀〈和詠舞〉)「轉袖隨歌發，頓履赴絃餘。度行過接手，迴身乍斂裾。」(梁‧劉孝儀〈和詠舞〉)之形容。作者使用華美輕靡之詞藻，顯現富麗艷冶之形象，足以眩人耳目。

3. 尋常倡女

南朝帝王貴族，狎客文人，生活荒誕淫逸，梁陳以後尤甚。其艷情詩之歌詠對象，除宮庭貴邸歌妓舞女之外，更及於尋常倡女。此一階層之女性，境遇淒涼，心情冷漠，故詩人多著重描寫其哀思怨情，刻劃容止服飾之句較少，且屬旁襯性質，故以之別爲一類。

> 倡女倦春閨，迎風戲玉除。近叢看影密，隔樹望釵疏。橫枝斜綰袖，嫩葉下牽裾。牆高攀不及，花新摘未舒。莫疑插鬢少，分人猶有餘。（梁・元帝〈看摘薔薇〉）

> 曖曖高樓暮，華燭帳前明。羅幃雀釵影，寶瑟鳳雛聲。夜花枝上發，新月霧中生。誰念當窗牖，相望獨盈盈。（梁・何遜〈詠娼婦〉）

> 明珠翠羽帳，金薄綠綃帷。因風時暫舉，想像見芳姿。清晨插步搖，向晚解羅衣。托意風流子，佳情詎可私。（梁・范靜妻沈氏〈戲蕭娘〉）

詩人喜以衰容殘貌襯托哀怨之情，故有「髮亂鳳凰簪，花舞依長薄」（梁・吳均〈和蕭洗馬子顯古意〉六首）「綠鬢愁中改，紅顏啼裏滅」（梁・吳均〈和蕭洗馬子顯古意〉六首）之句，爲顯現描寫對象身份之特殊，則往往以盛采麗詞刻畫居處環境之妖冶旖旎，如：「高樓」、「畫閣」、「飛閣」、「長廊」、「綺窗」、「錦帳」、「玉牀」、「瑇瑁」、「鴛鴦」、「華燭」、「羅幃」、「寶瑟」、「明珠翠羽帳」、「金薄綠綃帷」等，怨婦獨處華屋，益增寂寥哀傷之感。

（二）詠閨思怨情者

此類詩篇著重於女性情感之描寫，由於歌詠之對象身份有別，茲分閨閣婦女、棄婦去妾、藝妓倡女等三項分述之：

1. 閨閣婦女

生離乃人生痛苦而卻無可奈何之事，女性感情細膩敏銳，最易動人，故思婦怨情，向爲墨人騷客喜用之題材，南朝艷情詩中，此類作品最豐，且較具價值。

昔如影與形，今如胡與越。不知行遠近，忘卻離年月。(宋‧許瑤之〈閨婦答鄰人〉)

送別出南軒，離思沈幽室。調梭輟寒夜，鳴機罷秋日。良人在萬里，誰與共成匹。願得一迴光，照此憂與疾。君情倘未忘，妾心長自畢。(梁‧武帝〈纖婦〉)

非關長信別，詎是良人征。九重忽不見，萬恨滿心生。夕門掩魚鑰，宵牀悲畫屏。迴月臨窗度，吟蟲繞砌鳴。初霜實細葉，秋風驅亂螢。故妝猶累日，新衣裁未成。欲知妾不寐，城外擣衣聲。(梁‧簡文帝〈秋閨夜思〉)

愁來不理鬢，春至更攢眉。悲看蛺蝶粉，泣望蜘蛛絲。月映寒螢褥，風吹翡翠帷。飛鱗難託意，馳翼不銜辭。(梁‧王僧孺〈春閨有怨〉)

珠簾旦初卷，綺機朝未織。玉匣開鑑影，寶臺臨淨飾。對影獨含笑，看花時轉側。聊為出繭眉，試染天桃色。羽釵如可間，金鈿畏相逼。蕩子行未歸，啼妝坐沾臆。(梁‧何遜〈詠照鏡〉)

北斗行欲沒，東方稍已晞。晨雞初下棲，曉露尚霑衣。衾裯徒有設，信誓果相違。詎忍開朝鏡，羞恨掩空扉。(梁‧王筠〈向曉閨情〉)

耿耿橫天漢，飄飄出岫雲。月斜樹倒影，風至水迴文。已泣機中婦，復悲堂上君。羅襦曉長襞，翠被夜徒薰。空汲銀牀井，誰縫金縷裙？所思竟不至，持酒清夜分。(梁‧庾丹〈秋閨有望〉)

金風響洞房，佳人心自傷。淚隨明月下，愁逐漏聲長。燈前羞獨鵠，枕上怨孤凰。自覺鴛帷冷，誰憐珠被涼。(陳‧吳思玄〈閨怨〉)

上舉數首，皆屬佳篇。他如：謝惠連〈擣衣〉，梁武帝〈擣衣〉，梁簡文帝〈秋閨照鏡〉、〈金閨思〉二首，梁元帝〈閨怨〉，梁邵陵王綸〈代秋胡婦閨怨〉，梁武陵王紀〈閨妾寄征人〉，江淹〈征怨〉，范雲〈閨

思〉，王僧孺〈詠擣衣〉、〈秋閨怨〉、〈春怨〉，何遜〈和蕭諮議岑離閨怨〉，蕭子範〈望秋月〉，蕭子顯〈春閨思〉，蕭子雲〈春思〉，蕭子暉〈春宵〉、〈冬曉〉，吳均〈閨怨〉，王筠〈春日〉、〈閨情〉，劉孝綽〈古意〉、〈奉和湘東王應令〉二首，劉孝儀〈閨怨〉，劉孝先〈春宵〉，劉邈〈見人織聊爲之詠〉，陸罩〈閨怨〉，費昶〈華光省中夜聞城外擣衣〉，鮑泉〈寒閨〉，朱超道〈賦得蕩子行未歸〉，吳孜〈春閨怨〉，鄧鏗〈月夜閨中〉，陰鏗〈秋閨怨〉、〈南征閨怨〉，除陵〈詠織婦〉，張正見〈山家閨怨〉、〈賦得佳期竟不歸〉，江總〈賦得空閨怨〉，李爽〈山家閨怨〉，陳叔逵〈詠空鏡臺〉等，亦爲此類代表作品。

艷情詩中，閨思諸作文筆較爲樸實，華屋、美飾與艷容，篇中鮮見，而代之以寂寞、哀歎與淚水，其中頗多至情佳句，如：

願得一迴光，照此憂與疾。君情倘未忘，妾心長自畢。（梁・武帝〈織婦〉）

故妝猶累日，新衣裛未成。欲知妾不寐，城外擣衣聲。（梁・簡文帝〈秋閨夜思〉）

憶人不忍語，含恨獨吞聲。（梁・簡文帝〈擬古〉）

知人相憶否，淚盡夢啼中。（梁・元帝〈閨怨〉）

思君如蔓草，連延不可窮。（梁・范雲〈自君之出矣〉）

別鶴悲不已，離鸞斷更續。尺素在魚腸，寸心憑雁足。（梁・王僧孺〈詠擣衣〉）

不願杼軸苦，所悲千里分。垂涕送行李，傾首遲歸雲。（梁・柳惲〈擣衣詩〉）

袞襡徒有設，信誓果相違。詎忍開朝鏡，羞恨掩空扉。（梁・王筠〈向曉閨情〉）

空閨易成響，虛室自生光。嬌羞悅人夢，猶言君在傍。（梁・王筠〈閨情〉）

冬曉風正寒，偏念客衣單。臨妝罷鉛黛，含淚翦綾紈。（梁・劉孝綽〈奉和湘東王應令〉二首之二）

別離雖未久，遂如長別離。(梁‧劉臻〈和陰梁州雜怨〉)

言擣雙絲練，似奏一絃琴。令君聞獨杵，知妾有專心。(梁‧僧正惠〈詠獨杵擣衣〉)

逢人憎解佩，從來懶聽音。唯當有夜鵲，南飛似妾心。(陳‧陰鏗〈南征閨怨〉)

自羞淚無燥，翻覺夢成虛。(陳‧江總〈賦得空閨怨〉)

昔期今未返，春草寒復青。思君無轉易，何異北辰星。(梁‧何遜〈和蕭諮議岑離閨怨〉)

除述思念之情、哀傷之感外，作者往往以淒冷景物烘染環境，如：「白露滋園菊，秋風落庭槐。蕭蕭莎雞羽，冽冽寒螿啼。」(宋‧謝惠連〈擣衣〉)「陰蟲日慘烈，庭草復云黃。金風徂清夜，明月懸洞房。」(梁‧武帝〈擣衣〉)「迴月臨窗度，吟蟲繞砌鳴。初霜霣細葉，秋風驅亂螢。」(梁‧簡文帝〈秋閨夜思〉)「斂色金星聚，縈悲玉筯流。」(梁‧武陵王紀〈閨妾寄征人〉)「藹藹夜庭廣，飄飄曉帳輕。」(梁‧王僧孺〈與司馬治書同聞鄰婦夜織〉)「斜光隱西壁，暮雀上南枝，風來秋扇屏，月出夜燈吹。」(梁‧王僧孺〈秋閨怨〉)「亭皋木葉下，隴首秋雲飛。寒園夕鳥集，思牖草蟲悲。」(梁‧柳惲〈擣衣詩〉)「霜慘庭上蘭，風鳴簷下橘。」(梁‧蕭子範〈望秋月〉)「流螢映月明空帳，疏葉從風入斷機。」(陳‧張正見〈賦得佳期竟不歸〉)凡此皆為以景襯情之句。

2. 棄婦去妾

歌詠此類女性怨情之篇什不多，試舉三例以見一斑：

入堂值小婦，出門逢故夫。含辭未及吐，絞袖且踟躕。搖茲扇似月，掩此淚如珠。今懷固無已，故情今有餘。(梁‧元帝〈戲作艷詩〉)

棄妾在河橋，相思復相遼。鳳凰簪落鬢，蓮花帶緩腰。腸從別處斷，貌在淚中消。願君憶疇昔，片言時見饒。(梁‧吳均〈去妾贈前夫〉)

自知心裏恨，還向影中羞。迴時昔懍懍，變作今悠悠。還

君與妾珥，歸妾奉君裘。弦斷猶可續，心去最難留。(梁・
王僧孺〈為姬人自傷〉)

第一首，描寫值小婦、逢故夫時尷尬、幽怨之複雜情緒，「故情今有
餘」，則顯示棄婦堅毅不變之情思。次首，重在敍述去妾念舊之苦，
以「鳳皇簪落鬢，蓮花帶緩腰」，言其形容憔悴，結語「願君憶疇昔，
片言時見饒」二句，尤見去妾之哀怨、懷故與無助，引動讀者惻隱之
心。第三首，則以今昔之比呈現愛恨交織之情感，末以「弦斷猶可續，
心去最難留」作結，此乃棄婦於絕望中之領悟。此外梁簡文帝〈詠人
棄妾〉、〈傷美人〉，何遜〈為人妾怨〉、〈為人妾思〉二首，王僧孺〈何
生姬人有怨〉等，亦為典型作品。作者皆採代言方式，益以細緻之筆
法出之，特感真切。試讀「獨鵠罷中路，孤鸞死鏡前」、「香燒日有歇，
花落無還時」、「徒令惜萱草，蔓延滿空房」、「別待春山上，相看采蘼
蕪」、「欲去淚無眥，不看悲復甚」諸語，不盡之哀思溢於筆端矣。

3. 藝妓倡女

此類身份之女子，於男性社會中為感官享受之工具，自無地位及
自尊可言，每於短暫之歡樂後，益感身世寂寞淒涼，而心無所托。即
身處繁華之中，既憂韶光易逝，恩幸不再，又恐歲月不待，盛年難永。
艷情詩中，不乏描摹此類女子心理狀態與哀怨情懷之篇什。

夜來坐幾時，銀漢傾露落。澄滄入閨景，葳蕤被園藿。絲
管感慕情，哀音遶梁作。芳盛不可恒，及歲共為樂。天明
坐當散，琴酒駛弦酌。(宋・鮑照〈夜聽妓〉二首之一)

酒闌日隱樹，上客請調絃。嬌人挾瑟至，逶迤未肯前。舊
愛今何在？新聲徒自憐。有曲無人聽，徒倚高樓前。(梁・
何澄〈增新曲相對聯句〉)

青樓誰家女，開窗弄碧弦。貌同朝日麗，裝競午花然。一
彈哀塞鴻，再撫哭春鵑。此情人不會，東風千里傳。(陳・
吳尚野〈詠鄰女樓上彈琴〉)

綺窗臨畫閣，飛閣繞長廊。風散同心草，月送可憐光。彷佛

簾中出，妖麗特非常。耻學秦羅髻，羞爲樓上妝。散誕披紅帔，生情新約黃。斜燈入錦帳，微煙出玉牀。六安雙璵瑁，八幅兩鴛鴦。猶是別時許，留致解心傷。含涕坐度日，俄頃變炎涼。玉關驅夜雪，金氣落嚴霜。飛狐驛使斷，交河川路長。蕩子無消息，朱唇徒自香。（梁・簡文帝〈倡婦怨情十二韻〉）

倡人歌吹罷，對鏡覽紅顏。拭紛留花稱，除釵作小鬟。綺燈停不滅，高扉掩未關。良人在何處？光唯見月還。（陳・徐陵〈和王舍人送客未還閨中有望〉）

第一首前四句說明時、地、景，而後由景入情，寫妓人藉樂聲抒發怨情，既是「芳盛不可恒」、「天明坐當散」，只得「及歲共爲樂」、「琴酒馳弦酌」，無奈之情令人腸斷。次首則抒歡樂短促，知音難求之慨嘆。第三首，寫青樓女子無人同情愛憐，祈借東風傳送哀音，暗含追尋真情至愛之奢望。第四首，前半段描寫倡婦之華居、艷容與裝飾，由蕩子別時贈物「六安雙璵瑁，八幅兩鴛鴦」以引出傷情，轉承之間，不露痕跡。「蕩子無消息，朱唇徒自香」，纏綿哀艷。第五首，敍述曲終人散，閨中寂寂，倡人覽鏡卸妝，不禁悲從中來之情境，「良人在何處？光唯見月還」，多少寂寞，盡在不言中矣。

鮑照〈夜聽妓〉二首之二，梁簡文帝〈詠舞〉二首之二、〈倡樓怨節〉、〈賦樂名得箜篌〉，梁元帝〈和彈箏人〉二首之一、〈詠歌〉，劉遵〈應令詠舞〉，殷芸〈詠舞〉，何遜〈詠娼婦〉，陳後主〈聽箏〉，徐陵〈奉和詠舞〉等，詩中皆有哀怨之辭。如：「傾情逐節寧不苦？等爲盛年惜容華。」（宋・鮑照〈夜聽妓〉二首之二）「上客何須起，啼烏曲未終。」（梁・簡文帝〈詠舞〉）「年馳節流易盡，何爲忍憶含羞。」（梁・簡文帝〈倡樓怨節〉）「欲知心不平，君看黛眉聚。」（梁・簡文帝〈賦樂名得箜篌〉）「悔道啼將別，教成今日悲。」（梁・元帝〈和彈箏人〉）「聊因斷續唱，試托往還風。」（梁・庾肩吾〈詠舞〉）「所愁餘曲罷，爲欲在君前。」（梁・劉遵〈應令詠舞〉）「月昏樓上坐，含悲望別離。已切空牀怨，復看花柳枝。」（梁・何遜〈增新曲

相對聯句〉）「方知難再得，所以遂傾城。」（梁‧殷芸〈詠舞〉）「秦聲本自楊家解，吳歈那知謝傅憐。祇愁芳夜促，蘭膏無那煎。」（陳後主〈聽箏〉）「當由好留客，故作舞衣長。」（陳‧徐陵〈奉和詠舞〉）「誰念當窗牖，相望獨盈盈。」（梁‧何遜〈詠娼婦〉）

（三）詠兩性情愛者

此類篇什或詠夫妻情愛，或述少年懷春，或寫愛慕相思，或傷逝悼亡，惟數量不多，僅可視為艷情詩中之點綴題材。

> 楊柳葉纖纖，佳人懶纖縑。正衣還向鏡，迎春試捲簾。摘梅多繞樹，覓燕好窺簷。只言逐花草，計較應非嫌。（梁‧簡文帝〈春閨情〉）

> 春從何處來？拂水復驚梅。雲障青瑣闥，風吹承露臺。美人隔千里，羅幃閉不開。無由得共語，空對相思杯。（梁‧吳均〈春詠〉）

> 雨驟行人斷，雲聚獨悲深。儻更逢歸鴈，一一傳情心。（梁‧王湜〈贈情人〉）

> 墓前一株柏，連根復並枝。妾心能感木，頹城何足奇？（梁‧衛敬瑜妻王氏〈連理詩〉）

> 霧夕連山水，霞朝日照梁。何如花燭夜，輕扇掩紅妝。良人復灼灼，席上自生光，所悲高駕動，環佩出長廊。（梁‧何遜〈看伏郎新婚〉）

第一首，描寫閨閣佳人悠閒尋春之情懷。次首，寫逢春時節，益動相思之念，然美人千里，不能一親芳澤，只得「空對相思杯」聊寄遠念。第三首，作者以景運情，因雨驟而斷消息，視雲聚而自憐幽獨，唯有祈托歸鴈傳送悠悠情心。第四首，言夫妻至愛，可動天地，孟姜女哭頹長城，貞女樹柏成連理，皆不足奇也。第五首，刻畫新婦之嬌羞、喜悅與輕愁。

梁簡文帝〈同庾肩吾四詠〉二首之二、梁武帝〈聯句詩〉、王僧孺〈為人有贈〉、何子朗〈學謝體〉、王淑英妻劉氏〈贈夫〉、徐悱妻

劉氏〈答外〉二首、劉瑗〈左右新婚〉、施榮泰〈雜詩〉、陳後主〈寄碧玉詩〉等，亦爲此類詩中代表之作。

　　此外若干怨情詩篇，或作者未言明對象之身份，或詠古代美女，或內容零雜不易歸屬者，如：謝惠連〈失題〉、梁簡文帝〈望月〉、何思澄〈奉和湘東王教班婕妤〉、孔翁歸〈奉和湘東王教班婕妤〉、周弘正〈詠斑竹掩團扇〉、徐湛〈賦得班去趙姬升〉等，因數量不多，亦乏佳作，故僅略提於篇末。

第四章　南朝詩之特殊體製

第一節　由格律論特殊體製

　　漢魏古詩格律自由，無論押韻、聲調、對仗皆無定法，但取「清濁通流，口吻調利」而已。（鍾嶸《詩品·下品·序》語）時至南朝，駢儷之風盛行，聲律學說興起，益以樂府小詩之影響，新形式之古詩遂應運而生。如晉以前之古詩多全篇一韻，迨梁陳諸子之作，則易為兩句、四句或八句換韻，且平、仄韻遞用，使全篇音調愈趨流利活潑，此實開唐人古詩體製。而有規律之長短體亦以此時為嚆矢。考《詩經》與漢樂府中已有長短體，惟多屬偶然雜用，並無特定形式。降及南朝，沈約、蕭衍、蕭綱諸名家所作之〈江南弄〉，字句體製均同，可見斯時已有定式長短體之製作，其後遂演變為唐宋詞體之雛形。唐人絕句，為中國詩歌之精粹，溯其源流，則南朝五、七言小時，當居助長之功。漢魏樂府與諸家詩集中雖有五言四句形式，但質量皆微不足道，至宋代受吳歌、西曲之影響，其體始盛，如謝靈運、鮑照、謝惠連、謝莊、湯惠休等均有此類作品。及至永明，不但作者日眾，篇幅日繁，且技巧益精，五言小詩始告成立。七言小詩發展較緩，然湯惠休〈秋思引〉已具其形體，至簡文帝〈和蕭侍中子顯春別〉四首之一及〈夜望單飛鴈〉，則已可視為七言絕句之先河矣，可知小詩起源雖遠在漢末建安，然至南朝體製始備，因而啟導唐人絕句全盛之機運。

至於講求韻律與對偶之律體，於南朝亦有嘗試之作，如謝莊〈侍宴蒜山〉、〈侍東耕〉二首、范雲〈巫山高〉等已具五律雛形。當代詩家如謝朓、沈約、簡文帝蕭綱、何遜、陰鏗、徐陵、庾信諸人，莫不傾力製作，使五言律體漸趨成熟。簡文〈春情曲〉可視爲七言律詩之濫觴，至庾信〈烏夜啼〉則其體製大備。論及排律，庾丹〈秋閨有望〉，已具五言排律體式，沈君攸〈薄暮動絃歌〉，亦略具七言排律之規模。由此得見，各種古典詩歌形式，均由此一時期詩人之先後努力創作而漸趨於完成。故言南朝詩歌形式，乃上承漢魏，下開唐宋，其貢獻謂之陵轢前代，垂範將來，殆不誣也。本章即專就對唐代古風及近體詩具有直接影響之轉韻古詩、五、七言小詩、與類於律體之五言八句詩三者，詳加敍述。

一、轉韻之古詩

古詩轉韻，並非始自南朝，《詩經》中已有換韻之例，又漢古詩十九首，「行行重行行，相去日已遠」以下，由支韻轉爲阮韻。惟晉以前，轉韻古詩並不多見，〔註1〕且換韻之間隔與韻腳之聲調皆未講求。迨南朝聲律學說興起，辨四聲、論八病，王融、沈約創其首，梁陳諸子揚其波，終蔚爲一時風尚。從而古詩轉韻之體製作日繁，或二句、或四句、或八句一換韻，且多平仄韻遞用，以求聲調之活潑流利，此與樸拙之漢魏古詩體製有別，可視爲唐代古風之先河。

南朝初期，轉韻之體仍未普及，偶見於孫綽、庾闡、陶淵明、湛方生、顏延之、謝靈運、鮑照諸作中，至齊梁風氣始大開，王儉、王融、蕭綱、沈約、江淹、王僧孺、吳均、何遜、王筠、劉孝綽、劉孝威、江總等爲此體重要作家，茲舉若干具代表性之作品於后，以見一斑。〔註2〕

〔註 1〕晉以前古詩有一首數章之體，各章用韻皆不相同，或可視爲換韻古詩之雛形，然此種形式實自《詩經》而來。

〔註 2〕韻書之作，始於魏李登《聲類》，稍後較著者則有晉呂靜《韻集》、周彥

　〈時運〉一首　　晉・陶淵明

　　邁邁時運，穆穆良朝。襲我春服，薄言東郊。山滌餘靄，
　　宇曖微霄。有風自南，翼彼新苗。洋洋平澤，乃漱乃濯。
　　邈邈遐景，載欣載矚。稱心而言，人亦易足。揮茲一觴，
　　陶然自樂。延目中流，悠悠清沂。童冠齊業，閑詠以歸。
　　我愛其靜，寤寐交揮。但恨殊世，邈不可追。斯晨斯夕，
　　言息其廬，花藥分列，林竹翳如。清琴橫床，濁酒半壺。
　　黃唐莫逮，慨獨在余。

全詩三十二句，八句一轉韻，共用四韻。

　〈酬丁柴桑〉一首　　晉・陶淵明

　　有客有客，爰來宦止。秉直司聰，于惠百里。飡勝如歸，
　　聆善若始，匪惟諧也，屢有良游。載言載眺，以寫我憂。
　　放歡一遇，既醉還休。實欣心期，方從我游。

全詩十四句，共用二韻。前六句一韻，後八句換韻。

　〈遊園詠〉　　晉・湛方生

　　諒茲境之可懷，究川阜之奇勢。
　　水窮清以澈鑒，山鄰天而無際。
　　乘初霽之新景，登北館以悠矚。
　　對荊門之孤阜，傍魚陽之秀岳。
　　乘夕陽而含詠，杖輕策以行遊。
　　襲秋蘭之流芬，幌長猗之森修。
　　任緩步以升降，歷丘墟而四周。

　　倫《四聲切韻》、夏侯詠《韻略》、陽休之《韻略》、周思言《音韻》、李
　　季節《音譜》、杜臺卿《韻略》等，然皆散佚無存，即隋陸法言《切韻》，
　　唐孫緬《唐韻》亦亡佚（近有發現者，亦不完整），今流行者唯宋陳彭
　　年等撰之《廣韻》與丁度等撰之《集韻》。《廣韻》雖多存法言舊目，然
　　因古今音變之故，《廣韻》之分類分組及字之音讀，與南北朝韻書所記，
　　必有出入。民元革命以後，音韻學家亦兼務南北朝語音之研究，且有專
　　書問世，如：王越《魏晉南北朝之脂支及東中二部之演變》、王力《南
　　北朝詩人用韻考》、于安瀾《漢魏六朝韻譜》、羅常培、周祖謨合著之《漢
　　魏晉南北朝韻部演變研究》，而諸家之作各有得失，不足盡憑，故置而
　　不用，僅以《廣韻》及陸德明《經典釋文》爲據，窺其大概。

　　智無涯而難恬，性有方而易適。

　　差一毫而遽乖，徒理存而事隔。

　　故羈馬思其華林，籠雉想其皐澤。

　　矧流客之歸思，豈可忘於疇昔。

全詩六言二十二句，換韻之間隔爲四句、四句、六句、八句，共用四
韻。

　　〈三月三日詔宴西池詩〉　宋・顏延之

　　河嶽曜圖，聖時利見。於赫有皇，升中納禪。載貞其恒，
　　載通其變。大哉人文，至矣天睠。昭哉儲德，靈慶攸繁。
　　明兩紫宸，景物乾元。帝宗蓊藹，惟城惟蕃。袞衣善職，
　　彤弓受言。飾館春宮，稅鑣青輅。長筵逶迤，浮觴沿泝。

全詩四言二十句，換韻之間隔爲八句、八句、四句，共用三韻，且平
仄韻遞用。

　　〈登臨海嶠初發疆中作與從弟惠連可見羊何共和之〉　宋・
　　謝靈運

　　杪秋尋遠山，山遠行不近。與子別山阿，含酸赴脩畛。
　　中流袂就判，欲去情不忍。顧望脰未悁，汀曲舟已隱：
　　隱汀絕望舟，鷟棹逐驚流。欲抑一生歡，并奔千里遊。
　　日落當棲薄，繫纜臨江樓。豈惟夕情歛，憶爾共淹留：
　　淹留昔時歡，復增今日歎。茲情已分慮，況乃協悲端。
　　秋泉鳴北澗，哀猿響南巒。戚戚新別心，悽悽久念攢：
　　攢念攻別心，且發清溪陰。暝投剡中宿，明登天姥岑。
　　高高入雲霓，還期那可尋。儻遇浮丘公，長絕子徽音。

全詩五言三十二句，每八句一換韻，共用四韻。

　　〈答休上菊人〉　宋・鮑照

　　酒出野田稻，菊生高岡草。味貌復何奇，能令君傾倒。
　　玉椀徒自羞，爲君慨此秋。金蓋覆牙柈，何爲心獨愁。

全詩五言八句，四句一換韻，共用二韻，平仄遞用。

　　〈擬古〉八首　宋・鮑照

　　河畔草未黃，胡雁已矯翼，秋蛩挾戶吟，寒婦晨夜織。

去歲征人還，流傳舊相識。聞君上隴時，東望久歎息。
宿昔改衣帶，日暮異容色。念此意如何，夜長憂向多。
明鏡塵匣中，寶瑟生網羅。(之七)

全詩五言十四句，共用二韻。前韻十句，後韻四句，平仄遞用。

〈侍皇太子釋奠宴〉　齊·王儉

禮惟國幹，義實民端。身由業澡，世以教安。金鎔乃器，
水術伊瀾。漸芳則馥，履冰固寒。瞀宗務時，類宮善誘。
咨此含生，躋彼仁壽。淳移雅缺，歷茲永久。遊藝莫師，
獨學誰友。三兆戒辰，八鸞警旦。風動蒿宮，雲棲參館。
禮邁仁周，樂超英漢。神保爰格，祝史斯贊。鬱邑既終，
德馨是與。降冕上庠，升宴東序。槐宰金貞，藩維玉譽。
時彥莘莘，國胄楚楚。

全篇五言三十二句，每八句一轉韻，共用四韻。

〈古意〉二首　齊·王融

霜氣下孟津，秋風度函谷，念君淒已寒，當軒卷羅縠。
纖手廢裁縫，曲鬢罷膏沐。千里不相聞，寸心鬱氤氳。
況復飛螢夜，木葉亂紛紛。(之二)

全篇五言十句，前六句一韻，後四句一韻，平仄遞用。

〈九日侍皇太子樂遊苑〉　梁·簡文帝

離光麗景，神英春裕。副極儀天，金鏘玉度。監撫昭明，
善物宣布。惠潤崑瓊，澤熙垂露。秋晨精曜，駕動宮闈。
露點金節，霜沈玉璣。玄戈側影，翠羽翻暉。庭迴鶴蓋，
水照犀衣。蘭羞薦俎，竹酒澄芬。千音寫鳳，百戲承雲。
紫燕躍武，赤兔越空。橫飛鳥箭，半轉蛇弓。

全篇四言二十四句，共用四韻，換韻之間隔為八句、八句、四句、四句。

〈執筆戲書〉　梁·簡文帝

舞女及燕姬，倡樓復蕩婦。參差大庾發，搖曳小垂手。
釣竿蜀國彈，新城折陽柳。玉案西王桃，蠡杯石榴酒。
甲乙羅帳異，辛壬房戶暉。夜夜有明月，時時憐更衣。

全篇五言十二句，共用二韻，前韻八句，後韻四句，平仄遞用。

〈為南郡王侍皇太子釋奠宴〉二首　梁・沈約

　　義重師匡，業貴虛受。襄野順風，西河杜帚。表跡虧光，
　　降情迴首。道御百靈，神行萬有。尊學尚矣，繼列傳徽。
　　旗章或舛，茲道莫違。自堂及室，異軫同歸。洋洋聖範，
　　楚楚儒衣。(之二)

全篇四言十六句，每八句換一韻，平仄遞用。

〈八詠詩〉　梁・沈約

　〈歲暮愍衰草〉

　　愍衰草，衰草無容色。憔悴荒逕中，寒荄不可識。昔時兮
　　春日，昔日兮春風。含華兮佩實，垂綠兮散紅。氛氳鳷鵲
　　右，照耀望仙東。送歸顧慕泣淇水，嘉客淹留懷上宮。巖
　　陬兮海岸，冰多兮霰積。爛熳兮客根，攢幽兮寓隙。布綿
　　密于寒皋，吐纖疏於危石。既惆悵於君子，倍傷心於行役。
　　露縞枝於初旦，霜紅天於始夕。凋芳卉之九衢，實靈茅之
　　三脊。風急崤道難，秋至客衣單。既傷簷下菊，復悲池上
　　蘭。飄落逐風盡，方知歲早寒。流螢暗明燭，雁聲斷續續。
　　姜絕長信宮，蕪穢丹墀曲。霜奪莖上紫，風銷葉中綠。山
　　變兮青薇，水折兮黃葦。秋鴻兮疎引，寒鳥兮聚飛。逶荒
　　寒草合，桐長舊巖圍。園庭漸蕪沒，霜露日沾衣。願逐晨
　　征鳥，薄暮共西歸。

全篇雜言四十六句，轉韻之間隔為四句、八句、十二句、六句、六句、
十句，共用六韻，平仄遞用。

〈八詠詩〉　梁・沈約

　〈霜來悲落桐〉

　　悲落桐，落桐早霜露。燕至葉未抽，鴻來枝已素。本出龍
　　門山，長枝仰刺天。上峯百丈絕，下趾萬尋懸。幽根已盤
　　結，孤枝復危絕。初不照光景，終年負霜雪。自顧無羽儀，
　　不願生曲池。芬芳本自乏，華實無可施。匠者特留眄，王
　　孫少見之。分取孤生梓，徙置北堂陲。宿莖抽晚幹，新葉

生故枝；故枝雖邊遠，新葉頗離離。春風一朝至，榮華並
如斯。自惟良菲薄，君恩徒照灼，顧已非嘉樹，空用憑阿
閣。願作清廟琴，爲舞雙玄鶴。薜荔可爲裳，文杏堪作梁。
勿言草木賤，徒照君末光；末光不徒照，爲君含噭咷。陽
柯綠水絃，陰枝苦寒調。厚德非可任，敢不虛其心。若逢
陽春至，吐綠照清潯。

全篇三言一句，五言四十三句。換韻之間隔爲四句、四句、四句、十
四句、六句、四句、四句、四句，共用八韻，平仄遞用。

〈雜體三十首〉　梁·江淹

〈謝法曹惠連贈別〉

昨發赤亭渚，今宿浦陽汭。方作雲峯異，豈伊千里別。
芳塵未歇席，零淚猶在袂。停艫望極浦。弭棹阻風雪；
風雪既經時，夜永起懷思。汎濫北湖遊，苕亭南樓期。
點翰詠新賞，開袠瑩所疑。摘芳愛氣馥，捨藥憐色滋；
色滋畏沃若，人事亦銷鑠。子衿怨勿往，谷風誚輕薄。
共秉延洲信，無慚仲路諾。靈芝望三秀，孤筠情所託；
所託已殷勤，祗足攪懷人。今行崿嶸外，銜思至海濱。
覿子杳未僝，款睇在何辰。雜珮雖可贈，疏華竟無陳；
無陳心悁勞，旅人豈遊遨。幸及風雪霽，青春滿江臯。
解纜候前侶，還望方鬱陶。煙景若離遠，末響寄瓊瑤。

全篇五言四十句，共用五韻，每韻八句。納袂兩字俱去聲，此詩作入
聲用。

〈答蕭新浦〉　梁·吳均

僕本二陵徒，英豪多久要。角觝良家兒，期門惡年少。
身紆丈二組，手擎尺一詔。問子行何去，高帆艤江干。
今夜杯酒別，明朝江水邊。莓莓看細雨，漠漠視濃煙。
颯灑八銅箭，低昂五會船。欲知故人者，江南共采蓮。
悒然心不樂，跨馬出城壕。觀濤看白鷺，望草見青袍；
青袍行中把，蔽草覆平野。公子不垂堂，紛紛故交者。
肘懸辟邪印，屋曜鴛鴦瓦。翩翩流水車，蕭蕭曳練馬。

是時君別我，青莎沒馬蹄。連連文蠶繭，驚驚伺朝雞。

今日予懷友，積恨滿東西。

全篇五言三十四句，換韻之間隔爲六句、十句、四句、八句、六句，共用五韻。

〈贈杜容成〉　梁・吳均

一燕海上來，一燕高臺息。一朝相逢遇，依然舊所識。

問我來何遲，關山幾紆直。答言海路長，風多飛無力。

昔別縫羅衣，春風初入幃。今來夏欲晚，桑蛾薄樹飛。

全篇五言十二句，前八句一韻，後四句一韻，平仄遞用。

〈學青青河邊草轉韻體爲人作其人識節工歌〉　梁・何遜

春園日應好，折花望遠道。秋夜苦復長，抱枕向空牀。

吹臺下促節，不言於此別。歌筵掩圍扇，何時一相見。

絃絕猶依軫，落落縈下枝。即此雖云別，方我未成離。

全篇五言十二句，前八句每句押韻，後四句隔句押韻。換韻之間隔爲二句、二句、二句、二句、四句，共用五韻。

〈侍宴餞臨川王北伐應詔〉　梁・王筠

金版韜英，玉牒蘊精。帝德乃武，王威有征。軒習弧矢，

夏陳干戚。周駕戎車，漢馳羽檄。我皇俊聖，千年踵武。

德洞十門，威加八柱。金正紀德，水行失道。胡馬南牧，

戎徒西保。荐食伊瀍，整居豐鎬。金關揚塵，銅臺茂草。

命彼膳夫，爰詔協律。樂賦出車，絃操吉日，玉饌駢羅，

瓊漿泛溢。聖德溫溫，賓儀秩秩。

全篇四言二十八句，換韻之間隔爲四句、四句、四句、八句、八句，共用五韻。

〈詒孔中丞奐〉　陳・江總

我行五嶺表，辭鄉二十年。聞鶯欲動詠，披霧即依然。

疇昔同僚寀，今隨年代改。借問藏書處，唯君故人在；

故人名宦高，霜簡肅權豪。誰知懷九歎，徒然泣二毛。

步出東郊望，心游江海上。遇物便今古，何爲不惆悵。

初晴原野開，宿雨潤條枚。叢花曙後發，一鳥霧中來。

淹留蘭蕙苑，吟嘯芳菲晚。忘懷靜躁間，自覺風塵遠。

白社聊可依，青山乍採薇。鍾牙乃得性，語默豈同歸。

全篇五言二十八句，每四句換一韻，共用七韻，平仄遞用。

〈姬人怨服散篇〉　陳・江總

薄命夫壻好神仙，逆愁高飛向紫煙。金丹欲成猶百鍊，

玉酒新熟幾千年。妾家邯鄲好輕薄，特忿仙童一九藥。

自悲行處綠苔生，何悟啼多紅紛落。莫輕小婦狎春風，

羅襪也得步河宮。雲車欲駕應相待，羽衣未去幸須同。

不學蕭史還樓上，會逐姮娥戲月中。

全篇七言十四句，前八句每四句一換韻，最後六句一韻，共用三韻，
平仄韻遞用。

〈賦得黃鵠一遠別〉　陳・阮卓

霜風秋月映樓明，寡鶴偏樓中夜驚。月下徘徊顧別影，

風前悽斷送離聲；離聲一去斷還續，別響時來疎復促。

聊看遠客贈綾紋，彌怨閒宵雅琴曲。恆思昔日稻粱恩，

理翮整翰上君軒。獨舞輕飛向吳市，孤鳴清唳出雷門。

王子吹笙忽相值，自覺飄飄雲裏駛。一舉千里未能歸，

惟有田饒解深意。

全篇七言十六句，每四句一換韻，共用四韻，平仄遞用。

　　由上舉諸例審之，其與唐代古風體製相去無多矣。南朝轉韻古詩
近唐風者，尚有下列諸作：

晉

　孫　綽：〈表哀詩〉——四言三十六句，換韻之間隔為八句、八句、
　　　　　四句、八句、八句，共用六韻。

　　　　　〈贈謝安〉——四言五十八句，換韻之間隔為八句、八句、
　　　　　八句、八句、六句、二句、四句、二句、十二句，共用
　　　　　九韻。

　庾　闡：〈孫登隱居詩〉——四言三十句，換韻之間隔為八句、八
　　　　　句、六句、八句，共用四韻。

〈遊仙詩〉十首之四——五言八句，四句一換韻，共
用二韻。

陶淵明：〈停雲〉——四言三十二句，換韻之間隔爲八句、十句、
六句、八句，共用四韻。

〈榮木〉——四言三十二句，每八句一換韻，共用四韻。

〈贈長沙公族祖〉——四首三十二句，每八句一換韻，共
用四韻。

〈答龐參軍〉——四言四十八句，換韻之間隔爲八句、八
句、十句、六句、八句、八句，共用六韻。

〈勸農〉，四言四十八句，每八句一換韻，共用六韻。

〈命子〉——四言八十句，每八句一換韻，共用十韻。

〈歸鳥〉——四言三十二句，每八句一換韻，共用四韻。

〈挽歌辭〉三首之三——五言十八句，前十句一韻，後八
句一韻。

湛方生：〈懷歸謠〉——五言二十四句，換韻之間隔爲四句、十二
句、八句，共用三韻。

宋

顏延之：〈爲皇太子侍宴餞衡陽南平二王應詔詩〉——四言十六
句，八句一換韻，共用二韻。

謝靈運：〈三月三日侍宴西池詩〉——四言十四句，前八句一韻，
後六句一韻。

〈酬從弟惠連〉——五言四十句，每八句一換韻，共用五
韻。

謝惠連：〈西陵遇風獻康樂〉——五言四十句，每八句一換韻，共
用五韻。

鮑　照：〈翫月城西門〉——五言二十二句，換韻之間隔爲二句、
二句、八句、十句，共用四韻。

范　泰：〈經漢高廟〉——五言十句，前四句一韻，後六句一韻。

吳邁遠：〈飛來雙白鶴〉——五言十八句，前十二句一韻，後六句
　　　　一韻。

顏　竣：〈淫思古意〉——五言八句，前四句一韻，後四句一韻。

荀　昶：〈擬青青河畔草〉——五言二十句，換韻之間隔為二句、
　　　　二句、二句、二句、四句、八句，共用六韻。

齊

王　儉：〈侍皇太子九日宴玄圃詩〉——四言二十六句，換韻之間
　　　　隔為八句、六句、八句、四句，共用四韻。
　　　　〈贈徐孝嗣〉——四言十六句，八句一換韻，共用二韻。

陸　厥：〈奉答內兄希叔〉——五言四十句，每八句一換韻，共用
　　　　五韻。

梁

簡文帝：〈三日侍皇太子曲水宴〉——四言二十四句，每八句一換
　　　　韻，共用三韻。
　　　　〈應令詩〉——四言十四句，前六句一韻，後八句一韻。
　　　　〈贈張纘〉——五言十八句，每六句換一韻，共用三韻。
　　　　〈戲作謝惠連體十三韻〉——五言二十六句，換韻之間隔
　　　　為四句、二句、四句、六句、四句、六句，共用六韻。
　　　　〈傷離新體〉——五七雜言四十句，換韻之間隔為四句、
　　　　十句、八句、二句、二句、六句、八句，共用七韻。

元　帝：〈春日〉——五言十八句，換韻之間隔為四句、四句、六
　　　　句、四句，共同四韻。

沈　約：〈侍皇太子釋奠宴〉——四言二十二句，換韻之間隔為八
　　　　句、八句、六句，共用三韻。
　　　　〈三日侍鳳光殿曲水宴應制〉——四言二十四句，換韻之
　　　　間隔為六句、八句、四句、六句，共用四韻。

〈爲臨川王九日侍太子宴〉——四言二十八句，換韻之間隔爲八句、四句、八句、八句，共用四韻。

〈九日侍晏樂遊苑〉——四言二十二句，換韻之間隔爲八句、六句、八句，共用三韻。

〈和王中書德充詠白雲〉——五言十四句，前六句一韻，後八句一韻。

〈八詠詩〉之〈登臺望秋月〉——雜言四十句，換韻之間隔爲四句、八句、十句、二十句，共用四韻。

〈八詠詩〉之〈會圃臨春風〉——雜言四十八句，換韻之間隔爲四句、四句、二句、四句、六句、六句、四句、四句、十四句，共用九韻。其中陌韻重用。

〈八詠詩〉之〈夕行聞夜鶴〉——雜言四十句，換韻之間隔爲四句、六句、八句、八句、四句、十句，共用六韻。其中支韻重用。

〈八詠詩〉之〈晨征聽曉鴻〉——雜言四十句，換韻之間隔爲十八句、十二句、十句，共用三韻。

〈八詠詩〉之〈解佩去朝市〉——雜言四十句，換韻之間隔爲四句、二十六句、八句、二句，共用四韻。

江　淹：〈雜體〉三十首之〈古離別〉——五言十四句，前八句一韻，後六句一韻。

〈雜體〉三十首之〈魏文帝曹丕遊宴〉——五言十八句，前十四句一韻，後四句一韻。

〈雜體〉三十首之〈陳思王曹植贈友〉——五言十八句，前四句一韻，後十四句一韻。

〈雜體〉三十首之〈潘黃門岳述哀〉——五言二十四句，前十四句一韻，後十句一韻。

〈雜體〉三十首之〈陸平原機羈臣〉——五言二十二句，前十二句一韻，後十句一韻。

丘　遲：〈侍宴樂遊苑送張徐州應詔〉——五言十四句，前四句一韻，後十句一韻。

任　昉：〈爲王嫡子侍皇太子釋奠宴〉——四言二十二句，換韻之間隔爲六句、八句、八句，共用三韻。

〈贈王僧孺〉——四言二十四句，每八句一換韻，共用三韻。

〈答劉居士〉——四言十六句，八句換一韻，共用二韻。

王僧孺：〈爲何庫部舊姬擬靡蕪之句〉（《藝文類聚》作〈爲何遜舊姬上山采靡蕪〉，丁福保案云：「《梁書》何炯曾爲庫部，移之何遜似誤。」）——五言八句，四句一換韻，共用二韻。

〈爲人傷近而不見〉——五言十句，換韻之間隔爲六句、二句、二句，共用三韻。

〈與司馬治書同聞鄰婦夜織〉——五言十句，前六句一韻，後四句一韻。

吳　均：〈重贈臨蒸郭某〉——四言二十四句，換韻之間隔爲八句、八句、六句、二句，共用四韻。

〈壽陽還與親故別〉——五言十四句，前八句一韻，後六句一韻。

何　遜：〈日夕望江山贈魚司馬〉——五言二十二句，換韻之間隔爲六句、八句、八句，共用三韻。

〈送韋司馬別〉——五言三十句，每六句換一韻，共用五韻，平仄韻遞用。

〈與蘇九德別〉——五言十二句，前八句一韻，後四句一韻。

蕭　琛：〈和元帝〉——五言十六句，前六句一韻，後十句一韻。

王　筠：〈摘安石柳贈劉孝威〉——五言十八句，前十二句一韻，後六句一韻。

劉孝綽：〈酬陸長史倕〉——五言一百二十二句，換之間隔爲六句、
　　　　四句、四句、八句、四句、二十四句、八句、二十四句、
　　　　十六句、八句、八句、八句，共用十二韻。
　　　　〈望月有所思〉——五言十二句，前四句一韻，後八句一
　　　　韻。
劉孝威：〈重光詩〉——四言三十四句，換韻之間隔爲十句、十四
　　　　句、四句、六句，共用四韻。
　　　　〈鄀縣遇見人織率爾寄婦〉——五言四十二句，換韻之間
　　　　隔爲八句、四句、六句、八句、四句、六句、六句，共
　　　　用七韻。
徐　　勉：〈和元帝〉——五言十四句，前六句一韻，後八句一韻。
陸　　倕：〈以詩代書別後寄贈〉——五言八十四句，換韻之間隔爲
　　　　二十句、四句、十二句、四句、二十六句、十句、八句，
　　　　共用七韻，平仄韻遞用。
荀　　濟：〈贈陰梁州〉——五言一百一十八句，換韻之間隔爲二十
　　　　句、十四句、十四句、六句、十句、八句、八句、十句、
　　　　十二句、十六句，共用十韻。
費　　昶：〈華光省中夜聞城外擣衣〉——五言三十六句，換韻之間
　　　　隔爲六句、二句、二句、六句、四句、六句、十句，共用
　　　　七韻。
鮑　　泉：〈奉和湘東王春日〉——五言十八句，換韻之間隔爲四句、
　　　　四句、四句、六句，共用四韻。
紀少瑜：〈擬吳均體應教〉——五言八句，四句換一韻，共用二
　　　　韻。
沈君攸：〈羽觴飛上苑〉——五言十六句，八句一換韻，共用二
　　　　韻。
　　　　〈雙燕離〉——雜言十七句，前十二句一韻，中間三句一
　　　　韻，後兩句一韻，共用三韻，句句押韻。

王　樞：〈至烏林村見採桑者因有贈〉——五言八句，四句一換
　　　韻，共用二韻。

陳

徐　陵：〈爲羊兗州家人答餉鏡〉——五言八句，四句一換韻，共
　　　用二韻。

張正見：〈賦得佳期竟不歸〉——七言十四句，換韻之間隔爲四句、
　　　四句、六句，共用三韻，平仄韻遞用。

江　總：〈贈賀左丞蕭舍人〉——五言四十句，每十句換一韻，共
　　　用四韻，平仄韻遞用。
　　　〈秋日新寵美人應令〉——七言十六句，換韻之間隔爲六
　　　句、六句、四句，共用三韻，平仄韻遞用。
　　　〈新入姬人應令〉——七言十八句，每六句一換韻，共用
　　　三韻，平仄韻遞用。
　　　〈內殿賦新詩〉——七言十二句，換韻之間隔爲六句、四
　　　句、二句，共用三韻，平仄韻遞用。

蕭　詮：〈賦得婀娜當軒織〉——七言十四句，換韻之間隔爲四句、
　　　四句、六句，共用三韻，平仄韻遞用。

賀　循：〈賦得庭中有奇樹〉——七言十六句，四句一轉韻，共用四
　　　韻。

陽　縉：〈俠客控絕影〉——七言十六句，換韻之間隔爲六句、四
　　　句、六句，共用三韻，平仄韻遞用。

二、五、七言小詩

　　南朝七言小詩作品有限，而五言小詩則質量皆頗可觀，尤以梁、
陳二代，製作繁多。梁簡文帝、元帝、宣帝、沈約、庾肩吾、何遜、
劉孝綽、劉遵、王偉，陳後主、江總等，均爲此體之重要作家。今僅
將若干形式、聲調近於唐代絕句者例舉於后，以明律絕實肇始於南朝

也。

〈夜望浮圖上相輪絕句〉　梁・簡文帝

光中辯垂鳳，霧裏見飛鸞。定用方諸水，持添承露盤。
－－①⊝｜　｜｜｜－｜　｜①－－｜　－－－｜－

（聲調異於唐律者以○爲記，以下同）

鸞、盤爲韻。全詩聲調僅首句三、四字不合唐律。〔註3〕

〈贈麗人〉　梁・簡文帝

腰肢本猶絕，眉眼特驚人。判自無相比，還來有洛神。
－－①⊝｜　－｜｜－－　｜｜｜－｜　－－｜｜－

人、神爲韻，全詩聲調僅首句三、四字不合唐律。

〈詠雲〉　梁・簡文帝

浮雲舒五色，瑪瑙應霜天。玉葉散秋影，金風飄紫煙。
－－－｜｜　｜｜｜－－　｜｜①－｜　－－－｜－

天、煙爲韻。全詩聲調僅第三句第三字不合唐律，犯孤平。〔註4〕

〈水中樓影〉　梁・簡文帝

水底眾恩出，萍間反字浮。風生色不壞，浪去影恆留。
｜｜－－｜　－－｜｜－　－－①｜｜　｜｜｜－－

浮、留爲韻。全詩聲調僅第三句第三字不合唐律。〔註5〕

〈夜望單飛鴈〉　梁・簡文帝

天霜河白夜星稀，一鴈聲嘶何處歸。
－－－｜｜－－　｜｜－－－｜－
早知半路應相失，不如從來本獨飛。
｜⊝①①｜－｜　①－⊝①｜｜－

稀、歸、飛爲韻。後二句聲調多違唐律，惟已具唐七絕雛形。

〈出江陵縣還〉二首之一　梁・元帝

遊魚迎浪上，雛雉向林飛。遠村雲裏出，遙船天際歸。
－－－｜｜　｜｜｜－－　｜⊝－①｜　－－－｜－

〔註3〕近體詩五言平起出句之第四字如拗平，則第三字斷須用仄。凡此以
　　　本句三四平仄互換自救者，稱爲「單拗」，仍屬合律。惟印之唐五絕
　　　平仄譜，此爲變調也。
〔註4〕近體詩，一句之中平聲字不可令單，謂之孤平，仄聲則不拘於此。
〔註5〕近體詩五言平起之第三字，如易平爲仄，下句亦可不救，依然合律，
　　　唐人律詩中常有此調。惟依平仄譜而言，仍屬變調。

飛、歸爲韻。全詩聲調僅第三句二、四字不合唐律。

〈宜男草〉　梁・元帝

可愛宜男草，垂采映倡家。何時如此葉，結實復含花。
丨丨－－丨　－①丨⊖－　－－丨丨丨　丨丨丨丨－

家、花爲韻。全詩聲調僅第二句二、四字不合唐律。

〈和湘東王後園迴文詩〉　梁・邵陵王綸

燭華臨靜夜，香氣入重幃。曲度聞歌遠，繁絃覺舞遲。
丨－－丨丨　－丨丨丨－　丨丨－－丨　－－丨丨－

幃、遲爲韻。全詩聲調與唐律無異。

〈閨妾寄征人〉　梁・武陵王紀

斂色金星聚，縈悲玉筋流。願君看海氣，憶妾上高樓。
丨丨－－丨　－－丨丨－　丨－①丨丨　丨丨丨－－

流、樓爲韻。全詩聲調僅第三句第三字不合唐律。

〈詠帳〉　梁・沈約

甲帳垂和璧，螭雲張桂宮。隋珠既吐曜，翠被復含風。
丨丨－－丨　－－－丨－　－－①丨丨　丨丨丨－－

宮、風爲韻。全詩聲調僅第三句第三字不合唐律。

〈登城怨〉　梁・范雲

楚妃歌脩竹，漢女奏幽蘭。獨以閨中笑，豈知城上寒。
丨－－⊖丨　丨丨丨－－　丨丨－－丨　丨－丨丨－

蘭、寒爲韻。全詩聲調僅首句第四字不合唐律。

〈從武帝登景陽樓〉　梁・柳惲

太液滄波起，長楊高樹秋。翠華承漢遠，雕輦逐風游。
丨丨－－丨　－－－丨－　丨－－丨丨　－丨丨－－

秋、遊爲韻。全詩聲調合唐律。

〈遠看放火〉　梁・庾肩吾

風前細塵起，月裏黑煙生。發焰看喬木，侵光識遠城。
－－①⊖丨　丨丨丨－－　丨丨－丨丨　－－①丨－

生、城爲韻。全詩聲調僅第一句三、四字，及第三句第三字異於唐律。

〈詠桂樹〉　梁・庾肩吾

新叢入望苑，蕭幹別層城。倩視今移處，何如月裏生。
－－①｜｜　｜｜｜－－　｜｜－－｜　－－｜｜－

城、生爲韻。全詩聲調僅首句第三字不合唐律。

〈送褚都曹聯句〉　梁·何遜

君隨結客去，我乃倦遊歸。本願同棲息，今成相背飛。
－－①｜｜　｜｜｜－－　｜｜｜－－　－－｜｜－

歸、飛爲韻。全詩聲調皆首句第三字不合律。

〈爲人妾怨〉　梁·何遜

燕戲還簷際，花飛落枕前。寸心君不見，拭淚坐調絃。
｜｜－－｜　－－｜｜－　｜－－｜｜　｜｜｜－－

前、絃爲韻。全詩聲調與唐律無異。

〈和詠舞〉　梁·劉孝儀

廻履裾香散，飄衫鈿響傳。低釵依促管，曼睇入繁絃。
－｜－－｜　－－｜｜－　－－－｜｜　｜｜｜－－

傳、絃爲韻。全首聲調與唐律無異。

〈禊飲嘉樂殿詠曲水中燭影〉　梁·劉孝威

火浣花心猶未長，金枝密焰已流芳。
｜｜－－｜｜－　－－｜｜｜－－

芙蓉池畔涵停影，桃花水脈引行光。
－－－｜｜－｜　－⊖①①｜⊖－

長、芳、光爲韻。前三句聲調與唐律無異，第四句頗見出入，然較梁簡文帝〈夜望單飛鴈〉，更近於唐七絕。

〈七夕穿針〉　梁·劉遵

步月如有意，情來不自禁。向光抽一縷，舉袖弄雙針。
｜｜－①｜　－－｜｜－　｜－－｜｜　｜｜｜－－

禁、針爲韻。全首聲調僅首句第四字不合唐律。

〈壞橋〉　梁·徐摛

匜欄生闇蘚，覆板沒魚衣。岸曲斜梁阻，何時香步歸。
｜－－｜｜　｜｜｜－－　｜｜－－｜　－－－｜－

衣、歸爲韻。全首聲調與唐律無異。

〈在渭陽賦詩〉　梁·王偉

平明聽戰鼓，薄暮敘存亡。楚漢方龍鬭，秦關陣未央。
－－－｜｜　｜｜｜－－　｜｜－－｜　－－｜｜－

亡、央爲韻。全首聲調與唐律無異。

〈城上烏〉 梁・朱超道

朝飛集帝城，猶帶夜啼聲。近日毛雖煖，聞弦心尚驚。
－－｜｜－ －｜｜－－ ｜｜｜－｜ －－－｜－

城、聲、驚爲韻。全詩聲調與唐律無異。

〈詠歌眠〉 梁・戴暠

拂枕薰紅帊，廻燈復解衣。傍邊知夜永，不喚定應歸。
｜｜－－｜ －－｜｜－ ｜－－｜｜ ｜｜｜－－

衣、歸爲韻。全詩聲調與唐律無異。

〈聞侯方兒來寇〉 梁・僧正惠侃

羊皮贖去士，馬革斂還尸。天下方無事，孝廉非哭時。
－－①｜｜ ｜｜｜－－ －｜－－｜ ｜－－－－

尸、時爲韻。全詩聲調僅首句第三字不合唐律。

〈摘同心梔子贈謝娘因附此詩〉 梁・徐悱妻劉氏

兩葉雖爲贈，交情永未因。同心何處恨，梔子最關人。
｜｜－－｜ －－｜｜－ －－－｜｜ －｜｜－－

因、人爲韻。全首聲調與唐律無異。

〈破扇〉 陳・許倪

蔽日無全影，搖風有半涼。不堪郭巧笑，猶足動衣香。
｜｜－－｜ －－｜｜－ ｜－－｜｜ －｜｜－－

涼、香爲韻。全首聲調與唐律無異。

〈詠袙複〉一首 陳・蕭驎

的的金紗淨，離離寶撮分。纖腰非學楚，寬帶爲思君。
｜｜－－｜ －－｜｜－ －－－｜｜ －｜｜－－

分、君爲韻。全首聲調與唐律無異。

〈隔壁聽妓〉 陳・蕭琳

徒聞弦管切，不見舞腰廻。唯有歌梁共，應飛一半來。
－－－｜｜ ｜｜｜－－ －｜－－｜ －｜｜－－

廻、來爲韻。全首與唐律無異。

南朝五、七言小詩格律近於唐代絕句者，除上舉二十八首外，尚有下列諸作：

晉　郗　雲　〈蘭亭〉。

宋　王僧達　〈朱櫻〉。

梁　簡文帝　〈和人渡水〉、〈石橋〉、〈金閨思〉二首之一、〈遙
　　　　　　望〉、〈梁塵〉、〈新燕〉、〈和蕭侍中春別〉四首之
　　　　　　一（七言）。

　　宣　帝　〈麈尾〉。

　　武陵王紀　〈明君詞〉。

　　沈　約　〈詠梨應詔〉，〈早行逢故人車中為贈〉。

　　范　雲　〈酧修仁水賦詩〉、〈四色詩〉五首之四、之五。

　　柳　惲　〈從武帝登景陽樓〉，〈贈吳均〉二首之二。

　　庾肩吾　〈道館〉、〈詠長信宮中草〉、〈新苔〉、〈被執作詩〉
　　　　　　一首、〈雜句〉四首之一、之二、〈山中雜詩〉三
　　　　　　首之二。

　　何　遜　〈邊城思〉、〈閨怨〉二首之二。

　　劉孝綽　〈和詠歌人偏得日照詩〉、〈詠眼〉、〈賦得始歸
　　　　　　鴈〉、〈詠織女〉、〈詠石蓮〉。

　　劉孝威　〈枯葉竹〉。

　　劉　遵　〈七夕穿針〉、〈四時行生回〉（七言）。

　　陶弘景　〈詔問山中何所有賦詩以答〉。

　　徐　怦　〈夏日〉。

　　王　偉　〈獄中贈人詩〉。

　　王臺卿　〈同蕭治中十詠〉二首之二〈南浦別佳人〉。

　　朱超道　〈詠翦綵花〉。

　　施縈泰　〈王昭君〉。

　　姚　翻　〈夢見故人〉。

　　范　筠　〈詠箸〉。

　　劉　泓　〈詠繁華〉。

陳　後　主　〈入隋侍晏應詔〉、〈幸玄武湖餞吳興太守任惠〉、

　　　　　　　　　〈詠鶴〉。

　　江　總　　〈侍宴賦得起坐彈鳴箏〉、〈於長安歸還揚州九月
　　　　　　　　　九日行薇山亭賦韻〉。
　　樂昌公主　　〈餞別自解〉。
　　劉　刪　　〈詠蟬〉。
　　謝　燮　　〈早梅〉。

三、五言八句詩

　　此類作品較五言小詩益夥，尤以梁陳二代之名家如：昭明太子（蕭統）、蕭文帝（蕭綱）、元帝（蕭繹）、沈約、庾肩吾、吳均、王筠、朱超道、陰鏗、徐陵、張正見、江總等皆大量製作，而部分篇什之格律、對仗幾與唐律無異。今舉若干代表作品，以明五言律體詩肇始於宋，及梁陳已近成熟矣。

　　〈侍宴蒜山〉（此首疑有闕文）　　宋·謝莊
　　龍旌拂紆景，鳳蓋起流雲。轉蕙方因委，層華正氛氳。
　　－－⊙⊖｜　｜｜｜－－　｜｜－｜｜　－－｜⊖－
　　煙竟山郊遠，霧罷江天分。〔註6〕調石飛延露，裁金起承雲。
　　－⊙－⊖｜　｜｜－⊖｜　－－｜－｜　－－｜－－

　　（聲調與唐律異者以○為記，以下同）

　　雲、氳、分、雲為韻，「雲」字重押。中二聯對仗頗工。全首聲調與唐律出入無多矣。

　　〈詠琵琶〉　齊·王融
　　抱月如可明，懷風殊復清。絲中傳意緒，花裏寄春情。
　　｜｜－｜－　－－－｜－　－－－｜｜　－｜｜－－
　　掩抑有奇態，淒鏘多好聲。芳袖幸時拂，龍門空自生。
　　｜｜⊙－｜　－－－－－　－⊙｜⊖｜　⊖⊖⊖⊙－

　　明、清、情、聲、生為韻，首句抽韻。中二聯對仗工整。全首聲調僅七、八兩句與唐律頗多出入。

〔註6〕近體詩五言平起對句之第三字如易仄為平，則三平落底，為古體詩常用之調，為避免混淆，近體詩則忌用之。

〈雪裏覓梅花〉　梁・簡文帝

絕訝梅花晚，爭來雪裏窺。下枝低可見，高處遠難知。

俱羞惜腕露，相讓到腰羸。定須還剪綵，學作兩三枝。

窺、知、羸、枝爲韻。中二聯對仗頗工。全首聲調僅五、六句與唐律相異。

〈晚日後堂〉　梁・簡文帝

慢陰通碧砌，日影度城隅。岸柳垂長葉，窗桃落細跗。

花留蛺蝶粉，竹翳蜻蜓珠。賞心無與共，染翰獨踟躕。

隅、跗、珠、躕爲韻。中二聯對仗工整。全首聲調僅七、八句異於唐律較多。

〈登板橋詠洲中獨鶴〉　梁・簡文帝

遠霧旦氛氳，單飛纔可分。孤驚宿嶼浦，羈唳下江濆。

意惑東西水，心迷四面雲。誰知獨辛苦，江上念離羣。

氳、分、濆、雲、羣爲韻。中二聯對仗工整。全首聲調僅第三句第三字及第七句三、四字異於唐律。

〈閨怨〉　梁・元帝

蕩子從游宦，思妾守房櫳。塵鏡朝朝掩，寒食夜夜空。

若非新有悅，何事久西東。知人相憶否，淚盡覺啼中。

櫳、空、東、中爲韻。「若非新有悅，何事久西東」二句對仗未工。全首聲調以一、七、八句異於唐律較多。

〈賦得蒲生我池中〉　梁・元帝

池中種蒲葉，葉影陰池濱。未好中宮薦，行堪隱士輪。

爲書聊可截，匹柳復宜春。瑞葉生符苑，鏤碧獻周人。

濱、輪、春、人爲韻。中二聯仗未工。全首聲調僅首句第三字，

第八句一、二、四字異於唐律。

〈賦得翠石應令〉　梁・南鄉侯推

依峰形似鏡，構嶺勢如蓮。映林同綠柳，臨池亂百川。
－－－｜｜　｜｜｜－－　｜○－①｜　－－｜｜－

碧苔終不落，丹字本難傳。有邁東明上，來遊皆羽仙。
｜－－｜｜　－｜｜－－　｜｜－－｜　－－－｜－

蓮、川、傳、仙爲韻。中二聯對仗工整。全首聲調僅第三句二、四字異於唐律。

〈十詠〉二首之二　梁・沈約

腳下履

丹墀上颯沓，玉殿下趨鏘。逆轉珠珮響，先表繡袿香。
－－①｜｜　｜｜｜－－　｜｜－①｜　－①－－

裾開臨舞席，袖拂繞歌堂。新歡忘懷妾，見委入羅牀。
－－－｜｜　｜｜｜－－　－－－①｜　○①①○－

鏘、香、堂、牀爲韻。中二聯對仗工整。全首聲調以末句異於唐律較多。

〈侍宴〉　梁・庾肩吾

沐道逢將聖，飛觴屬上賢。仁風開美景，瑞氣動非煙。
｜｜－－｜　－－｜｜－　－－－｜｜　｜｜｜－－

秋樹翻黃葉，寒池墮黑蓮。承恩謝命淺，念報在身前。
－｜－－｜　－－｜｜－　－－①｜｜　｜｜｜－－

賢、煙、蓮、前爲韻。中二聯對仗工整。全首聲調僅第七句第三字異於唐律。

〈同蕭左丞詠摘梅花〉　梁・庾肩吾

熜梅朝始飛，庭雪晚初消。折花牽短樹，攀叢入細條。
－－－｜｜　－｜｜－－　｜○－①｜　－－｜｜－

垂冰溜玉手，含刺胃春腰。遠道終難寄，馨香徒自饒。
－－－｜｜　－｜｜－－　｜｜－－｜　－－－｜－

消、條、腰、饒爲韻。中二聯對仗頗工。全首聲調僅第三句二、四字異於唐律。

〈酬聞人侍郎別〉三首之三　梁・吳均

舉首川之折，離鴻四向飛。子憐三湘薜，我憶五陵薇。
｜｜－｜｜　－－｜｜－　｜－－○｜　｜｜｜－－

但使同嘉遁，何必共輕肥。思君美如玉，不覺淚沾衣。
丨 丨 一 一 丨　 一 ① 丨 ⊖ 一　 一 一 ① ⊖ 丨　 丨 丨 丨 一 一

飛、薇、肥、衣爲韻，中二聯對仗工整。全首聲調與唐律相去無多。

〈贈鮑春陵別〉　梁·吳均

葉落思紛紛，蟬聲猶可聞。水中千丈月，山上萬重雲。
丨 丨 ⊖ 一 一　 一 一 一 丨 一　 丨 一 一 丨 丨　 一 丨 丨 一 一

海鴻來倏去，林花合復分。所憂別離意，白露下霑裙。
丨 ⊖ 一 ① 丨　 一 一 丨 丨 一　 丨 一 ① ⊖ 丨　 丨 丨 丨 一 一

紛、聞、雲、分、裙爲韻。中二聯對仗工整。全首聲調較之唐律，相去無多。

〈詠柳〉　梁·吳均

細柳生堂北，長風飛雁門。秋霜常振葉，春露詎濡根。
丨 丨 一 一 丨　 一 一 一 丨 一　 一 一 一 丨 丨　 一 丨 丨 一 一

朝作離蟬宇，暮成宿鳥園。不爲君所愛，摧折當何言。
一 丨 一 一 丨　 ① 一 丨 丨 一　 丨 一 一 丨 丨　 一 丨 ⊖ 一 一

門、根、園、言爲韻。中二聯對仗工整。全首聲調僅第六句首字，〔註7〕及第八句第三字異於唐律。

〈賦得觀濤〉　梁·徐防

雲容雜浪起，楚水漫吳流。漸看遠樹沒，稍見遠天浮。
一 一 ① 丨 丨　 丨 丨 丨 一 一　 丨 一 丨 丨 丨　 一 ① 丨 一 一

漁人迷舊浦，海鳥失前洲。不測滄溟曠，輕鱗幸自游。
一 一 一 丨 丨　 丨 丨 丨 一 一　 丨 丨 一 一 丨　 一 一 丨 丨 一

流、浮、洲、游爲韻。中二聯對仗工整。全首聲調較之唐律，相去無多。

〈奉和湘東王教班婕妤〉　梁·何思澄

寂寂長信晚，雀聲愁洞房。蜘蛛網高閣，駁蘚被長廊。
丨 丨 一 ① 丨　 丨 一 一 ⊖ 一　 一 一 丨 一 丨　 丨 丨 丨 一 一

虛殿簾帷靜，閒階花蕊香。悠悠視日暮，還復拂空牀。
一 丨 一 一 丨　 一 一 一 ① 一　 一 一 ① 丨 丨　 一 丨 丨 一 一

房、廊、香、牀爲韻。中二聯對仗頗工。全首聲調近乎唐律。

〔註7〕近體詩五言平起落句（平平仄仄平），第一字必用平，以平平宜有二字相連，不可令單也。

〈**賦得臨水**〉　　梁・朱超道

開筵臨桂水，攜手望桃源。花落圓文出，風急細流翻。
－－－｜｜　－｜｜－－　－｜－｜｜　－◐｜－ －

光浮動岸影，浪息累沙痕。滄波自可悅，濯纓何用論。
－－◐｜｜　－｜｜－－　－◯◐◐｜　｜｜－－ －

源、翻、痕、論爲韻。中二聯對仗工整。全首聲調較之唐律，相去無多。

〈**昭君怨**〉　　陳・陰鏗

跨鞍今永訣，垂涕別親賓。漢地隨行盡，胡關逐望新。
｜－－｜｜　－｜｜－－　｜｜－－｜　－－｜｜ －

交河擁塞霧，隴首暗沙塵。惟有孤明月，猶能送遠人。
－－◐－｜　｜｜｜－－　－｜－－｜　－－｜｜ －

賓、新、塵、人爲韻。中二聯對仗頗工。全首聲調僅第五句三、四字異於唐律。

〈**別毛永嘉**〉　　陳・徐陵

願子屬風規，歸來振羽儀。嗟余今老病，此別空長離。
｜｜｜－－　－－｜｜－　－－－｜｜　｜｜－◯ －

白馬君來哭，黃泉我詎知。徒勞脫寶劍，空掛隴頭枝。
｜｜－－｜　－－｜｜－　－－｜｜｜　－｜｜－ －

規、儀、離、知、枝爲韻。中二聯對仗未工。全首聲調僅第四、七句第三字異於唐律。

〈**內園逐涼**〉　　陳・徐陵

昔有北山北，今余東海東。納涼高樹下，直坐落花中。
｜｜｜◐｜　－－－｜－　｜－－｜｜　｜｜｜－ －

狹徑長無跡，茅齋本自空。提琴就行篠，酌酒勸梧桐。
｜｜－－｜　－－｜｜－　－－｜◐◯｜　｜｜｜－ －

東、中、空、桐爲韻。中二聯對仗工整。全首聲調僅首句第三字，第七句三、四字異於唐律。

〈**鬥雞**〉　　陳・徐陵

季子聊爲戲，陳王欲騁才。花冠已衝力，芥爪復驚媒。
｜｜－－｜　－－｜｜－　－－｜◐｜　｜｜｜－ －

鬥鳳羞衣錦，雙鸞恥鏡臺。陳倉若有信，爲覓寶雞來。
｜｜－－｜　－－｜｜－　－－◐｜｜　｜｜｜－ －

才、媒、臺、來爲韻。中二聯對仗工整。全首聲調僅第三句三、

四字，第七句第三字異於唐律。

〈星名從軍詩〉　陳・張正見

將軍定朔邊，刁斗出祁連。高柳橫遙塞，長楡接遠天。
一一丨丨一　丨丨丨一一　一丨一一丨　一一丨丨一
井泉含凍竭，烽火照山燃。欲知客心斷，危旌萬里懸。
丨一一丨丨　一丨丨一一　丨一丨一丨　一①一丨一

邊、連、天、燃、懸爲韻。中二聯對仗頗工。全首聲調僅第七句
二、三字異於唐律。

〈和衡陽王秋夜〉　陳・張正見

睢苑涼風舉，章臺雲氣收。螢光連燭動，月影帶河流。
一丨一一丨　一一一丨一　一一一丨丨　丨丨丨一一
綠綺朱弦汎。黃花素蟻浮。高軒揚麗藻，即是賦新秋。
丨丨一一丨　一一丨丨一　一一一丨丨　丨丨丨一一

收、流、浮、秋爲韻。中二聯對仗工整。全首聲調與唐律無異。

〈經始興廣果寺題愷法師山房〉　陳・江總

息舟候香埠，悵別在寒林。竹近交枝亂，山長絕逕深。
丨一①丨①　丨丨丨一一　丨丨一一丨　一一丨丨一
輕飛入定影，落照有疎陰。不見投雲狀，空留折桂心。
一一丨丨丨　丨丨丨一一　丨丨一一丨　一一①丨一

林、深、陰、心爲韻。中二聯對仗頗工。全詩聲調僅首句三、四
字，及第五句第三字異於唐律。

〈春夜山庭〉　陳・江總

春夜芳時晚，幽庭野氣深。山疑刻削意，樹接縱橫陰。
一丨一一丨　一一丨丨一　一一①丨丨　丨丨丨一一
戶對忘憂草，池驚旅浴禽。樽中良得性，物外知余心。
丨丨①一丨　一一丨丨一　一一一丨丨　丨丨①一一

深、陰、禽、心爲韻。中二聯對仗工整。全首聲調僅第三、五、
八句之第三字異於唐律。

〈三善殿夜望山燈〉　陳・江總

百花疑吐夜，四照似含春。的的連星出，亭亭向月新。
丨一一丨丨　丨丨丨一一　丨丨一一丨　一一丨丨一
採珠非合浦，贈珮異江濱。若任扶桑路，堪言並日輪。
丨一一丨丨　丨丨丨一一　丨丨一一丨　一一丨丨一

春、新、濱、輪。中二聯對仗頗工。全首聲調與唐律無異。

〈春日從將軍遊山寺〉　　陳‧何處士

蘭庭厭俗賞，奈苑矚年華。始入香山路，仍逢火宅車。
－－⊕｜｜　｜｜｜－－　｜｜－－｜　－－｜｜－

慈門數片葉，道樹一林花。雖悟危藤鼠，終悲在篋蛇。
－－⊕｜｜　｜｜｜－－　｜｜－－｜　－－｜｜－

華、車、花、蛇爲韻。中二聯對仗工整。全首聲調僅首句第三字，
第五句第三字異於唐律。

〈別才法師於湘還郢北〉　　陳‧何處士

乘杯事將遠，捧袂忽無聊。南楚長沙狹，西浮郢路遙。
－－⊕⊖｜　｜｜｜－－　｜｜－－｜　－－｜｜－

離庭花已散，別戍馬新驕。明日分千里，相思非一條。
－－｜｜｜　｜｜｜－－　｜｜－－｜　－－｜｜－

聯、遙、驕、條爲韻。中二聯對仗工整。全首聲調僅首句三、四
字異於唐律。

南朝五言八句詩格律近於唐代五律者，除上舉二十八首外，尚有
下列諸作：

晉　庾　闡　〈江都遇風〉。

宋　謝　莊　〈侍東耕〉。

梁　簡文帝　〈餞別〉、〈送別〉、〈晚景出行〉、〈和林下妓應令〉、
　　　　　　〈春日〉、〈秋夜〉、〈九日賦韻〉、〈春日看梅花〉、
　　　　　　〈繫馬〉。

梁　元　帝　〈和劉上黃春日〉。

　　宣　帝　〈車中見美人〉、〈見姬人〉。

　　沈　約　〈泛永康江〉。

　　王僧孺　〈送殷何兩記室〉、〈春閨怨〉。

　　庾肩吾　〈贈周處士〉、〈奉使江州舟中七夕〉、〈看放市〉、
　　　　　　〈和徐主簿望月〉、〈諷風〉、〈歲盡應令〉、〈賦得
　　　　　　山〉、〈詠胡牀應教〉。

　　吳　均　〈贈周興嗣〉四首之一、〈和蕭洗馬子顯古意〉六

　　　　　首之一、〈與虞記室諸人詠扇〉、〈主人池前鶴〉、
　　　　　〈與胡興安夜別〉、〈敬酬王明府〉。

王　筠　〈摘園菊贈謝僕射舉〉、〈詠輕利舟應臨汝侯教〉、
　　　　〈和蕭子範入元襄王第〉。

劉孝綽　〈憶虞弟〉。

劉　邈　〈秋閨〉。

徐　摛　〈詠筆〉。

劉　緩　〈奉和玄圃納涼〉。

伏　挺　〈行舟值早霧〉。

庾　丹　〈夜夢還家〉。

鮑　泉　〈秋日〉。

朱超道　〈詠貧〉。

范靜妻枕氏　〈詠五彩竹火籠〉、〈詠步搖花〉。

陳　陰　鏗　〈登武昌岸望〉、〈侯司空宅詠妓〉、〈侍安賦得夾池
　　　　　竹〉、〈雪裏梅花〉。

徐　陵　〈秋日別庾正員〉、〈和王舍人送客未還閨中有望〉、
　　　　〈詠織婦〉、〈春日〉、〈從遊天中寺應令〉。

周弘正　〈詠石鯨應詔〉。

張正見　〈行經季子廟〉、〈賦得日中市朝滿〉、〈初春賦得池
　　　　應教〉。

江　總　〈侍宴臨芳殿〉，〈并州羊腸坂〉、〈歲暮還宅〉、〈賦
　　　　得汎汎水中鳧〉、〈賦詠得琴〉、〈詠雙闕〉。

蔡　凝　〈賦得處處春雲生〉。

劉　刪　〈採藥遊名山〉、〈賦得馬〉。

徐　湛　〈賦得班去趙姬升〉。

釋惠標　〈詠山〉三首之一、之三。

第二節　由命題論特殊體製

　　南朝詩上承漢魏，下開唐宋，各種古典詩歌形式，均由此一時期文人之先後努力創作而漸趨完成。凡此，於本章第一節中已述及。本節則專就南朝詩之命題，研討其特殊體製，此項特色易為人所忽略，至今猶未見專門之論述。

　　南朝詩人之命題常附以「和」、「同」、「詠」、「賦得」、「擬」、「代」、「連（聯）句」、「賦韻」、「離合」等字，其中不論屬於團體製作之特殊約制，或為一時之風尚，均具有特定之意義，足以左右詩人之創作，而影響詩之內容與形貌。本節除舉例說明此類特殊體制外，更進而個別探討其內容、形式及制作方式，以求對南朝詩有進一步之認識。

一、特別場合之特殊約制

　　南朝詩人各以其所依附之君主或王侯為中心，形成若干文學團體（詳見第二章第三節），常於宴集之餘，以限題、限韻、限句、限時等方式，相互酬唱，各顯才藻。此類作品之題面多附有「奉」、「侍宴」、「應詔」、「應令」、「應教」等註明。

（一）和　同

　　此二者屬於內容之約制，史傳對文會「和作」、「同作」之情形多有記載。首言「和」體，《梁書‧柳惲傳》云：

> 至是預曲宴，必被詔賦詩。嘗奉和高祖登景陽樓中篇云：「太液滄波起，長楊高樹秋。翠華承漢遠，雕輦逐風遊。」深為高祖所美，當時咸共稱傳。

當時侍坐及和作者有幾，史書並未言明，高祖之作今已亡佚。王僧孺今存有〈侍宴景陽樓〉一首，但恐非同時作品。《梁書‧劉孝綽傳》云：

> 孝綽免職後，高祖數使僕射徐勉宣旨慰撫之，每朝宴常引與焉。及高祖為籍田詩，又使勉先示孝綽。時奉詔作者數十人，高祖以孝綽尤工，即日有敕，起為西中郎湘東王諮議。

所謂籍田者，乃帝王親自蹈履於田而耕之也。今高祖籍田詩猶存，而

孝綽和作已不得見。傳中所云「時奉詔作者數十人」，今僅得簡文帝一人。其詩云：

> 禮經聞往說，觀寶著迻篇。豈如春路動，祈穀重民天。蒼龍引玉軟，交旗影曲斿。皮軒承早日，豹尾拂游煙。地廣重畦淨，林芳翠幕懸。青壇出長畎，帷宮繞直阡。秉耒光帝前，報獻重皇虔。度諧金石奏，德厚歌頌詮。三春潤莫莢，七月待鳴蟬。鰠魚顯嘉瑞，銅雀應豐年。不勞鄭國雨，無榮鄴令田。是知躬稼美，兼聞富教宣。

詩中多讚頌祈福之語，想其他和作亦如是也。除上舉二例外，由現存作品考之，梁元帝爲湘東王時，曾作〈登江州百花亭懷荆楚〉一詩，朱超道、陰鏗有〈和登百花亭懷荆楚〉之和詩。元帝詩云：

> 極目纔千里，何由望楚津。落花灑行路，垂楊拂砌塵。柳絮飄晴雪，荷珠漾水銀。試酌新春酒，遙勸陽臺人。

或曰此詩乃湘東王爲思念宮人李桃兒而作（見《南史・廬陵王傳》）。朱超道、陰鏗爲湘東王文學團體一員，當知元帝此段祕辛，和作頗能應合帝之原旨，且見寬慰之語。

> 亭高登望極，春心遠近同。莫恨荆臺隱，雲行不礙空。柳色浮新翠，蘭心帶淺紅。若因鵬舉便，重上龍門中。（朱超道）
> 江陵一柱觀，潯陽千里潮。風煙望似接，川路恨成遙。落花輕未下，飛絲斷易飄。藤長還依格，荷生不避橋。陽臺可憶處，唯有暮將朝。（陰鏗）

又如，昭明太子作〈林下作妓詩〉，湘東王（元帝）則有〈和林下作妓應令〉

> 炎光向夕斂，徒宴臨前池。泉將影相得，花與面相宜。箎聲如鳥弄，舞袖寫風枝。懽樂不知醉，千秋常若斯。（昭明太子）
> 日斜下北閣，高宴出南榮。歌清隨澗響，舞影向池生。輕花亂粉色，風篠雜絃聲。獨念陽臺下，顧待洛川笙。（湘東王）

昭明以舞妓爲歌詠對象，並命湘東王和詩，湘東王應令而作，呈現相同之素材與情調。團體文會「和作」之體，至陳益盛，《南史・陳本紀》云：

　　後主愈驕，不虞外難，荒于酒色，不恤政事，左右嬖佞珥
　　貂者五十人，婦人美貌麗服巧態以從者千餘人。常使張貴
　　妃、孔貴人等八人夾坐，江總、孔範等十人預宴，號曰「狎
　　客」。先令八婦人襞采箋，製五言詩，十客一時繼和，遲則
　　罰酒。君臣酣飲，從夕達旦，以此爲常。

由此段記載得知，狎客「一時繼和」，「遲則罰酒」，具競賽性，此時
之「和作」較齊梁更具遊戲娛樂性質。茲將南朝其他和作例舉於后：

　　武　帝　〈登北顧樓〉
　　　　簡文帝　〈奉和登北顧樓〉
　　武　帝　〈遊鍾山大愛敬寺〉
　　　　昭明太子　〈和武帝遊鍾山大愛敬寺〉
　　武　帝　〈宴詩〉
　　　　簡文帝　〈和武帝宴詩〉
　　武　帝　〈會三教〉
　　　　簡文帝　〈和會三教〉
　　簡文帝　〈山齋〉
　　　　徐　陵　〈奉和簡文帝山齋〉
　　昭明太子　〈鍾山講解〉
　　　　蕭子顯　〈奉和昭明太子鍾山講解〉
　　　　陸　倕　〈奉和昭明太子鍾山講解〉
　　　　劉孝綽　〈奉和昭明太子鍾山講解〉
　　　　劉孝儀　〈奉和昭明太子鍾山講解〉
　　昭明太子　〈詠彈箏人〉
　　　　湘東王　〈和彈箏人〉
　　簡文帝　〈納涼〉
　　　　庾肩吾　〈奉和太子納涼梧下應令〉
　　簡文帝　〈詠美人觀畫〉
　　　　庾肩吾　〈詠美人觀畫應令〉

簡文帝　〈藥名詩〉
　　庾肩吾　〈奉和藥名詩〉
簡文帝　〈往虎窟山詩〉
　　　陸　罩　〈奉和往虎窟山詩〉
　　　王臺卿　〈奉和往虎窟山詩〉
　　　王　囧　〈奉和往虎窟山詩〉
　　　鮑　至　〈奉和往虎窟山詩〉
　　　孔　燾　〈奉和往虎窟山詩〉
簡文帝　〈詠舞〉
　　　徐　陵　〈奉和詠舞〉
簡文帝　〈玄圃納涼〉
　　　劉　緩　〈奉和玄圃納涼〉
湘東王　〈後園廻文詩〉
　　　簡文帝　〈和湘東王後園廻文詩〉
　　　邵陵王綸　〈和湘東王後園廻文詩〉
　　　蕭　袛　〈和湘東王後園廻文詩〉
　　　庾　信　〈和湘東王後園廻文詩〉
湘東王　〈春日〉
　　　鮑　泉　〈奉和湘東王春日〉
湘東王　〈去丹陽尹荊州〉
　　　蕭　琛　〈和元帝〉（《詩記》云：去丹陽尹，尹荊州。）
　　　徐　勉　〈和元帝〉（去丹陽，尹荊州。）
　　　蕭子顯　〈春別〉
　　　簡文帝　〈和蕭侍中子顯春別〉

至於「同作」之例，史傳記載與現存作品亦頗多。《梁書·王僧
孺傳》云：

　　是時高祖製〈春景明志〉詩五百字，敕在朝之人沈約已下
　　同作，高祖以僧孺詩為工。

高祖〈春景明志〉詩現存，餘則未見，此中所謂之「同作」猶「和作」也。《陳書・江總傳》云：

> 梁武帝撰《正言》始畢，製〈述懷詩〉，總預同此作，帝覽總詩，深降嗟賞。

《隋書・經籍志》有梁武帝（高祖）撰《孔子正言》二十卷，當即傳中所謂《正言》，而〈撰孔子正言竟述懷詩〉，乃撰就此書後所興之感慨，詩云：

> 志學恥傳習，弱冠闕師友。愛悅夫子道，正言思善誘。刪次起實沈，殺青在建酉。孤陋乏多聞，獨學少擊叩。仲冬寒氣嚴，霜風折細柳。白水凝澗谿，黃落散堆阜。康哉信股肱，惟聖歸元首。獨歎予一人，端然無四友。

至江總同作，今已亡佚。考現存作品中簡文帝〈同劉諮議詠春雪〉、〈同庾肩吾四詠〉二首、武陵王紀〈同蕭長史看妓〉、庾肩吾〈同蕭左丞詠摘梅花〉、吳均〈同柳吳興烏亭集送柳舍人〉、任昉〈同謝朏花雪〉、陳後主〈同江僕射遊攝山棲霞寺〉、沈炯〈同庾中庶肩吾周處士弘讓遊明慶寺〉等皆屬此體。《陳書・姚察傳》云：

> （江）總為詹事時，嘗製〈登宮城五百字詩〉，當時副君及徐陵以下諸名賢竝同此作。徐公後謂江曰：「我所和弟五十韻，寄弟集內。」及江總編次文章，無復察所和本，述徐此意，謂察曰：「高才碩學，庶光拙文，今須公所和五百字，用偶徐侯章也。」察謙遜未付，江曰：「若不得公此製，僕詩亦須棄本，復乖徐公所寄，豈得見令兩失。」察不獲已，乃寫本付之。

所謂「同」與「和」意義相近，此中所謂「同所作」即「和本」也。惟「同」著重於說明詩之取材相同，而「和」則強調彼此間之應酬性耳。

　　「同作」還另有一體，如謝朓〈同詠樂器〉，題下注云：「王融詠琵琶，沈約詠篪。」〈同詠坐上所見一物〉，題下注云：「柳惲詠同，王融詠幔，虞炎詠簾。」〈同詠坐上玩器〉，題下注云：「沈約詠竹檳

榔盤。」則此「同」字乃「同時」、「共同」之意，每首詩之主題不同，並無酬和之意。

（二）詠　賦得

　　以「詠」字入題，初見於魏繁欽〈蕙詠〉，至南朝齊梁後則廣為應用於詠物諸作。「賦得」一詞據《梁書》卷五十〈文學〉下〈王籍傳〉載，王籍嘗於沈約坐「賦得」詠燭，甚為沈約所賞，其時當在齊代。然審全齊詩所錄，並無「賦得」之名，王籍詩已亡，《梁書》所記，無可印證矣。考丁福保《全漢三國晉南北朝詩》，以「賦得」為題始見於梁，以後遂盛，直至陳代。

　　「詠」與「賦得」之由來，或起於團體文會之「分題製作」與「詠物之作」，亦含有娛樂與競藝之性質。先就「詠」而論。如劉孝綽〈於坐應令詠梨花〉詩：

　　　　玉壘稱津潤，金谷詠芳菲。詎匹龍樓下，素蕊映華扉。雜
　　　　雨疑霰落，因風似蝶飛。豈不憐飄墜，願入九重闈。

孝綽此篇乃應太子令而作，「梨花」為預定之題目，至於僅指名孝綽一人製作，或由在坐眾人競作，或以分題製作方式，而孝綽分得「梨花」為詠，則已不可考。與此同一類型之篇什尚有：

　　沈　約　〈詠雪應令〉
　　　　　　〈詠新荷應詔〉
　　　　　　〈侍宴詠反舌〉
　　　　　　〈詠梨應詔〉
　　蕭　琛　〈詠鞞應詔〉
　　張　率　〈詠躍魚應教〉
　　王　筠　〈詠輕利舟應臨汝侯教〉
　　庾肩吾　〈詠胡牀應教〉
　　　　　　〈詠舞曲應令〉
　　　　　　〈詠主人少姬應教〉
　　王　訓　〈應令詠舞〉

劉孝綽　〈詠日應令〉

劉　遵　〈應令詠舞〉

沈君攸　〈詠冰應教〉

周弘正　〈詠石鯨應令〉

張正見　〈詠雪應衡陽王教〉

江　總　〈詠採甘露應詔〉

　　此類特別場合特定製作之詠物詩，至陳代於方式上變化愈繁，有以連句形式，合詠數物者，如陳後主〈七夕宴宣猷堂各賦一韻詠五物自足爲十并牛女一首五韻物次第用得帳屏風案唾壺履〉，由此長題及題下注語得知，當時在坐者有陸瓊、傅緯、陸瑜、姚察連同後主共五人，每人以一韻作二句，輪流兩次，而完成二十句十韻之詩。

　　〈帳〉

　　　錦作明玳牀，繡垂光粉壁。帶日芙蓉照，因吹芳芬拆。

　　〈屏風〉

　　　織成如績采，琉璃畏風擊。秦宮得絕超，漢座殊斑敵。

　　〈案〉

　　　已羅七俎滿，兼逢百品易。張陳答贈言，梁室齊眉席。

　　〈唾壺〉

　　　蘊仙此還異，掌漏翻非役。侍臣乃執捧，良賓乃投擲。

　　〈履〉

　　　賢舍觀穴踵，瓜田覩躡迹。矩步今有儀，用此前嘉客。

　　至於「賦得」，多用於「分題製作」之情況，即同坐之人以拈鬮，或其他方式，各分得坐上之器物一件、庭園內之一景、或古今詩句一句爲題而作，其者主持人限定句數、用韻及時間，以增加娛樂及競賽性。隋朝虞茂有〈賦昆明池一物得織女石〉、劉斌有〈送劉員外同賦陳思王詩得好鳥鳴高枝〉、釋慧淨有〈英才言聚賦得昇天行〉。隋初文風與梁陳相似，由此三題審之，以上推測當近情理。南朝之「賦得」詩頗多，如：

　　〈侍宴賦得「夾池竹」〉　陳‧陰鏗

夾池一叢竹，垂翠不驚寒。葉醞宣城酒，皮裁薛縣冠。湘
州染別淚，衡嶺拂仙壇。欲見葳蕤色，當來菀苑看。

一組題目中，陰鏗分得「夾池竹」爲詠，詩首言竹之性質，繼述葉與
皮之效用，再以有關竹之傳說故事作結，此爲標準之詠物作法。

〈賦得「攜手上河梁」應詔〉　陳・江總

早秋天氣涼，分手關山長。雲愁數處黑，木落幾枝黃。鳥
歸猶識路，流去不知鄉。秦川心斷絕，何悟是何梁。

詩題出自後人僞託漢李陵〈與蘇武詩〉三首之一首句。或宴集時以李
陵此篇爲範圍，在坐者各分取其中一句爲題，江總之作仍承原詩以「離
別」爲主題者。除上述二首外尚有：

庾肩吾　〈暮遊山水應令賦得「磧」字〉

劉孝威　〈侍宴賦得「龍沙宵月明」〉

徐　防　〈賦得「蝶依草」應令〉

王　樞　〈徐尙書坐賦得「可憐」〉

陵　瓊　〈玄圃宴各詠一物得「箏」〉

張正見　〈初春賦得「池」應教〉

　　　　〈賦得「風生翠竹裏」應教〉

　　　　〈賦得「梅林輕雨」應教〉

　　　　〈賦得「秋蟬噎柳」應衡陽王教〉

江　總　〈賦得「一日成三賦」應令〉

　　　　〈侍宴賦得「起坐彈鳴琴」〉

南鄉侯推　〈賦得「翠石」應令〉

　　余以爲凡詩題附有「侍宴」、「應詔」、「應教」、「應令」者，皆屬
特殊約制之作品。此類作品既先預定題目，且往往限時、限韻、限句，
自不易流露個人之眞實情志與表現高度之藝術技巧，以致後人淺薄空
泛之譏。

（三）連（聯）句　賦韻

　　虞廷〈賡歌〉，漢武〈柏梁〉，是唱和連句所由起，南朝文人宴集

時，常由數人合作而成就一詩，惟往往各自成章，立意非必一一聯屬，
如：宋鮑照〈月下登樓連句〉：

> 鬋鬋蘿月光，繽紛篁霧陰。樂來亂憂念，酒至歇憂心。（鮑
> 照）露入覺牖高，螢蜚測苑深。清氣澄永夜，流吹不可臨。
> （王延秀）密峯集浮碧，疎瀾道瀛尋。噏玉延幽性，攀桂
> 藉知音。（荀原之）辰意事淪晦，良歡戒勿褪。昭景有遺駒，
> 疏賈無留金。（荀萬秋）

此詩由鮑照、王延秀、荀原之、荀萬秋四人連作，各成四句，合為十
六句，且一韻到底。查南朝連句詩頗多，茲列舉於后：

晉

〈連句〉：陶淵明、□愔之、□循之三人合作五言十六句。（淵明作
八句）

宋

〈華林都亭曲水連句〉：孝武帝、江夏王義恭、竟陵王誕、柳元景、
張暢、謝莊、何偃、顏師伯八人合作七言八句。

〈月下登樓連句〉：鮑照、王延秀、荀原之、荀萬秋四人合作五言
十六句。

〈與謝尙書莊三連句〉：鮑照、謝莊合作五言四句、七言四句。

齊

〈阻雪連句遙贈和〉：謝朓、江革、王融、王僧孺、謝昊、劉繪、
沈約七人合作五言二十八句。

〈還塗臨渚〉：何從事、吳郎、府君（謝朓）三人合作五言十二句。

〈紀功曹中園〉：何從事、吳郎、府君（謝朓）三人合作五言十二
句。

〈閒坐〉：陳郎、紀功曹晏、府君（謝朓）、何從事四人合作五言十
六句。

〈侍筵西堂落日望鄉〉：曹丞、府君（謝朓）、紀功曹晏、何從事四

人合作五言十六句。

〈往敬亭路中〉：府君（謝朓）、何從事、齊舉郎、陳朗四人合作五言二十句。（謝朓作八句）

梁

〈清暑殿効柏梁體〉：武帝、任昉、徐勉、劉汎、柳憕、謝覽、張卷、王峻、陸杲、陸倕、劉冶、江曹十二人合作七言十二句。

〈附曲水連句〉：□導、王臺卿、庾肩吾、簡文帝四人合作五言十六句。

〈擬古三首連句〉：何遜、范雲、劉孝綽三人合作五言十二句。

〈賦詠連句〉：何遜、江革、劉孺三人依序輪流二次，合作五言二十四句。

〈至大雷連句〉：何遜、劉孺、桓季珪三人合作五言十二句。

〈增新曲相對連句〉：劉孝勝、何澄、劉綺、何遜四人合作五言十六句。

〈往晉陵聯句〉：何遜、高爽二人輪流兩次，合作五言十六句。

〈范廣州宅聯句〉：范雲、何遜二人合作五言八句。

〈相送聯句三首〉：第一首由韋黯、何遜合作五言八句，第二首由王江乘、何遜合作五言八句，第三首由何遜獨作四句。

〈儀賢堂監策秀才聯句〉：劉溉、盧蕣、伏挺、王瑩、王顯、□□、□□、□□八人合作五言三十二句。（後三人闕名）

〈八關齋夜賦四城門更作四首〉：君（高祖）、殿下（簡文帝）、庾肩吾、徐防、孔燾、諸葛嶔、王臺卿、李鏡遠八人合作，二人為一組，每人四句，成五言八句四首，且每組輪流作四個題目，全部共十六首。

其中二人連作者，或非屬特殊場合特定約制之作品，因無史料查證，姑暫列之。至〈八關齋夜賦四城門更作四首〉一篇，乃「賦得」、「賦韻」、「連句」之綜合形式，容後詳述。

　　連句詩多一韻到底，偶亦有換韻之作，若爲長篇，則韻字或可重複使用。如〈阻雪連句遙贈和〉，謝朓有「積雪皓陰池」句，王僧孺又造「結冰明曲池」句，重用「池」字。

　　所謂「賦韻」，即限定韻字賦詩也。詩人創作動機，非因個人感興，實爲湊韻耳。如：

〈九日賦韻〉　　梁・簡文帝

　　是節協陽數，高秋氣已精。簷芝逐月啓，帷風依夜清。

　　遠燭承歌黛，斜橋聞履聲。梁塵下未息，共愛賞心并。

於長安歸還揚州九月九日行薇山亭賦韻　　陳・江總

　　心逐南雲逝，形隨北鴈來。故鄉籬下菊，今日幾花開。

前首「精、清、聲、并」爲韻字，次首以「來、開」押韻，此數字或於有限之一組韻字中所分得者。除個人賦韻爲詩外，文會亦時見「賦韻連句」之製作，《南史・曹景宗傳》載：

　　景宗振旅凱入，帝於華光殿宴飲連句，令左僕射沈約賦韻。
　　景宗不得韻，意色不平，啓求賦詩。……時韻已盡，唯餘
　　競、病二字。景宗便操筆，斯須而成，其辭曰：「去時兒女
　　悲，歸來笳鼓競。借問行路人，何如霍去病。」帝歎不已，
　　約及朝賢驚嗟竟日。

曹景宗凱旋時，帝於光華殿宴飲，羣臣競作「賦韻連句」以助興，時沈約爲主持者，在坐眾臣各分得二韻字，賦二韻四句詩，景宗遲入求韻時，僅餘「競」、「病」二難韻，而景宗以一介武夫，竟成佳句，故帝歎之不已。至於分韻方式，或以抽籤取得，或依順序分配，或先易後難，因史書記載未詳，無法確知。陳後主現存作品中，賦韻詩極多，得見當時文人宴集，「賦韻」競作之盛況。

　　前所提及〈八關齋夜賦四城門更作四首〉則屬「賦得」「賦韻」「連句」三者之綜合體製。其製作之方式爲：高祖、簡文帝、庾肩吾、徐防、孔燾、諸葛巎、王臺卿、李鏡遠八人，每二人爲一組作五言八句一首。每人以四句爲一單元，輪流製作〈東城門病〉、〈南城門老〉、

〈西城門死〉、〈北城門沙門〉四題，且須配合四組不同之題目。

第一賦韻

〈東城門病〉

伏枕愛危光，痾纏生易折。無因雪岸草，慮反礦山穴。

（徐防）

消渴滕腸腑，疼寒嬰肢節。如何促齡內，憂苦無暫缺。

（孔燾）

〈南城門老〉

虛蕉誠易犯，危藤復將囓。一隨柯已微，當年信長訣。

（諸葛嶟）

已同白駒去，復類紅花熱。妍容一旦罷，孤燈行自設。

（君·高祖）

〈西城門死〉

綏心雖殊用，滅景寧優劣。一隨業風盡，終歸虛妄設。

（王臺卿）

五陰誠為假，六趣寧有截。零落竟同歸，憂思空相結。

（李鏡遠）

〈北城門沙門〉

俗幻生影空，憂繞心塵曀。於茲排四纏，去矣求三涅。

（殿下·簡文帝）

下學輩留心，方從窈冥別。已悲境相空，復作泡雲滅。

（中庶府君·庾肩吾）

上為第一賦韻，所用之韻字為折、穴、節、缺、囓、訣、熱、設、劣、
設、截、結、曀、涅、別、滅。其中「設」字重複使用，或製作時並未
規定不得重押也。以下略述第二、三、四賦韻之配合情形，原詩從略。

第二賦韻，以痊、泉、憐、天、邊、前、遷、妍、牽、延、懸、
緣、堅、煙、先、年為韻，為重押。

〈東城門病〉　王臺卿、諸葛嶟

〈南城門老〉　簡文帝、徐防

〈西城門死〉　庾肩吾、高祖

〈北城門沙門〉　李鏡遠、孔燾

第三賦韻，以福、鹿、宿、木、穀、郁、菽、睦、囿、昱、肉、逐、穀、服、伏、目為韻。「穀」字重用一次。

〈東城門病〉　簡文帝、庾肩吾

〈南城門老〉　王臺卿、李鏡遠

〈西城門死〉　孔燾、諸葛巙

〈北城門沙門〉　徐防、高祖

第四賦韻，以離、馳、奇、池、儀、垂、枝、斯、規、知、窺、羈、歊、厄、弛、貲為韻，無重押。

〈東城門病〉　李鏡遠、高祖

〈南城門老〉　孔燾、庾肩吾

〈西城門死〉　簡文帝、徐防

〈北城門沙門〉　王臺卿、諸葛巙

每人所用之韻字為分配所得，或自一韻目中自由選取，則不得而知。此實為極複雜之文字遊戲。

本節述及之「和」、「同」、「詠」、「賦得」，屬於內容之約制，「連句」、「賦韻」則為形式之約制，此類製作皆含極高之應酬、遊戲、競賽與娛樂性，具詩歌情味者甚寡。

二、文會以外之一時風尚

（一）和

除上述文會之特定約制外，一般詩人之間亦常以「和」作，相互應酬。此體未見於東晉以前，及東晉亦僅得傅玄〈和班氏詩〉一首，詠秋胡妻。而班氏〈詠史〉，今惟存〈緹縈〉一章，其原作當另有〈秋胡妻〉一首，而今已亡佚矣。「和」體至南朝盛極，尤以齊梁為最，

除因模擬風氣盛行外，亦受團體文會宴集競作之影響，遂形成時尚。
詩人既可藉此相互標榜，交流情感，又能達到競才耀藻之目的，凡當
時名家皆不乏此類作品。如謝朓和作今存可考者，即有下列諸篇：

　　謝　朓　〈和王長史臥病〉（黃節注：《南齊書》王秀之字伯奮，瑯
　　　　　　　邪臨沂人，時爲隨王鎮西長史）

　　　王秀之　〈臥疾敍意〉

　　謝　朓　〈和江丞北戌瑯邪城〉（郝立權注：本集有江孝嗣〈北戌
　　　　　　　瑯邪城詩〉）

　　　江孝嗣　〈北戌瑯邪城詩〉

　　謝　朓　〈和劉中書〉（郝立權注：《南齊書》劉繪字士章，彭城人，
　　　　　　　爲南康相，徵還爲安陸王護軍司馬，轉中書郎。有〈入
　　　　　　　琵琶峽望積布磯呈玄暉詩〉）

　　　劉　繪　〈入琵琶峽望積布磯呈玄暉〉

　　謝　朓　〈和蕭中庶直石頭〉（郝立權注：蕭中庶，梁武帝蕭衍也。
　　　　　　　集有蕭衍〈直石頭詩〉）

　　　蕭　衍　〈直石頭〉

　　謝　朓　〈和沈祭酒行園〉（黃節注：沈約有〈行園詩〉）

　　　沈　約　〈行園詩〉

　　謝　朓　〈和徐都曹出新亭渚〉（郝立權注：徐都曹，徐勉也。集
　　　　　　　有徐勉〈昧旦出新亭渚詩〉）

　　　徐　勉　〈昧旦出新亭渚〉

　　他如〈和伏武昌登孫權故城〉、〈和王著作八公山〉、〈和何議曹郊
遊二首〉、〈和王中丞聞琴〉、〈和王主簿怨情〉、〈和宋記室省中〉、〈和
紀參軍服散得益〉等篇，或對方之身分不可考，或對方作品亡佚，無
法參照比較。除謝朓諸作外，他家作品如：

　　鮑　照　〈和王義興七夕〉　　〈和王護軍秋夕〉

　　　王僧達　〈七夕月下〉

　　劉　繪　〈和池上梨花〉

王　融　〈詠池上池花〉

何　遜　〈和劉諮議守風〉

劉孝綽　〈櫟口守風〉

王　筠　〈和蕭子範入元襄王第〉

蕭子範　〈入元襄王第〉

劉孝先　〈和兄弟綽夜不得眠〉

劉孝綽　〈夜不得眠〉

劉孝綽　〈和詠歌人偏得日照〉

周弘正　〈詠歌人偏得日照〉

周弘正　〈和肩吾入道館〉

庾肩吾　〈道領〉

　　綜觀南朝一般「和」體詩，不若特定約制者拘謹，主題雖與原作一致，但題目則或有省略，且篇幅長短出入頗大。以前舉數例而論，徐勉〈昧旦出新亭渚〉，謝朓和作者略「昧旦」二字，劉孝綽〈櫟口守風〉，何遜和作省略「櫟口」一詞。又王秀之〈臥疾敘意〉為二十句，謝朓和詩為二十四句，劉繪〈入琵琶峽望積布磯呈玄暉〉為十八句，謝朓和詩有二十四句之多，蕭衍〈直石頭〉有二十二句，謝朓和作長達三十四句，沈約〈行園詩〉為十句，謝朓和作為十二句，庾肩吾〈道館〉有四句，周弘正和詩則為八句。凡此和詩之製作方式雖與一般贈答體不同，然其應酬之意義一也。

（二）詠　賦得

　　「詠」與「賦得」既為文會命題所慣用，則必演為一時風尚，文人於日常作詩時亦多採用，此乃自然之理，故南朝「詠」與「賦得」之詩，大部分屬於非特殊場合製作之篇什。

　　綜觀南朝以「詠」為題之作品多屬詠物詩，次則廣用於艷情，例如：

梁武帝　〈詠舞〉

簡文帝　〈詠人棄妾〉

　　　　〈詠內人晝眠〉

何　遜　〈詠舞妓〉

　　　　〈詠娼婦〉

庾肩吾　〈詠美人〉

劉孝綽　〈詠姬人未肯出〉

江　洪　〈詠美人治妝〉

貴　昶　〈詠照鏡〉

陳　陰鏗　〈侯司空宅詠妓〉

　　此外尚有以歷史人物或故事爲題者、或詠季節者、或述某一特定景況動作者，今略舉於后：

1. 以歷史人物或故事為主題者

陳　阮　卓　〈詠魯仲連〉

梁　昭明太子　〈詠山濤王戎〉二首

宋　南平王鑠　〈七夕詠牛女〉

　　謝靈運　〈七夕詠牛女〉

　　　　　　〈七月七日夜詠牛女〉

梁　庾肩吾　〈詠長信宮中草〉

　　劉孝儀　〈詠織女〉

　　劉孝勝　〈詠安仁得果〉

　　談士雲　〈詠安仁得果〉

　　虞　羲　〈詠霍將軍北伐〉

陳　周弘正　〈詠班竹掩團扇〉

2. 以季節為主題者

宋　謝惠連　〈詠冬〉

　　鮑　照　〈詠秋〉

　　　　　　〈春詠〉

　　　袁　淑　〈詠冬至〉

3. 以某一特定景況或動作為主題者

　　宋　鮑　照　〈詠老〉

　　梁　朱　异　〈詠貧〉

　　　　朱超道　〈詠貧〉

　　陳　蕭　詮　〈詠銜泥雙燕〉

　　梁　劉孝綽　〈詠有人乞牛舌乳不付因餉檳榔詩〉

　　　　　　　　〈詠小人採菱〉

　　由上分析得知，以「詠」為題之詩，內涵頗為龐雜。又此類篇什作者多以客觀手法出之，極雕琢刻畫之能事，適能顯現南朝詩歌之創作風尚。

　　「賦得」詩為劃時代之體裁。考南朝之詠物詩，題為「賦得」者，委實不少：

　　梁　簡文帝　〈賦得橋〉、〈賦得舞鶴〉、〈賦得白羽扇〉、〈賦得入
　　　　　　　　　階雨〉、〈賦得薔薇〉

　　　　元　帝　〈賦得竹〉、〈賦得春荻〉、〈賦得登山馬〉

　　　　庾肩吾　〈賦得山〉、〈賦得轉歌扇〉、〈賦得池萍〉

　　　　劉孝綽　〈賦得始歸雁〉

　　　　劉孝威　〈賦得曲澗〉

　　　　徐　摛　〈賦得簾塵〉

　　　　沈　趍　〈賦得霧〉

　　　　褚　澐　〈賦得蟬〉

　　　　顧　煊　〈賦得露〉

　　陳　陸　玠　〈賦得雜言詠栗〉

　　　　張正見　〈賦得題新雲〉、〈賦得山中翠竹〉、〈賦得階前嫩竹〉

　　　　江　總　〈賦詠得琴〉

　　　　阮　卓　〈賦得風〉

劉　　刪　〈賦得馬〉

「賦得」除用於詠物詩之命題外，尚有下列數種：

1. 以樂府為題名者

梁　簡文帝　〈賦樂府得大垂手〉

　　庾肩吾　〈賦得有所思〉、〈賦得橫吹曲長安道〉

　　王　泰　〈賦得巫山高〉

　　劉孝綽　〈夜聽妓賦得烏夜啼〉

2. 以他人詩句為題者

梁　簡文帝　〈賦得隴坻鴈初飛〉

　　元　帝　〈賦得涉江采芙蓉〉、〈賦得蘭澤多芳草〉、〈賦得蒲生我池中〉

　　劉孝威　〈賦得龍沙宵明月〉

　　朱超道　〈賦得蕩子行未歸〉

陳　沈　炯　〈賦得邊馬有歸心〉

　　孔　奐　〈賦得名都一何綺〉

　　周弘讓　〈賦得長笛吐清氣〉

　　張正見　〈賦得日中市朝滿〉、〈賦得垂柳映斜溪〉、〈賦得岸花臨水發〉、〈賦得魚躍水花生〉、〈賦得佳期竟不歸〉、〈賦得落落窮巷士〉

　　江　總　〈賦得汎汎水中鳧〉、〈賦得三五明月滿〉

　　蔡　凝　〈賦得處處春雲生〉

　　阮　卓　〈賦得黃鵠一遠別〉

　　祖孫登　〈賦得涉江採芙蓉〉

　　劉　刪　〈賦得獨鶴凌雲去〉（《藝文》作劉邦，《詩紀》作劉刪）

　　蕭　詮　〈賦得往往孤山映〉、〈賦得婀娜當軒織〉

　　賀　徹　〈賦得長笛吐清氣〉、〈賦得為我彈鳴琴〉

　　賀　循　〈賦得庭中有奇樹〉

　　孔　範　〈賦得白雲抱幽石〉

　　徐　湛　〈賦得班去趙姬升〉

3. 以古人名為題者

梁　庾肩吾　〈賦得嵇叔夜〉

陳　周弘直　〈賦得荊軻〉

　　張正見　〈賦得韓信〉

　　祖孫登　〈賦得司馬相如〉

　　劉　刪　〈賦得蘇武〉

4. 以某一特定景況為題者

梁　劉孝威　〈賦得香出衣〉

　　徐　防　〈賦得觀濤〉

　　沈君攸　〈賦得臨水〉

　　張正見　〈賦得白雲臨酒〉、〈賦得雪映夜舟〉、〈賦得威鳳
　　　　　　棲梧〉

　　阮　卓　〈賦得蓮下游魚〉

　　蕭　詮　〈賦得夜猿啼〉

　　賀　循　〈賦得夾池脩竹〉

　　何　胥　〈賦得待詔金馬門〉

　　「賦得」與「詠」之意義近似，一般詠物詩題為賦得某某者，即詠得某某也。惟「賦得」之涵蓋度似更廣，以上述「以他人詩句入題」之情況為例，若將〈賦得蘭澤多芳草〉改為〈詠蘭澤多芳草〉，則易令人誤為純屬個人之感興，而非借用前人詩句為題，且「賦得」詩較具趣味與娛樂性，詩人於創作態度上自不相同。

（二）擬　代

　　南朝摹擬風氣特盛，雖大家亦不例外。究其原因，乃古人視模仿為學習途徑之一，猶今之臨帖學書。以枚乘〈七發〉為例，原僅是一

篇賦，由於後人爭相擬作，遂令《文選》分立「七」為一體。〈全晉文〉四十六傅玄〈七謨序〉云：「昔枚乘作〈七發〉，而屬文之士若傅毅、劉廣世、崔駰、李尤、桓麟、崔琦、劉梁、桓彬之徒，承其流而作之者紛焉。〈七激〉、〈七興〉、〈七依〉、〈七款〉、〈七說〉、〈七蠲〉、〈七舉〉、〈七設〉之篇，於是通儒大才馬季良、張平子亦引其源而廣之。馬作〈七厲〉，張造〈七辨〉，或以恢大道而導幽滯，或以點瑰彡而託諷詠，揚輝播烈，垂於後世者凡十有餘篇。自大魏英賢造作，有陳主〈七啓〉、王氏〈七釋〉、楊氏〈七訓〉、劉氏〈七華〉、從父侍中〈七誨〉、並陵前而邀後，揚清風於儒林，亦數篇焉。」《文心雕龍·雜文》亦云：「自〈七發〉以下，作者繼踵。…傅毅〈七激〉，會清要之工；崔駰〈七依〉，入博雅之巧；張衡〈七辨〉，結采綿靡；崔瑗〈七厲〉，植義純正；陳思〈七啓〉，取美於宏壯；仲宣〈七釋〉，致辨於事理。自桓麟〈七說〉以下，左思〈七諷〉以上，枝附影從，十有餘家。」可知模仿學習者之眾多矣！又〈全晉文〉四十六傅玄〈連珠序〉云：「所謂連珠者，興於漢章帝之世。班固、賈逵、傅毅三子受詔作之，而蔡邕、張華之徒又廣焉。」陸機有〈演連珠〉五十首，庾信亦有〈擬連珠〉四十四首，均屬模擬之作。又陸機〈遂志賦序〉云：「昔崔篆作詩以明道述志，而馮衍又作〈顯志賦〉，班固作〈幽通賦〉，皆相依倣焉。張衡〈思玄〉，蔡邕〈玄表〉，張叔〈哀系〉，此前世之可得言者也。……余備託作者之末，聊復用心焉。」所謂「用心」，當即「相依倣焉」。再如陶淵明〈閑情賦序〉云：「初張衡作〈定情賦〉，蔡邕作〈靜情賦〉，檢逸辭而宗淡泊，始則蕩於思慮，而終歸閑正。將以抑流宕之邪心，諒有助於諷諫。綴文之士，奕代繼作，並因觸類，廣其辭義。余園閭多暇，復染翰為之，雖文妙不足，庶不謬作者之意乎！」清何焯注云：「賦情始楚宋玉、漢司馬相如，而平子、伯喈繼之，為定靜之辭。而魏則陳琳、阮瑀作〈止欲賦〉，王粲作〈閑邪賦〉，應瑒作〈正情賦〉，曹植作〈靜思賦〉，晉張華作〈永懷賦〉；此靖節所謂奕世繼作，並因觸類，廣其辭義者也。」由上所述得知，「擬以為式」為文人學習屬文之主要方法，

而其模擬之對象則多爲前人之名作。

　　南朝文人之擬古，除爲學習之外，因受團體文會競作應和之影響，復有露才揚已與前人一較長短之意味，擬作之風益熾。今就詩篇而論，詩人模擬之對象約有四類：（1）擬古詩十九首者，（2）擬其他古詩者，（3）擬某家之某詩者，（4）承襲古意者。以下分別列舉之：

1. 擬古詩十九首者

　　宋　南平王鑠　〈擬行行重行行〉

　　　　　　　　　〈擬明月何皎皎〉

　　　　　　　　　〈擬孟冬寒氣至〉

　　　　　　　　　〈擬青青河邊草〉

　　　　鮑　照　〈擬青青陵上柏〉

　　　　何　偃　〈冉冉孤生竹〉

　　　　荀　昶　〈擬青青河邊草〉

　　　　鮑令暉　〈擬青青河畔草〉

　　　　　　　　〈擬客從遠方來〉

　　　　王叔之　〈擬古〉（首句「客從北方來」）

　　梁　何　遜　（學）〈青青河邊草〉

2. 擬其他古詩者

　　晉　陶淵明　〈擬古〉九首

　　宋　鮑　照　〈擬古〉八首

　　　　　　　　〈學古〉

　　　　袁　淑　〈效古〉

　　齊　王　融　〈擬古〉二首

　　梁　簡文帝　〈擬古〉

　　　　昭明太子　〈擬古〉

　　　　　　　　〈擬古〉（〈雜言〉。見宋本《昭明集》，《玉臺》

　　　　　　　　作簡文)〉

　　　沈　約　〈效古〉
　　　范　雲　〈傚古〉
　　　　　　　〈擬古〉
　　　　　　　〈擬古五雜組詩〉
　　　王僧孺　〈爲何庫部舊姬擬廳蕪之句〉
　　　何　遜　〈學古〉三首
　　　　　　　〈擬古三首聯句〉
　　　劉孝綽　〈擬古〉
　　　何思澄　〈擬古〉

3. 擬某家之某詩者

　　晉　謝道韞　〈擬嵇中散詠松〉
　　宋　孝武帝　〈擬徐幹〉
　　　　謝靈運　〈擬魏太子鄴中集詩〉八首
　　　　王　素　〈學阮步兵體〉
　　　　鮑　照　〈學劉公幹體〉五首
　　　　　　　　〈擬阮公夜中不能寐〉
　　　　　　　　〈學陶彭澤體〉
　　　　袁　淑　〈效子建白馬篇〉
　　梁　武　帝　〈清暑殿效柏梁體〉
　　　　元　帝　〈宴清言殿作柏梁體〉
　　　　簡文帝　〈戲作謝惠連體十三韻〉
　　　　　　　　〈擬落日窗中坐〉（按：謝朓〈贈王主簿詩〉第
　　　　　　　　一首作「日落窗中座」。此似倒書。）
　　　　江　淹　〈雜體〉三十首（〈古離別〉、〈李都尉從軍〉、〈班
　　　　　　　　捷好詠扇〉、〈魏文帝曹丕遊宴〉、〈陳思王曹植贈
　　　　　　　　友〉、〈劉文學楨感懷〉、〈王侍中粲懷德〉、〈嵇中
　　　　　　　　散康言志〉、〈阮步兵籍詠懷〉、〈張司空華離情〉、

〈潘黃門岳述哀〉、〈陸平原機羈宦〉、〈左記室思
詠史〉、〈張黃門協苦雨〉、〈劉太尉琨傷亂〉、〈盧
郎中諶感交〉、〈郭弘農璞遊仙〉、〈孫廷尉綽雜
述〉、〈許徵君詢自敍〉、〈殷東陽仲文興矚〉、〈謝
僕射混遊覽〉、〈陶徵君潛田居〉、〈謝臨川靈運遊
山〉、〈顏特進延之侍宴〉、〈謝法曹惠連贈別〉、〈王
徵君微養疾〉、〈袁太尉淑從駕〉、〈謝光祿莊郊
遊〉、〈鮑參軍照戎行〉、〈休上人怨別〉
〈學魏文帝〉
〈效阮公詩〉十五首
何子朗　〈學謝體〉
何　遜　〈聊作百一體〉
紀少瑜　〈擬吳均體應教〉
陳　沈　炯　〈名都一何綺〉
〈爲我彈鳴琴〉
周弘正　〈名都一何綺〉
張正見　〈薄帷鑒明月〉
〈秋河曙耿耿〉
陽　縉　〈俠客控絕影〉

4. 承襲古意者

宋　顏　竣　〈淫思古意〉
鮑　昭　〈紹古辭〉七首、〈古辭〉
齊　王　融　〈古意〉
梁　武　帝　〈古意〉二首
元　帝　〈古意〉
〈古意詠燭〉
沈　約　〈古意〉

> 王僧孺　〈古意〉
>
> 蕭子範　〈春望古意〉
>
> 劉孝綽　〈古意〉
>
> 劉孝威　〈古體雜意〉

所謂「代」，略異於「擬」，除模倣外，尚有代古人說古事及屬文之意，作者多處於客觀代言立場，故樂府詩題中使用最多，就鮑照一家而言，即有三十三首，佔其現存作品三分之一強。至於他家詩篇中，則有下列諸作：

> 宋　南平王鑠　〈代收淚就長路〉
>
> 　　謝惠連　　〈代古〉（一作〈擬客從遠方來〉）
>
> 　　鮑念暉　　〈代葛沙門妻郭小玉作〉二首
>
> 齊　王　融　　〈代五雜組〉
>
> 梁　武　帝　　〈代蘇屬國婦〉
>
> 　　元　帝　　〈代舊姬有怨〉
>
> 　　邵陵王綸　　〈代秋胡婦閨怨〉
>
> 　　姚　翻　　〈代陳慶之美人爲詠〉
>
> 　　王　環　　〈代西封侯美人〉

「擬」與「代」之作，皆欲求「逼眞」，若因時代久遠，作者名姓失傳，常爲後人視爲僞作。如〈後出師表〉〔註8〕、李陵〈與蘇武書〉〔註9〕、〈長門賦〉〔註10〕、《古文苑》中宋玉各賦、枚乘〈梁王兔園賦〉等，皆爲擬作或託詞古人之作品。詩歌亦見相同之情況，如《文選》有李少卿〈與蘇武詩〉三首，又有〈蘇子卿古詩〉四首，顏

〔註 8〕 〈後出師表〉之「後」字乃後人所加。《三國志》本傳僅載前表，惟注引《漢晉春秋》中有此後表。裴松之按云：「此表亮所無，出張儼《默記》。」張儼吳人，《隋志》有《默記》三卷，是〈後表〉爲張儼擬作。

〔註 9〕 《史通·雜說篇》、蘇軾〈答劉沔書〉、梁章鉅《文選旁證》、何義門《讀書記》等，皆證〈李陵與蘇武書〉非西京之作。

〔註 10〕 《南齊書·陸厥傳》、何義門《讀書記》、梁章鉅《文選旁證》，皆謂〈長門賦〉爲後人擬作。

延之、蘇軾、翁方綱已證其僞，然則作者或非有意作僞，蓋「蘇李遠在異域，尤動人感激之懷」，因而爲之代言，一申怨曲耳。又如江文通〈陶徵君潛田居〉「種苗在東皋」一首，李公煥本即次於陶集〈歸田園居〉之下，且注有「六首」二字，蘇東坡〈和陶詩〉，亦據而和之，設此詩《文選》不錄，而由後人考證爲江淹所作，則文通難免作僞之誚，古代文人對歷史觀念不甚嚴謹，詩人往往超越時空爲古人代言，或託古事抒己懷抱，甚者美化故事，以彌補歷史之缺憾，增加完滿性與戲劇性。若吾輩洞悉於「擬」「代」風氣盛行之世，南朝詩人創作之態度與觀念，並確立文學「超越時空」「美化人生」之特質，則當不至斥古人之作僞欺世矣。

（四）離合　物名

離合與物名詩，純屬於遊戲性質之體製。所謂「離合」，即合數句詩爲一字之意，此類篇什猶如詩謎。

〈作離合〉　宋・謝靈運

古人怨信次，十日眇未央。加我懷繾綣，口脈情亦傷。劇哉歸遊客，處子勿相忘。

此詩言「別」也。

〈離合詩〉　宋・賀道慶

促席宴閒夜，足歡不覺疲。詠歌無餘願，永言終在斯。

此詩言「信」也。

〈離合詩〉　齊・石道慧

好仇華良夜，子歡我亦欣。昊穹出明月，一坐感良晨。

此詩言「娛」也。

除上舉三首外，宋孝武帝、謝惠連、何長瑜、梁元帝等，均有「離合」之作。

「物名詩」者，即以人物或事物名湊合爲詩也。如：

〈藥名〉　齊・王融

重臺信嚴敞，陵澤乃閒荒。石蠶終未繭，垣衣不可裳。秦

芎留近詠，楚蘅擢遠翔。韓原結神草，隨庭銜夜光。

〈屋名詩〉　梁‧元帝

梁園氣色和，斗酒共相過。玉桂調新曲，畫扇掩餘歌。深潭影菱菜，絕壁挂輕蘿。木蓮恨花晚，薔薇嫌刺多。含情戲芳節，徐步待金波。

〈鳥名詞〉　梁‧元帝

方舟去鳷鵲，鵲引欲相要。晨鳬移去舸，飛燕動歸橈。鷄人憐夜刻，鳳女念吹簫。雀釵照輕幌，翠的繞纖腰。復聞朱鷺曲，鉦管雜廻潮。

〈州名詩〉　梁‧范雲

司春命初鐸，青耦肆中樊。逸豫誠何事，稻梁復宜敦。徐步遵廣隰，冀以寫憂源。楊柳垂場圃，荊棘生庭門。交情久所見，益友能孰存。

南朝物名詩除上列四首外，尚有：

齊　王　融　〈星名〉

梁　簡文帝　〈卦名詩〉

　　元　帝　〈姓名詩〉、〈將軍名詩〉、〈船名詩〉、〈歌曲名詩〉、〈藥名詩〉、〈針穴名詩〉、〈龜兆名詩〉、〈獸名詩〉、〈鳥名詩〉、〈樹名詩〉、〈草名詩〉、〈相名詩〉

　　范　雲　〈數名詩〉

　　虞　羲　〈數名詩〉

陳　張正見　〈星名從軍詩〉

　　離合詩與物名詩數量雖少，但頗能顯示當時文人視文學如博奕之觀念，創作之目的在於樂己娛人，此與爲文學而文學者判然有別，與爲教化而創作者更大相逕庭矣。

第五章　南朝詩之修辭特色

　　「纖靡巧麗」、「聲色俱開」爲南朝詩形式之特色，於緒論中已述及。而此特色頗爲詩評家所詬病。劉勰《文心雕龍·通變》云：「搉而論之，則黃唐淳而質，虞夏質而辨，商周麗而雅，楚漢侈而艷，魏晉淺而綺，宋初訛而新，從質及訛，彌近彌澹，何則？競今疏古，風味氣衰也。」陸時雍《詩鏡總論》云：「精神聚而色澤生，此非雕琢所能爲也，精神道寶，閃閃著地，文之至也。晉詩如叢綵爲花，絕少生韻。」又云：「宋孝武帝菁華璀璨，遂開靈運之先。陳後主粧裏豐餘，精神悴盡，一時作者，俱披靡頹敗，不能自立。」施補華《峴傭說詩》云：「齊梁陳隋間，自謝玄暉江文通外，古詩皆帶律體，氣弱骨靡，思淫聲哀，亡國之音也。」凡此皆以「天然趣遠」、「詩道將終」譏評南朝之詩。詩固以意爲主，含蓄天成爲上，破碎雕鏤，則爲下乘。惟字句乃情感、意念之所寄，「虎豹無文，則鞟同犬羊，犀兕有皮，而色資丹漆。」（《文心雕龍·情采》）故若能由情造文，神工默運，非但無害於意，且文質相輝，彬彬君子矣。綜觀南朝多數詩人，或囿於題材，或昧於時勢，摛藻結音，惟華言是務，巧言是標，因文減質，此乃無諱言者，然如謝靈運、鮑照、謝朓、沈約、江淹、何遜、吳均、陰鏗、江總等大家之部分作品，於艷詞巧句中，亦存感情與思致，語雖合璧，意若貫珠，此非書窮五車，筆含萬化者，未足云也。而諸人

之修辭手法，乃上躡風騷，下啓唐宋，洵堪睥睨一世。本章即專論南朝詩之修辭特色，分爲疊字傳神、鍊字健句、敷彩設色、儷句逞巧、蟬聯取勢等五節敍述之，藉以重估南朝詩之價值，俾使其獲得較客觀而正確之褒貶。

第一節　疊字傳神

疊字又名重言，是以兩個或兩個以上相同之字，重疊使用，以摹擬物形、物聲或物態之謂。疊字如運用得體，既可使語氣充足，意義完整，又能增加聲調之美，而達到「摹景入神」、「天籟自鳴」之妙境，南朝詩人多善用之。

疊字於詩經中出現已多，清人王筠曾著《毛詩重言》一書，將詩經疊字類聚之，如：「關關雎鳩」、「其鳴喈喈」、「佩玉鏘鏘」、「椓之丁丁」中之「關關」、「喈喈」、「鏘鏘」、「丁丁」爲狀聲之詞，「維葉萋萋」、「桃之夭夭」、「籊籊竹竿」中之「萋萋」、「夭夭」、「籊籊」爲摹形之詞，「四牡騑騑」、「有兔爰爰」、「有狐綏綏」中之「騑騑」、「爰爰」、「綏綏」爲擬態之詞。至於屈原「離騷」，亦不乏疊字如：「余固知謇謇之爲患兮，忍而不能舍也」、「高余冠岌岌兮，長余佩之陸離」、「佩繽紛其繁飾兮，芳菲菲其彌章」、「攬茹蕙以掩涕兮，霑余襟之浪浪」等。而古詩中，更有屢用重言，複而不厭，賾而不亂者，如青青河畔草：「青青河畔草，鬱鬱園中柳。盈盈樓上女，皎皎當窗牖，娥娥紅粉妝，纖纖出素手。昔爲娼家女，今爲蕩子婦；蕩子行不歸，空牀難獨守。」前六句皆用疊字，流利灑落，天機自到，逮乎南朝詩作，重言運用尤多，茲論述如后：

一、切意入情之摹擬

南朝詩中之疊字，俯拾即是，或見於句首，或用於句中，或置於句末。其中有承襲古詩者，亦有匠心獨運之新創者，今舉例分析之。（詩

例中疊字意義之解說主採《文選》李善注、黃節《謝康樂詩注》、黃節《鮑參軍詩注》、郝立權《謝宣城詩注》。無可據者，則以己意解之。）

　　迢迢萬里帆，茫茫終何之？遊當羅浮行，息必廬霍期。

　　越海陵三山，遊湘歷九嶷。欽聖若旦暮，懷賢亦悽其。

　　皎皎明發心，不爲歲寒欺。（謝靈運〈初發石首城〉後十句）

「迢迢」者，遠貌，古詩十九首：「迢迢牽牛星」，潘岳詩：「迢迢遠行客」；「茫茫」者，廣大彌遠貌，古詩十九首：「四顧何茫茫」，左思〈魏都賦〉：「茫茫終古」；「皎皎」者，白也、明也，《詩·小雅·白駒》：「皎皎白駒」，傅毅〈舞賦〉：「夫何皎皎之閑夜兮，明月列以施光。」此三詞前人雖已用過，然因靈運遣詞精鑿，不但令詩義充足，且達到聲、義合一之美境。「萬里帆」前冠以「迢迢」二字，益增空間之距離感。「茫茫」爲唇音字，唇音寬泛，用以表達「終何之」茫然縣邈之情，極爲傳神。「皎皎」爲牙音字，據曲學家之意見，牙音有顯豁之感，適與「光明」意義相吻合，而充分表露作者高潔情懷。

　　飲餞野亭館，分袂澄湖陰。悽悽留子言，眷眷浮客心。

　　廻塘隱艫栧，遠望絕形音。靡靡即長路，戚戚抱遙悲；

　　悲遙但自弭，路長當語誰？行行道轉遠，去去情彌遲。

（謝惠運〈西陵遇風獻康樂〉中十二句）

「悽悽」，悲也；「眷眷」，同睠睠，反顧貌，《詩·小雅·小明》：「睠睠懷顧」；「靡靡」，猶遲遲也，遲緩而行，無神采貌。《詩·王風·黍離》：「行邁靡靡」；「戚戚」，悲不相親也，《詩·大雅·行葦》：「戚戚兄弟」；「行行」，躑躅不進貌，古詩十九首：「行行重行行」；「去去」，謂歲月去而不留也，陶潛〈和劉柴桑詩〉：「去去百年外，身名同翳如。」「悽悽」、「戚戚」均屬齒音字，齒音尖細，適足以表達哀切情感，「眷眷」、「靡靡」正描繪出離客依依難捨卻又無可奈何之態。「行行」、「去去」則分別強調空間距離愈遠，相見時日難期，而益增行旅感傷之氣氛。

　　亭亭映江月，颸颸出谷飆。斐斐氣羃岫，泫泫露盈條。

（謝惠連〈泛湖歸出樓中望月〉中四句）

「亭亭」，遠而明也；「颸颸」，風行聲，左思〈吳都賦〉：「翼颸

風之▇▇」；「斐斐」，山氣輕盈貌；「泫泫」，水氣盈滿欲滴貌。「亭亭」二字曲盡月光明遠與水光輝映之璀璨夜景。「▇▇」為狀聲詞，不僅暗含飆字，且具音響效果。以「斐斐」摹擬山氣輕緩出岫之韻致，用「泫泫」形容露水盈條之晶瑩剔透，均極生動，可謂聲諧義恰。

　　瑟瑟涼海風，竦竦寒山木。紛紛羈思盈，慊慊夜弦促。
（鮑照〈紹古辭〉七首之三前四句）

「瑟瑟」，寒風聲；「竦竦」，寒貌；「紛紛」，盛多貌，《漢書‧禮樂志》：「羽旄紛紛」；「慊慊」，意不足也。「瑟瑟」、「竦竦」、「慊慊」均為齒音字，齒音細碎，予人拘限不適之感，致使「涼」、「寒」、「促」之意義益加顯現。「紛紛」則將「剪不斷，理還亂」之羈愁表露無遺。

　　裊裊臨窗竹，藹藹垂門桐。灼灼青軒女，泠泠高堂中。明
　　志逸秋霜，玉顏掩春紅。（鮑令暉〈擬青青河畔草〉前六句）

「裊裊」，搖曳貌，與「嫋嫋」通；「藹藹」，盛多貌，《詩‧大雅‧卷阿》：「藹藹王多吉人」；「灼灼」，鮮明貌，《詩‧國風‧周南》：「桃之夭夭，灼灼其華」；「泠泠」，清涼貌。此詩句法全仿古詩十九首「青青河畔草」，句連用重言摹景寫物。「裊裊」乃描摹窗前竹隨風搖曳之姿態，而「垂門桐」以「藹藹」形容，遂使崢嶸葱鬱之氣象歷歷在目，此二景物，一屬動態，一屬靜態，頗具變化之美。軒女玉顏皎麗，卻甘處清寂，其國色仙姿、冰心霜操，藉「灼灼」、「泠泠」四字自然流露，而不著痕迹。

　　戚戚苦無悰，攜手共行樂。尋雲陟累榭，隨山望菌閣。
　　遠樹曖阡阡，生煙紛漠漠。魚戲新荷動，鳥散餘花落。
　　不對芳春酒，還望青山郭。（謝朓〈遊東田〉）

「戚戚」，憂懼也，《論語‧述而》：「小人長戚戚」；阡阡，盛也，與芊同；「漠漠」，布列貌，陸機〈君子有所思行〉：「街巷紛漠漠」。作者以「戚戚」傾訴失樂之苦，以「阡阡」描寫遠樹盛茂狀，「遠」而「繁」此乃「曖」之由也。「漠漠」，屬唇音字，凡唇音字多有廣泛不明之意，以之摹擬煙霧迷漫，紛擾雜陳之景象，自有「廣與境會」之佳致。

　　聳樓排樹中，卻堞帶江清。陟峰試遠望，鬱鬱盡郊京。

萬邑王畿曠，三條綺陌平。亘原橫地險，孤嶼派流生。

悠悠歸棹入，渺渺去帆驚。水煙浮岸起，遙禽逐霧征。

（梁簡文帝〈登烽火樓〉）

「鬱鬱」，盛也，古詩十九首：「鬱鬱園中柳」；「悠悠」，廣遠貌，《詩‧小雅‧黍苗》：「悠悠南行」；「渺渺」，微遠貌。「鬱鬱」二字，不但形容京邑幅員廣闊，亦包含人才鼎盛，物產豐足之意，可謂言簡意饒。歸棹緩緩行近，一片悠然，而去帆倏忽渺遠，令人心驚。「悠悠」、「渺渺」二詞，均有強化語意，優美詩境之功效。

於時秋永永，江漢起殘煙。獵獵風剪樹，颯颯露傷蓮。

（江淹〈應劉豫章別〉）

「永永」，久遠也，《漢書‧匡衡傳》：「此永永不易之道也」；「獵獵」，風聲，鮑照〈還都道中詩〉：「獵獵晚風遒」；「颯颯」，風雨聲也。此四句均寫秋景，蓋作者以景襯情也。詩人怨秋，特感其漫長無奈，「永永」二字，正寫憔悴秋風，度日如年之心境。「獵獵」、「颯颯」二狀聲詞，不僅暗藏「風」字、「雨」字，且勾起瑟瑟秋意，令讀者亦感寒透心脾，此乃運用疊字所產生之勝境。

洞房風已激，長廊月復清。藹藹夜庭廣，飄飄曉帳輕。

雜聞百蟲思，偏傷一鳥聲；鳥聲長不息，妾心復何極。

猶恐君無衣，夜夜當窗織。（王僧孺〈與司馬治書同聞鄰婦夜織〉）

「藹藹」，月光微闇貌，司馬相如〈長門賦〉：「望中庭之藹藹兮」；「飄飄」，風吹輕舉貌，陶淵明〈歸去來辭〉：「風飄飄而吹衣」。「藹藹」一句乃承「月復清」而來，月光清明，故覺庭院廣闊，然於月下視物，必然朦朧，以「藹藹」形容之，特顯真切。「飄飄曉帳輕」，則與首句相連，「飄飄」一詞暗藏風字，且具有輕盈飛揚之動態感。疊用「夜」字，方能表達時日之久長，與「朝朝」、「暮暮」等詞，同有補足或改變句意之效果，若單用「夜」字，含意即不相同。

洛汭何悠悠，起望登西樓。的的帆向浦，團團月隱洲。

誰能一羽化，輕舉逐飛浮。（何遜〈日夕望江山贈魚司馬〉）

「悠悠」，廣遠貌，《詩・鄘風・載馳》：「驅馬悠悠」，〈小雅・小旻之什・巧言〉：「悠悠昊天」；「的的」，明貌，《淮南子・說林》：「的的者獲，提提者射」；「團團」，圓貌，班婕妤〈怨詩行〉：「裁成合歡扇，團團似明月」。洛汭廣遠，可望不可及，「何悠悠」，正道出作者登高遠眺之感慨。單一「的」字，即有「明」意，疊用「的的」二字形容歸帆緩緩向浦，則產生愈趨愈明之動態化，得見作者巧思。以「團團」描摹月之圓滿溫潤，使人倍感親切、溫馨。

> 違鄉已信次，江月初三五。沈沈夜看流，淵淵朝聽鼓。
> 霜洲渡旅雁，朔颸吹宿莽。夜淚佳淫淫，是夕偏懷土。
> （何遜〈宿南州浦〉）

「沈沈」，深邃貌，又可解爲幽渺之音；「淵淵」，靜深貌，又可解爲多而遠之鼓聲，《詩・商頌・那》：「鞉鼓淵淵」；「淫淫」，流貌，《楚辭・九章・哀郢》：「涕淫淫其若霰」。「沈沈」與「淵淵」在句中均兼具雙層含義。「沈沈」既形容「夜靜深沈」，又摹擬「夜流幽響」；「淵淵」既表達「初曉清寂」，又狀寫「遠鼓之聲」，由於「夜靜」、「晨寂」，益使聲響清晰，而縈繞耳際。深夜不眠，獨坐懷鄉，淚眼迷離，「淫淫」二字，不僅展現淚水侵淫之態，更包含不盡之哀思。

> 清夜未云疲，珠簾聊可發。泠泠玉潭水，映見蛾眉月。
> 靡靡露方垂，暉暉光稍沒。佳人復千里，餘影徒揮忽。
> （虞騫〈凝雨詩〉）

「泠泠」，清涼貌；「靡靡」，猶遲遲也；「暉暉」，晴明貌。月光微闇，雨絲斜織，「泠泠」二字，眞切描繪出潭面魚白色迷茫清絕之寒光。「靡靡」露垂，「暉暉」光沒，大地更顯暗淡，作者藉光線之變化寫雨，以側筆出之，清新遠俗，而數疊字之應用，尤見匠心。

除上舉諸例外，南朝篇什中以疊字摹神之佳句，比比皆是，今取精擇錄於下：

離離：

離離雁度雲（梁・沈約〈秋夜〉）

飛鳥起離離（梁・武帝〈古意〉二首之一）

簾影復離離（梁・李鏡遠〈詠日〉）

亭亭：

亭亭月將圓（晉・陶淵明〈戊申歲六月中遇火〉一首）

亭亭曉月映（宋・謝靈運〈夜發石關亭〉）

靡靡：

靡靡行雲（齊・王儉〈贈徐孝嗣〉）

汀葭稍靡靡（齊・謝朓〈休沐重還丹陽道中〉）

佳期空靡靡（梁・沈約〈登高望春〉）

同同：

同同秋月明（梁・江淹〈雜體〉三十首〈孫廷尉綽雜述〉）

溶溶：

溶溶如漬璧（梁・簡文帝〈十空〉六首之二〈水月〉）

溶溶晨霧合（梁・沈約〈石塘瀨聽猿〉）

結霧下溶溶（梁・庾肩吾〈賦得山〉）

漠漠：

漠漠輕雲晚（齊・謝朓〈侍筵西堂落日望鄉〉）

綠墀已漠漠（梁・沈約〈詠青苔〉）

析析：

析析就衰林（宋・謝靈運〈鄰里相送至方山〉）

析析寒沙漲（梁・丘遲〈且發漁浦潭〉）

嫋嫋：

嫋嫋承風栽（宋・鮑照〈三日〉）

嫋嫋秋聲（梁・劉孝綽〈詠風〉）

嚶嚶：

嚶嚶喜候禽（宋・鮑照〈和傅大農與僚故別〉）

戾戾：

戾戾旦風遒（宋・鮑照〈從臨海王上荊初發新渚〉）

暄暄：

瞳瞳寒野霧（宋・鮑照〈學劉公幹體〉五首之二）

瞳瞳風逾靜（梁・何遜〈苦熱〉）

團團：

團團雲去嶺（齊・謝朓〈新治北窗和何從事〉）

團團霜露色（梁・江淹〈雜體〉三十首〈劉文學楨感懷〉）

繞繞：

流蘋方繞繞（梁・吳均〈發湘洲贈親故別〉三首之三）

翻翻：

落葉飛翻翻（梁・吳均〈酬別江主簿屯騎〉）

泥泥：

泥泥濡露條（宋・鮑照〈三日〉）

凝露方泥泥（齊・謝朓〈始出尚書省〉）

油油：

天覆雲油油（梁・庾肩吾〈三日侍蘭亭曲水宴〉）

耿耿：

秋河曙耿耿（齊・謝朓〈暫使下都夜發新林至京邑贈西府同僚〉）

耿耿樵路分（梁・朱异〈還東田宅贈朋離〉）

耿耿橫天漢（梁・庾丹〈秋閨有望〉）

灼灼：

灼灼風徽（宋・謝靈運〈答中書〉）

良人復灼灼（梁・何遜〈看伏郎新婚〉）

美人弄白日，灼灼當春牖。（梁・何子朗〈和虞記室騫古意〉）

茫茫：

原雨晦茫茫（齊・謝朓〈賽敬亭山廟喜雨〉）

秋壟終茫茫（齊・謝朓〈秋夜講解〉）

遲遲：

遲遲春日永（宋・蕭璟〈詠貧士〉）

遲遲眷西夕（齊・王融〈棲玄寺聽講畢遊邸園七韻應司徒教〉）

遲遲衫掩淚（陳・何曼才〈為徐陵傷妾〉）

寥寥：
　　寥寥空廣廈（宋・王微〈雜詩〉二首之二）
　　寥寥心悟永（梁・江淹〈雜體〉三十首之二十一〈謝僕射混遊覽〉）

疊疊：
　　疊疊隨化遷（晉・支遁〈述懷詩〉二首之二）
　　疊疊玄思清（梁・江淹〈雜體〉三十首〈孫廷尉綽雜述〉）

紛紛：
　　塞外何紛紛（梁・吳均〈邊城將〉四首之一）
　　落葉思紛紛（梁・吳均〈贈鮑春陵別〉）

沈沈：
　　衰柳尚沈沈（齊・謝朓〈始出尚書省〉）
　　春岸望沈沈（齊・謝朓〈往敬亭路中〉）

擾擾：
　　擾擾整夜裝（齊・謝朓〈京路夜發〉）
　　擾擾見行人（梁・何遜〈登石頭城〉）

颯颯：
　　颯颯高樹秋（齊・謝朓〈侍筵西堂落日望鄉〉）
　　颯颯履聲喧（梁・何遜〈從主移西洲寓直齋內霖雨不晴懷郡中遊聚〉）

連連：
　　連連絕鷁舉（齊・謝朓〈奉和隨王殿下〉十六首之五）

悄悄：
　　離羣徒悄悄（陳・江總〈贈賀左丞蕭舍人〉）

班班：
　　班班有翔鳥（晉・陶淵明〈飲酒〉二十首之十五）
　　班班仁獸集（梁・昭明太子〈和武帝遊鍾山大愛敬寺〉）

的的：
　　的的夜螢飛（梁・簡文帝〈傷離新體〉）
　　的的與沙靜（梁・何遜〈望水月示同羇〉）
　　的的連星出（陳・江總〈三善殿夜望山燈〉）

霏霏：

初蕊新霏霏（齊·謝朓〈詠落梅〉）

霏霏慶雲動（梁·昭明太子〈和武帝遊鍾山大愛敬寺〉）

淚下空霏霏（梁·范雲〈贈張徐州謖〉）

花落夜霏霏（梁·吳均〈發湘州贈親故別〉三首之二）

柳絮亦霏霏（梁·劉孝綽〈校書秘書省對雪詠懷〉）

霏霏野霧合（陳·陰鏗〈行經古墓〉）

爍爍：

爍爍霞上景（梁·江淹〈貽袁常侍〉）

飄飄：

飄飄水上雲（梁·吳均〈至湘洲望南岳〉）

羅綺自飄飄（陳·沈炯〈八音詩〉）

偓偓：

雅舞空偓偓（梁·丘遲〈敬酬柳僕射征怨〉）

勸勸：

勸勸桑柘繁（梁·任昉〈落日泛舟東溪〉）

綏綏：

申霜白綏綏（梁·張率〈詠霜〉）

趨趨：

寒蟲鳴趨趨（梁·吳均〈酬別江主簿屯騎〉）

獵獵：

獵獵起微風（梁·吳均〈憶費昶〉）

騷騷：

騷騷急沬響（梁·何遜〈入西塞示南府同僚〉）

屑屑：

屑屑身事微（梁·何遜〈贈諸遊舊〉）

邐邐：

邐邐山蔽日（梁·何遜〈送韋司馬別〉）

凜凜：

凜凜窮秋暮（梁・何遜〈初發新林〉）

脩脩：

蘆岸晚脩脩（梁・何遜〈還渡五洲〉）

奄奄：

奄奄殘暉滅（梁・何遜〈范廣州宅聯句〉）

田田：

蓮葉蔓田田（梁・王筠〈北寺寅上人房望遠岫翫前池〉）

朧朧：

朧朧樹裏月（梁・吳均〈至湘洲望南嶽〉）

朧朧隔淺紗（梁・劉孝威〈都縣遇見人織率爾寄婦〉）

唧唧：

唧唧撫心歎（梁・施榮華〈王昭君〉）

庚庚：

庚庚聞鳥囀（陳・沈炯〈六甲詩〉）

菲菲：

菲菲蘭俎馥（陳・楊慎〈從賀祀麓山廟〉）

二、特出工巧之布置

　　南朝詩人善用重言摹形、擬態、狀聲，已如上述。若再詳究之，不難發現疊字出現於篇首單句或儷句中之情形極爲普遍，此乃出於作者特意之安排，其目的在於和樂諧調，便於吟詠。茲以名家篇什爲例，重言用於篇首之單句或儷句者，如：

晉　郭　璞　〈答王門子〉　「芊芊玉英」

　　盧　諶　〈時興詩〉　　「疊疊圓象運，悠悠方儀廓」

　　袁　宏　〈從征行方頭山〉　「峨峨太行」

　　習鑿齒　〈燈〉　「煌煌開夜燈，脩脩樹間亮」

　　陶淵明　〈停雲〉一首　「靄靄停雲，濛濛時雨」

　　　　　　〈時運〉一首　「邁邁時運，穆穆良朝」

〈榮木〉一首　「采采榮木」

〈勸農〉一首　「悠悠上古」

〈命子〉一首　「悠悠我祖」

〈歸鳥〉一首　「翼翼歸鳥」

〈和郭主簿〉二首　「藹藹堂前林」

〈庚子歲五月中從都還阻風於規林〉二首之一
　「行行循歸路」

〈己酉歲九月九日〉一首　「靡靡秋已夕，淒淒風
　露交」

〈飲酒〉二十首之四　「栖栖失羣鳥」

〈擬古〉九首之一　「榮榮窗下蘭，密密堂前柳」

〈擬古〉九首之四　「迢迢百尺樓」

〈擬古〉九首之六　「蒼蒼谷中樹」

〈雜詩〉十二首之十二　「嫋嫋松標崖」

〈讀山海經〉十三首之七　「粲粲三珠樹」

〈讀山海經〉十三首之十三　「巖巖顯朝市」

宋　謝靈運　〈南樓中望所遲客〉　「杳杳日西頹，漫漫長路迫」

　　　　　　〈擬魏太子鄴中集詩〉八首之六〈應瑒〉　「嗷嗷
　　　　　　雲中鴈」

　　　　　　〈彭城宮中直感歲暮〉　「草草眷徂物，契契矜歲
　　　　　　殫」

　　謝惠連　〈與孔曲阿別〉　「淒淒乖蘭秋」

　　鮑　照　〈紹古辭〉七首之三　「瑟瑟涼海風」

　　　　　　〈擬青青陵上陌〉　「涓涓亂江泉，綿綿橫海煙」

　　　　　　〈學劉公幹體〉五首之二　「曀曀寒野霧，蒼蒼陰
　　　　　　山柏」

　　荀　昶　〈擬青青河畔草〉　「熒熒山上火，迢迢隔隴左」

齊　王　儉　〈侍太子九日宴玄圃詩〉　「明明儲后」

〈贈徐孝嗣〉　「婉婉遊龍」

王　融　〈奉和纖纖〉　「兩頭纖纖綺上紋」

謝　朓　〈遊東田〉　「戚戚苦無悰」

〈酬王晉安〉　「稍稍枝早勁，塗塗露晚晞」

〈京路夜發〉　「擾擾整夜裝，肅肅戒徂兩」

〈直中書省〉　「紫殿肅陰陰」

〈詠落梅〉　「新葉初冉冉，初蕊新霏霏」

〈奉和隨王殿下〉十六首之八　「愴愴緒風興，祁
祁族雲布」

〈詠蒲〉　「離離水上蒲」

梁　簡文帝　〈十空〉六首之五〈如影〉　「朝光照皎皎，久漏
轉駸駸」

〈納涼〉　「斜日晚駸駸」

〈秋夜〉　「螢飛夜的的，蟲思夕喓喓」

〈送別〉　「行行異沂海，依依別路岐」

〈春閨情〉　「楊柳葉纖纖」

〈和湘東王陽雲樓簷柳〉　「曖曖陽雲臺」

〈寒閨〉　「綠葉朝朝黃，紅顏日日異」

〈詠朝日〉　「團團出天外，煜煜上層峯」

沈　約　〈詠青苔〉　「綠階已漠漠，汎水復綿綿」

〈早行逢故人車中爲贈〉　「殘朱猶曖曖，餘粉尙
霏霏」

〈石塘瀨聽猿〉　「噭噭夜猿鳴，溶溶晨霧合」

江　淹　〈劉僕射東山集〉　「蕭蕭雲色滋」

〈陸東海譙山集〉　「杳杳長役思」

〈多盡難離和丘長史〉　「閒居深悵悵」

〈池上酬劉記室〉　「戚戚憂可結」

〈雜體〉三十首之六〈劉文學楨感懷〉　「蒼蒼山

中桂，團團霜露色」

〈郊阮公詩〉十五首之四　「飄飄恍惚中」

〈郊阮公詩〉十五首之十一　「擾擾當途子」

范　雲　〈酬修仁水賦詩〉　「三楓何習習，五渡何悠悠」

吳　均　〈重贈臨蒸郭某〉一首　「英英者桂」

〈發湘州贈親故別〉三首之二　「雲生曉靄靄，花落夜霏霏」

〈邊城將〉四首之一　「塞外何紛紛」

〈秋念〉　「團團珠暉轉，炤炤漢陰移」

〈憶費昶〉　「皎皎日將上，瀏瀏起微風」

〈贈鮑春陵別〉　「落葉思紛紛」

〈迎柳吳興道中〉　「團團日西靡」

〈詠雲〉二首之一　「飄飄上碧虛，藹藹隱青林」

何　遜　〈望廨前水竹答崔錄事〉　「蕭蕭藂竹映，澹澹平湖淨」

〈臨行公車〉　「擾擾排曙扉，鱗鱗驅早駕」

〈見征人分別〉　「淒淒日暮時」

〈詠娼婦〉　「曖曖高樓暮」

〈王尚書瞻祖日〉　「昱昱丹旗振，亭亭素蓋立」

劉孝綽　〈詠風〉　「嫋嫋秋聲，習習春風」

〈淇上人戲蕩子婦示行事〉一首　「桑中始奕奕，淇上未湯湯」

〈遙見鄰舟主人投一物眾姬爭之有客請余為詠〉　「河流既浼浼，河鳥復關關」

〈望月有所思〉　「秋月始纖纖」

〈校書秘書省對雪詠懷〉　「桂華殊皎皎，柳絮亦霏霏」

〈牀下映月〉　「明明三五月」

陳　徐　陵　〈詠織婦〉　「纖纖運玉指，脈脈正蛾眉」

江　總　〈衡州九日〉　「秋日正淒淒」

〈奉和東宮經故妃舊殿〉　「故殿看看冷，空階步
步悲」

綜計南朝詩中出現之疊字約四百種，其中「離離」、「矗矗」、「悠悠」、「灼灼」、「茫茫」、「靡靡」、「藹藹」、「曖曖」、「依依」、「行行」、「皎皎」、「的的」、「亭亭」、「蕭蕭」、「遲遲」、「眇眇」、「迢迢」等詞，使用頻繁。疊字之運用，貴在求變出新，若說「楊柳」恆用「依依」，述「雨雪」即用「霏霏」，擬「馬鳴」無非「蕭蕭」，計「長遠」必是「悠悠」，則落入防塹，神味全無。「蹈武前迹，變化不足」為南朝詩人運用疊字之一般缺失，此又研究南朝詩者所不可不知也。

第二節　鍊字健句

南朝詩人重視鍊字，詩句中動詞與形容詞之安排尤費推敲，務使意象鮮明，語意警策，成為增加趣味與提昇境界之「關鍵」。此「關鍵」字，亦即後人所謂之「句眼」。〔註1〕

〔註1〕句眼之說始自江西詩派。黃山谷〈題李西臺書〉云：「字中有筆，如句中有眼。」惠洪《冷齋詩話》：「造語之工，至於荊公、山谷、東坡、盡古今之變。荊公『江月轉空為白晝，嶺雲分暝與黃昏。』又曰：『一水護田將綠繞，兩山排闥送青來。』東坡詩曰：『只恐夜深花睡去，高燒紅燭照新粧。』又曰：『我攜此石歸，袖中有東海。』山谷曰：『此詩謂之句中眼，學者不知此妙，韻終不勝。』」山谷之言，僅指其綱要，其後論者，始加詳密。胡仔《苕溪漁隱叢話》云：「汪彥章移守臨川，曾吉甫以詩迓之曰：『白玉堂中曾草詔，水晶宮裏近題詩。』先以示子蒼，子蒼為改兩字云：『白玉堂深曾草詔，水晶宮冷近題詩。』迥然與前不侔，蓋句中有眼也。古人鍊字，只於眼上鍊，蓋五字以第三為眼，七字詩以第五字為眼也。」韓子蒼名駒，名在江西宗派圖中，吉甫名幾，與呂本齊名，皆江西詩派人也。呂本中於《呂氏童蒙訓》：「潘邠老云：『七言詩第五字要響，如：返照入江翻石壁，歸雲擁樹失山村。翻字失字是響字也。五言詩第三字要響，如：圓荷浮小葉，細麥落輕花。浮字落字是響字也。』所謂響字者，致力處也。予竊以為字字當活，則字字自響。」（《童

　　南朝篇什中之「句眼」，多置於全句之中心，即五言之第三字，然亦有例外者，如：「坐銷芳草氣，空度明月輝」（王融〈古意〉）、「風生玉階樹，露湛曲池蓮」（劉繪〈詠博山香爐〉）、「箭衢鴈門石，氣振武安瓦」（吳均〈邊城將〉四首之二）、「風斷陰山樹，霧失交河流」（范雲〈傚谷〉）等句之「眼」，則居於第二字。「氣往風集隙，和還露泫柯」（王僧達〈七夕月下〉）、「頡頑鷗舞白，流亂葉飛紅」（劉瑱〈上湘度琵琶磯〉）、「疎峯時吐月，密樹不開天」（吳均〈登壽陽八公山〉）等句之「眼」，則居於第四字。此外亦不乏置於第五字者，如：「歲宴東光弭，景仄西華收」（王融〈奉和竟陵王郡縣名〉）、「日華川上動，風光草際浮」（謝朓〈和徐都曹出新亭渚〉）、「澄澄明浦媚，衍衍清風爛」（謝朓〈和劉中書〉）、「白雲山上盡，清風松下歇」（張融〈別詩〉）、「紗窗相向開，窗疎眉語度」（劉孝威〈鄀縣遇見人織率爾寄婦〉）等。且有一句二「眼」者，如：「雲生樹陰遠，軒廣月容開」（謝朓〈奉和隨王殿下〉十六首之十）、「風長曙鐘近，地迴洛城遙」（庾肩〈吾蔬圃堂〉）、「山開雲吐氣，風憤浪生花」（朱記室〈送別不及贈何殷二記室〉）等。由是得知，南朝詩人鍊字，並不限於五言第三字也。以下就詩人鍊字技巧，分「體物入神」、「擬人生趣」、「夸張聳動」、「活用詞性」、「常字新用」五項，酌選佳作解析之。

一、體物入神

　　劉勰《文心雕龍‧物色》云：「詩人感物，聯類不窮。流連萬象

蒙訓》今所傳者已非原本，其論詩諸條，可自《苕溪漁隱叢話》及《詩人玉屑》中輯出。）潘邠老即大臨，江西派中人，謂響字即致力處；居仁謂致力處即是活處，語皆細微入妙。爰至方回，尤重鍊字，其句眼之說則略異於前，《瀛奎律髓》於杜甫岳陽樓詩「吳楚東南坼，乾坤日夜浮」之「坼」字「浮」字，註云：「是句中眼。」陳無己登快哉亭詩「度鳥欲何向，奔雲亦自閒。」「欲何」「亦自」四字亦稱句眼。是以盧谷所謂之眼，不限一字，更不必定在第幾字。本文所論之句眼，乃取方回之意，即不限於五言第三字，七言第五字也。

之際，沈吟視聽之區，寫氣圖貌，既隨物以宛轉；屬采附聲，亦與心而徘徊。」若能如此，則必「體物入神」矣。詩人運用敏銳之觀察，體物入神，方能述難寫之狀，抒難言之情，而成就佳句。王夫之〈夕堂永日諸論〉中云：「體物而得神，則自有靈通之句，參化工之妙。」天巧人工，恰得其妙，則「神境」自現。如：

　　　　廣欄含夜陰，高軒通夕月。（宋·南平王鑠〈七夕詠牛女〉）

「含」字將欄廣、庭虛包容夜色之景致體現，清悠澹永。而「通」字，適刻畫出「高軒」、「明月」猶如相連之清絕景致，且令人有「直步青雲」、「天人無隔」之快感。

　　　　亂流灘大壑，長霧匝高林。（鮑照〈日落望江贈荀丞〉）

「灘」，水會也。亂流會歸大壑，其波濤洶湧之浩蕩氣勢與奔騰巨響，足令人驚心動魄。「林高」則「霧多」，「匝」字，不僅使霧「具象」，且能呈現綿綿不絕，縈繞不斷之情景，而予人以「束縛」、「困頓」之感。

　　　　光風轉蘭蕙，流月汎虛園。（王儉〈後園餞從兄豫章〉）

「蘭蕙」於和風暖日下搖颺生姿、孕秀布芳，而詩人卻云光風「轉變」蘭蕙之形貌、色澤，使「光風」成為有情之物，且以主動為被動，別饒趣味。雲氣擁月流動，故云「流月」。皓彩映園，由於庭廣園虛，致使清光視之若浮，超然飛動，「汎」字恰能表達此一勝境。

　　　　雲生樹陰遠，軒廣月容開。（謝朓〈奉和隨王殿下〉十六首之十）

「樹陰遠」乃「雲生」之故，「月容開」由於「軒廣」，作者以靈心慧眼，體物入微，而得此佳句。

　　　　情多舞態遲，意傾歌弄緩。（謝朓〈夜聽妓〉二首之一）

寫人物舉止，首須洞察其處境與心情。「舞態遲」、「歌弄緩」中之「遲」、「緩」二字，直將「情多」、「意傾」之心態逼現，誠可謂「琢磨入細」。

　　　　白水田外明，孤嶺松上出。（謝朓〈還塗臨渚〉）

水「白」，田「綠」，故田外之白水，益顯清「明」，「孤嶺」、「俊松」二者「相得益彰」，「出」字，則將「特立不羣」之氣勢，表露無遺。

風長曙鐘近，地迥洛城遙。(庾肩吾〈蔬圃堂〉)

曙鐘清澈縈耳，蓋因長風傳送之故，而洛城望之遙遙，乃因「地迥」之必然情況。「長」與「近」，「迥」與「遙」，相爲因果，致使句意緊扣，且合情入理矣。

風聲動密竹，水影漾長橋。(何遜〈夕望江橋示蕭諮議楊建康江主簿〉)

風本無聲，觸物始發聲，風吹密竹，竹動而聲響，此「動」字，遂使聲態全出。橋影臥水，水動而影漾。「長橋」之「長」字，使「漾」字益顯貼切，蓋物「長」方能表現「晃漾」之韻致。

山翠餘煙積，川平晚照收。(蕭鈞〈晚景遊泛懷友〉)

山翠，必因草木蓊鬱之故，煙霧縈廻其間，不易遽散，「積」字，恰能描繪出煙繞碧山，虛無縹眇之美景。水靜川平，日色漸殘，「收」字，憑添幾許「沈寂」、「平和」之氣氛。

煙壁浮青翠，石瀨響飛奔。(劉孝儀〈和昭明太子鍾山解講〉)

野煙廻燒山壁草木間，遙望之，則翠色若浮。怒湍飛奔，激流擊石，勢猛聲怒，「浮」與「響」二字，均有「畫龍點睛」之效。

除上舉數例外，尚有頗多因「鍊字」成功，而呈現「體物入神」之佳句，如：(句眼上加小圈)

山居感時變，遠客興長謠。疎林積涼風，虛岫結凝霄。
(孫綽〈秋日〉)

明月流素光，凝煙汎城闕。(宋南平王鑠〈失題〉)

秋岸澄夕陰，火旻團朝露。(謝靈運〈永初三年七月十六日之郡初發都〉)

澹瀲結寒姿，團欒潤霜質。(謝靈運〈登永嘉綠嶂山詩〉)

白花皭陽林，紫蘲曄春流。(謝靈運〈郡東山望溟海詩〉)

野曠沙岸淨，天高秋月明。(謝靈運〈初去郡〉)

側聽風薄木，遙睎月開雲。(顏延之〈夏夜呈從兄散騎車長沙〉)

林壑斂暝色，雲霞收夕霏。(謝靈運〈石壁精舍還湖中作〉)

複澗隱松聲，重崖伏雲色。（鮑照〈行京口至竹里〉）

岫遠雲煙綿，谷屈泉靡迤。（鮑照〈春羈〉）

荒隩被蔵莎，崩壁帶苔鮮。（謝朓〈遊山〉）

霜月始流砌，寒蛸早吟隙。（謝朓〈同羇夜集〉）

餘雪映青山，寒霧開白日。（謝朓〈高齋視事〉）

葉低知露密，崖斷識雲重。（謝朓〈移病還園示親屬〉）

日華川上動，風光草際浮。（謝朓〈和徐都曹出新亭渚〉）

石險天貌分，林交日容缺。（孔稚珪〈遊太平山〉）

澗斜日欲隱，煙生樓半藏。（梁昭明太子〈開善寺法會〉）

風來幔影轉，霜流樹沫涇。（梁昭明太子〈玄圃講〉）

橫階入細筍，蔽地濕輕苔。（梁簡文帝〈晚景納涼〉）

綠潭倒雲氣，青山銜月規。（梁簡文帝〈秋夜〉）

松澗流星影，桂窗斜月暉。（梁元帝〈船名詩〉）

紅草涵電色，綠樹鑠煙光。（江淹〈還故園〉）

騰猿疑矯箭，驚鴈避虛弓。（庾肩吾〈九日侍宴樂遊苑應令〉）

荷低芝蓋出，浪涌燕舟輕。（庾肩吾〈山池應令〉）

野曠秋先動，林高葉早殘。（庾肩吾〈賽漢高廟〉）

野岸平沙合，連山近霧浮。（何遜〈慈老磯〉）

雲起垂天翼，水動連山波。奔濤延瀾汗，積翠遠嵯峨。
（王筠〈北寺寅上人房望遠岫翫前池〉）

風度餘芳滿，鳥集新條振。（劉孝綽〈侍宴餞張惠紹應詔〉）

鮮雲積上月，凍雨晦初陽。迴風飄淑氣，落景煥新光。
（劉孝綽〈餞張惠詔應令〉）

葉慘風聲異，樓空月色寒。（劉孝先〈和兄弟綽夜不得眠〉）

急風亂還鳥，輕寒靜暮蟬。（朱超道〈別席中兵〉）

花落圓文出，風急細流翻。（沈君攸〈賦得臨水〉）

重疊通日影，參差藏月輝。（鮑子卿〈詠玉階〉）

歇霧含空翠，新花濕露黃。飛禽接旆影，度日轉鈹光。

（陳後主〈五言同管記陸瑜九日觀馬射〉）

枝多含樹影，煙上帶珮生。（陳後主〈宴光璧殿詠遙山燈〉）

村長合夜影，水狹度浮煙。（張正見〈浦狹村煙度〉）

螢光連燭動，月影帶河流。（張正見〈和衡陽王秋夜〉）

凌波銜落蕊，觸餌避沈鉤。（張正見〈賦得魚躍水花生〉）

霧開樓闕近，日迥煙波長。（江總〈秋日侍宴婁苑湖應詔〉）

連崖夕氣合，虛宇宿雲霾。（江總〈靜臥棲霞寺房望徐祭酒〉）

竹近交枝亂，山長絕遙深。（江總〈經始興廣果寺題愷法師山房〉）

二、擬人生趣

將無知事物，寄以靈性，託付情感，稱之爲「擬人」法。此類「句眼」，全屬「動」詞，如：

白雲抱幽石，綠篠媚清漣。（謝靈運〈過始寧墅〉）

此謂白雲「擁抱」幽石；綠篠「愛悅」清漣。妙在「抱」、「媚」二字，不僅使「白雲」、「綠篠」皆成有情之物，且亦令句子精警靈動。「抱」與「媚」字尚見於其他篇什中。如：

抱：

朱華抱白雪（鮑照〈望孤石〉）

浮雲抱山川（江淹〈還故園〉）

雲景抱長懷（江淹〈冬盡難離和丘長史〉）

園菊抱黃華（江總〈衡州九日〉）

媚：

芳蘭媚紫莖（宋文帝〈登景陽樓〉）

孤嶼媚中川（謝靈運〈登江中孤嶼〉）

湯湯風媚泉（鮑照〈白雲〉）

謝靈運〈於南山往北山經湖中瞻眺〉詩云：「海鷗戲春岸，天溪

弄和風」。「戲」與「弄」二字爲句中「眼」，乃遊玩、嬉戲之意。作者以人類活動之樂趣，移情於禽鳥，使「物染我情」藉以縮短我間之距離，而產生親切之感，饒富思致。南朝詩人頗喜以「戲」、「弄」二字爲「句眼」。如：

戲：

　游鱗戲瀾濤（孫綽〈蘭亭〉）
　魚戲新荷動（謝朓〈遊東田〉）
　蛺蝶縈空戲（何遜〈石頭答庾郎丹〉）
　浴鳥沈還戲（江總〈春日〉）

弄：

　翾翾燕弄風（鮑照〈在江陵歎年傷老〉）
　黃鳥弄春飛（王儉〈春詩〉二首之一）
　綿蠻弄藤蘿（范雲〈貽何秀才〉）
　飛蝶弄晚花（何遜〈答高博士〉）
　暄遲蝶弄醹（虞羲〈春郊〉）
　照影弄長川（江洪〈和新浦侯詠鶴〉）

　　沈約〈園橘〉詩云：「綠葉迎露滋，朱苞待霜潤」。霜露滋潤綠葉朱苞，原屬自然現象，而詩人以「迎」、「待」二字，賦予「綠葉」、「朱苞」生命與性情，使之流露殷殷「企盼」之情，而「霜露」亦爲有情之物，將適時降臨，潤滋花葉。兩句精神全在「迎」、「待」二字。此中「迎」字屢見於南朝詩篇中。如：

　躍水迎晨潮（庾闡〈江都遇風〉）
　哀風迎夜起（王康琚〈反招隱詩〉）
　搖落迎軒牖（王融〈寒晚敬何徵君點〉）
　銅鳥迎早風（王筠〈和衛尉新渝侯巡城口號〉）

　　梁昭明太子〈開善寺法會〉詩云：「陰池宿早鴈，寒風催夜霜」。「寒風」颯颯聲，如人悽切之呼喚，故作者云寒風「催促」夜霜落，此處用「催」字擬人，異趣橫生。以「催」字爲「句眼」之佳句尚有：

　玉露催紫榮（江淹〈臥疾怨別劉長史〉）

江淹〈劉僕射東山集〉詩云：「喬木嘯山曲，征鳥怨水湄」。人或獸發聲清越而舒長者謂之「嘯」，風吹喬木，響聲縈廻山曲，作者以「嘯」字擬其聲也。鳥何能「怨」？實人之「怨」，此乃以「人心」爲「物心」者也。

謝靈運〈登上戍石鼓山〉詩云：「白芷競新苔，綠蘋齊初葉」。二句神采全在「競」、「齊」二字，曲盡卉草爛漫、馨香四溢、欣欣向榮之良辰淑景，殊覺峭勁。「競」字亦見於其他詩句中。如：

采菊競葳蕤（鮑照〈夢歸鄉〉）

螢翻競晚熱（梁簡文帝〈玄圃納涼〉）

春花競玉顏（庾肩吾〈南苑看人還〉）

與「競」字意近之「爭」字，亦屢用爲「句眼」。如：

風旗爭曳影（梁簡文帝〈上巳侍宴林光殿曲水〉）

蒲心爭出波（范雲〈貽何秀才〉）

抽翠爭連影（祖孫登〈詠柳〉）

梁元帝〈後園看騎馬〉詩云：「鳴珂隨蹋駛，輕塵逐影移」。馬奔馳時，馬勒之飾物隨之前行，並互擊生響。其所經之處，莫不風煙瀰漫，塵土飛揚。是以非「珂」自行，「塵」自揚，實「馬」爲之，然詩人運用「擬人」手法，令「珂」、「塵」具生命力，遂使詩意「無理而妙」。「隨」與「逐」南朝詩人皆頻用之，尤以「逐」字，屢見不鮮。如：

隨：

翠網隨煙碧（梁簡文帝〈遊光宅寺詩應令〉）

陰窗隨影度（梁簡文帝〈餞別〉）

寒隨殿影生（庾肩吾〈山池應令〉）

溼花隨水泛（王臺卿〈奉和泛江〉）

逐：

遙禽逐霧征（梁簡文帝〈登烽火樓〉）

釧響逐絃鳴（梁簡文帝〈賦樂名得箜篌〉）

玉珂逐風度（梁元帝〈和劉上黃春日〉）

簫管逐風來（王僧孺〈登高臺〉）

水逐雲峯闇（庾肩吾〈山池應令〉）

駐日逐戈鋒（庾肩吾〈奉使北徐州參丞御〉）

蘭心逐風卷（吳均〈詢周承不值因贈此詩〉）

芙蓉逐浪搖（劉孝威〈奉和晚日〉）

金鈿逐照迴（陳後主〈七夕宴樂脩殿各賦六韻〉）

花逐下山風（陰鏗〈開善寺〉）

鮑照〈翫月城西門〉詩云：「歸花先委露，別葉早辭風」。「花殘」、「葉落」之衰敗景象，往往引人愁思，若道「花歸」、「葉辭」，不僅充滿情味，且予人「回返有日」之希望，而沖淡感傷氣氛，遂令詩意婉而多致矣。以「歸」、「辭」爲「句眼」之詩句尙有：

歸：

雲歸山望濃（梁元帝〈遊後園〉）

草綠晨芳歸（柳惲〈雜詩〉）

棟裏歸雲白（陰鏗〈開善寺〉）

飄花度不歸（江總〈春日〉）

辭：

女蘿辭松柏（郭璞〈遊仙詩〉十九首之七）

密葉辭榮條（孫綽〈秋日〉）

連翩辭朔氣（蕭子範〈夜聽鴈〉）

泛濫雪辭山（江淹〈應劉豫章別〉）

陳後主〈晚宴文思殿〉：「荷影侵池浪，雲色入山扉」。二句著力於「侵」、「入」二字。荷影映池，雲色在山，乃自然現象，用「侵」、「入」二字形容，似「荷影」、「雲色」有意爲之，致使語妙意曲，饒生遠韻。南朝篇什中不乏以「侵」字「擬人」之詩句。如：

星芒侵嶺樹（梁簡文帝〈夜遊北園〉）

桂影侵簷進（梁元帝〈和鮑常侍龍川館〉）

石苔侵綠蘚（陳後主〈立春日汎舟玄圃各賦一字六韻成篇〉）

起樓侵碧漢（江總〈和衡陽殿下高樓看妓〉）

桂叢侵石路（伏知道〈賦得招隱〉）

　　朱記室〈送別不及贈何殷二記室〉詩云：「山開雲吐氣，風憤浪生花」。山、雲、風、浪均爲無知之物，作者以「開」、「吐」、「憤」、「生」賦其生命與情感，而產生無窮之興味，一幅「雲山煙漫」、「風狂浪湧」之壯潤景象，已在目前。「吐」與「生」亦爲南朝詩人頻用之「句眼」。如：

　　吐：

　　　　高泉吐東岑（庾闡〈三月三日臨曲水〉）

　　　　漏穴吐飛風（沈約〈八詠詩被褐守山東〉）

　　　　山川吐幽氣（江淹〈冬盡難離和丘長史〉）

　　　　疎峯時吐月（吳均〈登壽陽八公山〉）

　　　　丹墀吐明月（費昶〈華光省中夜聞城外擣衣〉）

　　　　重雲吐飛電（朱超道〈對雨〉）

　　生：

　　　　處處春雲生（鍾憲〈登群峯標望海〉）

　　　　瓊幕生紫煙（梁武帝〈七夕〉）

　　　　原野生暮靄（張率〈詠霜〉）

　　　　墟上生煙露（何遜〈野夕答孫郎擢〉）

　　庾肩吾〈經陳思王墓〉詩云：「鴈與雲俱陣，沙將蓬共驚」。鴈飛、雲飄，自然成行，而觀者卻道：鴈與雲有意「爲陣」。沙蓬俱振，人望之心驚，詩中不云「人驚」，而謂「沙將蓬共驚」，別開境界，令人耳目一新。以「驚」爲「眼」之佳句尙有：

　　　　寒律驚窮蹊（鮑照〈還都道中〉三首之二）

　　　　游絲帶蝶驚（梁簡文帝〈新燕〉）

　　　　飛雪千里驚（范雲〈傚古〉）

　　　　秋潮驚箭服（庾肩吾〈被使從渡江〉）

　　　　寡鶴偏棲中夜驚（阮卓《賦得黃鶴一遠別》）

上述者，皆爲南朝詩篇中較常見之「句眼」，另有用特殊「動」詞，擬人生趣之佳句。如：

　　　　翔禽撫翰游（謝萬〈蘭亭〉）

幽隅秉晝燭，地牖窺朝日。（鮑照〈從登香爐峯〉）

掛釵報纓絕，墜珥答琴心。（謝朓〈夜聽妓〉二首之二）

青城接丹霄，金樓帶紫煙。（梁武帝〈十喻〉五首之四〈乾闥婆〉）

晝鳥狎晨鳧（梁簡文帝〈望同泰寺浮圖〉）

綠潭倒雲氣，青山銜月規。（梁簡文帝〈秋夜〉）

花留蛺蝶粉，竹翳蜻蜓珠。（梁簡文帝〈晚日後堂〉）

蓮池引夕風（梁上黃侯曄〈奉和太子秋晚詩〉）

霜奪莖上紫，風銷葉上綠。（沈約〈八詠詩歲暮愍衰草〉）

陰雲助麥寒（庾肩吾〈從駕喜雨〉）

暮雨簷中息（吳均〈送柳吳興竹亭集〉）

蛺蝶戀殘花，黃鶯對妖蕚。（蕭子雲〈東郊望春誚王建安雋晚遊〉）

素莖表朱實（王筠〈摘安石榴贈劉孝威〉）

夕鳥赴前洲（劉孝綽〈夕逗繁昌浦〉）

夜傍玉鉤垂（徐摘〈賦得簾塵〉）

碧葉喜翻風（江洪〈詠荷〉）

燕下拾池泥（何子朗〈和虞記室騫古意〉）

疾風摧勁葉，沙坼毀盤根。（劉臻〈河邊枯樹〉）

朔氣凌疎木，江風送上潮。（徐陵〈秋日別庾正員〉）

輕雪帶風斜（徐陵〈詠雪〉）

遙天收密雨（張正見〈初春賦得池應教〉）

煙崖憩古石，雲路排征鳥。（江總〈遊攝山棲霞寺〉）

三、夸張聳動

　　人情物理，皆有不以平實為滿足之趨向，是以詩人於鋪辭設采時，往往使用夸張渲染之手法，以愜人心。此法運用於鍊字上，不但無害於義，反能收聳動讀者耳目之效。如：

　　弱蕊布遐馥，輕葉振遠芳。（宋江夏王義恭〈登景陽樓〉）

「布」、「振」乃夸張形容「蕊」、「葉」之香馥，若易以「散」或「傳」字，不僅勢弱，且興味索然矣。再如：

　　哀心徹雲漢（宋南平王鑠〈擬青青河邊草〉）

哀心何能「徹」雲漢？「徹」字實無「無理」之夸飾，讀者雖明知其「無理」，然卻不禁之為震撼。又如：

　　壯力拔高山，猛氣烈迅風。（范泰〈經漢高廟〉）

《史記・項羽本紀》載項王自為歌：「力拔山兮氣蓋世」，此二句當脫化於此。若不以「拔」、「烈」二字夸大形容，則無法顯示項羽之威武勇猛，氣概過人。又如：

　　塹流鋪紫若，城風泛橘花。（梁簡文帝〈守東華門開〉）

紫若「鋪」流，橘花「泛」風，何等豪華景致，此得力於「鋪」、「泛」二字之誇大逞奇。又如：

　　獨枕凋雲鬢，孤燈損玉顏。（江淹〈征怨〉）

「凋」、「損」二字，不但說明「長夜懷遠」令人速老，且強調其「破壞力」，使讀者產生「壓迫感」，進而引發同情與共鳴。此外如：

　　絳旗若吐電，朱蓋如振霞。（王鑒〈七夕觀織女〉）

　　洪川佇宿浪（庾闡〈江都遇風〉）

　　雄髮指危冠，猛氣衝長纓。（陶淵明〈詠荊軻〉）

　　孤刃駭韓庭，獨步震秦宮。（宋孝武帝〈詠史〉）

　　攢樓貫白日（鮑照〈還都至三山望石頭城〉）

　　沙澤振寒草，弱水駕冰潮。（王融〈遊仙詩〉五首之五）

　　聳樓排樹出（梁簡文帝〈登烽火樓〉）

　　時菊耀巖阿，雲霞冠秋嶺。（江淹〈雜體三十首謝僕射混遊覽〉）

　　漁柵亂江晨（虞羲〈春郊〉）

　　八川奔巨壑，萬頃溢澄波。（陰鏗〈閒居對雨〉）

上所舉者，皆屬夸張聳動之例。南朝詩人鍊字，運用夸飾手法者未多，且鮮佳句，然其啟導之功則不可沒。

四、活用詞性

　　作者於詩句之關鍵緊要處，每改變關鍵字之詞性，如日常用語中為名詞，可活用作形容詞或動詞；原為形容詞，則活用作動詞，如是，往往能達到「警策」、「生動」之目的。此種技巧，後人稱之為「實字

活用」、「死字活用」或「虛字實用」。如：

　　　　和風翼歸采 (宋孝武帝〈濟曲阿後湖〉)

「翼」，鳥翅也，原屬名詞，此處活用爲動詞，作「護」解。

　　　　豐霧粲草華，高月麗雲嶠。(鮑照〈臨川王服竟還田里〉)

「粲」，鮮明貌，「麗」、華靡也，均屬形容詞，此處轉換成動詞，作
「使之鮮明」、「使之華靡」解。

　　　　園楥美化草 (鮑照〈在江陵歎年傷老〉)

「美」，原屬形容詞，此處活用作動詞，作「使之美好」解。

　　　　蘭池清夏氣 (范曄〈樂遊應詔詩〉)

「清」，明潔清虛也，原屬形容詞，此處活用爲動詞，作「使之清虛
明潔」解。

　　　　月陰洞野色 (謝朓〈奉和隨王殿下〉十六首之三)

「洞」，深遠也，原屬形容詞，此處用爲動詞，作「使之深遠」解。

　　　　綠水繢清波，青山繡芳質，落景皎晚陰，殘花綺餘日。

　　　　(謝朓〈還塗臨渚〉)

「繢」、「綺」，文繪也，均屬名詞。「繡」，五采備也，當作形容詞用。
「皎」，潔白光明也，亦屬形容詞。而此詩中四字皆活用爲動詞，作
「使之如繢」、「使之如繡」、「使之明潔」、「使之如綺」解。

　　　　寒雲暗積水 (庾肩吾〈侍宴餞張孝總應令〉)

「暗」，不明也，原屬形容詞，此處用爲動詞，作「使之不明」解。

　　　　秋雲靜晚天 (吳均〈與柳惲相贈答六首〉)

「靜」，安和也，屬形容詞，此處用爲動詞，作「使之安和」解。

　　　　白雲閒海樹 (吳均〈酬別江主簿屯騎〉)

「閒」，安也，屬形容詞，此處用爲動詞，作「使之安閒」解。

　　　　玄峯朗夜光 (朱超道〈詠同心芙蓉〉)

「朗」，清澈也，屬形容詞，此處用爲動詞，作「使之益加清澈」解。

此外如：

　　　　潭壑洞江汜 (鮑照〈登廬山〉二首之二)

　　　　泉源潔冰苔 (鮑照〈三日〉)

> 頹霞文翠帔（王融〈從武帝琅邪城講武應詔〉）
>
> 金波麗鳷鵲，玉繩低建章。（謝朓〈暫使下都夜發新林至京邑贈西府同僚〉）
>
> 清暉洞藻井（梁上黃侯蕭曄〈奉和太子秋晚詩〉）
>
> 寒光晦八極，同雲暗九天。（庾肩吾〈詠花雪〉）
>
> 浮水暗舟艫（何遜〈初發新林〉）
>
> 夜氣清簫管（劉孝儀〈和昭明太子鍾山解講〉）
>
> 雨師清遠路，風伯靜遙天。（張正見〈從籍田應衡陽王教作五章之三〉）
>
> 日彩麗金貂（何胥〈賦得待詔金馬門〉）

以上所舉諸句之關鍵字，均屬改變詞性之例。

五、常字新用

某些習慣常用之字，詩人獨運巧思，使其出現於不常結合之詞彙與句法中，往往能產生嶄新之境界與無窮之韻味。前所述及之「體物入神」、「擬人生趣」、「夸張聳動」、「活用詞性」中，雖亦不乏「常字新用」之例，然猶未能盡言，故另立此目以詳述之。如：

> 揮杯勸孤影，日月擲人去。（陶淵明〈雜詩〉十二首之二）

「勸」字顯現作者寂寞情懷。「擲」字更下得奇響，將光陰之冷酷無情，刻畫盡致。此二句詩，皆以淺俗之字，發清新之思，而得勝境。

> 光風扇鮮榮，碧林輝翠萼。（謝萬〈蘭亭〉）

鮮榮於和風煦日下搖曳生姿，碧林翠萼相映爭輝之景人人得見，而「扇」與「輝」二字，卻非人人所能道，尤「扇」字，不僅令光風成有情之物，且具有左右晃盪之「動態感」。「出人意外，入人意中」乃「鍊字」之極致。

> 中夏貯清陰（陶淵明〈和郭主簿〉二首之一）

「貯」字一作復，又作駐，又作佇，余以為「貯」字最佳，蓋「貯」乃貯藏居積之意，形容沈沈靜謐之清陰，委實特殊而傳神。

　　陰雲掩歡緒，江山起別心。（宋孝武帝〈幸中興堂餞江夏王詩〉）

作者之歡緒實為離情所替，而卻嫁罪於陰雲，謂其有意「遮掩」歡緒，「掩」字不僅將「陰雲」擬人化，且使「無形」之「歡緒」成為「有形」之物，讀者即從此「無理」中，獲得妙趣。詩人運用移情技巧，將「江山」化為有情，「起」字雖極淺近，然「天地為之同悲」之離緒，畢見於此，意深而婉。

　　騰沙鬱黃霧，翻浪揚白鷗。（鮑照〈上潯陽還都道中作〉）

騰沙與黃霧，翻浪與白鷗原各為二物，而「鬱」、「揚」二字則使二者合為一體，構成奇絕之畫面，動人心目。

　　風碎池中荷，霜翦江南菉。（謝朓〈治宅〉）

何等強風能「碎」池荷？又何等嚴霜能「翦」江南菉？二句似違常理，然風襲池荷時，枯葉凋落，猶「碎」之矣，霜落而菉殘，猶「翦」之矣，故雖「無理」卻「合道」也。「碎」、「翦」乃常見之字，惟因運用得當，新意自出。

　　白雪凝瓊貌，明珠點絳唇。（江淹〈詠美人春遊〉）

「凝雪」潔淨光滑，正適以形容美女之肌膚，且「凝」字使人有「久不衰殘褪色」之感。「點」字則暗示櫻唇之「小巧可愛」，尤為工緻。

　　春情寄柳色，鳥語出梅中。（蕭子聰〈春望古意〉）

春天之柳色翠綠，生意盎然，「寄」字不僅將「春情」擬人，且使「無形」之「情」化為「有形」之「色」，令讀者由視覺上，直接領悟欣欣向榮，活潑爛漫之春意。「出」有「超越特出」之意，用以描摹劃破靜空，清脆悅耳之鳥鳴聲，特感貼切靈動。此二句詩景近而趣遠。

　　窗疎眉語度，紗輕眼笑來。（劉孝威〈郡縣遇見人纖率爾寄婦〉）

「度」、「來」二字將「眉語」、「眼笑」擬人化，使其來去自如，橫生趣味，而一幅隔紗傳情，近不可即之韻致，宛在讀者眼前矣。

　　此外如：

　　迴風流曲櫺，幽室發逸響。（郭璞〈遊仙詩〉十九首之八）

蘭栖湛露，竹帶素霜。蕊點朱的，薰流清芳。
（謝安〈與王胡之〉）

芳菊開林耀，青松冠巖烈。(陶淵明〈和郭主簿〉二首之二)

清氣澄餘滓 (陶淵明〈己酉歲九月九日〉一首)

悠然見南山 (陶淵明〈飲酒〉二十首之五)

青風扇微和 (陶淵明〈擬古〉九首之七)

黍苗延高墳 (顏延之〈還至梁城作〉)

積石竦兩溪，飛泉倒三山。(謝靈運〈發歸瀨三瀑布望兩溪〉)

馳風掃遙路，輕蘿含夕塵。(鮑照〈懷遠人〉)

坐銷芳草氣，空度明月輝。(王融〈古意〉)

遠樹曖阡阡，生煙紛漠漠。(謝朓〈遊東田〉)

寒霧開白日 (謝朓〈高齋視事〉)

春色卷遙甸 (謝朓〈夏始和劉潺陵〉)

落英分綺色，墜露散珠圓。(梁武帝〈遊鍾山大愛敬寺〉)

舞袖寫風枝 (梁昭明太子〈林下作妓詩〉)

霧崖開早日，晴天歇晚虹。(梁簡文帝〈奉和登北顧樓〉)

連翩瀉去檝，鏡澈倒遙墟。(梁簡文帝〈玩漢水〉)

青蔥標暮色 (沈約〈寒松〉)

草色斂窮水，木葉鑾長川。(江淹〈秋至懷歸〉)

涼草散螢色，衰樹斂蟬聲。(江淹〈臥疾怨別劉長史〉)

翠枝結斜影 (王僧孺〈春日寄鄉友〉)

長風倒危葉，輕練網寒波。(吳均〈迎柳吳興道中〉)

百年積死樹，千尺掛寒藤。(何遜〈渡連圻〉二首之一)

疲痾積未瘳，伏枕倦長愁。(朱超道〈別劉孝先〉)

月夜三江靜，雲霧四邊收。(朱超道〈夜泊巴陵〉)

柳色浮新翠。(朱超道〈奉和登百花亭懷荊楚〉)

風窗穿石竇，月牖拂霜松。(江總〈入龍丘巖精舍〉)

空帳臨窗掩，孤燈向壁燃。(江總〈和張記室源傷往〉)

以上諸句之「關鍵」字，均為常見者，然經由作者巧妙點化，即自然
出色，可見鍊字非求遣詞詭誕，而在於「出人意料，入人意中」，極

凡俗之字，若運用得當，則新意層出矣。

第三節　敷彩設色

　　詩中妥用色彩渲染事物，不但能使辭章華美，且有鮮明意象之效用。至於色彩之濃艷與淡雅，須與詩之意境內涵相配合，若能「繁濃」而不「肥俗」，「簡淡」而不「枯瘦」，則各有韻致矣。南朝詩風華艷、靡麗，「遊仙」、「山水」、「詠物」、「艷情」諸篇什，莫不「鋪錦列繡」、「采藻滿眼」，而出之以濃粧。今就「渲染玄境」、「美化風景」、「體現物色」、「裝飾婦容」四項，分述如后：

一、渲染玄境

　　　　璇臺冠崑嶺，西海濱招搖。瓊林籠藻映，碧樹疏英翹。
　　　　丹泉漂朱沫，黑水鼓玄濤。尋仙萬餘日，今乃見子喬。
　　　　振髮晞翠霞，解褐被絳綃，總轡臨少廣，盤虬舞雲軺。
　　　　永偕帝鄉侶，千齡共逍遙。（郭璞〈遊仙詩〉）

此詩所用之顏色計有：碧、丹、朱、黑、玄、翠、絳七種，其中丹、朱、絳雖均言「紅」色，然視覺感受卻不一致，由「丹泉」漂起「朱沫」，則「丹泉」色濃，「朱沫」色淡，而絲綃柔滑且具光澤，則「絳綃」益顯紅彩奪目矣。「黑水鼓玄濤」句中黑、玄雖為同一色調，但亦有深、淺之別，當分視之。碧翠同為綠色，而碧深翠淺。全詩以紅、黑、綠三種顏色點染，而各分深淺，其「濃麗」可知矣。此外篇中尚有若干具「色彩感」之字彙，如：「璇臺」、「瓊林」、「藻」、「英」、「雲軺」等，可謂物色繁富。綜觀南朝遊仙諸作，色彩多極綺麗，郭璞〈遊仙詩〉除上舉一首外，其餘十三篇中尚見「朱門」、「丹黃」、「綠蘿」、「紫煙」、「丹谿」、「丹溜」、「朱羲」、「朱霞」、「玉杯」、「玉掌」、「玉闕」、「朱髮」、「金梯」等華詞。而庾闡〈遊仙詩〉十首中則有：「神嶽竦丹霄，玉堂臨雪嶺」（其一）、「南海納朱濤，玄波灑北溟」（其二）、「層霄映紫芝，潛澗汎丹菊」（其三）、「白龍騰子明，朱鱗運琴高」

「熒熒丹桂紫芝」（其五）、「玉樹標雲翠蔚」「碧葉灌清鱗萃」（其九）之句。王融〈遊仙詩五首〉中有：「綠帙啓眞詞，丹經流妙說」（其一）、「金巵浮水翠，玉罨挹泉珠」（其二）、「朱霞拂綺樹，白雲照金盈」（其四）之句。沈約〈和竟陵王遊仙詩〉二首之一有：「夭矯乘絳仙」「玉鑾隱雲霧」「赤水正漣漪」之句。吳均〈采藥大布山中〉有：「綠葉凌朱臺，玉壺白鳳肺，金鼎青龍胎」之句。蕭綱〈仙客〉中有：「青書長命籙，紫水芙蓉衣」之句。蓋仙界本屬幻境，作者可隨心所欲設色敷彩，爲強調其堂皇、華美，適以濃筆渲染之。

二、美化風景

玉璽戒誠信，黃屋示崇高。事爲名教用，道以神理超。
昔聞汾水遊，今見塵外鑣。鳴笳發春渚，稅鑾登山椒。
張組眺倒景，列筵矖歸潮。遠巖映蘭薄，白日麗江臯。
原隰荑綠柳，墟囿散紅桃。皇心美陽澤，萬象咸光昭。
顧己枉維縶，撫志懇場苗。工拙各所宜，終以反林巢。
曾是縈舊想，覽物奏長謠。（謝靈運〈從遊京口北固應詔〉）
風光承露照，霧色點蘭暉。青莪結翠藻，黃鳥弄春飛。
（王儉〈春詩〉二首之二）

紫殿肅陰陰，彤庭赫弘敞。風動萬年枝，日華承露掌。
玲瓏結綺錢，深沈映朱網。紅藥當階翻，蒼苔依砌上。
茲言翔鳳池，鳴珮多清響。信美非吾室，中園思偃仰。
朋情以鬱陶，春物方駘蕩。安得凌風翰，聊恣山泉賞。
（謝朓〈直中書省〉）

綠水繒清波，青山繡芳質。落景皎晚陰，殘花綺餘日。
白沙澹無際，青山眇如一。傷此物運移，惆悵望還律。
白水田外明，孤嶺松上出。即趣佳可淹：淹留非下秩。
（謝朓〈還塗臨渚〉）

蕚鸚飛上苑，綠芷出汀洲。日映昆明水，春生鳲鵲樓。
飄颻白花舞，瀾漫紫萍流。書織迴文錦，無因寄隴頭。

思君甚瓊樹，不見方離憂。(吳均〈與柳惲相贈答〉六首之一)

上舉五首詩，皆以景物爲主題，其中不乏以色彩點染景色，使意象鮮明凸出者。第一首，作者藉「玉璽」、「黃屋」顯示君王之威信與崇高，「玉」主指其「質」，亦表其色「白」，象徵溫潤信實，而「黃」爲富貴之色，正適合君王身份。「白日麗江皋，原隰荑綠柳，墟囿散紅桃」三句，構景綺麗，韻亦悠揚。艷陽之下，物色益呈鮮美，「柳綠」、「桃紅」盈目，蓋因日光照耀故也。以「境由心造」推想，作者雀躍之情可知矣。

〈春詩〉，一首，後二句以「青」、「翠」、「黃」三種色彩調和，極爲宜人，呈現一片生動諧美氣氛。實則首二句亦具明顯之色彩感，「風光承露照」產生淨潔晶瑩之境，「霧色」灰茫，與「蘭暉」相襯，則添幾許淒迷，「霧中看花」，饒富情趣。

〈直中書省〉中，敷布「紅」、「綠」兩色，畫面濃艷。「紫殿」以「肅陰陰」形容，則「殿」色宜屬「深紫」，即青多紅少也。「彤庭」、「朱網」、「紅藥」、「蒼苔」，將駘蕩春色，表露盡致。

〈還塗臨渚〉詩，寫景清絕，全篇除以「綠」、「白」點染外，他如：「清波」、「落景」、「晚陰」、「殘花」、「餘日」、「田」、「松」等詞，均能引發讀者「光」與「色」之聯想，設造繁富之景致，而「淹留」其中。

〈與柳惲相贈答〉一篇，首二句以「黃」、「綠」調和，上下爭美，清新雅緻。日照「澄水」，「白花」飄颻，「紫蘋」浪漫，益感春意盎然，而「金」、「白」、「紫」三色輝映，可謂「相得益彰」。篇末由景入情，則「色雜糅而有本」矣。(語見《文心雕龍》)

南朝「山水」、景物詩中，敷彩摹境以美化風景之佳句極多，如：

晉　湛方生　「白沙淨川路，青松蔚巖首」(〈帆入南湖〉)

宋　文　帝　「蔓藻嬛綠葉，芳蘭媚紫莖」(〈登景陽樓〉)

　　孝武帝　「綠草未傾色，白露已盈庭」(〈初秋〉)

　　謝　莊　「青溪如委黛，黃沙似舒金」(〈自潯陽至都集道里

名爲詩〉〉

謝靈運 「白靈抱幽石，綠篠媚清漣」（〈過始寧墅〉）

「白芷競新苕，綠蘋齊初葉」（〈登上戍石鼓山詩〉）

「遨遨碧沙渚，游衍丹山峯」（〈行田登海口盤嶼山〉）

「初篁苞綠籜，新蒲含紫茸」（〈於南山往北山經湖中瞻眺〉）

「山桃發紅萼，野蕨漸紫苞」（〈酬從弟惠連〉）

「銅陵映碧澗，石磴瀉紅泉」（〈入華子岡是麻源第三谷〉）

「春晚綠野秀，巖高白雲屯」（〈入彭蠡湖口〉）

鮑　照 「騰沙鬱黃霧，翻浪揚白鷗」（〈上潯陽還都道中作〉）

「攢樓貫白日，摛堞隱丹霞」（〈還都至三山望石頭城〉）

「紫蘭花已歇，青梧葉方稀」（〈秋夕〉）

「朱華抱白雪，陽條熙朔風」（〈望孤石〉）

齊　王　融 「白日映丹羽，頹霞文翠旄」（〈從武帝琅邪城講武應詔〉）

謝　朓 「青磴崛起，丹樓間出。翠葆隨風，金戈動日」（〈侍宴華光殿曲水奉勑爲皇太子作九章之七〉）

「紅樹巖舒，青莎水被」（〈三日侍華光殿曲水宴代人應詔十章之七〉）

「拂霧朝青閣，日旰坐彤闈」（〈酬王晉安〉）

「青精翼紫軑，黃旗映朱邸」（〈始出尚書省〉）

「塘邊草雜紅，樹際花猶白」（〈送江水曹還遠館〉）

「紅蓮搖弱荇，丹藤繞新竹」（〈出下館〉）

「青鳥飛層隙，赤鯉泳瀾隈」（〈祀敬亭山春雨〉）

梁　武　帝　「碧沚紅菡萏，白沙青漣漪」（〈首夏泛天池〉）
　　　　　　「攀緣傍玉澗，褰陟度金泉。長途弘翠微，香樓間
　　　　　　紫煙」（〈遊鍾山大愛敬寺〉）
昭明太子　「紫蘭葉初滿，黃鶯弄始稀」（〈晚春〉）
簡文帝　　「煙生翠幕，日照綺寮。銀華晨散，金芝暮搖。
　　　　　　綠水動葉，丹距映條」（〈三日侍皇太子曲水宴〉）
　　　　　　「紅蕖間青瑣，紫露濕丹楹」「綠衿依浦戍，絳纓
　　　　　　拂林征」（〈蒙華林園戒詩〉）
　　　　　　「翠網隨煙碧，丹花共日紅」（〈遊光宅寺詩應令〉）
　　　　　　「水照柳初碧，煙含桃半紅」（〈旦出興業寺講詩〉）
　　　　　　「桃含可憐紫，柳發斷腸青」（〈春日〉）
元　帝　　「池紅早花落，水綠晚苔生」「白鳥翻帷暗，丹螢
　　　　　　入帳明」「金鋪掩夕扇，玉壺傳夜聲」（〈納涼〉）
沈　約　　「鬱嵂構丹巘，崚嶒起青嶂」（〈遊鍾山詩應西陽王
　　　　　　教〉）
　　　　　　「紫籜開綠篠，白鳥映青疇」（〈休沐寄懷〉）
　　　　　　「長枝萌紫葉，清源泛綠苔」（〈泛永康江〉）
　　　　　　「早花散凝金，初露泫成玉」（〈傷春〉）
江　淹　　「水夕潮波黑，日暮精氣紅」（〈赤亭渚〉）
　　　　　　「青林結冥濛，丹巘被蔥蒨」（〈雜體二十首顏特
　　　　　　進延之宴〉）
庾肩吾　　「綠荷生綺葉，丹藤上細苗」（〈從皇太子出玄圃
　　　　　　應令〉）
　　　　　　「秋樹翻黃葉，寒池墮黑蓮」（〈侍宴〉）
　　　　　　「山沈黃霧裏，地盡黑雲中」（〈登城北望〉）
吳　均　　「白雲光彩麗，青松意氣多」（〈迎柳吳興道中〉）
何　遜　　「黃花發岸草，赤葉翻高樹」（〈答丘長史〉）
　　　　　　「繁霜白曉岸，苦霧黑晨流」（〈下方山〉）

　　　　朱超道　「柳色浮新翠，蘭心帶淺紅」(〈奉和登百花亭懷
　　　　　　　　　荊楚〉)

　　　　陰　鏗　「棠枯絳葉盡，蘆凍白花輕」(〈和傅郎歲暮還湘
　　　　　　　　　州〉)

　　　　　　　　「水隨雲度黑，山帶日歸紅」(〈晚泊五洲〉)

　　　　徐　陵　「野燎村田黑，江秋岸荻黃」(〈新亭送別應令〉)

　　　　張正見　「霞明黃鵠路，風爽白雲天」(〈御幸樂遊苑侍宴〉)

　　　　　　　　「綠綺朱弦汎，黃花素蟻浮」(〈和衡陽王秋夜〉)

　　　　江　總　「岸綠開河柳，池紅照海溜」(〈山庭春日〉)

三、體現物色

　　南朝「詠物」詩中，所用之色彩亦極繁富濃麗。如：

　　低枝詎勝葉，輕香幸自通。發萼初攢紫，餘采尚霏紅。
　　新花對白日，故蕊遂行風，參差不俱曜，誰肯盼薇叢。
　　(謝朓〈詠薔薇〉)

　　初桃麗新采，照地吐其芳。枝間留紫燕，葉裏發輕香。
　　飛花入露井，交幹拂華堂。若映窗前柳，懸疑紅粉妝。
　　(簡文帝〈初桃〉)

　　浮雲舒五色，瑪瑙應霜天。玉葉散秋影，金風飄紫煙。
　　(簡文帝〈詠雲〉)

　　微風搖紫葉，輕露拂朱房。中池所以綠，待我泛紅光。
　　(沈約〈詠芙蓉〉)

　　本生出高嶺，移賞入庭蹊。檀欒拂桂橑，翁蔥傍朱閨。
　　夜條風析析，曉葉露淒淒。篳紫春鶯思，筠綠寒蜩啼。
　　不惜凌雲茂，遂聽羣雀樓。願抽一莖實，試看翔鳳來。
　　(江洪〈和新浦侯齋前竹〉)

　　〈詠薔薇〉詩之色彩，集中於中四句，使用「紫」、「紅」二色。
　此四句之意義為「隔句」承接之形式，即「新花」承「發萼」；「故

蕊」應「餘采」也。薔薇花蕊將綻未放時呈紅紫色，包容於翠綠或綠中泛白之花萼中，玲瓏可愛。待其綻放後，紅嫩嬌艷，若與陽光相映爭輝，益顯光采耀目。當薔薇將謝時，尚依稀得見昔日紅顏，及其離枝敗落，色退枯萎，則隨風飄散矣。「故蕊逐行風」一句中，雖無顏色字，然「故蕊」一詞，已言明其「色」也。作者藉薔薇花色之變化，寫其盛衰榮枯，巧思獨運。

　　〈初桃〉一首，字面上雖只用「紫」、「紅」二色，實句句有色也。首二句言桃花初綻，光采照人，「桃花」有紅、白等色，然由末句「紅粉妝」推想，作者所詠者當屬「粉紅」。「枝間」不僅指「暗綠」之樹枝，亦包含「碧葉」與「紅桃」，此間襯以「紫燕」，實「眩人眼目」矣。第四句中之「葉」字，可引發「綠」色之聯想，五句「飛花」，則爲繽紛之「粉紅」，六句「交幹」，宜涵蓋枝、葉與花，爲棕黃、暗綠、黃綠、粉紅諸色調和之畫面，七句「柳」，爲「翠綠」或「黃綠」色，末句「紅粉」則具雙關含意，既讚其色美，又將其擬人化，稱其「態」嬌，猶如紅粉佳人也。篇尾以「綠柳」、「紅桃」相稱，非但不感俗艷，反有清雅優美之韻。

　　〈詠雲〉詩，雖爲四句短章，然包含之色彩卻極豐富。首句中之「五色」，當指古代所謂之「正色」而言，即青、黃、赤、白、黑，「五色雲」，古謂瑞雲也。「瑪瑙」又名文石，具有紅、黃、白、灰等色之美麗文理，此乃以實比虛手法，藉「瑪瑙」喻「五色」光采也。如「瑪瑙」色澤之「五彩」雲與「白色」霜天相映，誠「美不勝收」矣。「玉葉」呼應「霜」字，由葉上「白色」之霜跡，益感秋意襲人。迷濛之「紫」色煙氣隨風飄散，一片靜謐幽淒之奇景，已在眼前。

　　〈詠芙蓉〉一篇，每句皆有顏色字，「紫葉」、「朱房」相稱，濃艷已極。後二句則以對比方式，以「暗綠」之「池水」映「朱房」之「紅光」，色澤更爲鮮明凸出。

　　〈和新浦侯齋前竹〉詩之色彩集中於「蓊葱傍朱閨」、「籜紫春鶯思」、「筠綠寒蜩啼」三句，此間「綠、紅」、「紫、黃」相調，濃而不

膩，風華映人。

「詠物」詩中以色彩摹形之佳句尚多，茲再舉數例：

梁　簡文帝　「故條雜新實，金翠共含霜」（〈詠橘〉）

　　　　　　「青驪沈赭汗，綠地懸花蹄，未垂青鞦尾，猶掛紫障泥」（〈繫馬〉）

　　　　　　「翠蟊藏高柳，紅蓮拂水衣」（〈詠蛺蝶〉）

　　　　　　「萎綠映葭青，疏紅分浪白」（〈詠疏楓〉）

　　宣　帝　「綠葉已承露，紫實復含津」（〈梨〉）

　　南鄉侯推　「映林同綠柳，臨池亂百川。碧苔終不斷，丹字本難傳。」（〈賦得翠石應令〉）

　　沈　約　「綠葉迎露滋，朱苞待霜潤。但令入玉桮，金衣非所吝。」（〈園橘〉）

　　　　　　「列茂河陽苑，蓄紫濫觴隈。翻黃秋沃若，落素春徘徊。」（〈西地梨〉）

　　范　雲　「芳條結寒翠，圓實變霜朱」（〈園橘〉）

　　丘　遲　「葳蕤亂碧紫，蒼黃間濃薄」（〈玉階春草〉）

　　庾肩吾　「風翻乍青紫，浪起時疏密」（〈賦得池萍〉）

　　何　遜　「已如薄紫拂，復以濃紅點」（〈詠雜花〉）

　　王　筠　「朱光本內照，丹花復外垂」（〈詠燈檠〉）

　　江　洪　「碧葉喜翻風，紅英宜照日」（〈詠荷〉）

　　鮑　泉　「片舒猶帶紫，半卷未全紅」（〈詠薔薇〉）

　　褚　澐　「成都貴素質，酒泉稱白麗。紅紫奪夏藻，芬芳掩春蕙」（〈詠柰〉）

　　謝　瑱　「吐綠變衰園，舒紅搖落苑」（〈和蕭國子詠柰花〉）

　　范靜妻沈氏　「風軒動丹焰，冰宇淡青暉」（〈詠燈〉）

　　徐　陵　「綠葉萋以布，素榮芬且郁」（〈詠柑〉）

　　祖孫登　「驪泉紫闕映，珠浦碧沙沈」（〈詠水〉）

　　陽　縉　「飛影黃金散，依帷縹帙開」（〈照帙秋螢〉）

釋惠標　「玉津花色亮，銀溪錦磧明」(〈詠水〉)

四、裝飾婦容

　　南朝「艷情」詩中，描述佳人容顏、服飾、器物時，作者亦慣用濃彩點染。如：

> 綺窗臨畫閣，飛閣繞長廊。風散同心草，月送可憐光。
> 彷彿簾中出，妖麗特非常。恥學秦羅髻，羞爲樓上妝。
> 散誕披紅帔，生情新約黃。斜鐙入錦帳，微煙出玉床。
> 六安雙瑇瑁，八幅兩鴛鴦。猶是別時許，留致解心傷。
> 含涕坐度日，俄傾變炎涼。玉關驅夜雪，金氣落嚴霜。
> 飛狐驛使斷，交河川路長。蕩子無消息，朱唇徒自香。
>
> （簡文帝〈倡婦怨情十二韻〉）

梁簡文帝爲「艷情詩」之高手，上舉一篇，頗具代表性。此篇除以「紅」、「黃」、「玉」、「朱」形容美婦之服飾、寢具、顏貌外，「綺窗」、「畫閣」、「錦帳」、「瑇瑁」、「鴛鴦」、「夜雪」、「嚴霜」諸詞，亦具繁富之色彩感。靡麗之內涵，正適以濃彩裝點。

> 妾家橫塘北，發艷小長干，花釵玉腕轉，珠繩金絡丸。
> 羃䍥懸青鳳，逶迤搖白團。誰堪久見此，含恨不相看。
>
> （吳均〈和蕭洗馬子顯古意〉六首之五）

> 洛浦流風漾淇水，秦樓初日度陽臺。玉軹輕輪五香散，
> 金燈夜火百花開。非是妖姬渡江日，定言神女隔河來：
> 來時向月別姮娥，別時清吹悲簫史。數錢拾翠爭佳麗，
> 拂紅點黛何相似。本持纖腰惑楚宮，暫迴舞袖驚吳市。
> 新人羽帳挂流蘇，故人網戶織蜘蛛。梅花柳色春難遍，
> 情來春去在須臾。不用庭中賦綠草，但願思著弄明珠。
>
> （江總〈新入姬人應令〉）

〈和蕭洗馬子顯古意〉一首，中四句全用顏色點綴，「花釵」、「玉腕」、「珠繩」、「金絡」、「青鳳」、「白團」等詞，委實耀目。〈新入姬人應令〉詩中除「玉軹」、「金燈」、「拾翠」、「拂紅黑黛」、「綠草」含明顯

之色彩外，後半首之「羽帳」、「流蘇」、「梅花」、「柳色」、「明珠」等詞，亦極艷麗。

除上舉三首外，「艷情」詩中之麗詞華句尚有：

梁　武　帝　「輕羅飛玉腕，弱翠低紅妝」（〈擣衣〉）

　　　簡文帝　「紅簾遙不隔，輕霍半卷懸」「熨斗金塗色，簪管白牙纏」（和徐錄事見內人作臥具）

　　　　　　　「簟文生玉腕，香汗浸紅紗」（〈詠內人畫眠〉）

　　　　　　　「翠帶留餘結，苔階沒故慕」（〈傷美人〉）

　　　　　　　「朱繩翡翠帷，綺幕芙蓉帳」（〈戲作謝惠連體十三韻〉）

　　　　　　　「朱唇隨吹盡，玉釧逐絃搖」（〈夜聽妓〉）

　　　　　　　「散誕垂紅帔，斜柯插玉簪」（〈遙望〉）

　　　元　帝　「汗輕紅粉溼，坐久翠眉垂」（〈詠歌〉）

　　　沈　約　「託意眉間黛，申心口上朱」（〈少年新婚爲之詠〉）

　　　　　　　「殘朱猶曖曖，餘粉尚霏霏」（〈早行逢故人車中爲贈〉）

　　　吳　均　「綠鬢愁中改，紅顏啼裏滅」（〈和蕭洗馬子顯古意六首之三〉）

　　　何　遜　「含悲下翠帳，掩泣閉金屛」（〈和蕭諮議岑離閨怨〉）

　　　　　　　「稍聞玉釧遠，猶憐翠被香」（〈嘲劉郎〉）

　　　劉孝威　「紅衫向後結，金簪臨鬢斜」「青絲引伏兔，黃金繞鹿盧」（〈郡縣遇見人織率爾寄婦〉）

　　　劉　遵　「鮮膚勝粉白，慢臉若桃紅」「金屛障翠被，藍帊覆薰籠」（〈繁華應令〉）

　　　江　洪　「薄鬢約微黃，輕紅淡鉛臉」（〈詠歌姬〉）

　　　費　昶　「金輝起步搖，紅彩發吹綸」（〈春郊見美人〉）

　　　施榮泰　「妝成桃毀紅，黛起草慙色」（〈雜詩〉）

范靜妻沈氏　「明珠翠羽帳，金薄綠綃帷」(〈戲蕭娘〉)

江　總　「翠眉未畫自生愁，玉臉含啼還似笑」(〈秋日新寵
美人應令〉)

「自悲行處綠苔生，何悟啼多紅粉落」(〈姬人
怨〉)

綜觀南朝篇什中之色彩，以「綠」(包括翠、碧、青、黛)「紅」
(包括丹、朱)、「金」、「白」(包括玉、銀)四色最常見，「紫」、「黃」、
「黑」次之。至於敷彩設色，作者多採用「強烈對比」之手法，而達
到「鮮明物象」之目的。故「紅、白」、「丹、綠」、「紫、碧」、「金、
紅」、「黃、朱」、「紅、黑」、「金、翠」等艷采之搭配，屢見不鮮，形
成南朝詩篇之特殊風格，然終不免有「俗艷」之失。究其原因，除受
當時詩歌內涵及華靡文風影響外，當亦囿於中國人尚紅、嗜綠，崇華、
棄素之傳統習俗與審美觀念。「雕繢滿眼」、「濃彩繽紛」之南朝詩篇，
自非超時代之作品，然其足以顯現當時人之生活與情感，若純以現代
眼光、思想，評騭古人作品，或失之公允矣。

《文心雕龍・情采》云：「夫鉛黛所以飾容，而盼倩生於淑姿；
文采所以飾言，而辯麗本於情性。故情者，文之經，辭者，理之緯；
經正而後緯成，理定而後辭暢，此立文之本源也。」〈詮賦〉云：「如
組織之品朱紫，畫繪之著玄黃，文雖雜而有質，色雖糅而有本。」(雜
字通行本作新，今從唐寫本作雜)夫情感、意境、理致、氣勢等乃文
之質、色之本，若無此四者，但堆砌華詞采藻，亦難成佳構，詳究南
朝「詠物」、「艷情」詩，作者或急就於文人宴集競賽，或出自唱和、
酬贈，或附庸時尚勉強為之，以致缺乏「真情摯語」，多有「文盛質
贏」之弊，此乃無可諱言者也。

第四節　儷句逞巧

魏晉以前，詩歌並無「駢」、「散」之分，或奇、或偶，全任自然。

《文心雕龍‧麗詞》云：「造化賦形，支體必雙，神理爲用，事不孤立。夫心生文辭，運裁百慮，高下相須，自然成對。唐虞之世，辭未極文，而皋陶贊云：『罪疑惟輕，功疑惟重。』益陳謨云：『滿招損，謙受益。』豈營麗辭？率然對爾。」則對偶之源起，乃自然形成，不由造作。是以《詩經》、《楚辭》及漢魏古詩皆散、駢雜陳，眞率可誦。爰及南朝，文風丕變，詩人崇尚華美，講求聲律，運用中國文字獨體、單音之特色，遂令彩藻滿篇，偶儷盈目。

南朝篇什中之儷句，有古對律對之別，古對者，乃承繼漢魏古詩對仗之風貌；不拘平仄聲調，僅求「詞對義稱」之形式，樸質眞醇。律對者，除字面對仗外，還須「聲諧調美」，益顯流利工巧，可視爲唐律對句之先驅。綜觀南朝詩中儷句，仍以「古對」居多，蓋「律對」尚在試作階段，風氣未開故也。

對句作法，《文心雕龍‧麗辭》已有：「麗辭之體，凡有四對。言對爲易，事對爲難，反對爲優，正對爲劣。」〔註2〕之論。後則以李淑《詩苑類格》所載上官儀之六對、八對爲最早，〔註3〕此說自非上官儀所創，據《文鏡祕府》謂「古人同出斯對」十一種推之，〔註4〕則六對、八對於唐初已廣爲流行，上官儀但刻意歸納分類耳。由是推

〔註2〕所謂言對者，如：司馬相如〈上林賦〉：「修容乎禮園，翱翔乎書圃。」所謂事對者，如：宋玉〈神女賦〉：「毛嬙鄣袂，不足程式。西施掩面，比之無色。」反對者，如：王粲〈登樓賦〉：「鍾儀幽而楚奏兮，莊舄顯而越吟。」正對者，如：張載〈七哀詩〉：「漢祖想枌榆，光武思白水。」（見《文心雕龍‧麗辭》）

〔註3〕上官儀所論之六對爲：正名對、同類對、連珠對、雙聲對、疊韻對、雙擬對。八對爲：的名對、異類對、雙聲對、疊韻對、聯緜對、雙擬對、廻文對、隔句對。（據《詩人玉屑》引）

〔註4〕《文鏡祕府論》所謂古人同出之十一種對，茲可考者有：儷本魏文帝《詩格》八對、上官儀六對、八對、元兢二對、崔融三對、皎然六對、王昌齡二對。此外尚有不可考者多家，故云「同出」也。去其重複得：的名對、隔句對、雙擬對、聯綿對、互成對、異類對、賦體對、雙聲對、疊韻對、廻文對、意對十一種。（諸家所論可參考《吟窗雜錄》及《詩人玉屑》引）

論，上官儀所稱之「的名對」、「同類對」、「異類對」、「雙擬對」、「疊韻對」、「聯緜對」、「雙擬對」、「廻文對」、「隔句對」等，於南朝時當已萌芽。余有幸詳讀南朝詩篇，覓得實例，益證此說不誣。茲就「句型」、「句意」、「遣詞技巧」三項，分述於后：

一、句　型

南朝篇什中對偶之型態計有三類，即當句對、隔句對與單對，前二者，偶然見之，「單對」則爲主要句型，且多佳作。

（一）當句對

當句對，即一句之中詞彙自對者也。〔註5〕如：

穿池激湍，連濫觴舟。（孫綽〈蘭亭〉）

赤松遊霞乘煙，封子鍊骨凌仙。（庾闡〈遊仙詩〉十首之六）

朝餐雲英玉蕊，夕挹玉膏石髓。（庾闡〈遊仙詩〉十首之八）

霞輝兮澗朗，日靜兮川澄。（鮑照〈與謝尚書莊三聯句〉）

南風慶雲，禹謨湯誓。（簡文帝〈和贈逸民應詔〉）

金輪寶印，丹枕白牛。（同上）

朱華抱白雲，陽條熙朔風。（鮑照〈望孤石〉）

劉略班藝，虞志荀錄。（任昉〈贈王僧孺〉）

幽宮積草自芳菲，黃鳥芳樹情相依。爭風競日常聞響，重花疊葉不通飛。（蕭子顯〈春別〉四首之二）

高柳橫遙塞，長楡接遠天。（張正見〈星名從軍詩〉）

雲閣綺霞生，旗亭麗日明。（張正見〈賦得日中市朝滿〉）

風窗穿石竇，月牖拂霜松。（江總〈入龍丘巖精舍〉）

上舉各例，不但上、下兩句對仗，且一句之中，詞彙自對，得見作者匠心，惟多屬古對。

〔註5〕皎然詩有八種對云：「三曰當句對，賦曰：『薰歇燼滅，光沉響絕。』」（據《吟窗雜錄》引）薰歇、燼滅，光沉、響絕，當句詞彙自對也。

（二）隔句對

隔句對亦稱偶對或扇面對，即四句之中，一、三，二、四兩兩相對也。〔註6〕如：

洋洋平澤，乃漱乃濯。邈邈遐景，載欣載矚。（陶淵明〈時運〉一首）

始見西南樓，纖纖如玉鈎。末映東北墀，娟娟似蛾眉。（鮑照〈翫月城西門〉）

婉婉遊龍，載遊載東。靡靡行雲，並躍齊蹤。（王儉〈贈徐孝嗣〉）

弱腕纖腰，遷延妙舞。秦箏趙瑟，殷勤促柱。（謝朓〈三日侍華光殿曲水宴代人應詔十章之九〉）

赤松遊其上，斂足御輕鴻，蛟螭盤其下，驤首盼層穹。（沈約〈和劉雍州繪博山香爐〉）

歷歷斗維，王畿所止。滔滔灠漢，天步之紀。（虞羲〈贈何錄事諲之〉）

隔句對之例極少，且亦以古對居多。

（三）單　對

單對，即二句上下相對仗也。如：

雲生梁棟間，風出窗戶裏。（郭璞〈遊仙詩〉十九首之二）

流風拂枉渚，停雲陰九皋。（孫綽〈蘭亭〉）

皎皎雲間月，灼灼葉中華。（陶淵明〈擬古〉九首之七）

雲日相輝映，空水共澄鮮。（謝靈運〈登江中孤嶼〉）

〔註6〕 《文鏡祕府論》：「隔句對者，第一句與第二句對，第二句與第四句對；如此之類，名爲隔句對。」（節錄）僞本魏帝《詩格》八對云：「二曰隔句，如古詩：『昨夜越溪難，含悲赴上蘭；今朝踰嶺易，抱笑入長安。』」（據《吟窗雜錄》引）上官儀八對云：「八曰隔句對，『相思復相憶，夜夜淚沾衣；空歎復空泣，朝朝君未歸』是也。」（據《詩人玉屑》引）皎然詩有六格云：「三曰隔句對，詩曰：『始見西南樓，纖纖如玉鈎；末映東北墀，娟娟似蛾眉。』」（據《吟窗雜錄》引）

摘芳芳靡諼，愉樂樂不變。（謝靈運〈登上戍石鼓山詩〉）

上倚崩岸勢，下帶洞阿深。（鮑照〈山行見孤桐〉）

差池遠雁沒，颯沓羣鳧驚。（謝朓〈和劉西曹望海臺〉）

池北樹如浮，竹外山猶影。（謝朓〈新治北窗和何從事〉）

靃霏微雨散，葳蕤薫草密。（謝朓〈閒坐〉）

水煙浮岸起，遙禽逐霧征。（簡文帝〈登烽火樓〉）

樹頂鳴風飇，草根積霜露。（沈約〈宿東園〉）

紅草涵電色，綠樹鑠煙光。（江淹〈還故園〉）

雪罷枝即青，冰開水便綠。（王僧孺〈春思〉）

鴈與雲俱陣，沙將蓬共驚。（庾肩吾〈經陳思王墓〉）

飄颺白花舞，瀾漫紫萍流。（吳均〈與柳惲相贈答〉六首之一）

黃鸝隱葉飛，蛺蝶縈空戲。（何遜〈石頭答庾郎丹〉）

凝堦夜似月，拂樹曉疑春。（何遜〈和司馬博士詠雪〉）

關外山川闊，城隅塵霧浮。（張正見〈遊龍首城〉）

百花疑吐夜，四照似含春。（江總〈三善殿夜望山燈〉）

單對之例繁多，僅舉以上諸對為例。

二、句　意

南朝篇什中對仗句意義之承接不外相背、相向、相連、相偶四種，其中相向者為數最多，相背次之，相連、相偶，則較鮮見。

（一）相　背

相背，即句意一正一反也。如：

翔虯凌九霄，陸鱗困濡沫。（庾闡〈衡山〉）

往燕無遺影，來鴈有餘聲。（陶淵明〈九日閒居〉）

果菜始復生，驚鳥尚未還。（陶淵明〈戊申歲六月中遇火〉）

綠草未傾色，白露已盈庭。（宋孝武帝〈初秋〉）

早服身義重，晚達生戒輕。（顏延之〈拜陵廟作〉）

江南倦歷覽，江北曠周旋。（謝靈運〈登江中孤嶼〉）

極目睞左闊，廻顧眺右狹。（謝靈運〈登上戍石鼓山詩〉）

來人忘新術，去子惑故蹊。（謝靈運〈登石門最高頂〉）

感往慮有復，理來情無存。（謝靈運〈於南山往北山經湖中瞻眺〉）

壯齡緩前期，頹年追暮齒。（謝靈運〈石壁立招提精舍〉）

巢幕無留燕，遵渚有歸鴻。（謝瞻〈九日從宋公戲馬臺集送孔令詩〉）

杳杳雲竇深，淵淵石溜淺。（謝朓〈遊山〉）

戢翼希驤首，乘流畏曝鰓。（謝朓〈觀朝雨〉）

新花對白日，故蕊逐行風。（謝朓〈詠薔薇〉）

悠悠歸棹入，渺渺去帆驚。（梁簡文帝〈登烽火樓〉）

亙搖故葉落，屢蕩新花開。（梁簡文帝〈詠風〉）

浮雲出東嶺，落日下西江。（梁簡文帝〈秋晚〉）

陳根委落蕙，細蕊發香梅。（梁簡文帝〈玄圃寒夕〉）

岸際樹難辨，雲中鳥易識。（王僧孺〈中川長望〉）

厭見花成子，多看筍為竹。（王僧孺〈春怨〉）

城高望猶見，風多聽不聞。（吳均〈發湘州贈親故別〉三首之三）

簷端水禽息，窗上野螢飛。（吳均〈同柳吳興何山集送劉餘杭〉）

鳥飛不復見，風聲猶可聞。（吳均〈至湘洲望南岳〉）

早雁出雲歸，故燕辭簷別。（何遜〈日夕望江山贈魚司馬〉）

鱗鱗逆去水，瀰瀰急還舟。（何遜〈下方山〉）

幽棲多暇豫，從役知辛苦。（何遜〈宿南洲浦〉）

月小看針暗，雲開見縷明。（陳後主〈七夕宴玄圃各賦五韻〉）

潦收荷蓋折，露重菊花鮮。（張正見〈御幸樂遊苑侍宴〉）

梵宇調心易，禪庭數息難。（江總〈攝山棲霞寺山房夜坐簡徐祭

酒周尚書并同遊群彥〉）

心逐南雲逝，形隨北鴈來。（江總〈於長安歸還揚州九月九日行
薇山亭賦韻〉）

屏風有意障明月，燈火無情照獨眠。（江總〈閨怨篇〉）

（二）相　向

相向，即兩句之意義或正、或反，取一致步調也。如：

臨源挹清波，陵岡掇丹荑。（郭璞〈遊仙詩〉十九首之一）

鶯語吟脩竹，游鱗戲瀾濤。（孫綽〈蘭亭〉）

青松標空，蘭泉吐漏。（庾闡〈孫登贊〉）

狗吠深巷中，鷄鳴桑樹巔。（陶淵明〈歸園田居〉五首之一）

惠風蕩繁囿，白雲屯曾阿。（謝混〈遊西池〉）

睿思纏故里，巡駕帀舊坰。（顏延之〈車駕幸京口侍遊蒜山作〉）

初景革緒風，新陽改故陰。（謝靈運〈登池上樓〉）

野曠沙岸淨，天高秋月明。（謝靈運〈初去郡〉）

木落江渡寒，鴈還風送秋。（鮑照〈登黃鶴磯〉）

驚雷鳴桂渚，廻涓流玉堂。（鮑照〈喜雨〉）

風光承露照，霧色點蘭暉。（王儉〈春詩〉二首之二）

璧門涼月舉，珠殿秋風廻。（王融〈遊仙詩〉五首之三）

天際識歸舟，雲中辨江樹。（謝朓〈之宣城郡出新林浦向板橋〉）

涼風吹月露，圓景動清陰。（謝朓〈和王中丞聞琴〉）

霧崖開早日，晴天歌晚虹。（梁簡文帝〈奉和登北顧樓〉）

開襟濯寒水，解帶臨清風。（沈約〈遊沈道士館〉）

愁生白露日，思起秋風年。（江淹〈無錫縣歷山集〉）

簷露滴爲珠，池水合成璧。（王僧孺〈夜愁示諸賓〉）

折花牽短樹，攀叢入細條。（庾肩吾〈同蕭左丞詠摘梅花〉）

長風倒危葉，輕練網寒波。（吳均〈迎柳吳興道中〉）

窗中度落葉，簾外隔飛螢。（何遜〈和蕭諮議岑離閨怨〉）

歇霧含空翠，新花濕露黃。（陳後主〈五言同管記陸瑜九日觀馬射〉）

沈沙擁急水，拔幟上危城。（張正見〈賦得韓信〉）

連崖夕氣合，虛宇宿雲霆。（江總〈靜臥棲霞寺房望徐祭酒〉）

（三）相　連

相連，即二對句之意義相貫，連成一氣也。

廻風流曲櫺，幽室發逸響。（郭璞〈遊仙詩〉十九首之八）

既綜幽紀，亦理俗羅。（孫綽〈贈溫嶠〉）

朝濟清溪岸，夕憩五龍泉。（庾闡〈觀石鼓〉）

未體江湖悠，安識南溟闊。（庾闡〈衡山〉）

茅茨已就治，新疇復應畬。（陶淵明〈和劉紫桑〉）

已傷慕歸客，復思離居者。（謝朓〈落日悵望〉）

既薦巫山枕，又奉齊眉食。（沈約〈夢見美人〉）

野徑既盤紆，荒阡亦交互。（沈約〈宿東園〉）

翠箬已結洧，碧水復盈淇。（沈約〈春思〉）

先泛天淵池，還過細柳枝。（沈約〈八詠詩〉之二〈會圃臨春風〉）

既鏗鏘以動佩，又絪縕而流射。（同上）

一言鳳獨立，再說鸞無羣。（江淹〈古意報袁功曹〉）

已謝西王苑，復揖緩山枝。（任昉〈詠池邊桃〉）

已紆漢帝組，復解梁王衣。（吳均〈贈任黃門〉二首之一）

宵濟漁浦潭，旦及富春郭。（謝靈運〈富春渚〉）

朝旦發陽崖，景落憩陰峯。（謝靈運〈於南山往北山經湖中瞻眺〉）

落日隱櫚楹，升月照簾櫳。（謝惠連〈七月七日夜詠牛女〉）

淖坂既馬領，磧路又羊腸。（鮑照〈登翻車峴〉）

春冰雖暫解，冬水復還堅。（鮑照〈贈故人馬子喬〉六首之二）

既荷主人恩，又蒙令尹顧。（鮑照〈擬古〉八首之一）

堅崿既崚嶒，廻流復宛澶。（謝朓〈遊山〉）

獨鶴方朝唳，飢鼯此夜啼。（謝朓〈遊敬亭山〉）

既歡懷祿情，復協滄州趣。（謝朓〈之宣城郡出新林浦向板橋〉）

已蔽蒼龍門，又影鳳皇闕。（吳均〈贈柳祕書〉）

宗派已孤狹，財產又貧微。（何遜〈仰贈從兄興寧寘南〉）

含花已灼灼，類月復團團。（徐勉〈詠琵琶〉）

前舉諸例，多藉轉接詞「已」、「又」、「復」、「既」、「亦」等連貫上下句意，實非佳構，若能有「水到渠成」之勢，承接於無形，方爲上品。

（四）相 偶

相偶，即二對仗句義相同或相似也。如：

翹迹企潁陽，臨河思洗耳。（郭璞〈遊仙詩〉十九首之二）

翹手攀金梯，飛步登玉闕。（郭璞〈遊仙詩〉十九首之十四）

蔓草不復榮，園木空自凋。（陶淵明〈己酉歲九月九日〉）

羈鳥戀舊林，池魚思故淵。（陶淵明〈歸園田居〉五首之一）

愚賤同堙滅，尊貴誰獨聞。（顏延之〈還至梁城作〉）

羈雌戀舊侶，迷鳥懷故林。（謝靈運〈晚出西射堂〉）

貯以相思篋，緘以同心繩。（謝惠連〈代古〉）

山成由一簣，崇積始微塵。（謝惠連〈讀書〉）

闢牖期清曠，開簾候風景。（謝朓〈新治北窗和何從事〉）

功存漢冊書，榮並周庭燎。（謝朓〈和蕭中庶直石頭〉）

平臺盛文雅，西園富羣英。（謝朓〈奉和隨王殿下〉十六首之二）

徒藉小山文，空掊章臺賦。（謝朓〈奉和隨王殿下〉十六首之八）

教歌公主第，學舞漢成宮。（梁簡文帝〈和湘東王名士悅傾城〉）

舞女及燕姬，倡樓復蕩婦。（梁簡文帝〈執筆戲書〉）

足使燕姬妩，彌令鄭女嗟。(梁簡文帝〈孌童〉)

因因從此見，果果自斯明。(梁元帝〈和劉尚書侍五明集詩〉)

夜夜同巢宿，朝朝相對飛。(庾肩吾〈和晉安王詠燕〉)

蕩妻怨獨守，盧姬傷獨居。(江總〈賦得空閨怨〉)

「偶對」後人稱之為「合掌」或「駢枝」，乃詩家所忌，蓋詩為「最精鍊之語言」，以篇無餘句，句無餘字為原則，若因造對，勉強湊句，而致詞多義寡，虛費筆墨，則難成佳作矣。

上所述及之四種句意承接法，當可歸納為二，蓋所謂「相連」、「相偶」者，乃「相背」、「相向」中之變化，但以方便敍述，特分為四耳。

三、遣　詞

南朝詩人造對遣詞極費經營，如：切事用典、敷布色彩、善用疊字、妥置雙聲疊韻、雙擬對及廻文對等，皆為構成「偶句」文麗詞巧、聲諧調美之主要因素。

（一）用　事

凡詩中據事類義或援古證今，多能使文義典雅、旨趣豐贍。南朝詩人尤喜於對句中引用古事，如：

飢食首陽薇，渴飲易水流。(陶淵明〈擬古〉九首之八)

段生蕃魏國，展季救魯人。(謝靈運〈述祖德詩〉二首之一)

弦高犒晉師，仲連卻秦軍。(同上)

空班趙氏璧，徒乖魏王瓠。(謝靈運〈永初三年七月十六日之郡初發都〉)

仲連輕齊組，子牟眷魏闕。(謝靈運〈遊赤石進帆海〉)

無庸方周任，有疾像長卿。(謝靈運〈初去郡〉)

韓亡子房奮，秦帝魯連恥。(謝靈運〈詩〉)

和璧荊山下，隋珠漢水濱。(王融〈雜體報范通直〉)

清吹要碧玉，調弦命綠珠。（謝朓〈贈王主簿〉二首之二）

未驗周爲蝶，安知人作魚。空聞延壽賦，徒勞岐伯書。
（梁簡文帝〈十空〉六首之一〈如夢〉）

不效孫吳術，寧須趙李過。（梁簡文帝〈西齋行馬〉）

未乘琴高鯉，且縱嚴陵釣。（沈約〈遊金華山〉）

陳王鬥鷄道，安仁采樵路。（沈約〈宿東園〉）

楚妃思欲絕，班女淚成行。（沈約〈甝庭柳〉）

魯連揚一策，陳平出六奇。邯鄲風雨散，白登煙霧維。
（沈約〈出重圍和傅昭〉）

文姬泣胡殿，明君思漢宮。（沈約〈八詠詩〉之二〈登臺望秋月〉）

長卿幸未匹，文君復新寡。（王僧孺〈見貴者初迎盛姬聊為之詠〉）

秦聲本自楊家解，吳歈那知謝傅憐。（陳後主〈聽箏〉）

劉菜慕子雲，許慎詢景伯。（江總〈借劉太常説文〉）

皆荒鄭公草，戶聞薰生帷。（江總〈在陳旦解醒共哭顧舍人〉）

弦心艷卓女，曲誤動周郎。（江總〈和衡陽殿下高樓看妓〉）

不學蕭史還樓上，會逐姮娥戲月中。（江總〈姬人怨服散篇〉）

詩家著意用典，始於劉宋，〔註7〕典故若使用恰切、新巧，固能使詞
藻綺密，義蘊深婉。但若出於造作承襲，餖飣堆砌，或一篇中運用過
濫，則反成詞枯意晦之陳腔俗調，「善紉者無隙縫，工繪者無漬痕」，
用典者宜師此意。觀夫南朝詩人用典，多屬直用，缺乏曲折婉轉之韻
致，且若干故實，一再承襲，如：詠艷情屢言卓女、周郎，述閨怨無
非楚妃、班女，慕才子不外子雲、安仁，企高賢必是許曲、夷齊，凡
此，皆成俗調矣。劉勰於《文心雕龍·事類》篇中云：「綜學在博，
取事貴約，校練務精，捃理須覈」，此乃用典之四大原則。

〔註7〕鍾嶸《詩品·中品·序》：「顏延謝莊，尤爲繁密，於時化之，故
　　　大明、泰始中，文章殆同書抄。近任昉、王元長等，詞不貴奇，
　　　競須新事。爾來作者，寖以成俗，遂乃句無虛語，語無虛字，拘
　　　攣補衲，蠹文已甚。」

（二）敷　彩

　　南朝詩詞藻綺麗，且善用色彩字點染畫面，本章第三節已述及。
而於駢句中，以顏色字相對之情形甚夥，且不乏佳構，如：

　　　丹泉漂朱沫，黑水鼓玄濤。（郭璞〈遊仙詩〉十九首之十）

　　　清泉吐翠流，淥醽漂素瀨。（庾闡〈三月三日〉）

　　　層霄映紫芝，潛潤汎丹菊。（庾闡〈遊仙詩〉十首之三）

　　　流雲藹青闕，皓月鑒丹宮。（顏延之〈直東宮答鄭尚書道子〉）

　　　白雲抱幽石，綠篠媚清漣。（謝靈運〈過始寧墅〉）

　　　白花皜陽林，紫蘴曄春流。（謝靈運〈郡東山望溟海詩〉）

　　　山桃發紅萼，野蕨漸紫苞。（謝靈運〈酬從弟惠連〉）

　　　騰沙鬱黃霧，翻浪揚白鷗。（鮑照〈上潯陽還都道中作〉）

　　　軟顏收紅蕊，玄鬢吐素華。（陸機〈東宮詩〉）

　　　青莢結翠藻，黃鳥弄春飛。（王儉〈春詩〉二首之二）

　　　拂霧朝青閣，日旰坐彤闈。（謝朓〈酬王晉安德元詩〉）

　　　發萼初攢紫，餘采尚霏紅。（謝朓〈詠薔薇〉）

　　　頡頏鷗舞白，流亂葉飛紅。（劉瑱〈上湘度琵琶磯〉）

　　　翠壁絳霄際，丹樓青霞上。（梁武帝〈直石頭〉）

　　　瑤臺含碧霧，羅幕生紫煙。（梁武帝〈七夕〉）

　　　紅蕖間青瑣，紫露濕丹楹。（梁簡文帝〈蒙華林園戒詩〉）

　　　桃含可憐紫，柳發斷腸青。（梁簡文帝〈春日〉）

　　　幽山白楊古，野路黃塵深。（梁簡文帝〈被幽述志詩〉）

　　　微風搖紫葉，輕露拂朱房。（沈約〈詠芙蓉〉）

　　　丹葩曜芳蕤，綠竹陰閒敞。（江淹〈雜體〉三十首之十九〈許徵
　　君詢自敘〉）

　　　檐際落黃葉，堦前網綠苔。（丘遲〈贈何郎〉）

　　　秋樹翻黃葉，寒池墮黑蓮。（庾肩吾〈侍宴〉）

　　　前山黃葉起，對岸白沙驚。（庾肩吾〈應令〉）

　　　綠鬢愁中改，紅顏啼裏滅。（吳均〈和蕭洗馬子顯古意〉六首之三）

　　　黃花發岸草，赤葉翻高樹。（何遜〈答丘長史〉）

　　　柳黃未吐葉，水綠半含苔。（何遜〈邊城思〉）

堂枯絳葉盡，蘆凍白花經。(陰鏗〈和傅郎歲暮還湘洲〉)

綠綺朱弦汎，黃花素蟻浮。(張正見〈和衡陽王秋夜〉)

丹水波濤汎，黃山煙霧上。(江總〈詠採甘露應詔〉)

蘆花霜外白，楓葉水前丹。(江總〈贈賀左丞蕭舍人〉)

風高暗綠凋殘柳，雨駃芳紅濕晚芙。(江總〈內殿賦新詩〉)

（三）疊　字

　　將疊字運用於儷句中，稱為「聯珠對」或「聯緜對」，屬上官儀所謂六對、八對之一。〔註8〕此種對仗法早已頻見於南朝篇什。如：

寂寂委巷，寥寥閑扉。(孫綽〈答許詢〉)

淒淒歲暮風，翳翳經日雪。(陶淵明〈癸卯歲十二月中作與從弟敬遠〉)

亭亭明玕照，落落清瑤流。(陶淵明〈讀山海經〉十三首之三)

杲杲輦木分，炭炭眾巒起。(宗炳〈登白鳥山詩〉)

肅肅風盈幕，泫泫露傾枝。(宋孝武帝〈秋夜詩〉)

莓莓蘭渚急，藐藐苔嶺高。(謝靈運〈石室山詩〉)

活活夕流馳，嗷嗷夜猿啼。(謝靈運〈登石門最高頂〉)

亭亭曉月映，泠泠朝露滴。(謝靈運〈夜發石關亭〉)

靡靡即長路，戚戚抱遙悲。(謝惠連〈西陵遇風獻康樂〉)

隱隱日沒岫，瑟瑟風發谷。(鮑照〈還都道中〉三首之二)

喋喋寒葉離，瀁瀁秋水積。(鮑照〈過銅山掘黃精〉)

遠樹曖阡阡，生煙紛漠漠。(謝朓〈遊東田〉)

衰柳尚沈沈，凝露方泥泥。(謝朓〈始出尚書省〉)

曖曖江村見，離離海樹出。(謝朓〈高齋視事〉)

蕭蕭叢竹映，澹澹平湖淨。(顧恩〈望廨前水竹〉)

〔註8〕上官儀八對云：『五曰聯緜對，「殘河河若帶，初月月如眉」是也。』（《詩人玉屑》引缺聯緜之「河」、「月」二字，今據《文鏡祕府論》校補）又六對云：『三曰連珠對，蕭蕭、赫赫是也。』（據《詩人玉屑》引）

幽谷響嚶嚶，石瀨鳴濺濺。(梁武帝〈遊鍾山大愛敬寺〉)

靡靡見虛煙，森森視寒木。(梁簡文帝〈登城〉)

綠堦已漠漠，汎水復綿綿。(沈約〈詠青苔〉)

噭噭夜猿鳴，溶溶晨霧合。(沈約〈石塘瀨聽猿〉)

上林晚葉颯颯鳴，鴈門早鴻離離度。(沈約〈八詠詩〉之二〈登臺望秋月〉)

燮燮涼葉奪，戾戾颷風擧。(江淹〈雜體〉三十首之十四〈張黃門協苦雨〉)

森森荒樹齊，析析寒沙漲。(丘遲〈旦發漁浦潭〉)

黝黝桑柘繁，芃芃麻麥盛。(任昉〈落日泛舟東溪〉)

飄飄曉雲駛，濚濚旦潮平。(王僧孺〈送殷何兩記室〉)

春生露泥泥，天覆雲油油。(庾肩吾〈三日侍蘭亭曲水宴〉)

行曦上杳杳，結霧下溶溶。(庾肩吾〈賦得山〉)

寒蟲鳴趯趯，落葉飛翻翻。(吳均〈酬別江主簿屯騎〉)

邐邐山蔽日，洶洶浪隱舟。(何遜〈送韋司馬別〉)

昱昱丹旐振，亭亭素蓋立。(何遜〈王尚書瞻祖日〉)

奕奕工辭賦，翩翩富文雅。(蕭琛〈和元帝〉)

眇眇雲根侵遠樹，蒼蒼水氣合遙天。(沈君攸〈桂楫泛河中〉)

霄煙近漠漠，暗浪遠滔滔。(陳後主〈立春日汎舟玄圃各賦一字六韻成篇〉)

霏霏野霧合，昏昏隴日沈。(陰鏗〈行經古墓〉)

黃鶴飛飛遠，青山去去愁。(江總〈別袁昌州〉二首之一)

兔影脈脈照金鋪，虹水滴滴瀉玉壺。(江總〈內殿賦新詩〉)

疊字兼具雙聲與疊韻之音響效果，用於偶句中，益使聲調和諧，氣勢生動，吟之朗朗上口，助人記憶，故南朝詩人皆頻用之。

（四）雙聲與疊韻字 〔註9〕

　　我國聯綿詞，設非雙聲，輒屬疊韻，如：參差、零落、馳騁、芳菲等皆雙聲，徘徊、徬徨、逍遙、娉婷等皆疊韻也。此類稱爲「合體連語」。次則由相對或相反二字，合爲一詞之「並行連語」中，亦有雙聲疊韻者，如：「古今」、「晨昏」等，再則由文士自由創造之「相屬連語」中，亦不乏雙聲疊韻之例，如：「高歌」、「天邊」等。

　　自齊永明沈約、王融、謝朓等倡「四聲」、「八病」理論後，「雙聲疊韻」之說，於是盛焉。詩人創作莫不「著意布置」，俾使「前有浮聲，後須切響」（沈約語）。於偶句中妥用雙聲疊韻之詞，不僅使對仗益顯精巧，且增加音調之宛轉鏗鏘，進而達到「聲情相切」之境界。

1. 雙聲詞相對（雙聲詞下加小圈）

　　　　髣髴想容儀，歔欷不自持。（左貴嬪〈感離詩〉）

　　　　眇默軌路長，憔悴征戍勤。（顏延之〈還至梁城作〉）

　　　　掩映順雲懸，搖裔從風掃。（謝莊〈和元日雪花應詔〉）

　　　　陸離迎宵佩，倏爍望昏簷。（謝莊〈七夕夜詠牛女應制〉）

　　　　溯流觸驚急，臨圻阻參錯。（謝靈運〈富春渚〉）

　　　　想像崑山姿，緬邈區中緣。（謝靈運〈登江中孤嶼〉）

　　　　履運傷荏苒，遵塗歎緬邈。（謝瞻〈於安城答靈運〉）

　　　　銜協曠古願，斟酌高代賢。（鮑照〈和王丞〉）

　　　　參差生密念，躑躅行思悲。（鮑照〈送從弟道秀別〉）

　　　　流連入京引，躑躅望鄉歌。（鮑照〈還都至三山望石頭城〉）

　　　　躊躇空明月，惆悵徒深帷。（鮑照〈秋夕〉）

　　　　玲瓏類丹檻，苕亭似玄闕。（謝朓〈雜詠〉三首之一〈鏡臺〉）

　　　　詰屈登馬嶺，迴互入羊腸。（梁昭明太子〈開善寺法會〉）

　　　　玲瓏繞竹澗，間關通槿藩。（梁簡文帝〈山齋〉）

〔註9〕雙聲疊韻之判定，以《廣韻》及陸德明《經典釋文》之反切爲依據。

潭沱青帷閉，玲瓏朱扇開。（梁簡文帝〈和湘東王陽雲樓簷柳〉）

晚風颯飀來，落照參差好。（梁簡文帝〈大同九年秋七月〉）

蝶逢飛搖颺，燕值羽參差。（沈約〈八詠詩〉之二〈會圃臨春風〉）

旅客長憔悴，春物自芳菲。（何遜〈贈諸遊舊〉）

名山極歷覽，勝地殊留連。（江總〈明慶寺〉）

2. 疊韵詞相對（疊韻詞下加小圈）

蔚薈微遊禽，崢嶸絕蹊路。（支遁〈詠禪思道人〉）

熙怡安沖漠，優游樂靜閑。（支遁〈述懷詩〉二首之二）

始藎蒀以蕤轉，終徘徊而煙曳。（謝莊〈瑞雪詠〉）

石淺水潺湲，日落山照曜。荒林紛沃若，哀禽相叫嘯。

（謝靈運〈七里瀨〉）

澹潋結寒姿，團欒潤霜質。（謝靈運〈登永嘉綠嶂山詩〉）

綢繆結風徽，烟熅吐芳訊。（謝瞻〈於安城答靈運〉）

浸淫旦潮廣，瀾漫宿雲滋。（鮑照〈送從弟道秀別〉）

徘徊清淮汭，顧慕廣江濆。（鮑照〈紹古辭〉七首之五）

徘徊集通隙，宛轉燭廻梁。（鮑照〈秋夜〉二首之一）

濁樽湛澹，清調連緜。（王寂〈第五兄揖到太傅竟陵王屬奉詩〉
其五）

悵望心已極，倘怳魂屢遷。（謝朓〈宣城郡內登望〉）

徘徊發紅萼，葳蕤動綠葹。（謝朓〈詠風〉）

葉生既婀娜，葉落更扶疏。（謝朓〈遊東堂詠桐〉）

繾綣故舊，綢繆宿昔。（梁武帝〈贈逸民〉）

稜層疊障遠，迤邐隥道懸。（梁武帝〈遊鍾山大愛敬寺〉）

影斜鞭照曜，塵起足蹉跎。（梁簡文帝〈西齋行馬〉）

氛氳鵁鶄右，照耀望仙東。（沈約〈歲暮愍衰草〉）

浸淫泉懷浦，泛濫雲辭山。（江淹〈應劉豫章別〉）

散漫輕烟轉，霏微商雲散。（王僧孺〈侍宴〉）

年光正婉娩，春樹轉豐茸。（庾肩吾〈奉使北徐州參丞御〉）

聯翩驂赤兔，窈窕駕青驪。（吳均〈贈柳真陽〉）

百年逢繾綣，千里遇殷勤。（吳均〈贈周興嗣〉四首之一）

城霞旦晃朗，槐霧曉氤氳。（何遜〈九日侍宴樂遊苑詩為西封侯作〉）

從容捨密勿，繾綣論襟趣。（何遜〈答丘長史〉）

蕭條疾帆流，磈磳衝波白。（何遜〈和劉諮議守風〉）

激灩故池水，蒼茫落日暉。（何遜〈行經范僕射故宅〉）

照耀浮輝明，飄颻落燼輕。（陳後主〈宴光璧殿詠遙山燈〉）

蒙籠出簷桂，散漫繞牕雲。（江總〈庚寅年二月十二日遊虎丘山精舍〉）

婉孌期今夕，飄颻渡淺流。（江總〈七夕〉）

3. 雙聲詞、疊韻詞錯綜對（雙聲、疊韻詞下加小圈）

崎嶇升千尋，蕭條臨萬畝。（支遁〈八關齋詩〉三首之三）

案：「崎嶇」為雙聲，「蕭條」為疊韻。

宛轉元造化，縹瞥鄰大象。（支遁〈詠懷詩〉五首之三）

案：「宛轉」為疊韻，「縹瞥」為雙聲。

側逕既窈窕，環洲亦玲瓏。（謝靈運〈於南山往北山經湖中瞻眺〉）

案：「窈窕」為疊韻，「玲瓏」為雙聲。

殷勤訴危柱，慷慨命促管。（謝靈運〈道路憶山中〉）

案：「殷勤」為疊韻，「慷慨」為雙聲。

嘈讚晨鵾思，叫嘯夜猿清。（鮑照〈登廬山詩〉二首之一）

案：「嘈讚」為雙聲，「叫嘯」為疊韻。

秋心日迥絕，春思坐連綿。（鮑照〈和王丞〉）

案：「迥絕」為雙聲，「連綿」為疊韻。

澄滄入閨景，葳蕤被園藿。（鮑照〈夜聽妓〉二首之一）

案：「澄滄」爲雙聲，「葳蕤」爲疊韻。

凝葭鬱摧愴，清管乍聯綿。（王融〈從武帝琅邪城講武應詔〉）

案：「摧愴」爲雙聲，「聯綿」爲疊韻。

潺湲石溜寫，綿蠻山雨聞。（王融〈移席琴室應司徒教〉）

案：「潺湲」爲疊韻，「綿蠻」爲雙聲。

疏散謝公卿，蕭條依掾史。（謝朓〈始之宣城郡〉）

案：「疏散」爲雙聲，「蕭條」爲疊韻。

玲瓏結綺錢，深沈映朱網。（謝朓〈直中書省〉）

案：「玲瓏」爲雙聲，「深沈」爲疊韻。

蒼翠望寒山，崢嶸瞰平陸。（謝朓〈冬日晚郡事隟〉）

案：「蒼翠」爲雙聲，「崢嶸」爲疊韻。

飛鳥發差池，出雲去連綿。（梁武帝〈遊鍾山大愛敬寺〉）

案：「差池」爲雙聲，「連綿」爲疊韻。

迢遞覩千室，迤邐觀萬頃。（梁昭明太子〈鍾山解講〉）

案：「迢遞」爲雙聲，「迤邐」爲疊韻。

輕舞信徘徊，前歌且遙衍。（沈約〈從齊武帝瑯琊城講武應詔〉）

案：「徘徊」爲疊韻，「遙衍」爲雙聲。

綠幀文照耀，紫燕光陸離。（沈約〈三月三日率爾成章〉）

案：「照耀」爲疊韻，「陸離」爲雙聲。

發溜始參差，扶堦方沃君。（丘遲〈玉堦春草〉）

案：「參差」爲雙聲，「沃若」爲疊韻。

殷勤盡日華，留連窮景黑。（吳均〈贈任黃門〉二首之二）

案：「殷勤」爲疊韻，「留連」爲雙聲。

懸崖抱奇崛，絕壁駕崚嶒。（何遜〈渡連圻〉二首之一）

案：「奇崛」爲雙聲，「崚嶒」爲疊韻。

使用雙聲疊韻之詞，固能增加音律諧美，然仍以「清新」爲貴，若迭用陳詞則弄巧成拙矣。觀夫南朝篇什之偶句中，「散漫」、「徘徊」、

「玲瓏」、「參差」、「爛漫」、「照耀」、「葳蕤」、「踟躕」、「窈窕」等詞，
俯拾即是，終不免有「濫用」之譏。

（五）雙擬對及迴文對

　　所謂雙擬對，即同一字相隔重出於一句中，下句亦然，如：「議
月眉欺月，論花煩勝花」〔註10〕是也。迴文對者，即下一句顛倒上一
句之字面，轉出新義，而與之對仗也，如：「情新因得意，意得逐情
新」〔註11〕是也。此二法於上官儀六對、八對中曾述及，而南朝詩人
已偶用之。

1. 雙擬對（重出字下加小圈）

　　　　無則無慕，有必有希。（孫綽〈贈溫嶠〉）

　　　　乃漱乃濯，載欣載矚。（陶淵明〈時運〉）

　　　　有琴有書，載彈載詠。（陶淵明〈答龐參軍〉）

　　　　有榮有茂，不瘁不驕。（王融〈贈族叔衛軍儉〉其十三）

　　　　熱緣熱惚逼，渴愛渴心生。（梁武帝〈十喻〉五首之二〈如炎〉）

　　　　皆從妄所妄，無非空對空。（梁武帝〈十喻〉五首之三〈靈空〉）

　　　　傾城且傾國，如雨復如神。（梁簡文帝〈率爾為詠〉）

　　　　開楹開碧煙，拂幔拂垂蓮。（梁簡文帝〈戲作謝惠連體十三韻〉）

　　　　故人雖故昔經新，新人雖新復應故。（梁簡文帝〈和蕭侍中子
顯春別〉四首之二）

　　　　片光片影皆麗，一聲一囀煎心。（梁簡文帝〈倡樓怨節〉）

　　　　非煙復非雲，如絲復如霧。（沈約〈庭雨應詔〉）

　　　　爭利亦爭名，驅車復驅馬。（王僧孺〈落日登高〉）

　　　　照人如照水，切玉如切泥。（吳均〈詠寶劍〉）

〔註10〕上官儀八對云：「六曰雙擬對，『議月眉欺月，論花煩勝花』是也。」
　　　　（據《詩人玉屑》引）
〔註11〕上官儀八對云：「七曰迴文對，『情新因得意，意得逐情新』是也。」
　　　　（據《詩人玉屑》引）

相望且相思，勞朝復勞晚。(劉孝綽〈酬陸長史倕〉)

以卿以士，惟公惟王。(劉孝威〈重光詩〉)

上舉諸例，雖具雙擬對之形式，然皆非佳作，惟得見其肇始之迹。

2. 廻文對

唯旦唯公，唯公唯旦。(王融〈贈族叔衛軍倕〉)

非君不見思，所悲思不見。(王融、謝朓〈別王丞僧孺〉)

鹽飛亂蝶舞，花落飄粉匲；匲粉飄落花，舞蝶亂飛鹽。(梁簡文帝〈詠雪〉)

案：此詩顛倒使韻。

故人雖故昔經新，新人雖新復應故。(梁簡文帝〈和蕭侍中子顯春別〉四首之二)

昔去雪如花，今來花似雪。(范雲、何遜〈范廣州宅聯句〉)

廻文對，原屬文字遊戲，詩人藉以爭奇逞巧耳，更非正統，此義不可不知也。

第五節　蟬聯取勢

古詩中，下句與上句，或次章之首與前章之末，用重叠字面，連環承接，以增加詩句之氣勢及詩意之緊湊者，前人稱之爲「聯綿句法」，或稱「蟬聯句法」。此法啓自《詩經・大雅・文王》：

文王在上，於昭于天。周雖舊邦，其命維新。有周不顯，帝命不時，文王陟降，在帝左右。(第一章)

亹亹文王，令聞不已。陳錫哉周，侯文王孫子。文王孫子，本支百世，凡周之士，不顯亦世。(第二章)

世之不顯，厥猶翼翼，思皇多士，生此王國，王國克生，維周之楨。濟濟多士，文王以寧。(第三章)

穆穆文王，於緝熙敬止。假哉王命，有商孫子，商之孫子，其麗不億。上帝既合，侯于周服。(第四章)

侯服于周，天命靡常。殷士膚敏，祼將于京。厥作祼將，常服黼冔。王之藎臣，無念爾祖。（第五章）

無念爾祖，聿修厥德。永言配命，自求多福。殷之未喪師，克配上帝。宜鑒于殷，駿命不易。（第六章）

命之不易，無遏爾躬。宣昭義問，有虞殷自天。上天之載，無聲無臭。儀刑文王，萬邦作孚。（第七章）

觀夫第二章之「文王孫子」，第三章之「生此王國」，第四章之「有商孫子」，第五章之「祼將于京」諸句，得知此詩兼用章與句之聯綿相承也。及魏曹子建作〈贈白馬王彪〉詩，則受〈文王〉篇之啓發影響，各章間亦運用蟬聯句法，使文章連鎖相扣，且每章換韻，今並錄於後：

〈贈白馬王彪〉（原有序，從略）

謁帝承明廬，逝將歸舊疆。清晨發皇邑，日夕過首陽。

伊洛廣且深，欲濟川無梁，汎舟越洪濤，怨彼東路長。

顧瞻戀城闕，引領情內傷。太谷何寥廓，山樹鬱蒼蒼。

霜雨泥我途，流潦浩縱橫，中逵絕無軌，改轍登高岡。

修坂造雲日，我馬玄以黃。（第一章）〔註12〕

玄黃猶能進，我思鬱以紆。鬱紆將何念，親愛在離居，本圖相與偕，中更不克俱。鴟梟鳴衡軛，豺狼當路衢。

〔註12〕本師鄭因百先生於「陶淵明〈時運〉詩之『字曖微霄』與蟬聯句法」一文中按云：《文選》收子建此詩，通作一首，未分章。後人編曹集，多分右第一章爲二：自「引領情內傷」以上爲第一章，「太谷何寥廓」以下爲第二章。王世貞《藝苑巵言》卷三主此說，其文曰：「陳思王〈贈白馬王彪〉詩，全法《詩經‧大雅‧文王》之什體，以故首二章不相承耳。後人不知，有欲合而爲一者，良可笑也。」張雲璈《選學膠言》則持相反意見，其文曰：「每段換韻，謝靈運〈酬從弟惠連〉亦是此體。若引領句不接太谷八句，既不蟬聯，又不換韻，宜至『玄以黃』爲其一。」王氏以〈文王〉篇首二章不相承爲言，其說似是而非。〈文王〉首章末兩句云：「文王陟降，在帝左右。」次章首兩句云：「亹亹文王，令聞不已。」未嘗不相承，但次章所承者爲首章之倒數第二句而非末二句耳。子建仿〈文王〉而承接更爲謹嚴，……若分此章爲二，則上文所述每章換韻及首尾蟬聯兩特點全被破壞，……故從《選學膠言》之說，合爲一章。

蒼蠅間白黑，讒巧反親疏。欲還絕無蹊，攬轡止踟蹰。
（第二章）

踟蹰亦何留，相思無終極。秋風發微涼，寒蟬鳴我側。
原野何蕭條，白日忽西匿。歸鳥赴喬林，翩翩厲羽翼：
狐獸走索羣，銜草不遑食。感物傷我懷，撫心長太息。
（第三章）

太息將何爲，天命與我違。奈何念同生，一往形不歸，
孤魂翔故域，靈柩寄京師。存者忽復過，亡沒身自衰。
人生處一世，去若朝露晞，年在桑榆間，影響不能追。
自顧非金石，咄唶令心悲。（第四章）

心悲動我神，棄置莫復陳。丈夫志四海，萬里猶比鄰。
恩愛苟不虧，在遠分日親：何必同衾幬，然後展殷勤。
憂思成急疢，無乃兒女仁，倉卒骨肉情，能不懷苦辛。
（第五章）

苦辛何慮思，天命信可疑。虛無求列仙，松子久吾欺。
變故在斯須，百年誰能持。離別永無會，執手將何時？
王其愛玉體，俱享黃髮期。收淚即長路，援筆從此辭。
（第六章）

爰至南朝，「蟬聯句法」成爲通行之體。陶淵明、謝靈運、鮑照、簡文帝（蕭綱）、沈約、江淹、吳均、何遜等名家皆頻用之，且具有多種變化之形式，如：

採菊東籬下，悠然見南山。山氣日夕佳，飛鳥相與還。
（晉・陶淵明〈飲酒〉二十首之五）

昏旦變氣候，山水含清暉；清暉能娛人，游子憺忘歸。
（宋・謝靈運〈石壁精舍還湖中作〉）

亂流灇大壑，長霧匝高林；林際無窮極，雲邊不可尋。
（宋・鮑照〈日落望江贈荀丞〉）

往秋雖一照：一照復還塵，塵生不復拂，蓬首對河津。
（梁・沈約〈織女贈牽牛〉）

此乃自上而下意義相貫，一氣呵成之例，自有筆陣縱橫之概。

> 火逝首秋節，新明弦月夕。月弦光照戶，秋首風入隙。
>
> （宋・謝靈運〈七夕詠牛女〉）

> 種橘南池上，種杏北池中；池北旣少露，池南又多風。
>
> （宋・鮑照〈贈故人馬子喬〉六首之四）

> 三春澧浦葉，九月洞庭枝；洞庭枝孃娜，澧浦葉參差。
>
> （梁・簡文帝〈贈張纘〉）

> 開燕裾，吹趙帶；趙帶飛參差，燕裾合且離。（梁・沈約〈八
> 詠詩・會圃臨春風〉）

以上四例爲首尾銜後，往復廻環之形式，利用詞序之廻環，以後二句補足或加添前二句之涵意，不僅產生意義層遞之趣味，且亦使詩句新美而精警。

> 雌沈吳江裏，雄飛入楚城；吳江深無底，楚城有崇扃。
>
> （宋・鮑照〈贈故人馬子喬〉六首之六）

此爲隔句聯鎖之例，以一三句、二四句兩兩相應之交綜手法，產生整齊之節奏美，亦使詩意渾然一氣。

> 一士長獨醉，一夫終年醒；醒醉還相笑，發言各不領。
>
> （晉・陶淵明〈飲酒〉二十首之十五）

> 楚人心昔絕，越客腸今斷；斷絕雖殊念，俱爲歸慮款。
>
> （宋・謝靈運〈道路憶山中〉）

> 戚戚新別心，悽悽久念攢；攢念攻別心，旦發清溪陰。
>
> （宋・謝靈運〈登臨海嶠初發疆中作與從弟惠連可見羊何共和之〉）

上舉三例，均以第三句重複一、二句之字面，使詩意緊湊，文氣警策。

> 宿莖抽晚幹，新葉生故枝；故枝雖遼遠，新葉頗離離。
>
> （梁・沈約〈八詠詩・霜來悲落桐〉）

> 勿言草木賤，徒照君末光；末光不徒照，爲君含噭咷。
>
> （同上）

> 酒闌嘉宴罷，車騎各西東，時余守西掖，脂車歸北宮；車

分獨坐道，扇拂冶城風。(梁·簡文帝〈大同八年秋九月〉)

此乃以一句之字面，分散於其下數句之中，而使新意層出，婉而多致。

少時壯且厲，撫劍獨行遊；誰言行遊近？張掖至幽州。
(晉·陶淵明〈擬古〉九首之八)

所以貴我身，豈不在一生；一生復能幾？倏如流電驚。
(晉·陶淵明〈飲酒〉二十首之三)

家本青山下，好上青山上；青山不可上，一上一惆悵。
(梁·何遜〈擬古三首聯句〉)

此三例，乃連瑣句中，使用疑問、感歎等翻疊曲折之句法，增加詩意與詩趣，而達到語調新穎，神致搖曳之佳境。除上述數例中，茲將南朝詩中之蟬聯句法摘錄於下，以為此法使用普遍之證明。

一、下句與上句蟬聯者 (重疊之字，下加小圈)

東　晉

劉　琨　夕挾爾竿；竿翠豐尋。(〈答盧諶〉)
　　　　實消我憂；憂急用緩。(同上)

盧　諶　福為禍始；禍作福階。(〈贈劉琨〉)

孫　綽　玄風吐芳；芳扇則歇。(〈贈謝安〉)

陶淵明　民生在勤；勤則不匱。(〈勸農〉)(此二句乃用《左傳》欒武子語，非淵明自撰，姑且錄之)
　　　　天集有漢，眷余愍侯；於赫愍侯，運當攀龍。(〈命子〉)
　　　　在我中晉，業融長沙；桓桓長沙，伊勳伊德。(同上)
　　　　夙興夜寐，願爾斯才；爾之不才，亦已焉哉。(同上)
　　　　相見無雜言，但道桑麻長；桑麻日已長，我土日已廣。
　　　　(〈歸園田居〉五首之二)
　　　　道狹草木長，夕露沾我衣；衣沾不足惜，但使願無違。
　　　　(〈歸園田居〉五首之三)

借問採薪者，此人皆焉如？薪者向我言，死沒無復餘。
（〈歸園田居〉五首之四）

試酌百情遠，重觴忽忘天；天豈去此哉？任眞無所先。
（〈連雨獨飲〉）

農務各自歸，閑暇輒相思；相思則披衣，言笑無厭時。
（〈移居〉二首之二）

春秫作美酒，酒熟吾自斟。（〈和郭主簿〉二首之一）

行止千萬端，誰知非與是。是非苟相形，雷同共譽毀。
（〈飲酒〉二十首之六）

幽蘭生前庭，含薰待清風；清風脫然至，見別蕭艾中。
（〈飲酒〉二十首之十七）

平生不止酒；止酒情無喜。（〈止酒〉）（此詩每句皆有止字，
除上兩句外，其他皆不相聯，宜不計也。）

佳人美清夜，達曙酣且歌。歌竟長歎息，持此感人多。
（〈擬古〉九首之七）

湛方生　心焉孰託，託心非有。（〈後齋詩〉）

江　偉　思我慈父，我心懷戀。（〈答賀蜡〉）

鳩摩羅什　一喻以喻空，空必待此喻。（〈十喻〉）
　　　　　借言以會意，意盡無會處。（同上）

南平王劉鑠　白露秋風始，秋風明月初；明月照高樓，白露皎玄
　　　　　除。（〈擬孟冬寒氣至〉）

謝　莊　寫金波之夜晰，晰景兮便娟。（〈瑞雪詠〉）

謝靈運　茗茗歷千載，遙遙播清塵，清塵竟誰嗣，明哲垂經綸。
（〈述祖德詩〉二首之一）

委講輟道論，改服康世屯，屯難既云康，尊主隆斯民。
（同上）

中原昔喪亂，喪亂豈解已，崩騰永嘉末，逼迫太元始。
（〈述祖德詩〉二首之二）

樵隱俱在山，由來事不同，不同非一事，養痾亦園中。中
園屏氛雜，清曠招遠風。（〈田南樹園激流植援〉）

與我別所期，期在三五夕。（〈南樓中望所遲客〉）

羇心積秋晨，晨積展遊眺。（〈七里瀨〉）

枉帆過舊山，山行窮登頓。（〈過始寧墅〉）

悟對無厭歇，聚散成分離，分離別西川，廻景歸東山。
（同上）

辛勤風波事，款曲洲渚言，洲渚既淹時，風波子行遲。
（同上）

儻若果歸言，共陶暮春時，暮春雖未交，仲春善遊遨。
（同上）

願望脰未悁，汀曲舟已隱，隱汀絕望舟，鶖棹逐驚流。
（同上）

豈惟夕情歛，憶爾共淹留，淹留昔時歡，復增今日歎。
（同上）

謝惠連　我行指孟春，春仲尚未發。（〈西陵遇風獻康樂〉）

靡靡即長路，戚戚抱遙悲。悲遙但自弭，路長當語誰。
（同上）

塗屈雲陽邑，邑宰有昔遊。（〈與孔曲阿別〉）

鮑　　照　參差生密念，蹢躅行思悲，悲思戀光景，密念盈歲時，歲
時多阻折，光景乏安怡。（〈送從弟道秀別〉）

客行有苦樂，但問客何行？（〈從臨海王上荆初發新渚〉）

久宦迷遠川，川廣每多懼。（〈還都道中〉三首之三）

茲晨自爲美，當避艷陽天。艷陽桃李節，皎潔不成妍。
（〈學劉公幹體〉五首之三）

纖纖如玉鉤，末映東北墀，娟娟似蛾眉，峩眉蔽朱櫳，玉
鉤隔綺窗。（〈翫月城西門〉）

袁　　淑　種蘭忌當門，懷璧莫向楚，楚少別玉人，門非植蘭所。

（〈種蘭〉）

荀　昶　熒熒山上火，苕苕隔隴左，隴左不可至，精爽通寤寐，寤
　　　　寐衾裯同，忽覺在他邦，他邦各異色，……客從北方來，
　　　　貽我端弌綈，命僕開弌綈，中有隱起珪，長跪讀隱珪，詞
　　　　苦聲亦悽。（〈擬青青河邊草〉）

齊

王　融　受策以出，出入勤王。（〈贈族叔衛軍儉〉）
　　　　唯旦唯公，唯公唯旦。（同上）
　　　　非君不見思，所悲思不見。（〈別王丞僧孺〉）
　　　　所知共歌笑，誰忍別笑歌。（〈餞謝文學離夜〉）

謝　朓　故人心尚爾，故人心不見。（〈和王主簿季哲怨情〉）
　　　　即趣佳可淹，淹留非下秩。（〈還塗臨渚〉）

梁

武　帝　如蘗生木，木有異心。（〈贈逸民〉）
　　　　如林鳴鳥，鳥有殊音。（同上）
　　　　如江游魚，魚有浮沈。（同上）
　　　　低低兩差池，差池低復起。（〈古意〉二首之二）

昭明太子　因以泥黑，猶麻違正，違仁則勃，弘道斯盛。（〈示徐州
　　　　弟〉）
　　　　善遊茲勝地，茲岳信靈奇。（〈和武帝遊鍾山大愛敬
　　　　寺〉）

簡文帝　可憐枝上花，早得春風意；春風復有情，拂幔且開楹；開
　　　　楹開碧煙，拂幔拂垂蓮。（〈戲作謝惠連體十三韻〉）
　　　　偏使紅花散，飄颻落眼前；眼前多無況，參差鬱可望。
　　　　（同上）
　　　　桃花紅若點，柳葉亂如絲；絲條轉暮光，影落暮陰長。
　　　　（同上）

水紋城上動，城樓水中出。(〈開霽〉)

琴間玉徽調別鶴；別鶴千里別離聲。(〈傷離新體〉)

元　帝　池中種蒲葉；葉影蔭池濱。(〈賦得蒲生我池中〉)

上林朝花色如霰；花朝月夜動春心。(〈春別應令〉四首之
一)

不聞離人當重合；惟悲合罷會成離。(同上之二)

沈　約　漠漠牀上塵，心中憶故人，故人不可憶，中夜長歎息；歎
息想容儀，不言長別離；別離稍已久，空牀寄杯酒。(〈擬
青青河畔草〉)

引思爲歲；歲亦陽止。叨服賁身；身亦昌止。(〈三日侍鳳
光殿曲水宴應制〉)

月華臨靜夜，夜靜滅氛埃。(〈應王中丞思遠詠月〉)

秋風西北起，飄我過城闕；城闕已參差，白雲復離離。
(〈和王中書德充詠白雲〉)

心從朋好盡，形爲歡宴留；歡宴未終畢，零落委山丘。
(〈懷舊〉詩九首〈傷王諶〉)

望秋月，秋月光如練。昭曜三爵臺，徘徊九華殿；九華璘
瑠梁，華櫳與壁璫。(〈八詠詩〉之一〈登臺望秋月〉)

臨春風；春風起春樹。(〈八詠詩〉之二〈會圃臨春風〉)

回簪復轉黛，顧步惜容儀；容儀已炤灼，春風復廻薄。(同
上)

曲房間兮金鋪響；金鋪響兮妾思驚。(同上)

愍衰草；衰草無容色。(〈八詠詩〉之三〈歲暮愍衰草〉)

悲落桐；落桐早霜露。(〈八詠詩〉之四〈霜來悲落桐〉)

聽曉鴻；曉鴻度將旦。(〈八詠詩〉之六〈晨征聽曉鴻〉)

懿海上驚梟，傷雲間之離鶴；離鶴昔未離，迴發天北垂。
(〈八詠詩〉之五〈夕行聞夜鶴〉)

去朝市；朝市深歸暮。(〈八詠詩〉之七〈解佩去朝市〉)

守山東；山東萬里鬱青葱。(〈八詠詩〉之八〈被褐守山東〉)

江　淹　杳杳長役思；思來使情濃。(〈陸東海譙山集〉)

琴高遊會稽，靈變竟不還；不還有長意；長意希童顏。
(〈贈鍊丹法和殷長史〉)

煙景抱空意，蘅杜綴幽心；心憂望碧葉，涵影顧青林。
(〈惜晚春應劉祕書〉)

戚戚憂可結；結憂視春暮。(〈池上酬劉記室〉)

銷憂非萱草，永懷寄夢寐；夢寐復冥冥，何由覯爾形。
(〈雜體〉三十首〈潘黃門岳述哀〉)

停艫望極浦，弭棹阻風雪；風雪既經時，夜永起懷思。
(〈雜體〉三十首〈謝法曹惠連贈別〉)

摘芳愛氣馥，捨蕊憐色滋；色滋畏沃若，人事亦銷鑠。
(同上)

靈芝望三秀，孤筠情所託；所託已殷勤，祇足攪懷人。
(同上)

雜佩雖可贈，疏華竟無陳；無陳心悁勞，旅人豈遊遨。
(同上)

蒼蒼山中桂，團團霜露色；霜露一何緊，桂枝生自直。
(〈雜體〉三十首之六〈劉文學楨感懷〉)

秋風蛈地起，吹我至幽燕；幽燕非我國，窈窕為誰賢。
(〈學魏文帝〉)

范　雲　幸及清江滿，無使明月虧；月虧君不來，相期竟悠哉。
(〈贈俊公道人〉)

折桂衡山北，摘蘭沅水東；蘭摘心焉寄，桂折意誰通。
(〈別詩〉)

成功退不處，為名自此收，收名棄車馬，單步反蝸牛。
(〈建除詩〉)

王僧孺　曖曖罘罳下，相望隔畫垣；畫垣向阿閣，棲鳳復棲鴛。

（〈贈顧倉曹〉）

我有一心人，同鄉不異縣；異縣不成隔，同鄉更脈脈；脈脈如牛女，何由寄一語。（〈爲人傷近而不見〉）

雜聞百蟲思，偏傷一鳥聲；鳥聲長不息。（〈與司馬治書同聞鄰婦夜織〉）

吳　均　可用鑷憂疾，聊持駐景斜；景斜不可駐，年來果如驅。（〈采藥大布山〉）

安得崑崙山，偃蹇三珠樹；三珠始結莢，絳葉凌朱臺。（同上）

何　遜　溢城帶溢水，溢水縈如帶。（日夕望江山贈魚司馬）

晝悲在異縣，夜夢還洛汭；洛汭何悠悠，起望登西樓。（同上）

憫憫分手畢，蕭蕭行帆舉；舉帆越中流。望別上高樓。（送韋司馬別）

邐邐山蔽日，洶洶浪隱舟；隱舟邈已遠，徘徊落日晚。（同上）

想子斂眉去，知予銜淚返；銜淚心依依，薄暮行人稀。（同上）

簾中看月影，竹裏見螢飛；螢飛飛不息，獨愁空轉側。（同上）

連圻連不極，極望在雲霞。（〈渡連圻〉二首之二）

飛輪倘易去，易去因風力。（〈學古〉三首之三）

匣中一明鏡，好鑑明鏡光；明鏡不可鑑，一鑑一情傷。（〈擬古三首聯句〉）

少知雅琴曲，好聽雅琴聲；雅琴不可聽，一聽一沾纓。（〈擬古三首聯句·范雲〉）

劉孝綽　如何持此念，復爲今日分；分悲宛如昨，弦望殊揮霍。（〈酬陸長史倕·劉孝綽〉）

行舟雖不見，行程猶可度；度君路應遠，期寄新詩返。（同上）

命駕獨尋幽，淹留宿盧阜；盧阜擅高名，岧岧凌太清。（同上）

無因追羽翮，及爾宴蓬瀛；蓬瀛不可託，悵然反城郭。（同上）

餘景騖登臨，方宵盡談謔；談謔有名僧，慧義似傳燈。（同上）

苦極降歸樂，樂極苦還生。（〈賦詠百論捨罪福詩〉）

劉孝威　詵詵纓冕，儲王道之；道之以禮，齊之以仁。（〈重光詩〉）

行驅金絡騎，歸就城南端；城南稍有期，想子亦勞思。（〈郗縣遇見人纖率爾寄婦〉）

妾家邊洛城，慣識曉鐘聲；鐘聲猶未盡，漢使報應行。（〈奉和湘東王應令〉二首之二〈冬曉〉）

可憐將可念，可念直千金。唯言有一恨，恨不遂人心。（〈詠佳麗〉）

劉　峻　鼓枻桴大川，延睇洛城觀，洛城何鬱鬱，杳與雲霄半。（〈自江州還入石頭詩〉）

陸　倕　門多幸易將，率更愛雅體；體弱思自強，吏曹勉玉潤。（〈以詩代書別後寄贈〉）

荀　濟　高懷不可忘，劍意何能已。已作金蘭契，何言雲雨別。（〈贈陰梁州〉）

既彈趙人瑟，復擊秦人缶；缶瑟多奇調，秦趙饒姝妙。（同上）

虞　羲　擁旄為漢將，汗馬出長城，長城地勢險，萬里與雲平。（〈詠霍將軍北伐〉）

費　昶　藏摧意未已，定自乘軒里；乘軒盡世家，佳麗似朝霞。（〈華光省中夜聞城外擣衣〉）

水逐桃花去，春隨楊柳歸；楊柳何時歸？裊裊復依依。
（〈和蕭記室春旦有所思〉）

沈　炯　爲我彈鳴琴；琴鳴傷我襟。（〈爲我彈鳴琴〉）

江　總　借問藏書處，唯君故人在；故人名宦高，霜簡肅權豪。
（〈詒孔中丞奐〉）

嘉樹春風早，春風花落新。（〈詠李〉）

非是妖姬渡江日，定言神女隔河來；來時向月別姮娥，別
時清吹悲簫史。（〈新入姬人應令〉）

阮　卓　月下徘徊顧別影，風前悽斷送離聲；離聲一去斷還續，別
響時來疏復促。（〈賦得黃鵠一遠別〉）

二、次章之首與前章之末蟬聯者（僅錄次章首二句與前章之末二句）

晉

劉　琨　逝將去矣，庭虛情滿。（〈答盧諶〉其五）

虛滿伊何，蘭桂移植。（其六）

盧　諶　借日如昨，忽爲疇曩。（〈贈劉琨〉二十章其五）

疇曩伊何，逝者彌疏。（其六）

無覬狐趙，有與五臣。（其八）

五臣奚與，契闊百罹。（其九）

來牧幽都，濟厥塗炭。（其十一）

塗炭既濟，寇挫民阜，（其十二）

操彼纖質，承此衝飆。（其十五）

纖質實微，衝飆斯值。（其十六）

王胡之　凌霄矯翰，希風清往。（〈答謝安〉八章之一）

矯翰伊何，羽儀鮮潔，清往伊何，自然挺徹。（之二）

孫　綽　臨政存化，昵新尊賢。（〈與庾冰〉十三章之六）

親賢孰在，實賴伯舅。（之七）

郗　超　情興未足，祈我沖箴。（〈答傅郎〉六章之五）

沖箴之往，豈伊璠璵。（之六）

宋

王韶之　余亦奚貴，曰義與仁。（〈贈潘綜吳逵舉孝廉詩〉六章之二）

仁義伊在，惟吳惟潘。（之三）

梁

昭明太子　粵生品物，乃有人倫。（〈示徐州弟〉其一）

人倫惟何，五常為性。（其二）

陰陰色晚，白日西移。（其八）

西移已夕，華燭云景。（其九）

日夕解袂，鳴笳言反。（其十一）

言反甲館，雨面莫收。（其十二）

到　洽　孰若兼美，羽儀上京。（〈答祕書丞張率〉八章之一）

上京羽儀，十紀鴻漸。（之二）

陳

張正見　帳殿幸金輿，旌門擁玉輦。（〈從籍田應衡陽王教作〉五章之二）

玉輦帶非煙，金輿映綠川。（之三）

草發青壇外，花飛蒼玉前。（之三）

蒼玉臨珪璧，青壇躬帝籍。（之四）

山禽韻管弦，野獸和鍾石。（之四）

鍾石既相和，江海復無波。（之五）

上舉諸例中之梁元帝〈春日〉、沈約〈擬青青河畔草〉、何遜、范雲、劉孝綽合作之〈擬古三首聯句〉、劉孝威〈詠佳麗〉等，乃全首蟬聯而下，此外謝靈運〈酬從弟惠連〉、〈登臨海嶠初發疆中與從弟惠連可

見羊何共和之〉，昭明太子〈示徐州弟〉，簡文帝〈戲作謝惠連體十三韻〉，沈約〈八詠詩〉之〈會圃臨春風〉、〈歲暮愍衰草〉、〈霜來悲落桐〉，江淹〈雜體〉三十首之〈謝法曹惠連贈別〉，范雲〈別詩〉，何遜〈送韋司馬別〉，劉孝綽〈酬陸長史倕〉等，詩中蟬聯句亦極多。此種修辭法，善用之，則使句意緊湊、有力，能收璧合珠聯、雲湧波翻之效；不善用之，則易流為油滑小巧，詞繁義少之俗調，且一篇中使用過多，則聲調缺乏變化，而產生拘促板滯之弊，綜觀南朝詩人之有關眾作，不難發現此一缺失。「蟬聯句法」實不宜常用，故入唐之後即不甚流行，蓋其害多於利也。

結　語

　　南朝爲中國美文全盛時期,此乃秦漢以後質文代變之自然趨勢。
惟其過於繁華綺艷,後之論者,對之推崇辭鮮,而貶抑辭多。然持平
而言,南朝詩篇之內涵與體製,均見特出,且具承先啓後之貢獻。誠
不宜昧於時變,或囿於偏見,以一言判一代之優劣也。茲就南朝詩篇
異於前代之特色,析論其對後世詩壇之影響。

一、形式

(一)去樸尚華

　　夫詩以意興爲上,然風貌必待文辭而後見。南朝篇什標「綺靡」
之旨,故特重文采。晉世潘、陸之作「縟旨星稠,繁文綺合」;宋代
顏、謝繼起,由數典進而琢句,益重彩藻。齊、梁、陳詠物、艷體興
盛,王融、謝朓、簡文帝、徐摛、王僧孺、庾肩吾、吳均、劉孝綽、
王筠、陳後主、江總、陰鏗諸子,更務側艷。以是《昭明文選》敍以
「沈思翰藻」爲極則;元帝《金樓子》言「綺縠紛披,宮徵靡曼」乃
得爲文。南朝綺麗詩風沾溉三唐,餘響迄今未戢。

(二)黜散趨駢

　　上古詩歌單複並用,或奇、或偶,全係自然,是故《詩經》、《楚

辭》及漢魏古詩，皆散駢雜陳，眞率可誦。爰及南朝，文風丕變，詩人崇尚唯美，講求聲律，運用中國文字獨體、單音之特色，「儷采百字之偶，爭價一句之奇」，遂令複詞滿篇，儷句盈目，而啓唐律對仗之先聲。

（三）化舊創新

魏晉以前詩歌，無格律定製，但令「清濁流通，口吻調利」，皆可被之絲竹。齊梁之際，沈約、王融、周顒諸子，力倡聲律學說，于是賦詩撰文，除雕章琢句外，更須辨宮商、論四聲、分清濁、忌聲病。講求「前有浮聲，後須切響」；「一簡之內，言韻盡殊」；「兩句之中，輕重悉異」之技巧，由此詩歌格律由自然疏放，轉而爲人工整飾。換韻之古詩、五、七言小詩、律詩、排律等新體製，應時而生，導致唐代古風、律詩、絕句蓬勃發展之機運。故言南朝詩歌體製，乃上承漢魏，下開唐宋，其貢獻陵轢前代，垂範將來，殆不誣也。

二、內　容

（一）由簡入繁

魏晉之前，文學以經世教化爲鵠的，內容多正大嚴肅，不外人倫、日用。逮乎南朝，因生活日繁，思想趨新，人性覺醒，詩歌內涵隨之擴充豐富。或歌功述德、或懷遠思鄉、或悼亡傷別、或感時歎逝、或遊仙談玄、或企隱慕賢、或模山範水、或詠物擬古、或閨怨麗情，既承古調，復創新聲，使後之爲詩者，運思遣興，能達於無所不包之境地。

（二）避實就虛

兩漢詩歌，所寫多屬實境。如樂府詩出於文人者，皆頌禱之詞；出於平民者，多抒情之什，古詩十九首，更屬人間感想。蓋作者用意在於諷勸教化，未及馳思八表以外也。正始以後，詩雜仙心，郭璞、庾闡、王融諸子遊仙眾作，莫不歌頌「滓穢塵網，錙銖纓紱，餐霞倒

景，餌玉玄都」之虛無境界。又中朝貴玄，江左益盛，詩篇不外蒙莊
玄談，柱下緘旨。雖齊梁尚華，雅所不好，使玄風稍替，然主理之趙
宋詩學，乃遠宗相承，持久不衰，以是論及歷代言理詩，亦宜推源於
南朝。再者，釋氏東傳，至西晉而大行，江左文士兼精內典，援引經
文入詩，詩風又為之一變。南朝佛理詩雖傳世殊尠，然僅就現存篇什
觀之，已可概見風貌矣。唐宋及後世詩篇，援用佛義，以詩境契合禪
境者，不可勝舉。宋代嚴滄浪、清代王漁洋，更以禪理喻詩理，為中
國詩學批評，另闢新境矣。

　　陶、謝田園、山水詩，雖以實境為素材，然常加以美化，超實寫
意。試觀淵明〈飲酒詩〉云：「探菊東籬下，悠然見南山。」無心見
山，而景與興會，此意境中之山，非必目見之山；靈運〈進帆海詩〉
云：「溟漲無端倪，虛舟有超越。」大海蒼茫，而虛舟獨能超越，此
亦意境中之海與舟，非必實景也。蓋淵明、靈運皆融通老莊玄理與釋
家學說，用之無形，了無罣礙，故能達此境界。陶曾云：「此中有眞
意，欲辨已忘言。」謝云：「慮澹物自輕，意愜理無違。」足徵二者
雖自現實取材，而意中別有寄興，託實境寫虛境，淵明諸作尤然。田
園詩雖未見重於南朝，但至唐代，則如日中天，學習模擬者眾，終形
成「田園詩派」，大放異形於中國詩壇。至於大小謝模山範水之作，
更為中國山水詩之鼻祖，其影響後代既深且遠矣。

　　由上述得知，近體詩之內涵及體製，多託體於南朝。《新唐書‧
文藝傳序》曰：「唐高祖太宗，大難始夷，沿江左餘風，緝句繪章，
揣合低印，故王楊為之伯。」足見唐風其來有自矣。再審盛唐名家詩
風，亦多承南朝諸子，若王維挹陶謝之雅淡，用簡文之超艷，李仙、
杜聖亦嘗步趨鮑、謝、徐、庾之軌躅，並其例也。晚唐諸家，則大抵
為宮體之支流。南朝詩篇，於詩體、詩法、詩材等方面，均有開創之
功，其遺風餘響，亦足垂範無窮矣。

參考書目

一、專　書

1. 《詩經》，漢毛亨傳鄭玄箋，唐孔穎達疏，藝文印書館《十三經注疏》本。

2. 《經典釋文》唐陸德明撰，商務印書館《四部叢刊》。

3. 《廣韻》，宋陳彭年等重修，廣文書局。

4. 《晉書》，唐房玄齡等撰，藝文印書館影印二十五史本。

5. 《宋書》，梁沈約撰，藝文印書館影印二十五史本。

6. 《南齊書》，梁蕭子顯撰，藝文印書館影印二十五史本。

7. 《梁書》，唐姚思廉撰，藝文印書館影印二十五史本。

8. 《陳書》，唐姚思廉撰，藝文印書館影印二十五史本。

9. 《南史》，唐李延壽撰，藝文印書館影印二十五史本。

10. 《隋書》，唐魏徵撰，藝文印書館影印二十五史本。

11. 《資治通鑑》，宋司馬光撰，世界書局。

12. 《十七史商榷》，清王鳴盛撰，廣文書局。

13. 《廿二史劄記》，清趙翼撰，世界書局。

14. 《兩晉南北朝史》，呂思勉撰，臺灣開明書局。

15. 《魏晉南北朝史》，鄒紀萬撰，長橋出版社。

16. 《六朝事蹟編類》，宋張敦頤編，商務印書館《叢書集成簡編》。

17. 《南北史表》，清周嘉猷撰，商務印書館《叢書集成初編》。

18. 《歷代職官表》，清黃本驥撰，樂天出版社。

19. 《老子》，魏王弼注，世界書局。

20. 《莊子集釋》，清郭慶藩輯，華正書局。

21. 《抱朴子》，晉葛洪撰，清孫星衍校，世界書局。

22. 《世說新語校箋》，宋劉義慶撰，楊勇校箋，明倫書局。

23. 《金樓子》，梁蕭繹（元帝）撰，世界書局。

24. 《顏氏家訓彙注》，梁顏之推撰，周法高彙注，《中研院史語所專刊》之四十一。

25. 《楚辭補注》，宋洪興祖補注，商務印書館。

26. 《陶淵明詩箋注》，晉陶淵明撰，清丁福保注，藝文印書館。

27. 《陶淵明集校箋》，晉陶淵明撰，楊勇校箋，明倫書局。

28. 《陶淵明》，清梁啓超撰，中華書局。

29. 《陶淵明批評》，蕭望卿撰，開明書局。

30. 《陶淵明作品研究》，黃仲崙撰，帕米爾書局。

31. 《田園詩人陶淵明》，郭銀田撰，華新出版公司。

32. 《陶淵明及其詩》王貴苓撰，《國立台灣大學文史叢刊》。

33. 《謝康樂詩註》，宋謝靈運撰，黃節注，藝文印書館。

34. 《謝靈運及其詩》，林文月撰，《國立台灣大學文史叢刊》。

35. 《鮑參軍時註附鮑令暉詩註》，宋鮑照、鮑令暉撰，黃節注，藝文印書館。

36. 《謝宣城詩註》，齊謝朓撰，郝立權注，藝文印書館。

37. 《謝宣城集校注》，齊謝朓撰，洪順隆校注，中華書局。

38. 《昭明太子集》，梁蕭統撰，《四庫全書》本。

39. 《江文通集》，梁江淹撰，《四庫全書》本。

40. 《沈隱侯集》，梁沈約撰，《四庫全書》本。

41. 《陶隱居集》，梁陶弘景撰，《四庫全書》本。

42. 《何水部集》，梁何遜撰，《四庫全書》本。

43. 《文苑英華》，宋李昉等編，華文書局。

44. 《樂府詩集》，清郭茂倩編，中華書局。

45. 《漢魏六朝百三名家集》，明張溥編，新興書局。

46. 《全上古三代秦漢三國六朝文》，清嚴可均編，世界書局。

47. 《全漢三國晉南北朝詩》，丁福保編，世界書局。

48. 《先秦漢魏晉南北朝詩》，逯欽立輯校，學海出版社。

49. 《古詩紀》，明馮惟訥編，明刊本。

50. 《文選》，梁蕭統編，藝文印書館。

51. 《玉臺新詠》，陳徐陵編，廣文書局。

52. 《古詩十九首集釋》，世界書局。

53. 《古詩選》，清王士禎選，廣文書局。

54. 《古詩源箋註》，清沈德潛選，王蒓父箋注，華正書局。

55. 《方東樹評古詩選》，清方東樹評，聯經出版社。

56. 《古詩評選》，清王夫之評選，船山協會印。

57. 《佩文齋詠物詩選》，清查慎行等編錄，廣文書局。

58. 《詩品》，梁鍾嶸撰。

　　　　　陳延傑注，商務印書館。

　　　　　許文雨講疏，正中書局。

　　　　　古直箋，廣文書局。

59. 《詩品集注》，梁鍾嶸著，曹旭集注，上海古籍出版社。

60. 《文心雕龍》，梁劉勰撰，范某注，開明書局。

61. 《文鏡祕府論》，唐日僧遍照金剛（空海）撰，蘭臺書局。

62. 《石林詩話》，宋葉夢得撰，藝文印書館影印《歷代詩話》本。

63. 《韻語陽秋》，宋葛立方撰，藝文印書館影印《歷代詩話》本。

64. 《滄浪詩話校釋》，宋嚴羽撰，郭紹虞校釋，正生書局。

65. 《觀林詩話》，宋吳聿撰，藝文印書館影印《續歷代詩話》本。

66. 《苕溪漁隱叢話》，宋胡仔撰，世界書局。

67. 《碧溪詩話》，宋黃徹撰，藝文印書館影印《續歷代詩話》本。

68. 《藏海詩話》，宋吳可撰，藝文印書館影印《續歷代詩話》本。

69. 《詩人玉屑》，宋魏慶之撰，世界書局。

70. 《詩林夜語》，宋范晞文撰，藝文印書館影印《續歷代詩話》本。

71. 《艇齋詩話》，宋曾季貍撰，藝文印書館影印《續歷代詩話》本。

72. 《誠齋詩話》，宋楊萬里撰，藝文印書館影印《續歷代詩話》本。

73. 《升庵詩話》，明楊慎撰，藝文印書館影印《續歷代詩話》本。

74. 《四溟詩話》，明謝榛撰，藝文印書館影印《續歷代詩話》本。

75. 《南濠詩話》，明都穆撰，藝文印書館影印《續歷代詩話》本。

76. 《逸老堂詩話》，明俞弁撰，藝文印書館影印《續歷代詩話》本。

77. 《詩藪》，明胡應麟撰，正文書局。

78. 《詩鏡總論》，明陸時雍撰，藝文印書館影印《續歷代詩話》本。

79. 《藝苑巵言》，清王世貞撰，藝文印書館影印《續歷代詩話》本。

80. 《歷代詩話》，清吳景旭撰，世界書局。

81. 《說詩晬語》，清沈德潛撰，中華書局。

82. 《古詩平仄論》，清王士禎撰，藝文印書館影印《清詩話》本。

83. 《昭昧詹言》，清方東樹撰，廣文書局。

84. 《峴傭說詩》，清施補華口授，錢槊筆述，藝文印書館影印《清詩話》本。

85. 《野鴻詩的》，清吳雷發撰，藝文印書館影印《清詩話》本。

86. 《拜經樓詩話》，清吳騫撰，藝文印書館影印《清詩話》本。

87. 《文論講疏》，許文雨撰，正中書局。

88. 《百種詩話類編》，臺靜農主編，藝文印書館。

89. 《中國詩律研究》，王力撰，文津出版社。

90. 《中國詩論史》，鈴木虎雄撰，商務印書館。

91. 《中國文學批評史》，郭紹虞撰，明倫書局。

92. 《魏晉六朝文學批評史》，羅根澤撰，商務印書館。

93. 《中國文學批評史大綱》，朱東潤撰，開明書局。

94. 《中國中古文學史》，劉師培撰，商務印書館。

95. 《中國文學史》，鄭某撰，藍星出版社。

96. 《中國文學發展史》，劉大杰撰，華正書局。

97. 《中國韻文通論》，陳鐘凡撰，中華書局。

98. 《漢魏六朝文學》，陳鐘凡撰，商務印書館。

99. 《中國詩史》，陸侃如撰。

100. 《中國中古文學史第七書》，王瑤等撰，鼎文書局。

101. 《隋唐制度淵源略論稿》，陳寅恪撰，里仁書局。

102. 《中國政治制度史》，陶希聖撰，啟業書局。

103. 《兩晉南北朝士族政治之研究》，毛漢光撰，中國學術著作獎助委員會。

104. 《漢魏兩晉南北朝佛教史》，湯用彤撰，中華書局。

105. 《東晉南北朝學術編年》，劉汝霖撰，長安出版社。

106. 《中國上古中古文化史》，陳安仁撰，泰順書局。

107. 《中國學術發展史》，楊東尊撰。

108. 《中國學術思想變遷大勢》，梁啓超撰，中華書局。

109. 《魏晉玄學論稿》，湯用彤撰，盧山出版社。

110. 《魏晉玄學》，牟宗三撰，中央書局。

111. 《才性與玄理》，牟宗三撰，學生書局。

112. 《魏晉思想與談風》，何啓民撰，中國學術著作獎助委員會。

113. 《魏晉的自然主義》，容肇祖撰，商務印書館。

114. 《魏晉思想論》，劉大杰撰，中華書局。

115. 《佛學大辭典》，丁福保撰，新文豐景印。

116. 《佛家名相通釋》，熊十力撰，廣文書局。

117. 《金剛經貫解》，黃麟書撰，慧炬出版社

118. 《楞嚴大義今釋》，南懷瑾撰，老古文化事業公司。

119. 《六祖壇經今譯》，聖印法師譯，天華出版事業公司。

120. 《華嚴宗哲學》，方東美撰，黎明文化事業公司。

121. 《中國韻文裏所表現的情感》，梁啓超撰，中華書局。

122. 《中國文學欣賞舉隅》，傅庚生撰，地平線出版社。

123. 《從詩到曲》，鄭騫撰，中華文化雜誌社。

124. 《魏晉時代詩人與詩歌》，方祖燊撰，蘭臺書局。

125. 《魏晉六朝詩研究論文集》，中國語文學社。

126. 《兩晉詩論》，鄭仕梁撰，香港中文大學。

127. 《澄輝集》，林文月撰，文星書店。

128. 《山水與古典》，林文月撰，純文學出版社。

129. 《中國詩學（設計篇）》，黃永武撰，巨流圖書公司。

130. 《歌詠自然之兩大詩豪》，郭伯恭撰，商務印書館。

131. 《六朝詩論》，洪順隆撰，文津出版社。

132. 《由隱逸到宮體》，洪順隆撰，河洛圖書出版社。

133. 《字句鍛鍊法》，黃永武撰，商務印書館。

134. 《蕭統兄弟的文學集團》，劉漢初撰，自印本（國立臺灣大學碩士論文）。

135. 《古典文學論探索》，王夢鷗撰，正中書局。

136. 《陶淵明研究資料彙編》，明倫出版社。

137. 《兩漢魏晉南北朝文學批評資料彙編》，柯慶明、曾永義編輯，成文出版社。

138. 《魏晉南北朝文學史參考資料》，泰順書局。

139. 《陶淵明（中國詩人選集第四卷）》，一海知義注，岩波書店。

140. 《陶淵明研究》，大矢根文次郎著，早稻田大學出版部。

141. 《中國中世文學研究》，網祐次著，新樹社。

142. 《中國中世文學評論史》，林田愼之助著，創文社。

143. 《六朝詩の研究》，森野繁夫著，第一學習社。

144. 《中國文學に現われた自然と自然觀》，小尾郊一著，岩波書店。

145. 《中国文學におれける孤独感》，斯波六郎著，岩波書店。

二、論 文

1. 〈郭璞遊仙詩的研究〉，遊信利撰，《國立政治大學學報》三十二期。

2. 〈郭璞的遊仙詩〉，黃君實撰，《華國》三期。

3. 〈陶淵明及其詩〉，陳曉薔撰，《現代學苑》二卷三期。

4. 〈陶淵明的飲酒詩及其精神〉，程兆熊撰，《民生世紀》六卷二期。

5. 〈讀陶淵明的形影神詩〉，張亨撰，《現代文學》三十三期。

6. 〈陶淵明時運詩「宇曖微宵」與蟬聯句法〉，鄭騫撰，《國立中央圖書館館刊》新十卷二期。

7. 〈謝靈運詩賞析——謝靈運詩論下〉，孫克寬撰，《大陸雜誌》三十三卷十期。

8. 〈論謝靈運〉，張秉權撰，《大陸雜誌》語文叢書一輯四冊。

9. 〈謝靈運詩論〉，鄧仕樑撰，《華國》四期。

10. 〈謝靈運文學〉，葉瑛撰，《學衡》三十三期。

11. 〈謝朓生平及其作品研究〉，洪順隆撰，《東方雜誌》（復刊）一卷九期。

12. 〈山水詩人謝玄暉〉，方祖燊撰，《新時代》十一卷十期。

13. 〈謝朓詩與唐風問題研究〉，李方直撰，《人生》三十一卷十一期。

14. 〈永嘉室札記〉，鄭騫撰，《書目季刊》七卷一期。

15. 〈田園詩派的形成與陶淵明田園詩的風格〉，王熙元撰，《幼獅學誌》十四卷二期。

16. 〈南朝山水詩論〉，楊一肩撰，《新加坡大學中文學會學報》九期。

17. 〈南朝宮體詩研究〉，林文月撰，《文史哲學報》十五期。

18. 〈宮體詩形成之社會背景〉，葉日光撰，《中華學苑》十期。

19. 〈梁簡文帝的文學見解及其宮體詩〉，王拓撰，《現代學苑》九卷九、十期。

20. 〈南北朝詩人用韻考〉，王力撰，《清華學報》十一卷三期。

21. 〈三聲四問〉，陳寅恪撰，《清華學報》九卷二期。

22. 〈論永明聲律四聲〉，馮承基撰，《大陸雜誌》三十一卷九期。

23. 〈再論永明聲律八病〉，馮承基撰，《大陸雜誌》三十二卷四期。

24. 〈六朝律詩之形成〉，高木正一撰，鄭清茂譯，《大陸雜誌》十三卷九期。

25. 〈從文學現象與文學思想的關係談六朝「巧構形似之語」的詩〉，廖蔚卿撰，《中外文學》三卷七、八期。

26. 〈六朝文論摭佚〉，饒宗頤撰，《大陸雜誌》二十五卷三期。

27. 〈六朝文述論略〉，馮承基撰，《學粹》十四卷一、四期。

28. 〈論魏晉名士的狂與癡〉，廖蔚卿撰，《現代文學》三十三期。

29. 〈漢與六朝樂府產生時之社會形態〉，田倩君撰，《大陸雜誌》七卷九期。

30. 〈漢魏之際士之新自覺與新思潮〉，余英時撰，《新亞學報》四卷一期。

31. 〈六朝士族形成的經過〉，蒙思明撰，《文史雜誌》一卷九期。

32. 〈略論魏晉南北朝學術文化與當時門第之關係〉，錢穆撰，《新亞學報》五卷二期。

33. 〈魏晉南北朝的貴族政治〉，薩孟武撰，《臺灣大學社會科學論叢》三輯。

34. 〈道家中心思想的分析及其對後世之影響〉，林耀曾撰，《師大國文學報》二期。

35. 〈郭璞の遊仙詩の特質について〉，船津富彥撰，《東京支那學報》十。

36. 〈魏晉の遊仙詩における郭璞の位置〉，由元由美子撰，《中國文學論集》四。

37. 〈詩人としての郭璞〉，興膳宏撰，《中國文學報》十九。

38. 〈謝靈運の山水詩〉，小尾郊一撰，《日本中國學會報》二十。

39. 〈謝靈運の對偶表現〉，古田敬一撰，《東方學》四十二。

40. 〈山水詩への契機——謝靈運の場合〉，志村良治撰，《東洋學》二十九。

41. 〈謝靈運の詩風についての一考察〉，高木正一撰，《立命館文學》一〇八。

42. 〈謝朓詩の抒情〉，興膳宏撰，《東方學》三十九。

43. 〈謝朓の詩について〉，向島成美撰，《國文學漢文學論叢》二十一（東京教育大學文學部紀要一〇七）。

44. 〈謝朓の對句表現——その自然描寫について〉，吉田敬一撰，《日本中國學會報》二十四。

45. 〈鮑照の文學〉，中森健二撰，《立命館文學》三六四、三六五、三六六。

46. 〈鮑照の詩風〉，向島成美撰，《漢文學會會報》二十八（東京教育大學）。

47. 〈江淹「雜體詩」三十首について〉，森博行撰，《中國文學報》二十七。

48. 〈吳均の文學について〉，山田英雄撰，《名古屋大學文學部研究論集》五十二（文學十八）。

49. 〈何遜の詩風〉，山田英雄撰，《名古屋大學文學部研究論集》五十五（文學十九）。

50. 〈艷詩の形成と沈約〉，興膳宏撰，《日本中國學會會報》二十四。

51. 〈魏晉六朝時代の文學認識〉，鈴木修次撰，《東京教育大學文學部紀要五十二國文學漢文學論叢》十。

52. 〈南朝放蕩文學論の美意識〉，林田愼之助撰，《東方學》二十七。

53. 〈隱逸美の文學〉，田所義行撰，《日本文學（東京女子大學）》二十二。

54. 〈中国の文學における風景の意義〉，小川環樹撰，《立命館文學》二六四（橋本博士喜壽紀念東洋文化論叢一）。